Karen M. McManus

TWO CAN KEEP A SECRET

Karen M. McManus

TWO CAN KEEP A SECRET

Aus dem amerikanischen Englisch
von Anja Galić

cbt

MIX
Papier | Fördert gute Waldnutzung
FSC® C014496

Penguin Random House Verlagsgruppe
FSC® N001967

5. Auflage
Erstmals als cbt Taschenbuch Mai 2021

Published by Arrangement with Karen M. McManus
Dieses Werk wurde vermittelt durch die
Literarische Agentur Thomas Schlück GmbH, 30161 Hannover
Die amerikanische Originalausgabe erschien 2019 unter dem Titel
»Two Can Keep a Secret« bei Delacorte Press,
an imprint of Random House Children's Books, New York.

Aus dem amerikanischen Englisch von Anja Galić
Lektorat: Katarina Ganslandt
Umschlaggestaltung: © Suse Kopp, Hamburg, unter Verwendung mehrerer
Motive von Gettyimages (Pando Hall, Orbon Alija, CoffeeAndMilk)
he • Herstellung: AJ
Satz: KompetenzCenter, Mönchengladbach
Druck und Bindung: GGP Media GmbH, Pößneck
ISBN 978-3-570-31405-0
Printed in Germany

www.cbj-verlag.de

Für Gabriela, Carolina und Erik

1

ELLERY
Freitag,
30. August

Wäre ich abergläubisch, würde ich das jetzt für ein ganz schlechtes Omen halten.

Auf dem Gepäckförderband fährt nur noch ein einsamer Koffer im Kreis herum. Er leuchtet pink, ist mit Hello-Kitty-Aufklebern übersät und gehört definitiv nicht mir.

Mein Bruder Ezra stützt sich auf den ausziehbaren Griff seines eigenen überdimensionierten Koffers und schaut zu, wie er zum vierten Mal an uns vorübergleitet. Eben herrschte noch dichtes Gedränge um das Förderband, jetzt ist außer uns nur noch ein Paar übrig geblieben, das darüber streitet, wessen Aufgabe es gewesen war, den Mietwagen zu organisieren. »Warum nimmst du nicht einfach den da?«, fragt Ezra. »Von den Leuten, die mit uns geflogen sind, scheint ihn niemand zu vermissen, und ich wette, da sind ein paar interessante Klamotten drin. Ich tippe mal auf jede Menge süße Pünktchen. Und Glitzer.« Sein Handy verkündet den Eingang einer Nachricht. »Nana wartet draußen.«

»Ich fasse es nicht«, stöhne ich und kicke mit der Spitze meines Sneakers gegen die Metallverkleidung des Gepäckförderbands. »Wo ist mein verdammter Koffer? Da steckt mein ganzes Leben drin.«

Das ist leicht übertrieben. Streng genommen wurde der größte Teil meines Lebens, das bis vor etwa acht Stunden hauptsächlich in La Puente, Kalifornien, stattgefunden hat, schon letzte Woche in ein paar Umzugskisten nach Vermont geschickt, nur der Rest befindet sich in dem Koffer.

»Wir sollten irgendwo melden, dass dein Gepäck nicht da ist.« Ezra schaut sich in der Halle um und fährt sich durch die kurz geschorenen Haare. Früher hatte er genau wie ich dichte schwarze Locken, die ihm ständig in die Augen fielen. Im Sommer hat er sie sich dann radikal abschneiden lassen und ich habe mich immer noch nicht an den neuen Look gewöhnt. Er kippt seinen Koffer auf die Rollen und läuft zum Informationsschalter. »Ich frag mal da drüben.«

Der schlaksige Typ hinter dem Schalter sieht aus, als würde er noch auf die Highschool gehen. Seine Wangen und seine Kinnpartie sind mit rot entzündeten Pickeln übersät. Auf dem goldenen Namensschild, das schief an seiner blauen Weste befestigt ist, steht »Andy«. Andys schmale Lippen zucken, als ich ihm von meinem verschollenen Gepäck erzähle. Er reckt den Kopf in Richtung des Hello-Kitty-Koffers, der immer noch seine Runden auf dem Gepäckförderband dreht. »Flug Nummer 5624 aus Los Angeles? Mit Zwischenstopp in Charlotte?« Ich nicke. »Und der da hinten ist ganz sicher nicht deiner?«

»*Ganz* sicher.«

»Ärgerlich. Aber er wird wieder auftauchen. Du musst nur das hier ausfüllen.« Er zieht eine Schublade auf, holt ein Formular heraus und schiebt es mir über die Theke zu. »Hier muss irgendwo ein Stift sein«, murmelt er und wühlt etwas lustlos durch einen Stapel Unterlagen.

»Ich hab selbst einen.« Ich öffne den Reißverschluss an der vorderen Tasche meines Rucksacks und nehme ein zerfleddertes Buch heraus, das ich auf die Theke lege, bevor ich nach dem Stift krame. Ezra zieht die Brauen hoch.

»Echt jetzt, Ellery?«, sagt er. »Du hast *Kaltblütig* im Handgepäck dabeigehabt? Warum hast du es nicht mit unseren ganzen anderen Büchern in die Umzugskisten gepackt?«

»Weil es wertvoll ist?«, gebe ich zurück.

Ezra verdreht die Augen. »Du *weißt* doch, dass das nicht die echte Unterschrift von Truman Capote ist. Sadie hat sich reinlegen lassen.«

»Ja, ja«, murmle ich. »Was zählt, ist der gute Wille.« Unsere Mutter hat vor vier Jahren bei eBay eine »signierte« Erstausgabe für mich ersteigert, um zu feiern, dass sie eine Rolle als Leiche Nr. 2 in einer Folge von *Law&Order* ergattert hatte. Ezra bekam ein von Sid Vicious signiertes Album der Sex Pistols – wahrscheinlich ebenfalls eine Fälschung. Stattdessen hätte sie sich lieber ein Auto mit zuverlässigen Bremsen kaufen sollen, aber langfristige Planung hat noch nie zu Sadies Stärken gehört. »Außerdem dachte ich, es passt als Reiselektüre für jemanden, der nach *Murderland* unterwegs ist …« Endlich finde ich den Stift und trage meinen Namen in das Formular ein.

»Ach, ihr wollt nach Echo Ridge?«, fragt Andy. Ich halte beim zweiten C in meinem Nachnamen inne. »Murderland heißt der Park aber schon lange nicht mehr. Außerdem seid ihr ein bisschen zu früh dran. Im Moment ist er noch geschlossen.«

»Ich weiß. Ich meinte auch gar nicht den Freizeitpark, sondern die …« Ich schlucke das Wort *Stadt* hinunter und stecke mein Buch in meinen Rucksack zurück. »Egal«, sage ich und konzentriere mich wieder auf das Formular. »Wie lange dauert es normalerweise, bis man sein Gepäck wiederbekommt?«

»In der Regel nicht länger als einen Tag.« Andys Blick wandert zwischen Ezra und mir hin und her. »Ihr seht euch total ähnlich. Seid ihr Zwillinge?«

Ich fülle weiter das Formular aus, aber Ezra ist wie immer höflich und antwortet. »Sind wir.«

»Ich hätte auch fast einen Zwilling gehabt«, sagt Andy. »Aber das zweite Baby ist vom Uterus meiner Mutter absorbiert worden.« Ezra gibt ein kleines überraschtes Schnauben von sich und ich verkneife mir ein Lachen. So was passiert meinem Bruder ständig; die Leute plaudern ihm gegenüber die seltsamsten Dinge aus. Wir sind uns beide wie aus dem Gesicht geschnitten, aber es ist vor allem seins, das anscheinend grenzenloses Vertrauen weckt. »Wäre bestimmt cool gewesen, einen Zwillingsbruder zu haben. Man kann so tun, als wäre man der andere und Leute reinlegen.« Als ich aufschaue, sehe ich, dass Andy uns mit zusammengekniffenen Augen mustert. »Aber bei euch beiden würde das nicht funktionieren. Ihr seid nicht die richtige Sorte Zwillinge.«

»Definitiv nicht.« Ezra lächelt gezwungen.

Ich beeile mich, das Formular auszufüllen, und schiebe es Andy hin, der das obere Blatt abzieht und mir den gelben Durchschlag reicht. »Wie geht es jetzt weiter?«, frage ich. »Meldet sich jemand bei mir?«

»Yep.« Andy nickt. »Wenn du bis morgen nichts gehört hast, kannst du die unten stehende Nummer anrufen. Viel Spaß in Echo Ridge.«

Ezra atmet geräuschvoll aus, als wir auf die Drehtür zusteuern, und ich grinse ihn über die Schulter an. »Du lernst aber auch immer die nettesten Leute kennen.«

»Ich muss die ganze Zeit an dieses Wort denken«, sagt er schaudernd. »*Absorbiert.* Wie soll das überhaupt gehen? Ist er … Nein. Ich will mir das gar nicht ausmalen. Aber ganz schön heftig, oder? Für immer damit leben zu müssen, dass man selbst der Zwilling hätte sein können, der Pech gehabt hat.«

Wir schieben uns durch die Tür nach draußen. Die nach Abgasen riechende, schwüle Luft, die uns empfängt, überrascht mich. Es ist zwar erst Ende August, aber ich hatte erwartet, dass es in Vermont viel kühler wäre als in Kalifornien. Ich streiche mir die feuchten Haare aus dem Nacken, während Ezra durch sein Handy scrollt. »Nana schreibt, dass sie noch eine Runde dreht, weil sie keine Lust hat, auf den Parkplatz zu fahren.«

Ich ziehe die Brauen hoch. »Nana schreibt beim Fahren Textnachrichten?«

»Sieht ganz so aus.«

Ich habe meine Großmutter zwar nicht mehr live erlebt, seit sie uns vor zehn Jahren einmal in Kalifornien besucht hat, aber irgendwie passt das nicht zu der Frau, an die ich mich erinnere.

Nachdem wir ein paar Minuten in der drückenden Hitze gewartet haben, kommt neben uns ein dunkelgrüner Subaru-Kombi zum Stehen, das Beifahrerfenster fährt herunter, und Nana steckt den Kopf heraus. Eigentlich sieht sie genauso aus wie auf Skype, nur ihre vollen grauen Haare wirken, als wäre sie frisch beim Friseur gewesen. »Na los, rein mit euch«, ruft sie und wirft dem Verkehrspolizisten, der ein paar Meter weiter steht, einen kurzen

Blick zu. »Man darf hier nicht länger als eine Minute parken.« Ihr Kopf verschwindet wieder im Wagen und Ezra verstaut eilig sein Gepäck im Kofferraum.

Als wir hinten einsteigen, drehen sich Nana und eine Frau, die am Steuer sitzt, zu uns um. »Ellery, Ezra, das ist Melanie Kilduff«, erklärt Nana. »Sie wohnt mit ihrer Familie ein paar Häuser weiter. Ich sehe in der Dämmerung nicht mehr so gut, deswegen war Melanie so nett, mich zu fahren. Vielleicht habt ihr ihren Namen schon einmal von eurer Mutter gehört. Melanie war Sadies Babysitter, als sie noch klein war.«

Ezra und ich schauen uns mit großen Augen an. *Und ob wir ihren Namen schon mal gehört haben.*

Sadie ist mit achtzehn aus Echo Ridge fortgezogen und nur zweimal dorthin zurückgekehrt. Das erste Mal ein Jahr vor unserer Geburt zum Begräbnis unseres Großvaters, der an einem Herzinfarkt gestorben ist. Und das zweite Mal vor fünf Jahren, als Melanies Tochter beerdigt wurde.

Ezra und ich haben uns damals zu Hause die Sondersendung von *Dateline* mit dem Titel »Mord in Murderland« angeschaut, während eine Nachbarin auf uns aufpasste. Die Geschichte von Lacey Kilduff, der wunderschönen blonden Homecoming Queen aus der Heimatstadt meiner Mutter, die erwürgt in einem Halloween-Freizeitpark aufgefunden worden war, faszinierte mich. Der Betreiber des Freizeitparks hat den Namen – wie Flughafen-Andy ganz richtig bemerkt hatte – ein paar Monate später von Murderland in Fright Farm geändert. Ich bin mir nicht sicher, ob der Mordfall dieselbe landesweite Aufmerksamkeit erregt hätte, wenn der Park einen weniger treffenden Namen gehabt hätte.

Oder wenn Lacey nicht schon das zweite bildhübsche Mädchen aus Echo Ridge – und sogar aus derselben Straße – gewesen wäre, das auf so tragische Weise Schlagzeilen machte.

Wir löcherten Sadie mit Fragen, als sie von Laceys Beerdigung zurückkam, aber sie weigerte sich, darüber zu reden. »Ich will es einfach nur vergessen«, sagte sie jedes Mal, wenn wir davon anfingen. Exakt dasselbe hat sie auch immer über Echo Ridge gesagt.

Dass wir jetzt trotzdem hier gelandet sind, nennt man wohl Ironie des Schicksals.

»Freut mich«, sagt Ezra zu Melanie. Ich kann nichts sagen, weil ich es irgendwie geschafft habe, mich an meiner eigenen Spucke zu verschlucken. Mein Bruder klopft mir härter als nötig auf den Rücken. Melanie ist eine leicht verblühte Schönheit mit hellblonden, zu einem französischen Zopf geflochtenen Haaren, blaugrauen Augen und Sommersprossen auf der Nase. Sie schenkt uns ein entwaffnendes Lächeln, das ihre etwas zu weit auseinanderstehenden Schneidezähne enthüllt. »Gleichfalls. Tut mir leid, dass ihr warten musstet, aber wir haben lieber noch eine Runde gedreht, statt einen Strafzettel zu riskieren. Wie war euer Flug?«

Bevor Ezra antworten kann, hämmert jemand so laut auf das Dach des Kombis, dass Nana sich erschrocken in ihrem Sitz aufrichtet. »Hier ist Parken verboten«, ruft der Verkehrspolizist.

»In Burlington haben sie wirklich keinerlei Manieren!«, keucht Nana entrüstet. Sie lässt ihr Fenster hoch und Melanie fädelt sich hinter einem Taxi in den Verkehr ein.

Während ich mich anschnalle, starre ich auf Melanies

Hinterkopf. Ich habe nicht damit gerechnet, sie auf diese Weise kennenzulernen. Mir war natürlich klar, dass ich ihr früher oder später begegnen würde, schließlich sind sie und Nana Nachbarinnen, aber ich dachte, wir würden uns eher mal beim Müllraustragen zuwinken, statt direkt nach unserer Landung in Vermont eine Stunde lang gemeinsam in einem Auto zu sitzen.

»Es hat mir so leidgetan, als ich das mit eurer Mutter gehört habe«, sagt Melanie, die jetzt vom Flughafengelände auf einen schmalen Zubringer fährt, der von etlichen grünen Verkehrsschildern gesäumt ist. Mittlerweile ist es schon kurz vor zehn, und in den Häusern, die vor uns in Sichtweite auftauchen, brennt bereits Licht. »Aber ich bin froh, dass sie die Hilfe bekommt, die sie braucht. Sadie ist eine starke Frau. Ich bin mir sicher, dass ihr bald wieder zu ihr zurückkehren könnt, trotzdem hoffe ich natürlich, dass ihr euch in Echo Ridge wohl fühlen werdet. Es ist eine hübsche kleine Stadt. Nora kann es kaum erwarten, euch alles zu zeigen.«

Wow. Melanie beherrscht die Kunst der Diplomatie. Man muss das Gespräch nicht mit *Tut mir echt leid, dass eure Mutter total zugedröhnt mit ihrem Wagen in die Auslage eines Juweliergeschäfts gekracht ist und deswegen jetzt für vier Monate in einer Entzugsklinik verbringen wird* eröffnen. Man kann die Ungeheuerlichkeit, von der jeder der Beteiligten weiß, auch einfach elegant umschiffen und zu unverfänglicheren Themen überleiten.

Willkommen in Echo Ridge.

••••

Schon nach ein paar Kilometern auf dem Highway döse ich ein und schrecke hoch, als lautes Knallen ertönt. Es klingt, als würde der Kombi aus sämtlichen Richtungen mit Steinen beworfen werden. Ich schaue Ezra an, der genauso verwirrt wirkt. Nana dreht sich in ihrem Sitz zu uns und ruft über das Dröhnen hinweg: »Hagel. Nichts Ungewöhnliches für diese Jahreszeit. So große Hagelkörner wie jetzt sieht man allerdings selten.«

»Besser, wir fahren rechts ran und warten, bis es vorbei ist.« Melanie lenkt den Wagen an den Straßenrand und stellt den Motor ab. Es hagelt mit unverminderter Heftigkeit weiter, und ich denke mitleidig, dass ihr Wagen nachher bestimmt von Hunderten kleinen Dellen übersät ist. Als ein besonders großes Hagelkorn mitten auf die Windschutzscheibe knallt, zucken wir alle gleichzeitig zusammen.

»Wie kann es jetzt *hageln*?«, frage ich. »In Burlington war es doch noch total heiß.«

»Hagelkörner entstehen in den niedrigeren Schichten von Gewitterwolken.« Nana zeigt zum Himmel. »Da oben herrschen Temperaturen von unter null. Aber sind sie erst mal unten, schmelzen sie recht schnell.«

Zum ersten Mal an diesem Abend kommt etwas Leben in ihre Stimme. Ihr Tonfall ist zwar nicht unbedingt der einer warmherzigen Großmutter, aber ich bin mir auch nicht sicher, ob sie überhaupt dazu in der Lage ist, so etwas wie Warmherzigkeit auszustrahlen. Nana war Lehrerin und scheint sich in dieser Rolle eindeutig wohler zu fühlen als in der des gerichtlich bestellten Vormunds ihrer Enkelkinder. Nicht dass ich ihr einen Vorwurf mache. Während Sadie ihre vom Gericht angeordnete, viermonatige Entziehungskur absolviert, hat sie uns genauso am Hals wie wir sie. Der Richter bestand darauf, dass sich ein leibliches

Familienmitglied um uns kümmern muss, was unsere Möglichkeiten extrem einschränkte. Unser Vater ist ein One-Night-Stand gewesen, ein Stuntman – das hat er zumindest in den sage und schreibe zwei Stunden behauptet, die er und Sadie miteinander verbrachten, nachdem sie sich in einem Club in L.A. kennengelernt hatten. Wir haben weder Tanten noch Onkel oder Cousins. Außer Nana gibt es niemanden, der uns hätte aufnehmen können.

Nachdem wir ein paar Minuten schweigend dagesessen und zugeschaut haben, wie die Hagelkörner von der Motorhaube abprallen, lässt das Unwetter allmählich nach, bis es schließlich ganz aufhört. Als Melanie den Wagen wieder anlässt und weiterfährt, werfe ich einen Blick auf die Uhr. Es ist kurz vor elf; ich habe fast eine Stunde geschlafen. Ich stupse Ezra an. »Wir müssten bald da sein, oder?«, frage ich.

»Kann jedenfalls nicht mehr lange dauern.« Ezra senkt die Stimme. »Hier ist freitagabends anscheinend die Hölle los. Seit Kilometern kein einziges beleuchtetes Gebäude.«

Es ist stockdunkel draußen. Selbst nachdem ich mir ein paarmal die Augen gerieben habe, kann ich durch das Fenster nichts weiter erkennen als die verschwommenen Schatten von Bäumen. Ich kann es kaum erwarten, endlich den Ort zu sehen, von dem Sadie so dringend fortwollte. »Es hat sich angefühlt, als würde man in einer Postkarte leben«, hat sie immer gesagt. »Eine hübsch eingerahmte glänzende Oberfläche. Die Leute in Echo Ridge haben mir immer das Gefühl gegeben, als würde man im Nichts verschwinden, wenn man sich über die Grenze hinauswagt.«

Der Gurt gräbt sich in meinen Hals, als der Wagen über

eine Unebenheit fährt und ich kurz zur Seite geworfen werde. Ezra gähnt so herzhaft, dass seine Kiefergelenke knacken. Bestimmt hat er sich verpflichtet gefühlt, wach zu bleiben und sich zu unterhalten, als ich eingeschlafen bin, dabei haben wir beide schon seit Tagen kaum ein Auge zugemacht.

»Gleich sind wir da.« Nanas Stimme lässt uns beide zusammenfahren. »Das Ortsschild von Echo Ridge, an dem wir gerade vorbeigefahren sind, ist so schlecht beleuchtet, dass ihr es wahrscheinlich nicht gesehen habt.«

Sie hat recht. Ich habe es tatsächlich nicht gesehen, obwohl ich mir vorgenommen hatte, danach Ausschau zu halten. Dieses Schild gehört zu den wenigen Dingen, über die Sadie im Zusammenhang mit Echo Ridge gesprochen hat, meistens wenn sie schon ein paar Gläser Wein intus hatte. »Unter dem Ortsnamen steht die Zahl der Einwohner: *4935*. Und an dieser Zahl hat sich in den ganzen achtzehn Jahren, die ich dort gelebt habe, nie was geändert«, sagte sie jedes Mal sarkastisch. »Anscheinend muss immer erst einer gehen, bevor ein anderer reingelassen wird.«

»Gleich kommt die Unterführung, Melanie.« In Nanas Stimme liegt ein warnender Unterton.

»Ich weiß«, sagt Melanie. Die Straße macht eine scharfe Biegung, als wir unter einer grauen Steinbrücke hindurchfahren, die vollkommen unbeleuchtet ist. Melanie drosselt das Tempo und schaltet das Fernlicht ein.

»Nana ist die nervigste Beifahrerin, die es gibt«, flüstert Ezra. »Sei froh, dass du den größten Teil der Fahrt verschlafen hast.«

»Dabei fährt Melanie doch total vorsichtig«, flüstere ich zurück.

»Nana ist jedes Tempo zu schnell, es sei denn man steht an einer roten Ampel.«

Ich pruste leise in mich hinein, als unsere Großmutter plötzlich in einem so autoritären Tonfall »Stopp!« ruft, dass Ezra und ich ertappt zusammenzucken. Einen winzigen Moment lang bin ich davon überzeugt, dass sie ein übernatürlich gutes Gehör besitzt und unsere abfälligen Bemerkungen aufgeschnappt hat. Melanie tritt auf die Bremse, und der Wagen kommt so abrupt zum Stehen, dass ich in meinen Gurt nach vorn geschleudert werde.

»Was ist passiert?«, rufen Ezra und ich gleichzeitig, aber Melanie und Nana haben bereits hektisch ihre Gurte gelöst und sind ausgestiegen. Wir schauen uns verwundert an, dann schnallen wir uns ebenfalls ab und folgen ihnen. Den großen Pfützen aus halb geschmolzenen Hagelkörnern ausweichend bahne ich mir einen Weg zu meiner Großmutter. Nana steht vor Melanies Kombi und heftet den Blick auf die Stelle der Fahrbahn, die in das gleißende Licht der Scheinwerfer getaucht ist.

Im Lichtkegel liegt reglos eine Gestalt. Blutüberströmt, den Kopf in einem grotesk unnatürlichen Winkel zur Seite geneigt, die Augen weit geöffnet und ins Nichts starrend.

2

ELLERY
Samstag,
31. August

Ich werde von der Sonne geweckt, die unbarmherzig durch die eindeutig nicht aufgrund ihrer raumverdunkelnden Eigenschaften erworbenen Vorhänge knallt. Trotzdem bleibe ich unter der gehäkelten Überdecke und dem blütenweichen Laken liegen, bis es leise an meiner Tür klopft.

»Ja?« Ich setze mich auf und streiche mir die verstrubbelten Locken aus dem Gesicht, als Ezra hereinkommt. Der silberne Wecker auf meinem Nachttisch zeigt an, dass es zehn Minuten vor zehn ist, aber da meine innere Uhr noch nach Westküstenzeit tickt, habe ich gefühlt noch nicht einmal annähernd genügend Schlaf bekommen.

»Hey«, sagt Ezra. »Nana hat mich gebeten, dich zu wecken. Gleich kommt einer von der Polizei. Er will mit uns über gestern Abend sprechen.«

Gestern Abend. Wir sind bei dem Mann geblieben und kauerten neben ihm zwischen dunklen Blutlachen auf der Straße, bis ein Rettungswagen kam. Zuerst kostete es mich Überwindung, ihm ins Gesicht zu sehen, aber dann konnte ich den Blick nicht mehr von ihm abwenden. Er war so *jung.* Höchstens Anfang dreißig, in Outdoorklamotten und Sneakers. Melanie, die Krankenschwester ist, versuchte ihn wiederzubeleben, bis die Sanitäter eintrafen, aber es wirkte verzweifelt. Eher so, als würde sie auf ein Wunder hoffen, als wirklich daran zu glauben, dass ihre Bemühungen irgendetwas bringen könnten. Als wir später wieder in Nanas Wagen saßen, sagte sie uns, dass er schon tot gewesen sein muss, bevor wir dort ankamen.

»Jason Bowman.« Ihre Stimme hat gezittert. »Er ist … er *war* Lehrer für Naturwissenschaften an der Echo Ridge High. Hat auch die Schulband geleitet. Jason war unglaublich beliebt bei den Schülern. Ihr hättet ihn nächste Woche kennengelernt … kennenlernen *sollen*.«

Ezra, der schon fertig angezogen ist und vom Duschen noch feuchte Haare hat, wirft eine kleine Plastikverpackung aufs Bett und holt mich ins Hier und Jetzt zurück. »Außerdem soll ich dir das hier geben.«

Auf der noch ungeöffneten Verpackung prangen das Hanes-Logo und die Abbildung einer lächelnden blonden Frau in einem Sport-BH und einer Unterhose, deren Bund bis in die Taille reicht. »Oh nein«, stöhne ich.

»Oh doch. *Omaschlüpfer* im wahrsten Sinne des Wortes. Nana sagt, sie hätte sie aus Versehen ein paar Nummern zu klein gekauft und vergessen, sie umzutauschen. Jetzt gehören sie dir.«

»Fantastisch«, brumme ich und schwinge die Beine aus dem Bett. Ich trage das T-Shirt, das ich gestern unter meinem Sweater anhatte, und dazu eine hochgekrempelte Jogginghose von Ezra. Als feststand, dass wir nach Echo Ridge ziehen würden, habe ich meinen Kleiderschrank ausgemistet und gnadenlos alles aussortiert, was ich in den letzten Monaten nicht getragen hatte. Am Ende hatte ich meine Garderobe so weit reduziert, dass bis auf ein paar Winterjacken und Schuhe, die letzte Woche mit unseren anderen

Sachen verschickt worden sind, alles in einen einzigen Koffer passte. Zu dem Zeitpunkt fühlte es sich so an, als hätte ich wenigstens in einem kleinen Bereich meines Lebens Ordnung geschaffen.

Blöd nur, dass ich jetzt deswegen nichts zum Anziehen habe.

Ich nehme mein Handy vom Nachttisch, um zu schauen, ob sich schon jemand wegen meines verloren gegangenen Gepäcks gemeldet hat. Keine Nachricht. »Warum bist du schon so früh auf?«

Ezra zuckt mit den Achseln. »*So* früh ist es gar nicht. Ich hab schon einen Spaziergang gemacht und mich ein bisschen in der Gegend umgeschaut. Es ist hübsch hier. Sehr grün. Ich hab ein paar Insta-Stories gepostet. Und eine Playlist zusammengestellt.«

Ich verschränke die Arme. »Noch eine melancholische Michael-Playlist?«

»Nein«, gibt Ezra zurück. »Ein musikalischer Tribut an den Nordosten. Du wärst überrascht, wie viele Songs es gibt, in deren Titel ein Bundesstaat aus New England vorkommt.«

»Hm.« Ezras Freund Michael hat zwei Wochen vor unserem Umzug nach Vermont mit ihm Schluss gemacht – sozusagen als Präventivmaßnahme, weil er der Meinung ist, dass »Fernbeziehungen nie funktionieren«. Ezra versucht sich nicht anmerken zu lassen, wie tief ihn das getroffen hat, aber die Playlisten, die er seitdem zusammengestellt hat, sind ziemlich emo.

»Tu nicht so, als würdest du über allem stehen.« Ezras Blick wandert zu meinem Bücherregal, in dem sich *Kaltblütig* ordentlich neben die gesammelten Werke von Ann

Rule, *Fatal Vision, Mitternacht im Garten von Gut und Böse* und all meine anderen True-Crime-Bücher reiht. Das ist das Einzige, was ich gestern Abend noch aus den Kisten geholt habe, die übereinandergestapelt in einer Ecke meines Zimmers standen. »Jeder hat seine eigene Art, mit etwas fertigzuwerden.«

Nachdem er in sein Zimmer zurückgekehrt ist, schaue ich mich in meinem eigenen um, das für die nächsten vier Monate mein Zuhause sein wird, auch wenn es mir noch total fremd ist. Als wir gestern hier ankamen, verkündete Nana, dass ich in Sadies altem Zimmer schlafen würde. Gespannt und gleichzeitig nervös trat ich durch die Tür und fragte mich, ob ich darin irgendeine Art von Echo meiner Mutter finden würde. Aber es ist ein ganz gewöhnliches Gästezimmer, ohne jede persönliche Note. Die Möbel sind aus dunklem Holz, die Wände eierschalenfarben, und es riecht leicht nach Zitronenmöbelpolitur und Zedernholz. Das einzige Zugeständnis an Gemütlichkeit sind die Spitzenvorhänge, ein karierter Webteppich und ein gerahmtes Bild von einem Leuchtturm. Als ich versuche, mir Sadie in diesem Zimmer vorzustellen – wie sie sich vor dem blinden Spiegel über der Kommode die Haare macht oder an dem altmodischen Schreibtisch über ihren Hausaufgaben sitzt –, bleibt es vor meinem geistigen Auge leer.

In Ezras Zimmer dasselbe. Nichts deutet darauf hin, dass dort auch mal ein junges Mädchen gelebt hat.

Ich setze mich neben meine Umzugskisten auf den Boden, ziehe eine davon zu mir heran und stöbere darin, bis ich die in Luftpolsterfolie eingewickelten, gerahmten Fotos gefunden habe. Das erste, das ich auspacke, wurde letztes

Jahr aufgenommen und zeigt Ezra und mich auf dem Santa Monica Pier mit einem perfekten Sonnenuntergang im Hintergrund. Die Kulisse ist traumhaft, aber ich bin nicht besonders vorteilhaft getroffen. Ich war noch nicht so weit, als der Auslöser gedrückt wurde, und mein angespannter Gesichtsausdruck passt überhaupt nicht zu Ezras breitem Grinsen. Ich habe es trotzdem behalten, weil es mich an ein anderes Foto erinnert.

Dieses andere Foto ist das nächste, das ich aus der Folie wickle – grobkörniger und viel älter, von zwei identisch aussehenden Mädchen mit den gleichen langen Locken wie ich und dem typischen Grunge-Look der Neunzigerjahre. Eine von ihnen lächelt strahlend, die andere sieht ernst aus. Meine Mutter und ihre Zwillingsschwester Sarah. Sie waren damals siebzehn und in der zwölften Klasse der Echo Ridge High, wo Ezra und ich demnächst auch hingehen werden. Ein paar Wochen nachdem dieses Foto aufgenommen wurde, verschwand Sarah.

Das ist jetzt dreiundzwanzig Jahre her, und niemand weiß, was damals mit ihr passiert ist. Oder genauer gesagt – falls es irgendjemand weiß, schweigt er darüber.

Als ich die beiden Fotos nebeneinander auf das Bücherregal stelle, denke ich an das, was Ezra gestern Abend am Flughafen gesagt hat, nachdem Andy ihm die Geschichte seines verhinderten Bruders aufgedrängt hatte. *Ganz schön heftig, oder? Für immer damit leben zu müssen, dass man selbst der Zwilling hätte sein können, der Pech gehabt hat.*

Sadie hat noch nie gern über Sarah gesprochen, egal wie hartnäckig ich sie nach ihr ausgequetscht habe. Es gibt bei uns zu Hause auch keine Fotos von ihr; das hier habe ich mir heimlich aus dem Internet heruntergeladen. Mein Tick für True Crime hat erst so richtig mit Laceys Tod angefangen. Aber ich bin schon sehr früh – eigentlich schon seit ich alt genug war, um zu verstehen, was mit Sarah passiert ist – von der Geschichte um ihr Verschwinden regelrecht besessen gewesen. Dass der eigene Zwilling plötzlich weg ist und nie wieder auftaucht, war in meiner Vorstellung das Schlimmste, was einem Menschen zustoßen konnte.

Sadies Lächeln auf dem Foto ist genauso strahlend wie das von Ezra. Sie war damals der Star an ihrer Schule – die gefeierte Homecoming Queen, genau wie Lacey ein paar Jahre später. Sie träumt bis heute davon, ein Star zu werden. Vielleicht hätte sie mehr als nur Statistenrollen ergattert, wenn sie ihre Schwester an ihrer Seite gehabt hätte, die sie anspornt. Ich weiß es nicht. Aber ich bin mir absolut sicher, dass sie die Lücke, die Sarahs Verschwinden damals gerissen hat, bis heute schmerzhaft spürt. Dass sie sich seitdem nie mehr *vollständig* gefühlt hat. Wenn man zusammen mit einem anderen Menschen auf die Welt gekommen ist, gehört dieser Mensch so sehr zu einem wie der eigene Herzschlag.

Es gibt diverse Gründe, warum meine Mutter tablettensüchtig wurde – ein verspannter Nacken, eine schwierige Trennung, eine Rolle, die sie mal wieder nicht bekam, der Umzug in das schäbigste Apartment, in dem wir je gewohnt haben, und das auch noch ausgerechnet an ihrem vierzigsten Geburtstag –, aber ich glaube, dass alles mit dem Verlust des Mädchens mit dem ernsten Gesicht auf dem Foto begonnen hat.

Als es an der Tür klingelt, lasse ich vor Schreck fast den Rahmen fallen. Ich habe den Polizisten, der vorbeikommen wollte, völlig vergessen und fange eilig an, mich halbwegs vorzeigbar zu machen. Aber ein Blick in den Spiegel über der Kommode lässt mich erstarren. Meine Haare bauschen sich wie eine Perücke um meinen Kopf, und ich habe nichts hier, um sie zu bändigen, weil sich meine ganzen Anti-Frizz-Produkte in dem verloren gegangenen Koffer befinden. Schnell fasse ich meine Locken zu einem Pferdeschwanz zusammen und drehe ihn so lang um sich selbst, bis ich ihn ohne Haargummi zu einem Dutt schlingen kann. Das war einer der ersten Haartricks, die Sadie mir beigebracht hat. Als Kind stand ich im Badezimmer vor dem Doppelwaschbecken und schaute ihr zu, wie sie es machte, um die schnellen, geschickten Bewegungen ihrer Hände nachzuahmen.

Meine Augen brennen, als Nana einen Moment später von unten ruft. »Ellery? Ezra? Ryan ist da.«

Ezra ist schon im Flur, als ich aus meinem Zimmer komme, und ich folge ihm die Treppe hinunter in Nanas Küche. Dort dreht uns ein dunkelhaariger Mann in einer blauen Uniform den Rücken zu und nimmt gerade eine Tasse Kaffee von Nana entgegen. In ihrer Khakihose, den Clogs und der kastenförmig geschnittenen gestreiften Bluse sieht sie aus, als wäre sie einem Outdoor-Katalog entstiegen.

»Vielleicht unternimmt die Stadtverwaltung ja jetzt endlich mal etwas gegen diese unbeleuchtete Brückenunterführung«, sagt Nana, bevor sie über der Schulter des Officers meinen Blick auffängt. »Da seid ihr ja. Ryan, das sind mein Enkel und meine Enkelin. Ezra, Ellery, das ist Officer Ryan Rodriguez. Ich kenne Ryan schon, seit er ein kleiner Junge war. Er wohnt in unserer Straße und ist vorbeigekommen, um uns ein paar Fragen zu gestern Abend zu stellen.«

Er dreht sich zu uns um, und sein Lächeln erstarrt zu einer Grimasse, als ihm die Kaffeetasse aus der Hand fällt und auf dem Boden zerspringt. Im ersten Moment rührt sich keiner von uns, dann greife ich hektisch nach der Küchenrolle, und Ezra sammelt die dickwandigen Scherben der Keramiktasse von Nanas schwarz-weißen Küchenfliesen auf.

»Das tut mir so leid«, entschuldigt sich Officer Rodriguez immer wieder. Er ist sehr jung – höchstens fünf Jahre älter als ich – und wirkt, als wäre er sich selbst nicht so ganz sicher, ob er überhaupt schon erwachsen ist. »Ich habe keine Ahnung, wie das passieren konnte. Die Tasse werde ich natürlich ersetzen.«

»Jetzt übertreib mal nicht, Ryan«, winkt Nana ab. »Die Tassen kosten zwei Dollar das Stück bei Dalton's. Setz dich, ich bringe dir eine neue. Und ihr setzt euch auch, Kinder. Auf dem Tisch steht Orangensaft, wenn ihr welchen wollt.«

Wir setzen uns alle um den Küchentisch, der ordentlich mit drei Tischsets, Besteck und Gläsern gedeckt ist. Officer Rodriguez zieht einen kleinen Block aus seiner Brusttasche und blättert stirnrunzelnd darin. Er sieht immer noch beschämt aus, obwohl er gerade kein Porzellan zerschlägt. »Danke, dass ihr euch die Zeit nehmt, mir ein paar Fragen zu beantworten. Ich bin eben bei den Kilduffs gewesen. Melanie hat mir berichtet, was gestern Abend in der Unterführung auf der Fulkerson Street passiert ist. Leider deutet alles auf Fahrerflucht hin.« Nana reicht ihm eine neue Tasse Kaffee, bevor sie sich neben Ezra setzt. Officer Rodriguez nimmt vorsichtig einen Schluck. »Vielen Dank, Mrs Corcoran. Okay, fangen wir an. Es wäre hilfreich, wenn ihr mir jeweils genau erzählt, woran ihr euch erinnern könnt, egal wie unwichtig es euch erscheint.«

Ich setze mich unwillkürlich aufrechter hin und Ezra verdreht die Augen. Er weiß genau, was gerade in meinem Kopf vorgeht. Auch wenn das, was letzte Nacht passiert ist, ganz schrecklich ist, löst die Tatsache, dass wir aktiv an einer echten polizeilichen Ermittlung beteiligt sind, ein aufgeregtes Kribbeln in mir aus. Auf so einen Moment warte ich schon mein halbes Leben.

Leider habe ich so gut wie nichts beizutragen, weil ich mich abgesehen davon, dass Melanie versucht hat, Mr Bowman wiederzubeleben, an kaum etwas erinnere. Ezra geht es nicht viel anders. Nana ist die Einzige, der ein paar kleine Details aufgefallen sind, zum Beispiel, dass Mr Bowman einen Regenschirm und eine Frischhaltedose mithatte, die neben ihm auf dem Pflaster lagen. Ryan Rodriguez ist als Ermittlungsbeamter eine Enttäuschung. Er stellt immer wieder dieselben Fragen, kippt beinahe seine noch fast volle Kaffeetasse um und verhaspelt sich ständig, wenn er Melanies Namen sagt. Bis er sich schließlich von uns verabschiedet und Nana ihn zur Tür begleitet, bin ich zu dem Schluss gekommen, dass er dringend noch ein paar Jahre Ausbildung nötig hat, bevor er wieder allein auf Verbrecherjagd geschickt werden sollte.

»Diese Befragung war irgendwie ziemlich planlos«, sage ich, als Nana in die Küche zurückkommt. »Wird der Typ hier im Ort als Polizist überhaupt ernst genommen?«

Meine Großmutter holt eine Pfanne aus dem Schrank neben dem Herd und stellt sie auf eine der vorderen Flammen. »Ryan ist ein sehr fähiger Polizist«, entgegnet sie, geht zum Kühlschrank, holt Butter heraus und stellt sie auf die Arbeitsplatte. Mit einem Messer teilt sie ein großes Stück ab und gibt es in die Pfanne. »Er ist im Moment vielleicht ein bisschen durch den Wind. Sein Vater ist vor ein paar Monaten gestorben. Krebs. Sie standen sich sehr nahe. Letztes Jahr hat er schon seine Mutter verloren. Die Familie hat also einiges durchgemacht. Ryan ist der jüngste und der einzige, der noch zu Hause wohnte. Jetzt muss es dort ziemlich still sein.«

»Er hat noch bei seinen Eltern gewohnt?«, fragt Ezra. »Wie alt ist er denn?« Meinem Bruder sind erwachsene Menschen, die noch zu Hause leben, suspekt. Er gehört genau wie Sadie zu denen, für die klar ist, dass man zu Hause auszieht, sobald die Tinte auf dem Schulabgangszeugnis getrocknet ist. Sein Zehn-Jahres-Plan sieht so aus, dass er sich einen Job bei einem Radiosender suchen und so lange nebenbei als DJ arbeiten wird, bis er genügend Erfahrungen gesammelt hat, um eine eigene Sendung zu bekommen. Wenn ich mir vorstelle, dass mein Bruder mich eines Tages zurücklassen wird, um sein eigenes Leben zu leben – wie auch immer das dann aussehen wird –, muss ich immer gegen eine leichte Panik ankämpfen.

»Ich glaube, er ist zweiundzwanzig«, beantwortet Nana seine Frage. »Oder dreiundzwanzig? Jedenfalls haben die Kinder während des Studiums alle zu Hause gewohnt. Ryan ist auch danach noch geblieben, weil sein Vater dann krank wurde.« Während Ezra schuldbewusst die Schultern hochzieht, horche ich auf.

»Dreiundzwanzig?«, sage ich. »Ist er im selben Jahrgang wie Lacey Kilduff gewesen?«

»Ich glaube schon.« Nana schlägt Eier in die mittlerweile heiße Pfanne.

Ich würde sie gern etwas fragen, zögere aber. Im Grunde kenne ich meine Großmutter kaum. Wir haben während unserer unregelmäßigen und immer ziemlich verkrampften Skype-Gespräche nie über meine verschwundene Tante geredet, ich habe also keine Ahnung, ob sie die Erinnerung an Laceys Tod wegen dem, was mit Sarah passiert ist, vielleicht besonders hart trifft. Wahrscheinlich sollte ich besser den Mund halten, aber …

»Waren die beiden befreundet?«, platze ich heraus. Ezra verzieht das Gesicht, als wolle er sagen *Geht das wieder los.*

»Das weiß ich nicht. Natürlich kannten sie sich. Ryan ist hier in der Straße aufgewachsen und als Schüler haben beide auf der … Fright Farm gejobbt. Das Zögern in ihrer Stimme ist so winzig, dass es mir beinahe entgeht. »Wie die meisten jungen Leute aus dem Ort.«

»Wann macht der Park eigentlich wieder auf?« Ezra wirft mir einen Blick zu, als würde er mir mit seiner Frage einen Gefallen tun, aber die Mühe hätte er sich sparen können. Sobald feststand, dass wir nach Echo Ridge ziehen würden, habe ich mir die Daten auf der Internetseite des Freizeitparks angeschaut.

»Nächstes Wochenende. Am Montag darauf habt ihr euren ersten Schultag hier«, sagt Nana. In Echo Ridge fängt die Schule nach den Sommerferien erst total spät wieder an, was ein Pluspunkt ist. In La Puente mussten wir immer schon direkt nach dem Labor Day antreten und der war vor zwei Wochen. Nana deutet mit dem Pfannenwender zum Küchenfenster über der Spüle, durch das man auf den Wald hinter ihrem Haus blickt. »Ihr werdet es mitbekommen, wenn es losgeht. Der Park ist nur zehn Minuten zu Fuß durch den Wald entfernt.«

»Echt?« Ezra zieht verblüfft die Brauen hoch. Ich sehe sicher genauso fassungslos aus wie er, aber bei mir hat es einen anderen Grund. Ich bin entsetzt darüber, wie schlecht er sich vorbereitet hat. »Dann leben die Kilduffs also immer noch in unmittelbarer Nähe zu dem Ort, an dem ihre Tochter … wo jemand sie … ähm …« Er verstummt, als Nana sich umdreht und jedem von uns einen Teller mit einem riesigen, fluffigen Omelett hinstellt. Ezra und ich tauschen einen überraschten Blick. Ich kann mich nicht daran erinnern, dass wir je etwas anderes als Kaffee zum Frühstück bekommen haben. Aber es duftet so köstlich, dass mir das Wasser im Mund zusammenläuft und mein Magen knurrt. Seit den drei Müsliriegeln gestern Abend im Flugzeug habe ich nichts mehr gegessen.

»Tja.« Nana setzt sich zwischen uns und schenkt sich ein Glas Orangensaft aus dem Keramikkrug ein, der auf dem Tisch steht. Ein *Krug.* Kein Tetra Pak. Ich denke einen Moment darüber nach, warum jemand sich die Mühe macht, Saft aus einem Tetra Pak in einen Krug umzufüllen, bevor ich einen Schluck trinke und feststelle, dass er frisch gepresst ist. Unglaublich, dass sie und Sadie Mutter und Tochter sein sollen. »Es ist ihr Zuhause. Die beiden jüngeren Mädchen haben hier in der Nachbarschaft viele Freunde.«

»Wie alt sind sie?«, frage ich. Melanie war nicht nur Sadies Lieblingsbabysitterin; auch auf der Highschool hat sie meine Mutter unter ihre Fittiche genommen – sie war so ziemlich der einzige Mensch aus Echo Ridge, über den Sadie je gesprochen hat. Trotzdem weiß ich so gut wie nichts über sie – außer, dass ihre älteste Tochter ermordet wurde.

»Caroline ist zwölf und Julia sechs«, antwortet Nana. »Der Altersunterschied zwischen den beiden ist recht groß, genau wie schon der zwischen Lacey und Caroline. Melanie hatte Probleme, schwanger zu werden. Aber ich schätze, das hatte auch etwas Gutes. Die zwei waren noch klein, als das mit Lacey passierte. Dass sie sich um die beiden kümmern und für sie da sein mussten, war vielleicht das Einzige, was Melanie und Dan geholfen hat, diese schreckliche Zeit durchzustehen.«

Ezra schneidet ein Stück von seinem dampfenden Omelett ab. »Und die Polizei hatte nie einen Verdacht, wer Laceys Mörder gewesen sein könnte?«, fragt er.

»Nein«, sagt Nana im selben Moment, in dem ich sage: »Ihr Freund.«

Nana nimmt einen Schluck von ihrem Orangensaft. »Das dachten zu der Zeit viele. *Denken* es heute noch. Aber Declan Kelly stand offiziell nie unter Verdacht. Er wurde befragt, das ja. Mehrmals. Aber er ist nie in Polizeigewahrsam gewesen.«

»Wohnt er noch hier?«, frage ich.

Sie schüttelt den Kopf. »Er ist sofort nach seinem Abschluss aus Echo Ridge weggezogen. Das war mit Sicherheit das Beste für alle Beteiligten. Für seine Familie ist die Situation extrem belastend gewesen. Sein Vater ist kurz nach ihm weggezogen. Ich dachte immer, die Mutter und der Bruder würden auch nicht bleiben, aber … für sie haben sich die Dinge anders entwickelt.«

Ich habe mir eben die Gabel zum Mund geführt und halte mitten in der Bewegung inne. »Bruder?« Ich hatte nicht gewusst, dass Laceys Freund einen Bruder hatte; in den Nachrichten wurde damals kaum etwas über ihr Umfeld berichtet.

»Ja. Declan hat einen jüngeren Bruder, Malcolm. Ungefähr in eurem Alter«, sagt Nana. »Ich kenne ihn nicht besonders gut, aber er scheint zurückhaltender zu sein. Stolziert nicht durch die Stadt, als würde sie ihm gehören, wie sein Bruder früher.«

Ich spähe zu meiner Großmutter rüber, die nachdenklich einen Bissen von ihrem Omelett kaut, und wünschte, ich könnte sie besser einschätzen. Es würde mich interessieren, ob der Fall Lacey und der Fall Sarah in ihren Gedanken genauso miteinander verknüpft sind wie in meinen. Sarahs Verschwinden liegt jetzt schon so lange zurück; fast ein Vierteljahrhundert ohne Antworten. Laceys Eltern müssen mit einer anderen Art Ungewissheit fertigwerden – sie wissen zwar, *was wann* passiert ist und *wie*, aber das *wer* oder *warum* kennen sie nicht. »Glaubst du, dass es Declan Kelly war?«, frage ich.

Nana zieht die Brauen zusammen, als wäre ihr die ganze Unterhaltung plötzlich unangenehm. »Das habe ich nicht gesagt. Es hat nie irgendwelche eindeutigen Beweise gegen ihn gegeben.«

Ich greife nach dem Salzstreuer und spreche nicht aus, was ich denke. Das mag ja sein, aber wenn mich all die Jahre, in denen ich jetzt schon Bücher über wahre Verbrechen lese und *Dateline* schaue, eines gelehrt haben, dann das: Es ist *immer* der Freund oder Ehepartner des Opfers gewesen.

3

MALCOLM
Mittwoch,
4. September

Mein Hemd ist ganz steif. Zu viel Wäschestärke. Es knistert förmlich, als ich die Arme anwinkle, um mir die Krawatte umzulegen. Ich beobachte meine Hände im Spiegel, die erfolglos versuchen, einen ordentlichen Knoten zu binden, und gebe es auf, als er zumindest die richtige Größe hat. Der Spiegel sieht antik und teuer aus, wie alles bei den Nilssons. Er wirft das Bild eines Raums zurück, in das mein altes Zimmer dreimal hineinpassen würde. Und mindestens eine Hälfte von Declans Apartment.

Und, wie lebt es sich in der Villa so?, hat mich mein Bruder gestern Abend gefragt, während Mom im Bad war und er den letzten Rest seiner Geburtstagstorte vom Teller kratzte. Sie hatte ihm einen Bund bunter Helium-Luftballons mitgebracht, die Declan in der engen Kochnische, die er Küche nennt, ständig gegen den Kopf stießen.

Beschissen, sagte ich. Das ist die Wahrheit. Andererseits lebt es sich hier auch nicht beschissener als da, wo ich die letzten fünf Jahre meines Lebens verbracht habe. Den Großteil dieser fünf Jahre hat Declan vier Stunden von uns entfernt in New Hampshire gewohnt, wo ihm unsere Tante eine Souterrainwohnung vermietet.

Es klopft energisch an meiner Zimmertür, und die Angeln

quietschen, als meine Stiefschwester, ohne eine Antwort abzuwarten, den Kopf reinstreckt. »Fertig?«, fragt sie.

»Yep.« Ich nehme das dunkelblaue Jackett vom Bett und schlüpfe hinein. Katrin legt stirnrunzelnd den Kopf schräg, sodass ihre weißblonden Haare über eine Schulter nach vorn fallen. Ich kenne diesen Blick. Er bedeutet: *Irgendwas stimmt nicht mit dir, und gleich sag ich dir auch, was es ist und was man dagegen tun kann.* Ich bekomme diesen Blick jetzt schon seit Monaten praktisch täglich zu sehen.

»Deine Krawatte sitzt schief«, sagt sie prompt und kommt mit klackernden Absätzen und ausgestreckten Armen auf mich zu. Während sie an dem Knoten herumnestelt, entsteht zwischen ihren Brauen eine steile Falte, die wieder verschwindet, als sie einen Schritt zurücktritt, um ihr Werk zu begutachten. »So«, sagt sie zufrieden und tätschelt mir die Schulter. »Viel besser.« Dann lässt sie die Hand an meiner Brust hinunterwandern und pflückt mit hellrosa lackierten Fingernägeln einen Fussel von meinem Jackett. »Du kannst ja richtig cool aussehen, Mal. Wer hätte das gedacht?«

Sie bestimmt nicht. Katrin Nilsson hat kaum je ein Wort mit mir gewechselt, bis ihr Vater und meine Mutter letzten Winter ein Paar wurden. Sie ist der Star der Echo Ridge High, und ich bin der Nerd aus der Schulband mit der übel beleumdeten Familie. Aber da wir jetzt unter einem Dach leben, kann Katrin meine Existenz nicht länger leugnen. Sie hat ihre eigene Art gefunden, damit umzugehen, soll heißen, dass sie mich je nach Laune entweder wie ein Projekt oder wie ein lästiges Übel behandelt.

»Okay, dann los«, sagt sie und zupft mich leicht am Ärmel. Ihr enges schwarzes Kleid betont ihre Kurven, reicht aber züchtig bis zu ihren Knien. Es würde fast spießig aussehen, wenn sie nicht Schuhe mit hohen, spitzen Absätzen tragen würde, die einen praktisch dazu zwingen, den Blick auf ihre Beine zu richten. So wie ich es jetzt tue. Meine neue Stiefschwester ist vielleicht eine Nervensäge, aber sie ist unwiderlegbar eine *heiße* Nervensäge.

Ich folge ihr den Flur entlang zu dem großen, galerieartigen Treppenabsatz, von dem aus man in die riesige Eingangshalle hinunterschaut. Meine Mutter und Peter warten unten schon auf uns. Wie immer, wenn sie so dicht nebeneinanderstehen, senke ich den Blick, weil sich seine Hände dann meistens an Stellen befinden, wo ich sie lieber nicht sehen will. Selbst Katrin und der Footballstar, mit dem sie zusammen ist, sind in puncto öffentliche Liebesbekundungen deutlich zurückhaltender als die beiden.

Aber Mom ist glücklich, und ich schätze, das ist was Gutes.

Peter schaut zu uns hoch und hört auf, meine Mutter zu betatschen. »Gut seht ihr beiden aus!«, ruft er, als wir die Treppe herunterkommen. Sein Anzug ist dunkelblau wie meiner, sitzt aber wie angegossen, weil maßgeschneidert. Peter erinnert mich immer an die weltmännischen Typen in den Anzeigen für Luxusuhren in der GQ – markante Züge, durchdringender Blick, gewellte blonde Haare, die von genau der richtigen Menge Grau durchzogen sind, um distinguiert zu wirken. Als sich herumsprach, dass zwischen ihm und Mom etwas lief, haben sich garantiert alle gefragt, was ein Mann wie er bloß an ihr findet. Als er sie dann auch noch heiratete, war die Fassungslosigkeit perfekt.

Er hat sie und ihren Sohn gerettet. So denken alle hier. Der charmante Anwalt Peter Nilsson, Inhaber der einzigen Kanzlei der Stadt und extrem wohlhabend, hat uns mit einer geschmackvollen Hochzeitszeremonie am Echo Ridge Lake von Ausgestoßenen zu Angehörigen des Establishments gemacht. Also ja, vielleicht hat er uns wirklich gerettet. Die Leute gehen meiner Mutter seitdem nicht mehr aus dem Weg oder zerreißen sich hinter ihrem Rücken das Maul über sie. Sie ist mittlerweile festes Mitglied des Garden Clubs, wird in Schulausschüsse berufen, ist selbstverständlich Gast der Benefizgala heute Abend und nimmt an all den ganzen anderen dämlichen gesellschaftlichen Veranstaltungen teil, die in dieser Stadt stattfinden. Alles dank Peter.

Aber das bedeutet nicht, dass ich ihn mögen muss.

»Schön, dass du wieder da bist, Malcolm«, sagt er und schafft es fast, das so klingen zu lassen, als würde er es ernst meinen. Mom und ich haben letzte Woche Verwandte in New Hampshire besucht und auf der Rückfahrt bei Declan haltgemacht. Peter und Katrin sind nicht mitgekommen. Zum einen, weil er arbeiten musste, zum anderen, weil keiner der beiden bereit ist, Echo Ridge zu verlassen, um irgendwohin zu fahren, wo es keinen Zimmerservice und keinen Wellnessbereich gibt.

»Hast du mal mit Mr Coates gesprochen, während wir weg waren?«, frage ich.

Peter bläht kaum merklich die Nasenflügel. Es ist das Äußerste an Unmutsbekundung, das er je zu erkennen gibt. »Am Freitag war ich mit ihm essen, ja. Er ist noch dabei, die Agentur in Gang zu bringen, aber er lädt Declan gern zu einem Gespräch ein, sobald er wieder etwas mehr Luft hat. Ich bleibe auf jeden Fall an ihm dran.«

Ben Coates ist Bürgermeister von Echo Ridge gewesen, bevor er nach Burlington gezogen ist, um dort eine PR-Agentur aufzubauen, mit der er Politiker im Wahlkampf unterstützen will. Declan ist zwar noch ein paar – okay, ziemlich *viele* – Prüfungen davon entfernt, sein Studium in Politikwissenschaft an einem Community College zu beenden, aber er hofft trotzdem auf ein Empfehlungsschreiben. Das ist das Einzige, worum er Peter je gebeten hat. Oder besser gesagt – Mom hat ihn darum gebeten. Declan und Peter haben nämlich praktisch keinen Kontakt.

Mom schaut mit einem strahlenden Lächeln zu Peter auf und ich schiebe meine zynischen Gedanken beiseite. Katrin tritt auf Mom zu und streicht über ihre Kette, die aus mehreren umeinandergewundenen Glasperlensträngen besteht. »Wie hübsch!«, sagt sie. »Und so erfrischend unkonventionell. Im Gegensatz zu den ganzen klassischen Perlenketten, die wir heute Abend zu sehen bekommen werden.«

Moms Lächeln verblasst. »Oh, ich … Eine klassische Perlenkette habe ich natürlich auch«, sagt sie nervös und sieht Peter an. »Soll ich lieber …«

»Aber nein«, sagt er schnell. »Du siehst wunderschön aus.«

Manchmal könnte ich Katrin echt umbringen. Nicht wortwörtlich natürlich. Angesichts unserer Familiengeschichte habe ich das Gefühl, solche Aussagen immer sofort richtigstellen zu müssen, selbst wenn ich sie nur denke. Ich verstehe einfach nicht, warum sie ständig gegen Mom sticheln muss. Es ist nicht so, als wäre meine Mutter für die Trennung ihrer Eltern verantwortlich. Sie ist Peters *dritte* Frau. Lange bevor die beiden sich überhaupt begegnet sind, hat sich Katrins Mutter in einen anderen Mann verliebt und ist ihm nach Paris gefolgt.

Außerdem muss Katrin doch klar sein, wie nervös Mom wegen heute Abend ist. Wir sind noch nie auf einer Benefizgala der *Lacey-Kilduff-Memorial-Studienstiftung* gewesen. Was vor allem daran liegt, dass wir nie eingeladen worden sind.

Oder willkommen gewesen wären.

Peters Nasenflügel blähen sich erneut. »Wir sollten langsam los, wenn wir nicht zu spät kommen wollen.«

Er hält uns die Tür auf und drückt auf einen Knopf an seinem exklusiven Autoschlüssel. Eine Sekunde später kommt sein schwarzer Range Rover im Schritttempo in die Einfahrt gerollt und Katrin und ich steigen hinten ein. Meine Mutter nimmt auf dem Beifahrersitz Platz, macht das Radio an und schaltet von den Top-40-Charts, die Katrin gern in voller Lautstärke hört, zum Nachrichtensender NPR. Peter steigt als Letzter in den Wagen, schnallt sich an und legt den Gang ein.

Die gewundene Auffahrt der Nilssons nimmt den größten Teil der Wegstrecke ein. Nachdem wir zum Tor hinausgefahren sind, müssen wir nur noch zweimal abbiegen und sind schon im Stadtzentrum. Oder dem, was man in Echo Ridge unter Stadtzentrum versteht – eine Reihe roter Backsteingebäude mit weiß lackierten Fensterläden und Dachgauben entlang der Manchester Street, die von altmodischen, schmiedeeisernen Straßenlaternen gesäumt ist. Hier ist nie viel los, aber an einem Mittwochabend der letzten Ferienwoche ist es besonders tot. Die eine Hälfte der Einwohner ist noch im Sommerurlaub, die andere nimmt an der Benefizgala im Kulturzentrum teil, in dem alle wichtigen Veranstaltungen der Stadt ausgerichtet werden. Wenn sie nicht in der Villa der Nilssons stattfinden.

Bei *uns* zu Hause. Ich werde mich nie daran gewöhnen.

Peter stellt den Wagen in der Manchester Street ab und wir steigen aus und überqueren die Straße. Nach ein paar Metern kommen wir an dem blau gestrichenen viktorianischen Gebäude vorbei, in dem sich O'Neill's Beerdigungsinstitut befindet. Katrin seufzt schwer. »Zu schade, dass du Mr Bowmans Trauerfeier verpasst hast«, sagt sie. »Sie war wirklich schön. Der Schulchor hat *To Stir With Love* gesungen und alle waren total ergriffen.«

Mein Magen verkrampft sich. Mr Bowman war mein Lieblingslehrer. Er war mit Abstand der beste von allen. Ich mochte seine unaufgeregte Art, außerdem hatte er die Gabe, zu spüren, was das besondere Talent eines Schülers war, und denjenigen darin zu bestärken. Nachdem Declan weggezogen war und Dad sich aus dem Staub gemacht hatte, wusste ich nicht, wohin mit der ganzen Wut, die sich in mir aufgestaut hatte. Mr Bowman hat mich damals auf die Idee gebracht, es mit Schlagzeugspielen zu versuchen. Der Gedanke, dass ihn jemand überfahren und dann sterbend mitten auf der Straße hat liegen lassen, ist unerträglich.

»Was hat er während des Hagelsturms überhaupt da draußen gemacht?«, frage ich, weil es leichter ist, sich auf eine Nebensächlichkeit zu konzentrieren, als weiter über das Unfassbare nachzudenken.

»Er hatte eine leere Frischhaltedose dabei«, sagt Peter. »Einer seiner Kollegen hat auf der Beerdigung die Vermutung geäußert, dass er Hagelkörner für ein Unterrichtsprojekt über den Klimawandel sammeln wollte. Ob es wirklich so war, werden wir wohl nie erfahren.«

Mir geht es gleich noch schlechter, weil ich es mir jetzt bildlich vorstellen kann: Mr Bowman, wie er spätabends voller Begeisterung mit seinem Regenschirm und einem Plastikbehälter aus dem Haus ging, um *Wissenschaft greifbar zu machen.* Das war genau sein Ding.

Zwei Straßen weiter heißt uns eine große, golden eingefasste Tafel vor dem Kulturzentrum willkommen. Das rote Backsteingebäude mit dem Uhrenturm und den breiten Treppenstufen, die zu einem kunstvoll geschnitzten hölzernen Eingangsportal führen, ist das imposanteste Bauwerk der Straße. Ich strecke die Hand nach dem Türknauf aus, aber Peter ist schneller. Wie immer. Keine Chance, sich neben diesem Typen als Gentleman zu beweisen. Mom schenkt ihm ein dankbares Lächeln, als er ihr galant den Vortritt lässt.

Im Foyer werden wir von einer jungen Frau in Empfang genommen, die uns durch einen Gang zu einem Saal führt, in dem festlich eingedeckte runde Tische aufgebaut sind. Ein paar Gäste haben bereits Platz genommen, aber die meisten stehen noch in kleinen Grüppchen zusammen und unterhalten sich. Als die ersten sich umdrehen und uns erkennen, setzt so eine Art Dominoeffekt ein, bis sich schließlich alle die Hälse nach uns verrenken.

Das ist der Moment, auf den ganz Echo Ridge gewartet hat: Zum ersten Mal seit fünf Jahren tauchen die Kellys auf einer Veranstaltung zu Ehren von Lacey Kilduff auf.

Zu Ehren des Mädchens, von dem die meisten Leute in der Stadt heute noch glauben, dass sie von meinem Bruder ermordet wurde.

»Ah! Da ist Theo. Ich geh mal rüber zu ihm.« Katrin bahnt sich durch die Menge einen Weg zu ihrem Freund.

So viel zum Thema Familiensolidarität. Meine Mutter befeuchtet sich nervös die Lippen. Peter hält ihr den Arm hin, damit sie sich bei ihm unterhaken kann, und setzt ein strahlendes Lächeln auf. Eine Sekunde lang finde ich ihn beinahe sympathisch.

Declan und Lacey haben sich in den Wochen vor ihrem Tod ständig gestritten. Das war ungewöhnlich. Bis dahin war ihre Beziehung total harmonisch gewesen. Declan kann zwar ein arrogantes Arschloch sein, aber Lacey gegenüber hat er diese Seite nie gezeigt. Plötzlich fingen sie an, Türen zu knallen, Verabredungen abzusagen und sich online zu bekriegen. Declans letzter, wütender Kommentar auf Laceys Instagram-Profil ging wochenlang über alle Nachrichtensender, nachdem ihre Leiche gefunden worden war.

Ich bin so was von fertig mit dir. Wenn du wüsstest, wie verflucht fertig ich mit dir bin.

Es ist viel zu still geworden unter den Gästen im Saal des Kulturzentrums. Sogar Peters Lächeln ist jetzt eine Spur zu verkrampft. Ehrlich gesagt hätte ich seinen Teflonpanzer robuster eingeschätzt. Als ich kurz davor bin, aus lauter Verzweiflung irgendetwas zu sagen oder zu tun – egal was –, nur um die Anspannung zu lösen, weht plötzlich eine herzliche Stimme in unsere Richtung. »Ach! Hallo, Peter. Und Alicia und Malcolm, wie schön! Ich freue mich, dass ihr auch hier seid.«

Die Stimme gehört Laceys Mutter, Melanie Kildutf, die mit offenem Lächeln auf uns zukommt. Sie umarmt zuerst meine Mutter, dann mich, und als sie sich von mir löst, starrt niemand mehr zu uns rüber.

»Danke«, sage ich leise. Ich weiß nicht, was Melanie in

Bezug auf Declan denkt; sie hat nie mit uns darüber gesprochen. Aber nach Laceys Tod, als es sich anfühlte, als würde die ganze Welt uns hassen, blieb Melanie uns gegenüber weiterhin freundlich. Ein simples *Danke* genügt deshalb eigentlich nicht, aber Melanie streicht mir über den Arm, als fände sie jede Art von Dankbarkeit völlig unnötig, bevor sie sich Mom und Peter zuwendet.

»Nehmt doch bitte Platz, ganz egal, wo ihr sitzen möchtet«, sagt sie und zeigt zu den Tischen. »Gleich wird der erste Gang aufgetragen.«

Sie kehrt zu einem Tisch zurück, an dem ihre Familie, ihre Nachbarin und ein Mädchen und ein Typ in meinem Alter sitzen, die ich hier noch nie gesehen habe. Das ist so ungewöhnlich, dass ich den Hals recke, um einen besseren Blick auf sie zu haben. Der Junge dreht mir halb den Rücken zu, aber das Mädchen ist nicht zu übersehen. Sie hat wilde dunkle Locken und trägt ein komisches Blümchenkleid, das aussieht, als würde es aus dem Kleiderschrank ihrer Großmutter stammen. Vielleicht ist es ein Vintage-Teil, keine Ahnung. Katrin würde lieber sterben, als so etwas anzuziehen. Als das Mädchen meinen Blick auffängt, schaue ich hastig weg. Wenn es etwas gibt, das ich in den letzten fünf Jahren als Declans Bruder gelernt habe, dann das: Von einem Kelly-Jungen wird kein Mädchen gern angestarrt.

Peter steuert auf den vorderen Teil des Saals zu, aber in diesem Moment kommt Katrin und fasst ihn am Arm. »Können wir an Theos Tisch sitzen, Dad? Da ist noch jede Menge Platz.« Als er zögert – Peter führt lieber, als geführt zu werden –, schaltet sie in den Schmeichelmodus. »Bitte, bitte! Ich hab ihn die ganze Woche nicht gesehen und seine

Eltern würden gern über die Sache mit den neuen Ampeln mit dir sprechen.«

Kluger Schachzug. Peter liebt tiefschürfende Diskussionen über irgendwelchen Beschlüsse des Gemeinderats, die jeden anderen zu Tode langweilen würden. Er lächelt nachsichtig und ändert seinen Kurs.

Katrins Freund Theo sitzt allein mit seinen Eltern an dem Tisch für zehn Personen, als wir dort ankommen. Ich kenne ihn seit dem Kindergarten, aber er schaut wie immer durch mich hindurch und winkt jemandem hinter mir zu. »Yo, Kyle! Hier drüben.«

Oh Mann.

Theos bester Kumpel Kyle setzt sich zwischen ihn und meine Mutter, und der Stuhl neben mir ächzt, als ein schwergewichtiger Mann mit grau meliertem blondem Igelschnitt darauf Platz nimmt. Chad McNulty, Kyles Vater und leitender Ermittler in Laceys Mordfall. Als wäre dieser Abend für uns nicht schon schwierig genug. Meine Mutter bekommt diesen angststarren Blick, den sie in seiner Gegenwart immer kriegt, und Peter sieht Theo, der mal wieder nichts mitbekommt, mit geblähten Nasenflügeln an.

»Na, Malcolm.« Officer McNulty faltet seine Serviette auf und breitet sie in seinem Schoß aus, ohne mich anzuschauen. »Schöne Ferien gehabt?«

»Sehr schön. Danke«, murmle ich und nehme einen großen Schluck Wasser.

Officer McNulty hat meinen Bruder nie leiden können. Declan war drei Monate mit seiner Tochter Liz zusammen und hat sie dann für Lacey verlassen, was Liz so aus der Bahn geworfen hat, dass sie danach sogar eine Weile in der Schule fehlte. Im Gegenzug hat sich Kyle mir gegenüber immer wie ein Arschloch benommen. Eine übliche Kleinstadt-Fehde, die allerdings richtig unangenehm wurde, als man Declan inoffiziell zum Mordverdächtigen erklärte.

Das Abendessen beginnt und Teller mit Salat werden aufgetragen. Als Melanie kurz darauf an das Rednerpult auf der Bühne im vorderen Bereich des Saals tritt, spannt Officer McNulty die Kaumuskeln an. »Diese Frau ist ein Paradebeispiel für innere Stärke und Unerschütterlichkeit«, sagt er in einem Tonfall, als wollte er mich warnen, bloß nicht auf die Idee zu kommen, das Gegenteil zu behaupten.

»Vielen Dank, dass Sie heute Abend alle hier sind«, sagt Melanie ins Mikrofon. »Es bedeutet Dan, Caroline, Julia und mir unglaublich viel, zu sehen, wie viele Unterstützer die Lacey-Kilduff-Memorial-Studienstiftung mittlerweile hat.«

Den Rest ihrer Rede blende ich aus. Nicht weil sie mich nicht interessieren würde, sondern weil es zu hart ist, ihr zuzuhören. Dadurch dass wir all die Jahre nie zu solchen Veranstaltungen eingeladen wurden, hatte ich keine Gelegenheit, mir einen Schutzpanzer zuzulegen. Nachdem Melanie ihre Rede beendet hat, stellt sie eine Studentin der University of Vermont vor, die das erste Stipendium der Stiftung erhalten hat. Das Mädchen spricht über ihren Traum, Ärztin zu werden, während unsere leeren Salatteller durch den Hauptgang ersetzt werden. Als sie fertig ist, applaudieren alle und wenden ihre Aufmerksamkeit dem Essen zu. Ich stochere in meinem trockenen Hühnchen, während Peter über Ampelanlagen monologisiert. Ob es noch zu früh für eine Pinkelpause ist?

»Es ist immer heikel, zu versuchen, den Erfordernissen

einer modernen Verkehrsführung gerecht zu werden, ohne die Ästhetik des Stadtbilds zu gefährden«, doziert er.

Nope. Es ist *nicht* zu früh. Ich stehe auf, lege meine Serviette auf den Stuhl und verziehe mich.

Nachdem ich mir die Hände so lange gewaschen habe, dass sie zu schrumpeln anfangen, verlasse ich die Herrentoilette wieder und bleibe unschlüssig in dem Gang zwischen Festsaal und Foyer stehen. Bei der Vorstellung, an den Tisch zurückzukehren, bekomme ich Kopfschmerzen. Niemand wird mich vermissen, wenn ich noch ein paar Minuten länger wegbleibe.

Ich schlage den Kragen meines Jacketts hoch, drücke die schwere Tür auf und trete in die Dunkelheit hinaus. Es ist immer noch schwül, aber wenigstens nicht so stickig wie drinnen. An Abenden wie diesem habe ich immer das Gefühl, keine Luft zu bekommen, als wäre all das, was mein Bruder – tatsächlich und angeblich – getan hat, als ich zwölf war, auf mich übertragen worden und würde auf meinen Schultern lasten, seit er nicht mehr da ist. Ich war *Declan Kellys Bruder*, bevor ich die Chance hatte, jemand anderes zu werden, und manchmal fühlt es sich so an, als ob ich niemals mehr sein werde.

Ich atme tief durch und stutze. In der Luft liegt ein schwacher chemischer Geruch. Als ich die Stufen hinuntergehe, wird er intensiver. Da ich das Licht im Rücken habe, kann ich kaum etwas sehen und stolpere fast über etwas, das im Gras liegt. Ich bücke mich danach. Es ist eine Spraydose.

Jetzt kann ich den Geruch auch einordnen: Es ist Lack. Ich drehe mich um. Das Kulturzentrum ist gut beleuchtet und sieht aus wie immer. Nichts deutet darauf hin, dass hier erst kürzlich irgendetwas neu lackiert wurde, aber dann sehe ich es …

Die große Tafel vor dem Gebäude. Als ich darauf zugehe, kann ich im dämmrigen Licht der Straßenlaterne erkennen, was in großen blutroten Lettern auf die Rückseite aus hellem Holz gesprüht wurde:

MURDERLAND
DAS SEQUEL
DEMNÄCHST

Ich weiß nicht, wie lange ich dort stehe und auf die Rückseite der Tafel starre, bis ich merke, dass ich nicht mehr allein bin. Das Mädchen mit der wilden Lockenmähne und dem seltsamen Kleid, das an Melanies Tisch saß, steht ein paar Meter hinter mir. Ihr Blick zuckt zwischen den Wörtern auf dem Schild und der Spraydose hin und her, die klackert, als ich den Arm sinken lasse.

»Es ist nicht so, wie es aussieht«, sage ich.

4

ELLERY
Samstag, 7. September

Wie geht's dir? Wie läuft es so?

Ich betrachte nachdenklich die Nachricht, die Lourdes mir geschickt hat. Sie lebt in Kalifornien, aber nicht in La Puente. Wir haben uns in der sechsten Klasse kennengelernt – danach sind wir noch dreimal umgezogen. Oder viermal. Im Gegensatz zu Ezra, der immer problemlos Anschluss findet, wenn wir mal wieder die Schule wechseln, halte ich am virtuellen Kontakt zu meiner besten Freundin fest und vermeide ansonsten alle engeren zwischenmenschlichen Beziehungen. Das erleichtert das Abschiednehmen. Zumindest muss man dann nicht so viele Emo-Playlisten anlegen.

Hm, mal überlegen. Wir sind jetzt seit einer Woche hier und das bisherige Highlight war Unkrautzupfen im Garten unserer Grandma.

Lourdes schickt ein paar traurig guckende Emojis, gefolgt von: *Wenn erst mal die Schule anfängt, wird es bestimmt besser. Schon irgendwelche süßen neuenglischen Polohemdträger kennengelernt?*

Nur einen. Aber keinen klassischen Polohemdträger. Kann sein, dass er eher zu denen gehört, die mutwillig öffentliches Eigentum beschädigen.

Ach komm. Erzähl!

Während ich überlege, wie ich ihr die Begegnung mit dem Jungen auf der Benefizgala der Lacey-Kilduff-Memorial-Studienstiftung beschreiben soll, geht auf meinem Handy ein Anruf mit einer kalifornischen Vorwahl ein. Die Nummer sagt mir nichts, aber mein Herz macht einen erwartungsvollen Satz, und ich schreibe Lourdes mit fliegenden Daumen: *Melde mich gleich noch mal, kriege gerade einen Anruf, der hoffentlich mit meinem verloren gegangenen Gepäck zu tun hat.* Mein Koffer ist nämlich immer noch nicht wieder aufgetaucht, und wenn sich daran in den nächsten zwei Tagen nichts ändert, muss ich an der neuen Schule meinen Einstand in Klamotten geben, die meine Großmutter mir in Echo Ridges einzigem Bekleidungsgeschäft gekauft hat. Der Laden heißt Dalton's Emporium und führt auch Küchenutensilien und Werkzeuge aller Art im Sortiment – mehr muss man nicht wissen, um einschätzen zu können, wie es um seine Fashion Credibility bestellt ist. Kein Mensch, der älter als sechs oder jünger als sechzig ist, sollte jemals auch nur einen Fuß dort reinsetzen.

»Hallo?«

»Ellery, hi!« Mir fällt fast das Telefon aus der Hand, und als ich nicht sofort antworte, schiebt die Stimme mit verdoppeltem fröhlichen Nachdruck hinterher: »Ich bin's!«

»Ja, ich weiß.« Ich lasse mich steif auf mein Bett sinken und umklammere mit plötzlich klammen Fingern mein Handy. »Warum rufst du an?«

Sadies Tonfall wird vorwurfsvoll. »Du scheinst dich ja nicht sonderlich darüber zu freuen, von mir zu hören.«

»Es ist nur … ich dachte, wir dürften erst ab nächsten Donnerstag mit dir sprechen.« Laut Nana sehen die Regelungen der Entzugsklinik vor, dass die Patienten einmal pro

Woche fünfzehn Minuten mit Angehörigen skypen dürfen, sobald sie die ersten vierzehn Behandlungstage hinter sich haben. Lust-und-Laune-Anrufe von Anschlüssen mit unbekannter Nummer sind sicher nicht vorgesehen.

»Ach, die sollen sich mal nicht so anstellen«, schnaubt Sadie. Ich kann förmlich hören, wie sie die Augen verdreht. »Eine der Pflegerinnen hier hat mir ihr Handy geliehen. Sie ist ein totaler *Defender*-Fan.« Die einzige Sprechrolle ihres Lebens hatte Sadie in einem Actionfilm namens *The Defender* aus den Neunzigern, der ein Riesenhit mit mehreren Teilen wurde und von einem vom Glück verlassenen Soldaten handelt, der als Cyborg Rache nimmt. Sie spielte darin einen sexy Roboter namens Zeta Voltes, und obwohl sie im ganzen Film nur einen einzigen Satz sagt – *»Das ergibt keinen Sinn«* –, existieren bis heute Zeta-Voltes-Fanseiten im Netz. »Ich würde dich so gern sehen, mein Liebes, lass uns zu FaceTime wechseln.«

Ich zögere. Eigentlich bin ich noch nicht bereit für das hier. Nicht im Mindesten. Aber sie ist meine Mutter. Ich kann sie ja schlecht einfach wegdrücken, oder? Ein paar Sekunden später erscheint Sadies freudestrahlendes Gesicht im Display. Sie sieht aus wie immer, nämlich ganz anders als ich – bis auf die Haare. Sadie hat leuchtend blaue Augen, meine dagegen sind so dunkel, dass sie fast schwarz wirken. Sie hat weiche, mädchenhafte Gesichtszüge, meine sind eher klar und nüchtern. Wir haben nur eine einzige andere äußerliche Gemeinsamkeit – ein Grübchen in der rechten Wange, wenn wir lächeln. Als ich ihres jetzt sehe, zwinge ich mich, es ihr gleichzutun. »Da bist du ja!«, ruft sie und runzelt dann die Stirn. »Um Gottes willen. Was ist mit deinen Haaren passiert?«

Mir schnürt es die Brust zusammen. »Echt jetzt? Ist das wirklich das Erste, was du mir zu sagen hast?«

Wir haben uns nicht mehr gesprochen, seit sie ihre stationäre Therapie im Hamilton House angetreten hat – einer teuren, von Nana finanzierten Privatklinik. Dafür, dass sie bei ihrem Crash die komplette Ladenfront eines Juweliergeschäfts demoliert hat, ist sie noch glimpflich davongekommen. Sie hat weder sich noch jemand anderen verletzt und ist vor einem Richter gelandet, der eine Therapie für sinnvoller hielt als einen Gefängnisaufenthalt. Besonders dankbar hat sie sich dafür allerdings nicht gezeigt. Schuld sind wie immer die anderen und die Umstände gewesen: der Arzt, der ihr ein zu starkes Medikament verschrieben hat, die schlechten Lichtverhältnisse auf der Straße, die abgefahrenen Bremsbeläge unseres Wagens. Wie *wütend* mich das alles macht, wird mir erst in diesem Moment klar, als ich hier in einem Zimmer im Haus einer mir praktisch fremden Großmutter sitze und mir anhören muss, wie Sadie an meinen Haaren herummäkelt, während sie mich auf einem Handy anruft, das sie sich von jemandem geliehen hat, der dafür seinen Job verlieren könnte.

»Ach, El, natürlich nicht. Das war doch bloß Spaß. Du siehst wunderschön aus. Wie geht's dir?«

Was soll ich denn jetzt bitte darauf antworten? »Gut.«

»Erzähl, wie habt ihr eure erste Woche verbracht? Ich will alles ganz genau wissen.«

Ich könnte mich einfach weigern, das Spiel mitzuspielen. Aber als mein Blick an dem Foto von ihr und ihrer Schwester auf meinem Bücherregal hängen bleibt, steigt sofort das vertraute Bedürfnis in mir auf, es ihr recht zu machen. Meinen Groll hinunterzuschlucken und sie zum Lächeln zu bringen. So geht das schon mein ganzes Leben lang; es ist unmöglich, jetzt damit aufzuhören. »Du hattest recht. Es ist wirklich genauso seltsam hier, wie du immer erzählt hast. Ich bin schon zweimal von der Polizei befragt worden.«

Sadie reißt die Augen auf. »Was?«

Ich berichte ihr von dem tödlichen Unfall mit Fahrerflucht und der Graffiti-Botschaft, die jemand während Laceys Benefizgala vor drei Tagen auf das Schild des Kulturzentrums gesprüht hat. »Declan Kellys *Bruder* hat diesen Mist geschrieben?«, hakt sie fassungslos nach.

»Er behauptet, die Dose hätte am Boden gelegen und er hätte sie bloß aufgehoben.«

»Ja klar«, schnaubt sie.

»Ich weiß nicht. Er wirkte selbst ziemlich geschockt.«

»Gott, arme Melanie, armer Dan. Das ist wirklich das Letzte, was die beiden noch gebraucht haben.«

»Ich habe mich auf der Benefizgala mit einem Polizisten unterhalten, der gesagt hat, er würde dich kennen. Officer McNulty? Seinen Vornamen hab ich vergessen.«

Sadie grinst. »Chad McNulty! Mit dem bin ich in der Zehnten mal zusammen gewesen. Uaahh. Wahrscheinlich lernst du jetzt nach und nach alle meine Ex-Freunde kennen. Ist Vance Puckett zufällig auch da gewesen? Der war früher so was von *heiß*.« Ich schüttle den Kopf. »Oder Ben Coates? Peter Nilsson?«

Von den drei Namen sagt mir nur der letzte etwas. Ich habe Peter Nilsson kennengelernt, nachdem sein Stiefsohn und ich die Schmiererei auf dem Schild gemeldet hatten. »Mit dem bist du zusammen gewesen?«, frage ich. »Gehört dem nicht praktisch die halbe Stadt?«

»Doch, so ungefähr. Süß, aber ein ziemlicher Spießer. Wir sind zweimal miteinander ausgegangen, als ich in der Oberstufe war, aber er war damals schon auf dem College, und es hat nicht so richtig gepasst zwischen uns.«

»Jetzt ist er der Stiefvater von Malcolm«, sage ich.

Sadie verzieht ratlos das Gesicht. »Von wem?«

»Malcolm Kelly. Declan Kellys Bruder? Der mit der Spraydose?«

»Großer Gott«, sagt Sadie kopfschüttelnd. »Versteh einer die Leute, die in diesem Kaff leben.«

Ich lehne mich lachend in mein Kissen zurück und spüre, wie etwas von der Anspannung von mir abfällt. Sadie hat die beinahe übernatürliche Gabe, einem das Gefühl zu geben, dass alles gut werden wird, auch wenn es meistens in einer Katastrophe endet. »Officer McNulty hat gesagt, sein Sohn wäre in unserem Jahrgang«, erzähle ich weiter. »Ich glaube, er war auch auf der Benefizgala, aber ich habe ihn nicht kennengelernt.«

»Oh Mann, sind wir alle alt geworden. Hat *er* dich zu diesem Unfall befragt?«

»Nein, das war ein anderer, noch ziemlich junger Polizist. Ryan Rodriguez?« Ich rechne damit, dass Sadie mit dem Namen nichts anfangen kann, aber ihr friert für den Bruchteil einer Sekunde das Gesicht ein. »Was ist?«, frage ich. »Kennst du ihn?«

»Ich? Nein! Woher denn?«, antwortet Sadie eine Spur zu hastig. Als ich skeptisch die Stirn runzle, sagt sie: »Ich … ich hab nur so reagiert, weil … zieh nicht gleich wieder irgendwelche voreiligen Schlüsse daraus, Ellery, ich weiß ja, wie du tickst, aber er … Auf Laceys Beerdigung damals ist er komplett zusammengebrochen. Ich hatte das Gefühl, dass ihr Tod ihn viel mehr mitnimmt als den Jungen, mit dem sie zusammen war. Ist mir bloß wieder eingefallen, als ich gerade seinen Namen gehört hab, deswegen war ich gerade so überrascht. Der ist jetzt also bei der Polizei?«

»Was heißt komplett zusammengebrochen?«

Sadie seufzt theatralisch. »Das war ja klar.«

»Du hast davon angefangen!«

»Ach, na ja, er … keine Ahnung … Er hat laut geschluchzt und konnte sich kaum auf den Beinen halten. Seine Freunde mussten ihn auf dem Weg aus der Kirche stützen. Und als ich zu Melanie gesagt hab, dass die beiden sich ja ganz schön nahegestanden haben müssen, hat sie behauptet, sie hätten sich kaum gekannt.« Sadie zuckt mit den Schultern. »Wahrscheinlich war er heimlich in sie verliebt, nichts weiter. Lacey war eine echte Schönheit … Wie bitte?« Sie dreht den Kopf zur Seite und ich höre Gemurmel im Hintergrund. »Oh, okay. Tut mir leid, El, aber ich muss Schluss machen. Sag Ezra, dass ich mich bald bei ihm melde, ja? Ich hab euch lieb und …« Sie hält inne und zum ersten Mal spiegelt ihr Gesicht so etwas wie Bedauern wider. »Und … ich bin froh, dass du schon ein paar Leute kennengelernt hast.«

Keine Entschuldigung. Eine Entschuldigung wäre ein Eingeständnis, dass eben nicht alles in bester Ordnung ist, aber dazu ist Sadie selbst dann nicht in der Lage, wenn sie mich verbotenerweise aus der Entzugsklinik anruft. Als ich nichts erwidere, fügt sie hinzu: »Es ist Samstag, ich hoffe, du hast heute noch irgendwas Nettes vor, und wünsch dir viel Spaß dabei!«

Ich bin mir nicht sicher, ob *nett* das richtige Wort dafür ist oder ob es Spaß machen wird, aber es ist etwas, das ich vorhabe, seit ich wusste, dass wir nach Echo Ridge ziehen würden. »Die Fright Farm macht heute wieder auf, da will ich nachher noch hin.«

Sadie schüttelt in liebevoller Verzweiflung den Kopf. »Hätte ich mir auch denken können«, sagt sie und wirft mir einen Luftkuss zu, bevor sie die Verbindung beendet.

••••

Ein paar Stunden später laufen Ezra und ich durch den Wald hinter Nanas Haus in Richtung Fright Farm. Unter unseren Füßen raschelt das Herbstlaub, und Ezra hört nicht auf, sich über meine neuen, notgedrungen bei Dalton's geshoppten Klamotten lustig zu machen.

»Ich meine, wie nennt man diese Dinger überhaupt?«, prustet er, als wir über einen dicken Ast steigen. »Freizeithosen?«

»Halt einfach die Klappe«, brumme ich. Die Hose aus einem synthetischen Stretch-Stoff war noch das am wenigsten Augenkrebs erzeugende Kleidungsstück, das ich finden konnte. Immerhin ist sie schwarz und sitzt halbwegs. Dazu trage ich ein kastenförmig geschnittenes, grau-weiß kariertes T-Shirt, das am Kragen so eng ist, dass ich kaum Luft bekomme. Ich habe ziemlich sicher noch nie schlimmer ausgesehen. »Erst nervt Sadie mich wegen meinen Haaren und jetzt muss ich mir auch noch dein Geläster über meine Klamotten anhören.«

»Aber sie hat gut ausgesehen, ja?«, fragt Ezra mit einem breiten, hoffnungsfrohen Lächeln. Er und Sadie sind sich manchmal schrecklich ähnlich, vor allem was ihren unerschütterlichen Optimismus angeht, der es einem praktisch unmöglich macht, ihnen zu sagen, was man wirklich denkt.

Wenn ich es dann doch mal versuche, seufzt Sadie immer und sagt *Sei doch nicht ständig so eine Miesmacherin, Ellery.* Einmal – nur ein einziges Mal – hat sie ein leises *Du bist genau wie Sarah* hinterhergeschoben. Und dann so getan, als würde sie mich nicht hören, als ich sie bat, noch mal zu wiederholen, was sie gerade gesagt hatte.

»Sie hat super ausgesehen«, versichere ich Ezra.

Die Geräuschkulisse des Freizeitparks dringt zu uns, bevor wir etwas davon sehen können. Als wir dann aber einen Moment später aus dem Wald treten, ragt auf der anderen Straßenseite unübersehbar das Eingangstor vor uns auf: ein riesiger, monströser Kopf mit grün glühenden Augen und einem zu einem Schrei aufgerissenen Mund, der als Durchgang für die Besucher dient. Alles sieht exakt wie auf den Fotos aus, die damals im Zusammenhang mit Laceys Mord in den Medien gezeigt worden sind, nur dass auf dem großen gebogenen Schild über dem Eingang jetzt in blutroten Splatter-Buchstaben FRIGHT FARM steht.

Ezra schirmt die Augen vor der Sonne ab. »Ich sag es jetzt einfach mal, wie's ist: Fright Farm ist ein Scheißname. Murderland war besser.«

»Ganz deiner Meinung«, erwidere ich, bevor wir die Straße überqueren, nachdem wir erst noch ein paar Autos passieren lassen mussten.

Lautes Kreischen weht zu uns herüber, als sich gerade die Kabine des Roll-O-Plane überschlägt. Die Fright Farm, deren Gelände von einem hohen schmiedeeisernen Zaun eingefasst wird, hat ihre Tore zwar erst vor einer Stunde geöffnet, ist aber offenbar schon jetzt brechend voll. Als wir uns dem Eingang nähern, entpuppt sich der monströse Kopf als in den Farben von verwesendem Fleisch bemalte

Zombievisage. Nachdem wir uns in einer der langen Schlangen vor den vier Kassenhäuschen angestellt haben, entdecke ich ein paar Meter weiter einen Infotisch und laufe kurz rüber, um uns ein paar Unterlagen zu besorgen.

»Ein Übersichtsplan vom Park«, erkläre ich Ezra, als ich mich wieder neben ihn stelle. »Und Bewerbungsformulare.«

Stirnrunzelnd nimmt er die beiden Faltblätter entgegen. »Du willst hier *arbeiten*?«

»Wir sind pleite, schon vergessen? Außerdem – wo sollen wir sonst arbeiten? Ich glaube nicht, dass es hier noch viele andere Jobs in Laufnähe gibt.« Wir haben beide keinen Führerschein, und Nana scheint nicht der Typ Großmutter zu sein, die scharf darauf ist, ihre Enkel ständig durch die Gegend zu kutschieren.

»Okay.« Ezra zuckt mit den Achseln. »Hast du einen Stift?«

Ich krame zwei aus meiner Kuriertasche, und als wir einige Minuten später endlich an der Reihe sind, unsere Tickets zu kaufen, haben wir die Formulare vollständig ausgefüllt. »Am besten geben wir sie direkt hier irgendwo ab, bevor wir nach Hause gehen«, sage ich, während ich sie zusammenfalte und in das vordere Fach meiner Tasche stecke.

»Und wohin jetzt?«, fragt Ezra, nachdem wir bezahlt und die Drehkreuze passiert haben.

Ich falte den Plan auseinander und versuche mir einen Überblick zu verschaffen. »Mal sehen ... Das hier scheint der Kinderbereich zu sein. Links geht es zum Haus der dunklen Materie. Das ist so eine Art Laboratorium des Bösen. Rechts zur Blutigen Zirkuskuppel. Der Name erklärt sich wohl von selbst. Und geradeaus geht es zur Villa des Grauens. Aber die macht erst um sieben auf.«

Ezra beugt sich über meine Schulter und senkt die Stimme. »Und wo ist Lacey ermordet worden?«

Ich tippe auf eine kleine Abbildung. »Da. Unter dem Riesenrad. Zumindest haben sie ihre Leiche dort gefunden. Die Polizei ist damals davon ausgegangen, dass sie sich mit jemandem treffen wollte. Ich schätze mal, dass sich früher ständig Jugendliche aus Echo Ridge hier heimlich nachts reingeschlichen haben. Zu der Zeit gab es noch keine Überwachungskameras.« Ich deute zu einem Gebäude in der Nähe, an dessen einem Eckgiebel ein kleines rotes Licht blinkt. »Im Gegensatz zu heute.«

»Dann also auf zum Riesenrad?«, fragt Ezra.

Ich schlucke trocken. Eine Gruppe maskierter, ganz in Schwarz gekleideter Kids stürmt an uns vorbei, und einer der Jungen rempelt mich so heftig an der Schulter, dass ich stolpere. »Vielleicht schauen wir uns erst mal bei den Spielbuden um«, murmle ich und klappe den Plan wieder zusammen. Meine morbide Faszination für die Schauplätze echter Verbrechen hat sich etwas abgekühlt, seit ich die Familie eines Opfers kennengelernt habe.

Wir schlendern an Imbissständen und Kirmesattraktionen vorbei und bleiben schließlich an einer Bude stehen, an der ein Typ in unserem Alter, der gerade mit drei Würfen eine Dosenpyramide abgeräumt hat, eine schwarze Plüschkatze überreicht bekommt, die er gleich an seine Freundin weitergibt. Direkt daneben steht ein Mann um die vierzig in einer abgewetzten Army-Jacke an einer Schießbude und rammt genau in dem Moment laut johlend die Faust in die Luft. »Ha! Perfekter Schuss! Hast du gesehen?« Er schlägt dem Jungen neben ihm so fest auf die Schulter, dass der kurz das Gleichgewicht verliert und hastig ein paar Schritte zurückweicht.

»Vielleicht sollten Sie langsam mal jemand anderen sein Glück versuchen lassen«, meint das Mädchen, das den Stand beaufsichtigt. Sie ist ungefähr in meinem Alter, sehr hübsch und hat ihre langen braunen Haare zu einem Pferdeschwanz gebunden, dessen Ende sie nervös um ihre Finger wickelt.

Der Mann in der Army-Jacke gestikuliert mit dem Luftgewehr. »Wieso? Kann doch jeder gegen mich antreten, wenn er genügend Mumm in den Knochen hat«, sagt er mit lauter Stimme und schwerem Zungenschlag. Offensichtlich ist er nicht mehr ganz nüchtern.

Das Mädchen verschränkt die Arme und versucht sich tough zu geben. »Hier sind noch genügend andere Buden, bei denen Sie zeigen können, was Sie draufhaben.«

»Du bist doch bloß sauer, weil mich bis jetzt noch niemand geschlagen hat. Aber ich sag dir was – wenn irgendeiner von diesen Losern hier mehr Ziele als ich trifft, verzieh ich mich. Wer traut sich? Na?« Er dreht sich der kleinen Menge zu, die sich um den Stand versammelt hat. Sein Gesicht ist hager und er wirkt ungepflegt.

Ezra stupst mich in die Seite. »Na los, worauf wartest du?«, raunt er. »Ich sehe doch, wie es dich in den Fingern juckt.«

Ich warte einen Moment ab, ob sich nicht vielleicht noch jemand von den älteren Umstehenden dazu herausgefordert fühlt, dem Mädchen diesen Typen vom Hals zu schaffen, was jedoch anscheinend nicht der Fall ist. »Okay, ich versuche es«, sage ich und trete vor. Das Mädchen wirft mir einen verblüfften Blick zu. Sie hat dunkle Ringe unter ihren stark getuschten, haselnussbraunen Augen und sieht aus, als hätte sie seit einer Woche nicht mehr geschlafen.

Der Typ schaut mich blinzelnd an und macht dann eine übertrieben tiefe Verbeugung vor mir, bei der er fast vornüberkippt, sich aber im letzten Moment noch auffangen kann. »Top – die Wette gilt. Warte … ich bezahl sogar für dich, kleine Lady.« Er fischt zwei zerknitterte Dollarscheine aus einer der vielen Taschen seiner Army-Jacke und reicht sie dem Mädchen. Sie nimmt sie mit spitzen Fingern entgegen und lässt sie so hastig in eine kleine Geldschatulle fallen, als könnte sie sich daran verbrennen. »Da soll noch einer sagen, Vance Puckett wäre kein Gentleman.«

»Vance Puckett?«, platze ich heraus. *Das* ist Sadies Ex? Der, der so was von *heiß* war? Entweder hatte sie damals noch extrem niedrige Ansprüche, oder er gehört zu den Typen, die ihren Zenit bereits zu Schulzeiten erreicht haben.

Er verengt seine blutunterlaufenen Augen, in denen aber keine Regung sichtbar wird. Anscheinend komme ich ihm nicht bekannt vor. Kein Wunder; wenn ich die Haare hochgesteckt trage, gibt es keinerlei Anhaltspunkte mehr dafür, dass ich mit Sadie verwandt sein könnte. »Kennen wir uns?«

»Ähm … nein … Sie haben nur … einen ziemlich coolen Namen«, stottere ich.

Das Mädchen mit dem Pferdeschwanz betätigt einen Knopf, worauf an der Rückwand der Schießbude zwei Platten mit jeweils zwölf Zielen hochfahren. Kaum habe ich nach dem zweiten Luftgewehr gegriffen, hat Vance Puckett seins schon angelegt und auf die Ziele gerichtet.

»Der Champion fängt an«, ruft er und feuert in schneller Folge seine Schüsse ab. Obwohl er eindeutig betrunken ist, trifft er zehn der zwölf Ziele. Als er fertig ist, drückt er einen Kuss auf den Gewehrlauf, und das Mädchen zieht eine Grimasse. »Hab es immer noch drauf«, prahlt er und macht eine ausholende Geste in meine Richtung. »Jetzt zeig mal, was du kannst.«

Ich lege das Gewehr an. Aus irgendeinem unerklärlichen Grund habe ich etwas in die Wiege gelegt bekommen, das Ezra als »absurd« gute Treffsicherheit bezeichnet, obwohl ich in allen anderen sportlichen Disziplinen eine absolute Null bin. Meine Handflächen sind trotzdem feucht, als ich ein Auge zukneife. *Nicht nachdenken,* ermahne ich mich. *Zielen und abdrücken.*

Ich ziehe den Abzug. Der Schuss geht daneben, verfehlt das Ziel aber nur um wenige Millimeter. Vance prustet laut. Ich ziele erneut und … Volltreffer. Nachdem ich die erste Reihe vollgemacht habe, geht ein Raunen durch die Menge hinter mir, und als ich das neunte Ziel getroffen habe, fangen die Leute sogar an zu klatschen. Bei Nummer zehn wird der Applaus lauter und dazu kommen laute Jubelrufe, als auch mein elfter und letzter Schuss ins Schwarze trifft. Ezra reißt die Arme hoch, als hätte ich gerade einen Touchdown gemacht.

Vance starrt mich mit offenem Mund an. »Du hast mich reingelegt. In Wirklichkeit bist du eine verdammte Sportschützin.«

»Zieh weiter, Vance«, ruft ein Mann aus der Menge. »Als Champion bist du gerade entthront worden!« Die Umstehenden lachen und Vance macht ein finsteres Gesicht. Er sieht nicht aus, als wollte er das Feld räumen, gibt sich einen Augenblick später aber doch geschlagen und wirft das Luftgewehr schnaubend auf die Theke.

»Diese Spielzeugknarren sind doch sowieso manipuliert«, schimpft er leise vor sich hin, während er sich durch die Menge schiebt und davonschleicht.

Das Mädchen sieht mich mit müdem, aber erleichtertem Lächeln an. »Tausend Dank. Er hát hier jetzt seit einer geschlagenen halben Stunde rumgelungert und mir die ganzen anderen Leute vergrault. Ich hatte echt schon Sorge, dass er jeden Moment anfängt, in die Menge zu schießen.« Sie zaubert ein Päckchen Feuchttücher unter der Theke hervor und macht sich akribisch daran, Vances Gewehr abzureiben. »Dafür hast du was gut bei mir. Ich könnte euch zwei Eintrittsbändchen für die Villa des Grauens geben, dann kommt ihr dort umsonst rein. Habt ihr Lust?«

Ich will ihr nettes Angebot gerade annehmen, als mir plötzlich eine andere Idee kommt und ich stattdessen Ezras und mein Bewerbungsformular aus der Tasche ziehe. »Meinst du, du könntest bei deinem Chef vielleicht ein gutes Wort für uns einlegen? Oder wer hier sonst für Einstellungen zuständig ist?«

Das Mädchen wickelt sich wieder das Ende ihres Pferdeschwanzes um den Finger. »Würde ich gern, aber der Freizeitpark beschäftigt nur Leute, die aus Echo Ridge sind.«

»Kein Problem«, sage ich lächelnd. »Wir sind nämlich gerade hierhergezogen.«

Sie blinzelt. »Echt? Ihr seid … *Ohhh.*« Ich kann förmlich dabei zuschauen, wie sich die Puzzleteile in ihrem Kopf ineinanderfügen, als sie den Blick zwischen Ezra und mir hin- und herwandern lässt. »Dann seid ihr die Corcoran-Zwillinge? Alles klar.«

Sie ist nicht die Erste, die so auf uns reagiert. So ist es uns schon die ganze Woche ergangen. Nach einem Leben in unmittelbarer Nähe einer Stadt, in der jeder darum kämpft, berühmt zu werden, ist es seltsam ungewohnt, plötzlich so bekannt zu sein, ohne etwas dafür getan zu haben. Ich bin mir noch nicht ganz im Klaren darüber, wie ich das finde, kann mich über das Ergebnis aber nicht beschweren, da sie jetzt ihre Hand nach den Formularen ausstreckt. »Ich bin Brooke Bennett. Wir sehen uns ab nächster Woche sowieso öfter, weil wir im selben Jahrgang sind. Ich schau mal, was ich für euch tun kann.«

5

MALCOLM
Sonntag,
8. September

»Ihr habt vier verschiedene Sorten Mineralwasser«, tönt Mias Stimme dumpf aus den Tiefen unseres Kühlschranks. »Und wir sprechen hier nicht etwa von vier verschiedenen Geschmacksrichtungen, sondern von *Marken*. Perrier, San Pellegrino, LaCroix und Polar. Letzteres gehört eher dem unteren Marktsegment an, was wohl ein kleiner Wink mit dem Zaunpfahl auf deine einfache Herkunft ist. Welches willst du?«

»Ich hätte lieber eine Coke«, antworte ich, ohne mir allzu große Hoffnungen zu machen. Die Haushälterin der Nilssons, die sich um die Einkäufe kümmert, hält nichts von Industriezucker.

Es ist Sonntag, morgen fängt die Schule wieder an, und außer Mia und mir ist niemand im Haus. Mom und Peter sind nach dem Mittagessen zu einer kleinen Spritztour aufgebrochen, und Katrin ist mit ihren Freundinnen shoppen gefahren, um sich für das neue Schuljahr angemessen einzukleiden. »Da muss ich leider passen.« Mia holt zwei Flaschen Polar-Mineralwasser mit Lemon-Flavor heraus und reicht mir eine davon. »Dieser Kühlschrank enthält ausschließlich Getränke mit natürlichen Inhaltsstoffen.«

»Zumindest darauf ist Verlass.« Ich stelle meine Flasche auf die Kücheninsel neben einen Stapel College-Broschüren, von denen zurzeit praktisch täglich welche für Katrin ins Haus flattern: Brown University, Amherst College, Georgetown University, Cornell University. Fast alles Ivy-League-Hochschulen, was in Anbetracht von Katrins Notendurchschnitt etwas ambitioniert scheint, aber Peter ist der Meinung, dass man sich hohe Ziele stecken sollte.

Mia schraubt den Deckel von ihrer Flasche, nimmt einen tiefen Schluck, setzt sie ab und verzieht das Gesicht. »*Bah.* Schmeckt wie Reinigungsmittel.«

»Wir können auch zu dir.«

Sie schüttelt so energisch den Kopf, dass ihr die an den Spitzen rot gefärbten dunklen Haare ins Gesicht fliegen. »Tut mir leid, mein Freund, aber im Hause Kwon herrscht gerade Hochspannung. Die Rückkehr von Super-Daisy hat sämtliche Bewohner aus ihrem seelischen Gleichgewicht gebracht.«

»Ich dachte, Daisy will nur übergangsweise wieder zu Hause wohnen.«

»Das dachten alle«, sagt Mia mit der unheilschwangeren Stimme einer Hörbuchsprecherin. »Und doch ist sie immer noch da.«

Dass Mia und ich befreundet sind, liegt zum Teil daran, dass Declan und ihre Schwester Daisy früher befreundet waren. Lacey Kilduff und Daisy Kwon waren seit dem Kindergarten unzertrennlich, und als Declan dann mit Lacey zusammenkam, habe ich Daisy dadurch automatisch fast genauso oft gesehen wie Lacey. Daisy war meine erste große Liebe; das schönste Mädchen, das mir im realen Leben jemals begegnet ist. Ich habe nie kapiert, was Declan an Lacey fand, wo es doch direkt vor seiner Nase jemanden wie Daisy gab. Und Mia war sowohl in Lacey als auch in

Declan verliebt. Wir waren zwei vorpubertierende Nerds, die sich ständig im Dunstkreis ihrer schillernden älteren Geschwister und deren Anhang herumtrieben, und leckten begierig jeden noch so winzigen Aufmerksamkeitskrümel auf, den wir von ihnen zugeworfen bekamen.

Bis dann alles in sich zusammenstürzte.

Lacey war tot. Declan – verdächtigt und in Ungnade gefallen – zog weg. Daisy wurde, wie nicht anders zu erwarten gewesen war, in Princeton angenommen, machte ihren Abschluss mit Auszeichnung und bekam sofort einen Spitzenjob in einem Consultingunternehmen in Boston. Keine vier Wochen nachdem sie ihre neue Stelle angetreten hatte, kündigte sie ganz plötzlich und zog wieder zu ihren Eltern zurück.

Keiner weiß, warum. Noch nicht einmal Mia.

Die Eingangstür wird aufgeschlossen, und eine Sekunde später dringt Gekicher aus der Halle, das lauter wird, als Katrin mit ihren Freundinnen Brooke und Viv im Schlepptau in die Küche gerauscht kommt, alle drei schwer beladen mit exklusiven, hochglanzbeschichteten Einkaufstaschen.

»Hey«, sagt sie aufgekratzt und stellt ihre Taschen so schwungvoll auf der Kücheninsel ab, dass sie beinahe Mias Flasche umwirft. »Geht heute auf *gar keinen Fall* in die Bellevue Mall. Der totale Overkill. Die Leute sind schon jetzt alle auf der Jagd nach ihrem Outfit für den Homecoming-Ball.« Sie stößt einen tiefen Seufzer aus, als hätte sie nicht gerade genau dasselbe getan. Die Schulleitung hat gestern Abend eine Begrüßungsmail herumgeschickt, die einen Downloadlink für eine neue Schul-App enthielt, in der man sich seinen persönlichen Stundenplan anschauen und für alle möglichen AGs und Teams online anmelden kann. Es gibt in der App auch die Möglichkeit, potenzielle Mitglieder für den Homecoming Court zu nominieren – theoretisch kann jeder als Kandidat aufgestellt werden, in der Praxis sind allerdings schon vier der sechs zu vergebenden Plätze für Katrin, Theo, Brooke und Kyle reserviert.

»Hatte ich auch nicht vor«, gibt Mia trocken zurück.

Viv mustert sie mit einem spöttischen Grinsen. »Klar, wäre ja auch sinnlos. Die Art von Nerdklamotten, auf die du stehst, gibt's da sowieso nicht.« Katrin und Brooke kichern, wobei Brooke wenigstens ein kleines bisschen schuldbewusst wirkt.

In Katrins und meinem Leben gibt es eine Menge Dinge, die nicht kompatibel sind – unsere Freundeskreise stehen auf der Liste ganz oben. Brooke ist eigentlich ganz in Ordnung, aber Viv kompensiert ihren unsicheren Status als ewig fünftes Rad in der Dreierkonstellation durch latente Gehässigkeit. Vielleicht ist sie aber auch einfach schon als Bitch geboren worden.

Mia beugt sich etwas vor, legt ihren Mittelfinger ans Kinn und öffnet den Mund, aber bevor sie zu einer Retourkutsche ausholen kann, greife ich nach dem in Zellophanpapier eingewickelten Blumenstrauß, der auf der Kücheninsel liegt. »Wir sollten lieber los, bevor es anfängt zu regnen«, sage ich zu Mia. »Oder zu hageln.«

Katrin schaut auf die Blumen und wackelt vielsagend mit den Brauen. »Für wen sind die denn?«

»Mr Bowman«, antworte ich, und ihr fällt ihr Grinsen aus dem Gesicht. Brooke gibt einen erstickten Laut von sich und hat sofort Tränen in den Augen. Selbst Viv hält ausnahmsweise einmal den Mund.

»Das wird in der Schule ganz schön seltsam werden ohne ihn.« Katrin lehnt sich seufzend an die Theke.

Mia lässt sich von ihrem Hocker gleiten. »Einfach zum Kotzen, dass in dieser Stadt immer wieder Leute ungestraft mit Mord davonkommen, was?«

Viv streicht sich schnaubend eine Strähne ihrer roten Haare hinters Ohr. »Einen Unfall mit Fahrerflucht kann man ja wohl kaum als Mord bezeichnen.«

»Den Unfall vielleicht nicht, aber wenn derjenige, der ihn angefahren hat, danach nicht einfach abgehauen wäre, sondern Hilfe gerufen hätte, würde Mr Bowman heute vielleicht noch leben.«

Katrin legt Brooke, der die Tränen übers Gesicht laufen, einen Arm um die Schulter. So geht das schon die ganze Woche – jedes Mal, wenn ich Leute aus der Schule treffe, sind sie in der einen Minute noch völlig okay, und in der nächsten brechen sie in Tränen aus. Das holt Erinnerungen an Laceys Tod hoch. Nur dass diesmal keine Horden von Kamerateams in die Stadt eingefallen sind. »Wie kommt ihr zum Friedhof?«, erkundigt sich Katrin.

»Mit Moms Wagen«, antworte ich.

»Den hab ich gerade zugeparkt. Nimm einfach meinen.« Sie kramt in ihrer Tasche nach dem Schlüssel.

Ich habe nichts dagegen. Leider macht es ziemlich viel Spaß, Katrins BMW X6 zu fahren, weshalb ich das seltene Angebot dazu auch nie ablehne. Ich greife nach dem Autoschlüssel, den sie mir hinhält, und bin aus der Tür, bevor sie ihre Meinung ändern kann.

»Wie hältst du es bloß aus, mit der Zicke unter einem Dach zu leben?«, stöhnt Mia auf dem Weg zum Wagen. Dann dreht sie sich um, läuft rückwärts weiter und betrachtet die prächtige Villa der Nilssons. »Tja … schätze es hat auch ein paar nicht zu verachtende Vorteile, stimmt's?«

Ich öffne die Fahrertür des X6 und gleite auf den mit butterweichem Leder bezogenen Sitz. Manchmal kann ich immer noch nicht glauben, dass das jetzt mein Leben ist. »Gibt Schlimmeres«, sage ich.

Es ist eine kurze Fahrt bis zum Friedhof von Echo Ridge, die Mia hauptsächlich damit verbringt, durch Katrins vorprogrammierte Lieblingssender zu schalten und dabei in schneller Folge immer wieder »Nope. Nope. Nope. Nope« zu murmeln, bis wir schließlich das schmiedeeiserne Eingangstor des Friedhofs passieren.

Es ist ein historischer Friedhof mit Gräbern, die teilweise bis ins frühe siebzehnte Jahrhundert zurückdatieren. Eingefasst von einer verwitterten Backsteinmauer ragen stattliche alte Bäume in die Höhe, deren Äste über unseren Köpfen wie zu einem Baldachin miteinander verwoben sind. Dichte, hohe Büsche säumen die Kieswege, die an Grabsteinen unterschiedlichster Formen und Größen vorbeiführen – winzige Steinstummel, die kaum aus dem Gras herausragen, massive Grabplatten mit eingravierten Namen, ein paar Engel- und Kinderstatuen.

Das Grab befindet sich in einer der neueren Friedhofsparzellen. Wir finden es auf Anhieb. Die kleine Rasenfläche davor ist mit Blumen, Stofftieren und Karten übersät. In den schlichten grauen Stein sind Mr Bowmans Name, das Jahr seiner Geburt und seines Todes und ein Zitat eingraviert:

Erkläre es mir, und ich werde es vergessen
Zeige es mir, und ich werde mich vielleicht erinnern
Lass es mich tun, und ich werde es lernen

Ich wickle unseren Blumenstrauß aus und lege ihn wortlos zu den anderen. Ich hatte geglaubt, dass mir vielleicht danach wäre, etwas zu sagen, wenn ich hier bin, aber jetzt ist meine Kehle wie zugeschnürt.

Mom und ich waren noch in New Hampshire, als Mr Bowman starb, weshalb wir nicht an der Beerdigung teilnehmen konnten. Einerseits war ich traurig darüber, andererseits erleichtert. Die letzte Beerdigung, auf der ich gewesen bin, war die von Lacey vor fünf Jahren. Sie ist in ihrem Homecoming-Queen-Ballkleid begraben worden. Ihre Freundinnen waren auch alle in ihren Ballkleidern gekommen, die bunt leuchtend aus dem Meer aus Schwarz herausstachen. Es war damals Ende September und ziemlich heiß für die Jahreszeit, und ich weiß noch, wie ich schwitzend in meinem Anzug aus kratzigem Wollstoff neben meinem Vater stand. Das Getuschel über Declan hatte damals schon angefangen. Mein Bruder stand etwas abseits von uns, reglos wie eine Statue, während mein Vater immer wieder an seinem Hemdkragen zerrte, als würden die starrenden Blicke der anderen Trauergäste ihm die Luft abschnüren.

Die Ehe meiner Eltern hielt nach dem Mord an Lacey noch etwa sechs Monate. Es war schon vorher nicht mehr sonderlich gut zwischen ihnen gelaufen. Oberflächlich betrachtet stritten sie immer um Geld – irgendwelche Rechnungen, die bezahlt werden mussten, den Zweitjob, den Dad sich Moms Meinung nach suchen sollte, nachdem seine Stunden im Lager gekürzt worden waren. Aber der eigentliche Grund war, dass sie über die Jahre hinweg irgendwann einfach aufgehört hatten, sich zu lieben. Die beiden haben ihre Konflikte nie laut ausgetragen, aber da war immer so eine unterschwellige Feindseligkeit zwischen ihnen, die sich wie Giftgas im ganzen Haus ausbreitete.

Zuerst war ich froh, als er weg war. Als er dann kurze Zeit später mit einer Frau zusammenzog, die halb so alt war wie er, und ständig seine Unterhaltszahlungen vergaß, machte mich das verdammt wütend. Allerdings durfte ich meine Wut nicht offen zeigen, weil *Aggressivität* ein Wesenszug war, den die Leute hinter vorgehaltener Hand Declan nachsagten.

Mias zitternde Stimme holt mich ins Jetzt zurück. »Es ist echt ätzend, dass Sie nicht mehr da sind, Mr Bowman. Danke, dass Sie immer so nett waren und mich im Gegensatz zu allen anderen Lehrern an dieser verkackten Schule nie mit Daisy verglichen haben. Danke, dass Sie es geschafft haben, Naturwissenschaften zu einem fast spannenden Unterrichtsfach zu machen. Ich hoffe, dass das Schicksal demjenigen, der Ihnen das angetan hat – wer auch immer es war –, einen Tritt in den Arsch verpasst und ihm genau das gibt, was er verdient hat.«

Meine Augen brennen. Ich wende blinzelnd den Blick ab, als ich in der Ferne plötzlich etwas Rotes leuchten sehe. Ich blinzle noch einmal und kneife die Augen etwas zusammen. »Was ist das?«

Mia folgt meinem Blick. »Was ist was?«

Aus der Entfernung ist nicht zu erkennen, worum es sich handelt. Wir beginnen langsam darauf zuzugehen, bahnen uns einen Weg durch das Gras, vorbei an einer Reihe gedrungener Grabsteine aus der Kolonialzeit, in die geflügelte Totenköpfe eingemeißelt sind. Auf einem steht: *Hier ruhen die sterblichen Überreste von Samuel Whites Weib.* Mia hält kurz inne und deutet einen Tritt gegen den Stein an.

»Sie hatte einen eigenen Namen, Arschloch«, zischt sie, bevor sie weitergeht. Als wir ein paar Meter weiter schließlich erkennen, was unsere Aufmerksamkeit auf sich gezogen hat, bleiben wir beide wie angewurzelt stehen.

Diesmal ist es nicht bloß ein Graffiti. Vom Dach eines Mausoleums baumeln drei Barbiepuppen mit einer Schlinge um den Hals. Sie tragen Krönchen und ihre langen Glitzerkleider sind mit roter Farbe durchtränkt. Und genau wie auf dem Schild vor dem Kulturzentrum sehen die Buchstaben, die darunter auf dem weißen Stein prangen, aus, als wären sie mit triefendem Blut geschrieben worden.

ICH BIN WIEDER DA
WÄHLE DEINE KÖNIGIN, ECHO RIDGE
HAPPY HOMECOMING

Auf einem Grab neben dem Mausoleum liegt ein blutrot bespritztes Ansteckstäußchen, wie es die Mädchen auf dem Homecoming Ball tragen. Bei diesem Anblick dreht es mir den Magen um. Ich kenne das Grab. Auf Laceys Beerdigung stand ich fast genau an derselben Stelle wie jetzt. Mia schnappt entsetzt nach Luft und geht darauf zu, um das gruselige Gesteck von Laceys Grab zu nehmen. Ich halte sie am Arm fest.

»Nicht. Wir sollten nichts anfassen.« Und dann verdrängt kurz ein anderer unangenehmer Gedanke meinen Abscheu. »Fuck. Jetzt bin es schon *wieder* ich, der diese kranke Scheiße der Polizei melden muss.«

Letzte Woche hatte ich noch Glück. Diese Ellery, die erst seit ein paar Tagen in der Stadt wohnt, hat mir anscheinend geglaubt. Zumindest hat sie niemandem gegenüber erwähnt, dass sie mich mit der Spraydose in der Hand erwischt hat. Trotzdem ging im Festsaal natürlich sofort das Getuschel los, das mich seitdem überallhin verfolgt. Und jetzt passiert mir innerhalb derselben Woche schon wieder so was? Leider verträgt sich das gar nicht mit meiner Strategie, ein möglichst unauffälliges Leben zu führen, die ich verfolge, seit Declan die Stadt verlassen hat.

»Vielleicht ist es schon gemeldet worden und die Polizei ist bloß noch nicht hier gewesen?« Mia schaut sich um. »Tagsüber ist hier doch eigentlich ziemlich viel los.«

»Aber dann hätten wir doch garantiert schon irgendwas mitgekriegt.« Der Buschfunk arbeitet hier in Echo Ridge schnell und absolut zuverlässig. Und seit Katrin meine Handynummer hat, sind sogar Mia und ich immer bestens über alles informiert.

Mia kaut auf ihrer Unterlippe. »Wir könnten einfach verschwinden und es jemand anderem überlassen, die Sache zu melden. Shit, nein … wir haben Katrin ja erzählt, dass wir auf den Friedhof wollen. Dann würde es sogar noch verdächtiger aussehen, wenn du nichts sagst. Außerdem ist diese ganze Sache einfach … megagruselig.« Sie rammt die Spitze ihres Doc Martens in das dichte, leuchtend grüne Gras. »Meinst du, das ist so eine Art *Warnung*? Dass das, was mit Lacey passiert ist, noch mal passieren wird?«

»Klingt zumindest so, als wäre das die Botschaft, die man zwischen den Zeilen lesen soll.« Ich versuche gelassen zu klingen, während meine Gedanken sich überschlagen und mein Verstand versucht, irgendwie aus dem schlau zu werden, was wir vor uns sehen. Mia holt ihr Handy heraus, geht um das Mausoleum herum und nimmt aus jedem

Blickwinkel Fotos auf. Sie ist fast fertig, als wir erschrocken zusammenzucken, weil plötzlich lautes Rascheln ertönt. Mein Herz hämmert gegen meine Rippen, als im rückwärtigen Teil des Friedhofs eine vertraute Gestalt zwischen den Büschen hervortritt. Es ist Vance Puckett. Er wohnt direkt hinter dem Friedhof und nimmt wahrscheinlich jeden Tag diese Abkürzung auf dem Weg zum … wohin auch immer. Normalerweise würde ich darauf tippen, dass er zum Schnapsladen will, aber der hat sonntags zu.

Vance schwankt den Pfad zum Haupteingang entlang. Er ist nur noch ein paar Meter von uns entfernt, als er einen flüchtigen Blick in unsere Richtung wirft, aus dem ein alarmierter zweiter Blick wird, sobald er die blutigen Barbies am Mausoleum sieht. Er bleibt so abrupt stehen, dass er kurz das Gleichgewicht verliert. »Was ist das denn für eine Scheiße?«

Vance Puckett ist der einzige ehemalige Schüler der Highschool in Echo Ridge, dessen Stern nach dem Schulabschluss noch tiefer gesunken ist als der meines Bruders. Früher hatte er ein eigenes Unternehmen in der Baubranche, bis er wegen fehlerhaft verlegter elektrischer Leitungen verklagt wurde, nachdem durch seine Schuld ein Haus in Solsbury abgebrannt war. Seitdem ist er immer weiter abgerutscht, bis er am Boden einer Whiskyflasche gelandet ist. Um die Zeit herum, zu der er auf dem Dach von Peters Haus eine Satellitenschüssel installiert hat, wurde in der Nachbarschaft in mehrere Häuser eingebrochen, worauf das Gerücht ging, er hätte wohl eine neue Einnahmequelle gefunden, um seine Rechnungen zu bezahlen. Allerdings konnte ihm nie etwas nachgewiesen werden.

»Wir haben es selbst gerade erst entdeckt.« Ich weiß nicht,

warum ich das Bedürfnis habe, mich vor Vance Puckett zu rechtfertigen, aber ich tue es.

Er stapft, die Hände in die Taschen seiner olivfarbenen Army-Jacke gesteckt, einmal um das Mausoleum herum und stößt einen leisen Pfiff zwischen den Zähnen aus, als er mit der Besichtigung fertig ist. Wie immer dünstet er einen schwachen Geruch nach billigem Fusel aus. »*Pretty Girls Make Graves*«, sagt er schließlich. »Kennt ihr den Song?«

»Was?«, sage ich, aber Mia antwortet wie aus der Pistole geschossen: »Klar, The Smiths.« In Sachen Musik macht ihr so schnell keiner was vor.

Vance nickt. »Passt zur Stadt, oder? Echo Ridge verliert immer mal wieder seine Homecoming Queens. Oder deren Schwestern.« Er betrachtet die drei Puppen. »Da hat wohl jemand eine künstlerische Ader.«

»Das ist keine Kunst«, widerspricht Mia. »Das ist widerlich und geschmacklos.«

»Das eine schließt das andere nicht aus.« Vance zieht geräuschvoll die Nase hoch und wedelt mit der Hand in unsere Richtung. »Worauf wartet ihr? Lauft los und berichtet den Ordnungshütern, was hier passiert ist.«

Ich brauche keinen Vance Puckett, der mir sagt, was ich zu tun habe, aber genauso wenig habe ich Lust, noch länger auf dem Friedhof zu bleiben. »Hatten wir jetzt sowieso vor.«

Mia und ich machen uns auf den Weg zu Katrins Wagen, als Vance uns ein scharfes »Hey!« hinterherruft und wir uns noch einmal umdrehen. Er steht schwankend da und deutet mit dem Zeigefinger auf mich. »Gib deiner Stiefschwester einen guten Tipp, und sag ihr, dass sie sich zur Abwechslung mal ein bisschen zurücknehmen soll. Scheint mir kein gutes Jahr, um Homecoming Queen zu werden.«

6

ELLERY
Montag,
9. September

»Gott, wo sind wir hier gelandet?«, murmelt Ezra und lässt den Blick durch den Flur wandern. »Ich komme mir vor wie in *Kinder des Zorns.*«

Ich weiß, was er meint. Obwohl wir die Echo Ridge High erst vor fünfzehn Minuten betreten haben, sind mir noch nie so viele blonde, blauäugige Menschen auf einem Fleck begegnet. Sogar das Schulgebäude selbst verströmt den Charme vergangener puritanischer Zeiten – gebohnertes Kiefernparkett, hohe Rundbogenfenster und dramatisch abfallende Dachschrägen. Wir kommen gerade aus dem Büro des Vertrauenslehrers, aber so, wie wir angestarrt werden, könnten wir genauso gut Aliens sein. Wenigstens trage ich nicht mehr meine bei Dalton's im Sonderangebot erstandene Funktionskleidung, sondern die Sachen, die ich im Flugzeug anhatte und gestern Abend noch schnell für den ersten Schultag gewaschen habe.

Als wir an einer Infotafel mit etlichen bunten Flyern vorbeikommen, bleibt Ezra stehen. »Hey, der 4-H-Club sucht noch Mitglieder«, verkündet er.

»Was soll das sein?«

Er beugt sich etwas vor und runzelt die Stirn. »So eine Art Landjugend-Verband? Scheint jedenfalls was mit Kühen zu tun zu haben.«

»Nein danke.«

Er geht die restlichen Aushänge durch und seufzt. »Ich hab so das dumpfe Gefühl, dass die LGBT-Community an der Schule hier nicht sonderlich aktiv ist. Würde mich wundern, wenn es außer mir überhaupt noch jemanden gibt, der sich geoutet hat.«

Normalerweise würde ich versuchen, ihm Mut zu machen, aber Echo Ridge ist ein ziemlich kleiner Ort, entsprechend überschaubar ist die Anzahl der Schüler hier – bloß ein paar Hundert insgesamt, davon vielleicht siebzig in unserer Stufe.

Als wir uns wegdrehen, schlendert ein unglaublich hübsches Mädchen mit asiatischen Zügen an uns vorbei. Sie trägt ein T-Shirt von den Strokes und Doc Martens mit Blockabsatz und ihre Haare sind auf der einen Seite zu einem Undercut geschnitten und auf der anderen rot gesträhnt. »Hey, Mia, du hast vergessen, dir auch die andere Seite abzurasieren«, ruft ein Typ, worauf seine beiden Football-Jacken tragenden Kumpels hämisch lachen. Mia streckt ihnen im Vorbeigehen den Mittelfinger hin, ohne auch nur eine Miene zu verziehen.

Ezra schaut ihr andächtig hinterher. »Hallo, neue Freundin.«

Plötzlich teilt sich die Menge vor uns, und drei Mädchen kommen in nahezu perfektem Gleichschritt den Gang entlangstolziert – eine blond, die andere brünett und die dritte rothaarig. Es ist derart offensichtlich, dass sie in der Hackordnung der Echo Ridge High ganz oben stehen, dass ich eine Sekunde brauche, um zu bemerken, dass die mit den braunen Haaren Brooke Bennett ist, das Mädchen, das wir an der Schießbude auf der Fright Farm kennengelernt haben. Als sie uns sieht, bleibt sie stehen und schenkt uns ein zögerliches Lächeln.

»Oh, hi. Hat Murph sich schon bei euch gemeldet?«

»Hat er«, bestätige ich. »Er hat uns für dieses Wochenende zu einem Vorstellungsgespräch eingeladen. Vielen Dank noch mal für deine Hilfe.«

Die Blonde tritt vor, als wäre sie es von jeher gewohnt, die Führung zu übernehmen. Alles an ihr – vom eng anliegenden Pulli über der hochgeschlossenen Bluse und dem karierten Minirock bis zu den hochhackigen Ankleboots – verströmt die cleane Sexyness eines Mädchens aus »besseren Kreisen«. »Hallo. Ihr seid wahrscheinlich die Corcoran-Zwillinge, stimmt's?«

Ezra und ich nicken. Mittlerweile haben wir uns an unseren plötzlichen Berühmtheitsstatus gewöhnt. Als ich gestern mit Nana im Supermarkt war, begrüßte uns die mir völlig unbekannte Frau an der Kasse mit »Hallo, Nora. Hallo, Ellery« und fragte mich über Kalifornien aus, während sie unsere Einkäufe einpackte.

Die Blonde mustert uns mit schräg gelegtem Kopf. »Wir haben schon viel von euch gehört«, sagt sie lächelnd, aber ihr Unterton lässt keinen Zweifel an dem, was sie eigentlich damit sagen will: *Und mit* viel *meine ich alles – den One-Night-Stand-Vater, die gescheiterte Schauspielkarriere eurer Mutter, den Crash in das Juwelengeschäft, die Entzugsklinik.* Es ist beeindruckend, wie es ihr gelingt, in diesem kurzen Satz so viel Subtext mitschwingen zu lassen. »Ich bin Katrin Nilsson, Brooke scheint ihr ja schon kennengelernt zu haben, und das ist Viv.« Sie zeigt auf die Rothaarige zu ihrer Linken.

Hätte ich mir eigentlich gleich denken können, dass sie

Katrin ist – so oft wie ich den einflussreichen Namen Nilsson mittlerweile schon gehört habe. Sie ist zwar nicht so hübsch wie Brooke, hat aber mit ihren eisblauen, an eine Siamkatze erinnernden Augen etwas, das sie von allen anderen abhebt.

Wir nicken uns zu und murmeln Begrüßungsfloskeln. Mir ist dabei so unbehaglich zumute, als wäre ich auf einem Vorsprechen. Was vermutlich an dem taxierenden Blick liegt, mit dem Katrin Ezra und mich begutachtet. Sie wirkt, als würde sie abwägen, ob wir es wert sind, uns weiter ihre Zeit und Aufmerksamkeit zu schenken. Die meisten Leute um uns herum tun nur so, als wären sie mit ihren Schließfächern beschäftigt, während sie in Wirklichkeit darauf warten, dass Katrin Nilsson ihr Urteil fällt. Dann ertönt plötzlich der Gong und sie lächelt.

»Setzt euch doch in der Mittagspause zu uns. Ihr findet uns an dem Tisch vor dem größten Fenster.« Ohne unsere Antwort abzuwarten, schwingt sie ihre blonden Haare über die Schulter nach hinten und stolziert weiter.

Ezra schaut den dreien mit hochgezogener Braue nach und sieht dann mich an. »Wetten, dass sie mittwochs immer Pink tragen?«

••••

Ezra und ich haben an diesem Morgen dieselben Kurse, bis auf den letzten vor der Mittagspause. Bei mir steht Infinitesimalrechnung auf dem Stundenplan, Ezra hat Geometrie. Algebra ist nicht unbedingt sein stärkstes Fach. Ich mache mich also mittags allein auf den Weg in die Cafeteria und stelle mich vor der Essenausgabe an. Eigentlich bin ich davon ausgegangen, dass mein Bruder jeden Moment zu mir stößt, doch als ich die Warteschlange schließlich mit einem vollen Tablett verlasse, ist er immer noch nicht aufgetaucht.

Unschlüssig bleibe ich vor den langen Tischreihen stehen und lasse den Blick über die unvertrauten Gesichter wandern, bis ich eine helle, befehlsgewohnte Stimme meinen Namen rufen höre. »Ellery!« Ich schaue auf und sehe Katrin, die mich zu sich winkt.

Die Königin gewährt mir Audienz.

Es fühlt sich an, als würde jeder einzelne meiner Schritte von jedem einzelnen Schüler in der Cafeteria genauestens registriert. Was vermutlich auch so ist. An der Wand neben Katrins Fenstertisch hängt ein riesiges Plakat.

EURE STIMME GILT
Am 5. Oktober findet der Homecoming-Ball statt!!!
Nominiert jetzt euren König und eure Königin!

Als ich bei Katrin und ihren Freundinnen angekommen bin, rückt die Rothaarige, Viv, auf der Bank ein Stück zur Seite, um mir Platz zu machen. Ich stelle mein Tablett auf den Tisch und setze mich neben sie.

»Hi«, sagt Katrin, die uns gegenübersitzt, während sie mich erneut mit ihren blauen Katzenaugen mustert. Falls ich morgen in meinem Dalton's-Outfit hier aufkreuzen muss, wird ihr das definitiv nicht entgehen. »Wo hast du denn deinen Bruder gelassen?«

»Muss ihn irgendwo unterwegs verloren haben«, antworte ich lässig. »Aber meistens taucht er früher oder später von selbst wieder auf.«

»Ich werde nach ihm Ausschau halten.« Katrin gräbt einen hellrosa lackierten Fingernagel in eine Orange und beginnt sie zu schälen. »Wir sind alle *mega*neugierig auf euch beide. Den letzten Neuzugang in der Schule hatten wir …« Sie legt die Stirn in Falten. »Keine Ahnung. In der Siebten vielleicht?«

Viv strafft die Schultern. Sie ist nicht sehr groß, hat scharfe Gesichtszüge und trägt knallroten Lippenstift, was zu ihren Haaren überraschend gut aussieht. »Richtig. Das bin ich gewesen.«

»Echt? Ach ja, stimmt. Was für ein Freudentag.« Sie verzieht den Mund zu einem flüchtigen Lächeln, ohne mich aus den Augen zu lassen. »Aber in der Mittelstufe dazuzukommen ist nicht dasselbe wie im Abschlussjahr. Vor allem, wenn alles so … neu ist. Wie lebt es sich so bei eurer Großmutter?«

Wenigstens fragt sie nicht, wie die Kassiererin gestern, ob ich in L.A. irgendeinen »heißen Hollywood-Star« zurückgelassen habe. Die Antwort darauf lautet übrigens *Nein*. Ich hatte seit acht Monaten kein Date mehr. Nicht dass ich mitgezählt hätte. »Es ist okay«, sage ich und schaue zu Brooke. Außer einem leisen *Hallo*, als ich mich zu ihnen gesetzt habe, hat sie noch kein Wort gesagt. »Vielleicht ein bisschen still. Was macht man hier denn so, wenn man Spaß haben will?«

Ich hatte gehofft, Brooke so in die Unterhaltung mit einzubeziehen, aber es ist wieder Katrin, die mir antwortet. »Wir beide sind Cheerleader«, sagt sie und zeigt auf sich und Brooke. »Da sind wir im Herbst natürlich immer ziemlich eingebunden. Vor allem, weil unsere Freunde in der Footballmannschaft sind.« Ihr Blick wandert ein paar Tische weiter, wo ein blonder Typ gerade sein Tablett abstellt. Das Standardkleidungsstück dort sind violett-weiße Trainingsjacken. Als der Typ Katrins Blick auffängt, zwinkert er ihr zu, und sie haucht einen Luftkuss in seine Richtung. »Das ist Theo. Daneben sitzt Brookes Freund Kyle. Die beiden sind die Co-Kapitäne der Mannschaft.«

Das war ja klar. Über Viv verliert sie kein Wort. Aus dem plötzlichen Bedürfnis heraus, mich mit ihr zu solidarisieren – *Singles der Highschools dieser Welt vereinigt euch!* –, lächle ich sie verschwörerisch an, was sie nur mit einem kühlen Blick quittiert. *Ups.* Scheint, als hätte sie nicht das geringste Interesse daran, sich zu verschwestern. »Klingt spannend«, sage ich lahm. Ich habe nie zur Footballer-Cheerleader-Fraktion gehört, obwohl ich ihre sportlichen Leistungen durchaus zu würdigen weiß.

Viv verengt die Augen. »Echo Ridge ist vielleicht nicht Hollywood, aber *langweilig* ist es hier mit Sicherheit nicht.«

Ich mache mir nicht die Mühe, sie darauf hinzuweisen, dass La Puente fünfundsechzig Kilometer von Hollywood entfernt liegt. Aus irgendeinem Grund geht jeder in Echo Ridge davon aus, dass wir inmitten eines Filmsets gelebt haben, und ich könnte sagen, was ich will – nichts würde sie vom Gegenteil überzeugen. Davon abgesehen haben wir im Moment andere Probleme. »So hab ich es auch gar nicht gemeint«, beeile ich mich, sie zu besänftigen. »Wir sind zwar noch nicht so lange in der Stadt, aber ich hab schon mitbekommen, dass hier ganz schön was los ist.«

Viv wirkt nicht überzeugt, dafür bricht Brooke endlich ihr Schweigen und sieht mich an. »Ja, aber nichts Gutes«, sagt sie leise. Ihre Augen haben einen ungesunden Glanz. Sie sieht aus, als müsste sie dringend mal wieder eine Nacht durchschlafen. »Ihr habt … Deine Großmutter hat Mr Bowman gefunden, oder?« Als ich nicke, beginnen Tränen über ihre Wangen zu laufen.

Katrin steckt sich einen Orangenschnitz in den Mund und tätschelt ihren Arm. »Du musst aufhören, ständig darüber zu reden, Brooke. Das macht dich nur fertig.«

Viv seufzt tief. »Das ist eine grauenhafte Woche gewesen. Zuerst Mr Bowman und dann diese Schmierereien überall in der Stadt.« Ihr Tonfall klingt besorgt, aber der Ausdruck in ihren Augen ist sensationslüstern. »Das wird dieses Schuljahr unser erstes Feature in der Schülerzeitung. Eine Zusammenfassung der Ereignisse der Woche, an die wir einen Artikel anhängen, in dem die Leute aus der Zwölften erzählen, wie sie diese Woche vor fünf Jahren erlebt haben. Das ist die Art von Story, die sogar von der Lokalpresse aufgegriffen werden könnte.« Als sie mich jetzt ansieht, ist ihr Blick einen Hauch herzlicher. »Hey, ich sollte ein Interview mit dir machen. Du hast doch das Graffiti vor dem Kulturzentrum entdeckt, oder? Zusammen mit Malcolm.«

Ich nicke. »Das war schrecklich, aber noch nicht einmal annähernd so schlimm wie das, was auf dem Friedhof gemacht wurde.« Mir ist regelrecht schlecht geworden, als ich davon gehört habe, und ich will mir gar nicht vorstellen, wie sich die Kilduffs erst fühlen müssen.

»Total *grauenhaft*«, stimmt Viv zu und sieht Katrin und Brooke an. »Ich hoffe, es passiert nicht irgendetwas Schlimmes, wenn ihr am Donnerstag aufgestellt werdet.«

»Aufgestellt?«, sage ich.

»Am Donnerstag wird verkündet, wer in den Homecoming Court gewählt wurde«, erklärt Viv und zeigt auf das Plakat, das über Brooke an der Wand hängt. »Hast du dir schon die Schul-App heruntergeladen? Über das Hauptmenü kommst du zur Abstimmung.«

Ich schüttle den Kopf. »Nein, noch nicht.«

Viv schnalzt missbilligend mit der Zunge. »Dann musst du dich beeilen. Die Stimmen können nur noch bis Mittwoch abgegeben werden. Auch wenn schon so gut wie feststeht, wer in den Court gewählt werden wird. Katrin und Brooke sind jedenfalls definitiv unter den Favoritinnen.«

»Könnte auch sein, dass du nominiert wirst, Viv«, sagt Katrin. Ich habe sie zwar gerade erst kennengelernt, bin mir aber sicher, dass sie das selbst nicht glaubt.

Viv winkt schaudernd ab. »Nein danke. Ich verzichte darauf, zur Zielscheibe irgendeines kranken Serienkillers zu werden.«

»Du glaubst also, dass der Mörder dahintersteckt, ja?« Als Viv nickt, beuge ich mich gespannt zu ihr. Ich habe in den letzten Tagen praktisch über nichts anderes nachgedacht und sehne mich danach, meine Theorien endlich mit jemandem zu teilen. Selbst wenn dieser jemand Viv ist. »Interessant. Zumindest will derjenige, der für diese Aktionen verantwortlich ist, dass wir das glauben. Was schon verstörend genug ist. Trotzdem komisch ... Selbst wenn jemand, der mit einem Mord davongekommen ist, so abgebrüht wäre, dass er sich fünf Jahre später damit brüstet, es wieder zu tun, haben wir es hier mit einem völlig anderen *Modus Operandi* zu tun.«

Katrins Gesicht ist ein einziges Fragezeichen. »Modus was?«

»Die Vorgehensweise des Täters«, erkläre ich. Wie immer gehe ich ganz in meinem Lieblingsthema auf. »Wie er die Tat begangen hat. In Laceys Fall wurde das Opfer erwürgt. Das ist eine sehr persönliche und brutale Tötungsmethode, die in der Regel nicht vorsätzlich geplant, sondern aus einem Affekt heraus geschieht. Aber hier verbreitet jemand in aller Öffentlichkeit Drohungen, geht also ganz gezielt vor, wobei die Ankündigungen trotzdem … wie soll ich das ausdrücken … irgendwie seltsam *vage* bleiben. Für mich fühlt sich das eher nach einem Trittbrettfahrer an. Was natürlich nicht heißt, dass diese Person nicht gefährlich ist. Aber vielleicht ist sie auf eine andere Art gefährlich.«

Einen Moment lang ist es still am Tisch, bis Katrin schließlich »Aha« sagt und sich den nächsten Orangenschnitz in den Mund schiebt. Sie kaut bedächtig und richtet den Blick auf irgendeinen Punkt über meiner Schulter. *Das hat ja mal wieder super geklappt mit dem Integrieren,* denke ich, während ich praktisch dabei zuschaue, wie sie mich mental bereits wieder aus ihrem Hofstaat entlässt.

Ezra hat es mir nicht nur einmal, sondern schon tausendmal gesagt. *Niemand hat Bock darauf, sich deine Mordtheorien anzuhören, Ellery.* Tja, zu schade, dass er mich in der Mittagspause sitzen gelassen hat.

Plötzlich tritt ein neuer Ausdruck auf Katrins Gesicht. Er lässt sich am besten mit nachsichtiger Gereiztheit beschreiben. »Eines Tages wirst du wegen diesem Shirt noch von der Schule fliegen«, ruft sie jemandem zu.

Als ich mich umdrehe, entdecke ich Malcolm Kelly, der ein ausgewaschenes graues T-Shirt mit der Aufschrift KCUF trägt. »Abwarten«, gibt er zurück. In dem hellen Tageslicht, das durch die großen Fenster der Cafeteria strömt, kann ich ihn mir viel genauer anschauen als an dem Abend vor dem Kulturzentrum. Er trägt eine verkehrt herum aufgesetzte Baseballkappe über widerspenstigen braunen Haaren, die ein markantes Gesicht mit weit auseinanderstehenden Augen einrahmen. Als unsere Blicke sich begegnen, hebt er die Hand zu einem Gruß in meine Richtung, wodurch sein Tablett kurz in Schieflage gerät und beinahe herunterfällt. Er wirkt dadurch ziemlich tollpatschig, aber seltsamerweise finde ich das auch irgendwie süß.

»Tut mir leid«, sagt Viv, als Malcolm weitergezogen ist, obwohl sie klingt, als könnte es ihr nicht weniger leidtun, »aber ich finde es echt *super merkwürdig*, dass derjenige, der die beiden Drohungen als Erster entdeckt hat, ausgerechnet Declan Kellys komischer Bruder ist.« Sie schüttelt entschieden den Kopf. »Ich sag's euch, irgendwas stimmt da nicht.«

»Ach, Viv.« Katrin seufzt, als hätten sie diese Unterhaltung schon etliche Male in jeweils leicht abgewandelter Form geführt. »Malcolm ist okay. Ein ziemlicher Nerd, ja, aber okay.«

»Ich finde nicht, dass er ein Nerd ist.« Brooke hat schon so lange nichts gesagt, dass alle sie überrascht ansehen. »Vielleicht früher mal, aber mittlerweile sieht er ziemlich gut aus. Nicht so gut wie Declan, aber trotzdem.« Dann senkt sie wieder den Kopf und beginnt lustlos mit ihrem Löffel herumzuspielen, als hätte es sie ihre letzten Energiereserven gekostet, etwas zur Unterhaltung beizutragen.

Katrin sieht sie mit hochgezogener Braue an. »Interessant, dass dir das aufgefallen ist, Brooke. War mir gar nicht klar.«

Ich drehe den Kopf, um zu schauen, wohin Malcolm verschwunden ist. Er sitzt mit dieser Mia, die heute Morgen auf dem Gang an uns vorbeigelaufen ist, am Tisch – und mit meinem Bruder. Das wundert mich nicht. Er findet immer sofort Anschluss, und zwar egal in welcher Szene. Wenigstens habe ich dadurch die Möglichkeit, mich auch noch an einen anderen Tisch zu setzen, falls ich für Katrin zur Persona non grata geworden bin.

»Ja, toll«, schnaubt Viv. »Aber dass Declan gut aussieht, ändert nichts daran, dass er im Gefängnis schmoren sollte.«

»Du glaubst also, dass er Lacey Kilduff umgebracht hat?«, frage ich, worauf sie nickt.

Katrin neigt verwirrt den Kopf. »Hast du nicht eben noch gesagt, der Mörder von Lacey und der Verfasser dieser Drohungen wäre ein und dieselbe Person? Declan wohnt aber gar nicht mehr hier.«

Viv stützt sich mit einem Ellbogen auf den Tisch und sieht ihre Freundin mit großen Augen an. »Im Ernst jetzt? Du lebst mit den Kellys unter einem Dach und hast keine Ahnung?«

Katrin runzelt die Stirn. »Von was hab ich keine Ahnung?«

Viv legt eine Kunstpause ein, bevor sie grinsend verkündet: »Declan Kelley ist wieder in der Stadt.«

7

MALCOLM
Montag,
9. September

Die einzige Kneipe im Ort gehört eigentlich nur zur Hälfte zu Echo Ridge, weil sie direkt an das benachbarte Solsbury grenzt. Im Gegensatz zu den meisten anderen Läden hier genießt Bukowski's Tavern den Ruf, sich nicht um die Angelegenheiten der Gäste zu scheren. Sie schenken dort zwar keinen Alkohol an Minderjährige aus, verzichten aber auf Ausweiskontrollen an der Tür. Genau dort treffe ich mich nachmittags mit Declan, nachdem ich den ersten Schultag damit verbracht habe, so zu tun, als hätte ich natürlich gewusst, dass mein Bruder in der Stadt ist.

Das Bukowski's passt überhaupt nicht in das typische Schema von Echo Ridge. Das Lokal ist eng und dunkel und wird von einer langen Theke dominiert. Im hinteren Bereich steht ein Billardtisch, an der Wand neben den Toiletten hängt eine Dartscheibe, dazwischen stehen zerschrammte Tische und Stühle. Das einzige Dekoelement ist eine Budweiser-Neonreklame mit einem flackernden »w«. Die Kneipe hat nichts Gemütliches oder Originelles an sich, hier beschränkt sich alles auf das Nötigste.

»Hättest ruhig mal vorher Bescheid geben können, dass du einen Heimatbesuch planst«, sage ich, als ich mich Declan gegenüber auf einen Stuhl fallen lasse. Es sollte scherzhaft klingen, kommt aber nicht so rüber.

»Ich freu mich auch, dich wiederzusehen, kleiner Bruder«, sagt Declan trocken. Es ist erst knapp eine Woche her, seit Mom und ich ihn in der Souterrainwohnung von Tante Lynne besucht haben, aber hier wirkt er irgendwie größer. Vielleicht weil Declan in Echo Ridge immer etwas Überlebensgroßes an sich hatte. Nicht dass wir früher zusammen im Bukowski's abgehangen hätten. Oder sonst irgendwas zu zweit unternommen hätten. Als ich in der Grundschule war und unser Dad noch die Illusion hatte, einen Footballspieler aus mir zu machen, hat Declan sich manchmal dazu herabgelassen, mit mir zu trainieren. Aber er hat sich immer ziemlich schnell gelangweilt, und je ungeschickter ich mich anstellte, desto härter wurden seine Würfe, bis ich irgendwann gar nicht mehr versuchte, den Ball zu fangen, sondern nur noch schützend die Arme vor den Brustkorb hielt. *Was ist los mit dir?*, sagte er dann jedes Mal. *Ich leg es nicht darauf an, dich zu treffen. Vertrau mir einfach, okay?*

Das klang immer so, als hätte er mir nie auch nur den kleinsten Grund gegeben, ihm nicht zu vertrauen.

»Was willst du trinken?«, fragt er.

»Coke.«

Er gibt der schon etwas verblühten Frau hinter der Theke, die ein ausgewaschenes rotes T-Shirt trägt und gerade die Zapfhähne reinigt, ein Zeichen. »Zwei Cola bitte«, sagt er, als sie an unseren Tisch kommt, worauf sie bloß nickt und wieder abzieht.

»Warum bist du hier?«, frage ich Declan.

In seinem Kiefer zuckt ein Muskel. »Du klingst, als hätte ich gegen irgendeine einstweilige Verfügung verstoßen. Das hier ist ein freies Land.«

»Schon, aber …« Ich verstumme, als die Bedienung zurückkommt, kleine Servietten vor uns hinlegt und jeweils ein großes Glas Cola mit Eis darauf abstellt. Kaum hatte sich in der Mittagspause herumgesprochen, dass Declan wieder in Echo Ridge ist, lief mein Handy heiß. Als ob ihm das nicht klar gewesen wäre. Natürlich hat er genau gewusst, was für Reaktionen seine Rückkehr provozieren würde.

Declan beugt sich vor und stützt die Unterarme auf den Tisch. Sie haben fast den doppelten Umfang von meinen. In seiner vorlesungsfreien Zeit jobbt er auf dem Bau, was ihn offenbar noch fitter hält als das Footballtraining damals an der Highschool. Obwohl außer uns nur noch zwei ältere Typen mit Baseballkappen hier sind, die am anderen Ende der Theke sitzen, senkt er die Stimme. »Ich hab es satt, wie ein Schwerverbrecher behandelt zu werden, Mal. *Ich habe mir nichts zuschulden kommen lassen.* Schon vergessen?« Er reibt sich mit einer Hand übers Gesicht. »Oder bist du mittlerweile anderer Meinung? Warst du es vielleicht schon immer?«

»Natürlich nicht.« Ich stochere mit dem Strohhalm zwischen den Eiswürfeln in meinem Glas herum. »Aber warum ausgerechnet jetzt? Erst kommt Daisy plötzlich wieder zurück und jetzt du. Was ist los?«

Declan runzelt so flüchtig die Stirn, als ich Daisy erwähne, dass es mir fast entgeht. »Ich bin nicht *zurückgekommen*, Mal. Ich wohne nach wie vor in New Hampshire. Ich bin hier, um jemanden zu treffen, das ist alles.«

»Wen? Daisy?«

Declan seufzt schwer. »Warum bist du so von Daisy besessen? Stehst du immer noch auf sie?«

»Nein. Ich finde das nur alles ziemlich merkwürdig und

würde es gern verstehen. Wir haben uns erst *letzte Woche* noch gesehen, und du hast kein Wort darüber verloren, dass du vorhast, nach Echo Ridge zu kommen.« Declan nimmt achselzuckend einen Schluck von seiner Cola und weicht meinem Blick aus. »Und bei der Scheiße, die hier gerade abgeht, hättest du dir keinen ungünstigeren Zeitpunkt aussuchen können.«

»Was hat das mit mir zu tun?« Sein Blick wird finster, als ich nicht sofort antworte. »Echt jetzt? Denken die Leute etwa, dass *ich* was damit zu tun hab? Was kommt als Nächstes? Bin ich jetzt auch noch für den Klimawandel verantwortlich, oder was? Das ist doch Scheiße, Mal.« Einer der Typen an der Theke schaut über die Schulter zu uns rüber und Declan lässt sich mühsam beherrscht in seinen Stuhl zurückfallen. »Nur damit das klar ist: Ich bin nicht hergekommen, um irgendwelche kranken Sprüche auf Schilder oder Wände oder weiß der Geier was zu schmieren.«

»Gräber«, murmle ich.

»*Weiß der Geier was*«, gibt er gefährlich leise zurück.

Ich glaube ihm. Allein die Vorstellung, mein aufbrausender, vor Testosteron strotzender Bruder würde drei Barbiepuppen Ballkleider anziehen und sie an einem Mausoleum aufknüpfen, ist völlig absurd. Sich auszumalen, wie er in einem unbeherrschten Moment seine Hände um Laceys Hals legt und zudrückt, fällt dagegen leider nicht ganz so schwer.

Gott. Meine Finger zittern so stark, als ich nach meinem Glas greife, dass die Eiswürfel klirren. Habe ich das gerade wirklich gedacht? Ich nippe an der Cola und schlucke schwer. »Warum bist du dann hier? Und wie lange willst du bleiben?«

Declan trinkt sein Glas aus und gibt der Bedienung erneut ein Zeichen. »Whisky-Cola«, sagt er, als sie diesmal an unseren Tisch tritt.

Ihre Lippen werden schmal, als sie den Blick zwischen uns hin- und herwandern lässt. »Dafür muss ich zuerst Ihren Ausweis sehen.«

Declan greift reflexartig nach seinem Portemonnaie, hält dann aber inne. »Wissen Sie was? Vergessen Sie's. Bringen Sie mir einfach noch eine Cola.« Sie zuckt mit den Achseln und geht wieder. »Hast du gesehen, wie weit es schon mit mir gekommen ist?«, sagt er kopfschüttelnd, als würde er sich selbst ankotzen. »Ich habe gerade darauf verzichtet, mir einen Drink zu bestellen, weil ich nicht will, dass eine Frau, die ich noch nicht mal kenne, meinen Namen auf meinem Ausweis liest. Das ist mein beschissenes Leben.«

»Sogar in New Hampshire?«, frage ich. Der eine der beiden Typen an der Theke schaut immer wieder zu uns rüber. Ich weiß nicht, ob es daran liegt, dass ich ganz eindeutig noch minderjährig bin, oder …

»Egal wo.« Declan wartet schweigend, bis die Bedienung ihm seine Cola hingestellt hat und wieder gegangen ist, dann prostet er mir zu. »Du und Mom, ihr habt es gut getroffen, Mal. Peter tut zwar gern so, als gäbe es mich nicht, aber es ist offensichtlich, dass er total hinter euch steht. Vielleicht springt bei der Sache sogar noch ein gutes College für dich raus.«

Ja, damit könnte er sogar recht haben. Weil ich deswegen ein schlechtes Gewissen habe, sage ich hastig: »Er hat versprochen, mit Mr Coates über einen Job für dich zu sprechen.« Da Ben Coates zu der Zeit, als Lacey starb, Bürgermeister von Echo Ridge war, ist er ein paarmal von der Presse interviewt und nach seiner Einschätzung zu dem Fall gefragt worden. *Eine tragische Gewalttat,* hatte seine Standardantwort gelautet. *Willkürlich verübt von einem niederträchtigen Menschen, der zufällig auf der Durchreise war.*

Declan lacht bitter. »Das glaubst du doch selbst nicht.«

»Doch, die beiden haben sich am Labor-Day-Wochenende getroffen und …«

»Kann ja gut sein und vielleicht ist bei dem Treffen sogar mein Name gefallen. Zum Beispiel im Zusammenhang damit, dass es unternehmerischer Selbstmord wäre, mir einen Job zu geben. Es ist, wie es ist, Mal, und ich werde Peter deswegen nicht auf die Nerven gehen. Ich hab nicht vor, einen Keil zwischen ihn und Mom zu treiben. Oder zwischen ihn und dich. Ich werde mich aus eurem Leben raushalten und euch nicht im Weg stehen.«

»Aber das denke ich doch gar nicht. Ich hab nur gefragt, warum du hier bist.«

Declan schweigt einen Moment, und als er schließlich wieder zu sprechen beginnt, klingt er eher müde als aggressiv. »Weißt du, was zwischen Lacey und mir los war, bevor sie umgebracht wurde? Wir hatten uns auseinanderentwickelt. Aber das ist uns nicht klar gewesen, weil wir jung waren und naiv. Weil wir schon seit einer Ewigkeit zusammen waren und dachten, es würde für immer so bleiben. Unter normalen Umständen hätten wir uns einfach irgendwann getrennt und die Sache wäre erledigt gewesen. Wir hätten unser Leben weitergelebt. Wären mit jemand anderem zusammengekommen.« Seine Stimme wird leiser. »Das wäre das normale Ende unserer Geschichte gewesen.«

Der Typ an der Theke, der die ganze Zeit zu uns rübergeschaut hat, steigt von seinem Barhocker und kommt auf uns zu. Als er ungefähr auf halber Höhe ist, wird mir klar, dass er gar nicht so alt ist, wie ich dachte; vielleicht Anfang fünfzig, mit bulligen Armen und einem breiten Brustkorb. Plötzlich steht Declan auf und zieht sein Portemonnaie heraus. »Ich muss los«, sagt er und wirft einen Zehndollarschein auf den Tisch. »Mach dir keine Sorgen, okay? Es ist alles in Ordnung.«

Er läuft an dem Typen vorbei, der stehen bleibt und ihm hinterherschaut. »Hey«, ruft er. »Bist du nicht Declan Kelly?« Mein Bruder steuert weiter auf den Ausgang zu und der Typ wird lauter. »*Hey.* Ich rede mit dir.«

Declan drückt die Tür mit der Schulter auf. »Ich bin niemand«, sagt er und geht.

Ich frage mich, was der Typ jetzt vorhat – ob er zu mir an den Tisch kommen oder Declan nach draußen folgen wird –, aber er zuckt bloß mit den Achseln, kehrt an die Theke zurück und setzt sich wieder auf seinen Hocker. Sein Freund lehnt sich zu ihm und sagt irgendetwas, worauf beide lachen.

Während ich noch einen Moment sitzen bleibe und meine Cola austrinke, fange ich allmählich an zu verstehen, dass Declans Leben aus der Nähe betrachtet viel beschissener ist, als es den Anschein hat, wenn man einen Bundesstaat von ihm entfernt ist.

••••

Da es meinem Bruder vor seinem dramatischen Abgang nicht eingefallen ist, mich zu fragen, ob er mich vielleicht mit dem Wagen mitnehmen kann, mache ich mich eine halbe Stunde später zu Fuß auf den Nachhauseweg. Ich bin gerade in die Straße gebogen, die zum Haus von Laceys Familie führt, als ich ein paar Meter vor mir jemanden sehe, der einen riesigen Koffer hinter sich herzerrt.

»Hey«, rufe ich, als ich nahe genug bin, um zu erkennen, wer es ist. »Hast du etwa schon genug von Echo Ridge?«

Ellery Corcoran dreht sich genau in dem Moment um, in dem die Rollen ihres Koffers in einem Loch im Asphalt stecken bleiben und blockieren, sodass ihr beinah der Griff aus der Hand rutscht. Sie bleibt stehen und bringt den Koffer wieder in eine stabile Position. Während sie darauf wartet, dass ich zu ihr aufschließe, fasst sie ihre Haare am Hinterkopf zusammen und schlingt sie so schnell zu einem Knoten, dass ich den Bewegungen ihrer Hände kaum folgen kann. Ihre Geschicklichkeit fasziniert mich. »Mein Gepäck ist auf dem Hinflug verloren gegangen und erst heute geliefert worden.« Sie verdreht die Augen. »An unsere *Nachbarn.*«

»Oh Mann, wie ätzend. Aber wenigstens hast du deine Sachen jetzt wieder.« Ich deute auf den Koffer. »Brauchst du vielleicht Hilfe?«

»Danke, aber mit den Rollen geht es schon. Und meine Großmutter wohnt ja gleich da vorne.«

Ich werfe ihr einen Seitenblick zu. Ein kleiner Windstoß weht ihr ein paar abtrünnige Strähnen ins Gesicht. Mit ihrem unglaublich hellen Teint, den hohen Wangenknochen und dem energischen Kinn würden ihre Züge streng wirken, hätte sie nicht so tolle Augen. Sie sind fast schwarz und leicht mandelförmig geschnitten, mit Wimpern, die so lang sind, dass man denken könnte, sie wären gar nicht echt. Mir wird erst klar, dass ich sie anstarre, als sie mit einem kleinen Stirnrunzeln fragt: »Was ist?«

Ertappt schiebe ich die Hände in die Hosentaschen. »Nichts. Ich … ähm, finde es nur cool, dass wir uns hier zufällig über den Weg laufen. Ich wollte mich nämlich noch wegen neulich Abend bei dir bedanken. Dafür, dass du mich bei der Benefizgala nicht für den … Typen gehalten hast, der diesen Mist aufs Schild gesprüht hat.«

Sie lächelt leicht. »Ich hab zwar nicht sonderlich viel Erfahrung mit solchen Leuten, gehe aber mal davon aus, dass die meisten von ihnen nicht so geschockt vor ihrer eigenen Schmiererei stehen würden.«

»Klar. Trotzdem. Der Schluss hätte nahegelegen. Zumindest für die meisten Leute hier. Und das wäre … für mich nicht so toll gewesen.«

»Weil dein Bruder verdächtigt wurde, etwas mit dem Mord an Lacey zu tun zu haben«, stellt sie so sachlich fest, als würden wir übers Wetter plaudern.

»Richtig.« Wir gehen weiter, und seltsamerweise habe ich plötzlich das Bedürfnis, ihr von meinem Treffen mit Declan zu erzählen. Die Sache hat mich ziemlich runtergezogen. Aber diese Info wäre wohl eindeutig ein bisschen zu persönlich. Stattdessen räuspere ich mich und sage: »Ich, ähm, hab deine Mutter kennengelernt, als sie damals auf Laceys Beerdigung war. Sie war … echt nett.«

Nett ist nicht das richtige Wort. Sadie Corcoran war wie ein Stromstoß, der durch den Ort zuckte und trotz der tiefen Trauer, die hier herrschte, alle elektrisierte. Mir ist es vorgekommen, als würde sie Echo Ridge wie eine große Bühne für sich betrachten, aber ich hatte nichts dagegen, mir ihren Auftritt anzuschauen. Wir hatten die Ablenkung alle bitter nötig.

Ellery verengt die Augen, hält den Blick aber nach vorn

gerichtet. »Schon seltsam, wie gut sich alle hier an Sadie erinnern können. Wenn ich mal kurz zu Besuch in die vielen Städte zurückkehren würde, in denen ich schon gelebt habe, würde das mit Sicherheit niemandem auffallen.«

»Das glaube ich nicht.« Ich werfe ihr erneut einen Blick von der Seite zu. »Du nennst deine Mom bei ihrem Vornamen?«

»Ja. Wir mussten früher immer so tun, als wäre sie unsere große Schwester, wenn sie uns zu Castings mitgenommen hat, und irgendwann ist es einfach dabei geblieben«, erklärt sie. Als ich die Brauen hochziehe, zuckt sie mit den Achseln. »Mütter von Vorschulkindern gelten in Hollywood nicht als sonderlich sexy.«

Hinter uns ist entfernt das Röhren eines Motors zu hören, das so rasch näher kommt und lauter wird, dass wir stehen bleiben und uns umdrehen. Scheinwerfer blitzen auf und steuern viel zu schnell auf uns zu. Ich greife nach Ellerys Arm, um sie von der Straße wegzuziehen, dabei entgleitet ihr der Griff ihres Koffers, und sie zieht erschrocken die Luft ein, als er umkippt und genau vor den heranrasenden Wagen fällt. Der leuchtend rote BMW legt mit quietschenden Reifen eine Vollbremsung hin und kommt nur wenige Zentimeter vor dem Koffer zum Stehen.

Das Fenster auf der Fahrerseite fährt herunter und Katrin streckt den Kopf heraus. Neben ihr sitzt Brooke. Beide tragen ihre violetten Cheerleaderjacken. »Soll ich euch irgendwohin mitnehmen?«, fragt sie, während sie mir seelenruhig dabei zuschaut, wie ich den Koffer wieder aufrichte und von der Straße ziehe.

»Gott, Katrin. Du hättest uns fast über den Haufen gefahren!«

»Quatsch.« Sie lacht, dann zieht sie fragend eine Braue hoch, als sie sieht, wie Ellery mir den Koffer abnimmt. »Gehört der dir, Ellery? Verlässt du uns etwa schon wieder?«

»Nein, nein. Ist eine lange Geschichte.« Ellery rollt den riesigen Koffer auf die grasbewachsene Anhöhe vor dem Haus ihrer Großmutter zu. »Danke für das Angebot, aber ich bin ja gleich zu Hause. Okay … dann … bis morgen.«

»Bis morgen«, verabschiede ich mich, während Katrin ihr mit einem gedehnten »Bye« lässig zuwinkt. Dann schlägt sie mit der Handfläche von außen gegen die Wagentür und sieht mich mit zusammengekniffenen Augen an. »Warum hast du mir eigentlich nicht erzählt, dass Declan in der Stadt ist?«

»Weil ich bis heute selbst keine Ahnung davon hatte«, antworte ich.

Katrin mustert mich mit einem Ausdruck purer Skepsis. Brooke lässt den Blick zwischen ihr und mir hin- und herwandern und zieht sich die Ärmel ihrer Jacke über die Hände, als wäre ihr kalt. »Und das soll ich dir glauben?«, sagt Katrin.

»Glaub, was du willst. Es ist jedenfalls die Wahrheit.«

Meine Stiefschwester und mein Bruder haben nichts miteinander zu tun. Declan ist nicht auf Moms und Peters Hochzeit gewesen und hat uns bis jetzt auch noch nie besucht. In den vier Monaten, die wir mittlerweile unter einem Dach leben, hat Katrin seinen Namen kein einziges Mal erwähnt.

Sie wirkt immer noch nicht sonderlich überzeugt, deutet aber mit einer Kopfbewegung zur Rückbank. »Na los, steig ein. Wir nehmen dich mit.« Sie sieht Brooke an und schiebt gerade so laut, dass ich es hören kann, hinterher: »Kannst dich später bei mir bedanken.«

Brooke schüttelt leise schnaubend den Kopf. Ich habe keine Ahnung, worum es geht, bin aber auch nicht versucht, nachzufragen. Katrin ist nervensägentechnisch mal wieder in Höchstform, trotzdem fahre ich lieber bei ihr mit, statt weiter zu Fuß zu gehen. Kaum sitze ich und habe die Tür zugezogen, steigt Katrin auch schon aufs Gaspedal. »Also – warum ist Declan in der Stadt?«, fragt sie.

»Ich weiß es nicht«, sage ich, und in dem Moment wird mir klar, was mich umtreibt, seit ich das Bukowski's nach der halbstündigen Unterhaltung mit Declan verlassen habe. Es geht nicht bloß darum, dass ich keine Ahnung hatte, dass er hier ist.

Sondern darum, dass er jeder einzelnen Frage von mir ausgewichen ist.

8

ELLERY
Montag,
9. September

Sobald ich in Nanas Hausflur die Tür hinter mir zugemacht habe, falle ich neben meinen Koffer auf die Knie, öffne mit fliegenden Fingern den Reißverschluss und klappe ihn auf. Mir quillt ein Chaos aus Kleidungsstücken, Kosmetikartikeln und Schuhen entgegen, aber alles ist so herrlich vertraut, dass ich so viel herausnehme, wie in meine Arme passt, und die Sachen einen Moment lang selig an mich presse.

Nana taucht in der Tür zur Küche auf. »Es ist hoffentlich noch alles da?«, fragt sie.

»Sieht so aus«, sage ich und halte wie eine Trophäe meinen Lieblingspulli hoch.

Während Nana ohne ein weiteres Wort auf die Treppe zusteuert und nach oben geht, sehe ich etwas Rotes zwischen meinen dunklen Klamotten aufblitzen: das Samtsäckchen, in dem ich meinen Schmuck aufbewahre. Ich schüttle den Inhalt auf den Boden und suche aus dem kleinen Haufen eine feingliedrige Halskette mit einem silbernen Anhänger heraus. Auf den ersten Blick sieht er wie eine kunstvoll gearbeitete Blüte aus, entpuppt sich aber bei genauerem Hinsehen als Dolch. »Für meine nach Mordfällen süchtige Lieblingstochter«, hat Sadie gesagt, als sie mir die Kette vor zwei Jahren zum Geburtstag geschenkt hat.

Früher habe ich mir immer gewünscht, sie würde mich fragen, warum ich mich eigentlich so für dieses Thema interessiere, dann hätten wir uns vielleicht mal richtig über Sarah unterhalten können. Aber für sie ist es wohl bequemer gewesen, einfach mit einem Accessoire für mich darüber hinwegzugehen.

Als ich die Kette gerade um meinen Hals schließe, kommt Nana mit einer Einkaufstasche über dem Arm wieder die Treppe herunter. »Du kannst den Koffer später nach oben bringen. Ich möchte vor dem Abendessen noch kurz mit dir zu Dalton's.« Auf meinen fragenden Blick hin hebt sie die Tasche. »Um die Kleider zurückzubringen, die ich dir letzte Woche gekauft habe. Mir ist nicht entgangen, dass du dir lieber etwas von deinem Bruder geliehen hast, statt die Sachen hier zu tragen.«

Ich richte mich mit brennenden Wangen auf. »Oh. Also … Ich bin einfach nicht dazu gekommen, sie …«

»Ist schon in Ordnung«, sagt Nana trocken und nimmt ihre Schlüssel von dem Brett an der Wand. »Ich weiß selbst, dass ich nicht besonders viel Ahnung habe, was ihr jungen Leute heutzutage so tragt. Aber es gibt keinen Grund, sie in der hintersten Ecke des Schranks von den Motten zerfressen zu lassen, wenn jemand anderes sie noch gebrauchen kann.«

Ich werfe einen hoffnungsvollen Blick über ihre Schulter. »Kommt Ezra auch mit?«

»Der macht draußen einen kleinen Spaziergang. Und jetzt beeil dich, damit wir zügig wieder hier sind und ich mich ums Abendessen kümmern kann.«

Es gibt ein paar Dinge, die ich in den zehn Tagen, die wir jetzt schon bei meiner Großmutter sind, gelernt habe:

Sie wird die komplette Strecke durch die Stadt zwanzig Stundenkilometer unter der zulässigen Höchstgeschwindigkeit zurücklegen. Wir werden spätestens um zwanzig nach fünf wieder zu Hause sein, weil es um sechs Abendessen gibt und Nana es nicht leiden kann, wenn sie beim Kochen hetzen muss. Es wird etwas mit vielen stärkenden Proteinen, satt machenden Kohlenhydraten und einer Gemüsesorte geben. Und sie legt Wert darauf, dass wir um zehn auf unseren Zimmern sind. Wogegen wir nicht protestieren, weil wir sowieso nichts Besseres zu tun haben.

Das Komische ist, dass ich gedacht hätte, dieser durchgetaktete Zeitplan würde mir auf die Nerven gehen, aber Nanas Alltagsroutine hat beinahe etwas Beruhigendes. Vor allem im Vergleich zu den letzten sechs Monaten mit Sadie, die, nachdem sie einen Arzt gefunden hatte, der sie mit Vicodin versorgte, von zerstreuter Planlosigkeit in einen dauermanischen Zustand verfiel. Wenn sie abends lange aus war, habe ich Käsemakkaroni aus der Mikrowelle gegessen, bin durchs Apartment getigert und habe mich gefragt, was aus uns werden soll, falls sie nicht mehr nach Hause kommt.

Bis eines Abends genau das passierte.

Der Subaru kriecht im Schneckentempo in Richtung Dalton's, was mir jede Menge Zeit verschafft, durch das Seitenfenster auf die schlanken Bäume zu starren, die die Straße säumen und in deren grünes Blätterdach sich die ersten Goldtöne mischen. »Ich wusste gar nicht, dass sich das Laub hier so früh verfärbt«, sage ich. Seit dem Labor Day ist erst eine Woche vergangen und es ist immer noch warm, fast sommerlich.

»Das sind Grüneschen«, sagt Nana in ihrem Lehrerinnentonfall. »Sie färben sich früher als die anderen Bäume. Die Wetterverhältnisse für die Herbstlaubfärbung ist dieses Jahr ideal – warme Tage, kühle Nächte. In ein paar Wochen wird hier alles in prächtigem Rot und Orange leuchten.«

Echo Ridge ist mit Abstand der idyllischste Ort, an dem ich je gelebt habe. Die Häuser hier sind keine einfachen Bungalows wie in Kalifornien, sondern meistens mehrstöckig und sehr gepflegt. Es gibt die verschiedensten Baustile: stattliche viktorianische Villen, Cape-Cod-Häuser mit grauen Schindeln, historische Kolonialbauten. Der Rasen in den Vorgärten ist frisch gemäht, die Blumenbeete ordentlich angelegt. Fast alle Geschäftsgebäude im Ortskern sind aus rotem Backstein mit weiß lackierten Fensterrahmen und Türen und geschmackvollen Ladenschildern. Nirgendwo sind mit Maschendrahtzaun gesicherte ungenutzte Grundstücke zu sehen, überquellende Müllcontainer oder ein abgeranzter 7-Eleven. Selbst die örtliche Tankstelle ist hübsch und verströmt dezenten Retro-Charme.

Und trotzdem kann ich verstehen, warum Sadie sich hier eingeengt fühlte und Mia durch die Schule läuft, als würde sie nach einem Notausstieg suchen. Alles, was anders ist – Menschen eingeschlossen –, sticht überdeutlich aus der Postkartenidylle heraus.

Mein Handy vibriert. Lourdes hat eine Nachricht geschickt, um sich nach meinem Gepäck zu erkundigen. Als ich von meinem eben wieder aufgetauchten Koffer schreibe, schickt sie mir haufenweise Jubel-GIFs, über die ich so grinsen muss, dass ich fast nicht mitgekriegt hätte, was meine Großmutter gerade gesagt hat. »Deine Vertrauenslehrerin hat angerufen.«

Ich erstarre und überlege sofort krampfhaft, was ich an

meinem ersten Schultag falsch gemacht haben könnte. »Sie hat sich deine Zeugnisse angeschaut und sagt, deine Noten wären ausgezeichnet. Allerdings hätte sie keine Ergebnisse für den College-Einstufungstest finden können.«

»Oh. Tja. Das liegt daran, dass ich keinen gemacht habe.«

»Dann musst du das diesen Herbst nachholen. Hast du schon angefangen, dich vorzubereiten?«

»Nein. Ich bin immer davon ausgegangen, dass ich … Ich meine …« Ich verstumme. Sadie hat nicht studiert. Sie hat sich mit dem bisschen Geld, das sie von unserem Großvater geerbt hat, und diversen Aushilfsjobs sowie gelegentlichen Engagements als Schauspielerin über Wasser gehalten. Zwar war nie die Rede davon, dass wir später mal *nicht* studieren sollen, aber sie hat uns immer klargemacht, dass wir das finanziell irgendwie alleine stemmen müssen. Letztes Jahr habe ich mir die Studiengebühren für eines der staatlichen Colleges in unserer Nähe angeschaut und die Webseite sofort wieder weggeklickt. Genauso gut könnte ich eine Reise zum Mars planen. »Ich weiß nicht, ob ich aufs College gehe.«

Nana bremst mehrere Meter vor einem Stoppschild ab und kriecht auf die weiße Linie zu. »Nicht? Ich dachte immer, du wirst mal Anwältin.«

Ihre Augen sind so starr auf die Straße gerichtet, dass sie meinen überraschten Blick nicht bemerkt. Irgendwie hat sie es geschafft, den Nagel auf den Kopf zu treffen, obwohl sie eigentlich gar nicht wissen kann, dass ich davon träume, Jura zu studieren. Ich habe irgendwann aufgehört, zu Hause darüber zu sprechen, weil Sadie jedes Mal die Augen verdrehte und *Uaaahhh, Anwälte* stöhnte. »Wie kommst du darauf?«

»Du interessierst dich doch für Strafrecht, oder? Du denkst analytisch und bist wortgewandt. Das scheinen mir die perfekten Voraussetzungen zu sein.« Ein federleichtes, warmes Gefühl breitet sich in meiner Brust aus, das sich sofort wieder verflüchtigt, als mein Blick auf das Portemonnaie fällt, das aus meiner Kuriertasche schaut und genauso leer ist wie mein Konto. Als ich stumm bleibe, schiebt Nana hinterher: »Natürlich werde ich dich und deinen Bruder unterstützen und mich an den Studiengebühren beteiligen. Solange ihr für gute Noten sorgt.«

»Ist das dein Ernst?« Ich starre sie verblüfft an und das warme Gefühl kehrt zurück.

»Natürlich. Ich habe erst vor ein paar Monaten noch mit eurer Mutter darüber gesprochen, aber … Nun ja, zu dem Zeitpunkt war sie in keiner besonders guten Verfassung.«

»Nein. War sie nicht.« Meine Stimmung verdüstert sich wieder, aber nur für ungefähr eine Sekunde. »Das würdest du wirklich tun? Kannst du dir das … ähm … überhaupt leisten?« Nana hat ein schönes Haus, keine Frage, aber eine Villa ist es nicht. Und sie sammelt Rabatt-Coupons, obwohl ich das Gefühl habe, dass sie das eher als eine Art Sport betrachtet und nicht als Notwendigkeit. Sie sah unglaublich selbstzufrieden aus, als sie beim letzten Wochenendeinkauf sechs Gratisrollen Klopapier einpacken konnte.

»Solange ihr euch darauf beschränkt, auf ein staatliches College zu gehen«, sagt sie. »Aber zuerst musst du den Einstufungstest ablegen. Und du brauchst Zeit, um dich darauf vorzubereiten. Am besten meldest du dich für den Termin im Dezember an.«

»In Ordnung. Das …« Die Gedanken in meinem Kopf überschlagen sich, und es dauert einen Moment, bis ich herausbringe, was ich sagen möchte. »Danke, Nana. Das ist echt absolut unglaublich von dir.«

»Na ja. Es wäre einfach schön, wenn außer mir noch jemand in der Familie einen Collegeabschluss hätte.«

Ich zupfe an dem silbernen Dolch, der an meinem Hals hängt. Es ist nicht so, als würde ich mich meiner Großmutter plötzlich so viel näher fühlen, aber ich habe die Hoffnung, dass sie mich vielleicht nicht sofort in der Luft zerreißen wird, wenn ich ihr die Frage stelle, die mir schon seit unserer Ankunft in Echo Ridge unter den Nägeln brennt. »Nana …«, sage ich ohne jede Überleitung und rede dann weiter, bevor mich der Mut wieder verlässt. »Was für ein Mensch ist Sarah eigentlich so gewesen?«

Die Abwesenheit meiner Tante ist für mich in dieser Stadt sogar noch deutlicher spürbar als die meiner Mutter. Wenn Ezra und ich mit Nana Erledigungen machen, reden die Leute mit uns, als würden sie uns schon unser ganzes Leben lang kennen. Zwar machen alle einen großen Bogen um das Thema Entzugsklinik, dafür haben sie aber genügend andere Dinge zu erzählen. Sie zitieren Sadies legendäre Textzeile aus *Defender*, machen Scherze darüber, dass die Winter in Vermont bestimmt das Letzte sind, was unsere Mutter vermisst, oder staunen darüber, dass ich praktisch dieselben Haare habe wie sie. Aber niemand verliert je ein Wort über Sarah – keine Erinnerung, keine Anekdoten, so als hätte es sie nie gegeben. Und wenn ich doch mal das Gefühl habe, dass jemand kurz davor ist, irgendetwas über sie zu sagen, hält derjenige plötzlich inne oder wendet den Blick ab und wechselt das Thema.

Nana schweigt so lange, dass ich mir wünsche, ich hätte den Mund gehalten. Vielleicht können wir die nächsten vier Monate einfach so tun, als hätte ich die Frage nie gestellt. Aber als sie schließlich doch zu sprechen beginnt, klingt sie erstaunlich gefasst. »Warum fragst du?«

»Sad… Mom redet nicht über sie.« Nana hat bis jetzt nie etwas darüber gesagt, dass wir unsere Mutter beim Vornamen nennen, aber ich weiß trotzdem, dass sie das nicht gut findet. Und jetzt gerade ist sicher nicht der richtige Zeitpunkt, um ihren Unmut zu wecken. »Ich hab mich immer gefragt, wie sie war.«

Ein feiner Nieselregen setzt ein, und Nana schaltet die Scheibenwischer an, die bei jedem Durchgang quietschen. »Meine Sarah ist ein kluger Kopf gewesen«, beginnt sie schließlich zu erzählen. »Sie hatte ihre Nase ständig in Büchern und hat alles infrage gestellt. Die Leute hielten sie für schüchtern und introvertiert, aber sie hatte einen herrlichen trockenen Humor und konnte einen mit ihren unvermittelten Bemerkungen sprachlos machen. Sarah war ein großer Fan von Rob Reiner. Das ist der Regisseur, der *This Is Spinal Tap* gedreht hat und *Die Braut des Prinzen*. Kennst du die Filme?« Ich nicke, obwohl ich *This is Spinal Tap* nie gesehen habe, und nehme mir vor, nachher nachzuschauen, ob es ihn auf Netflix gibt. »Sarah konnte die Dialoge alle auswendig mitsprechen. Ein unglaublich kluges Mädchen, besonders die Mathematik und die Naturwissenschaften hatten es ihr angetan. Sie interessierte sich für Astronomie und sprach immer davon, dass sie später mal für die NASA arbeiten will.«

Ich sauge die Worte auf wie ein ausgetrockneter Schwamm, völlig erstaunt darüber, wie viel Nana mir von sich aus über Sarah erzählt. »Haben sie und Mom sich gut verstanden?«, frage ich. Nach dem, was ich gerade gehört habe, scheinen die beiden sogar noch unterschiedlicher gewesen zu sein, als ich immer dachte.

»Oh ja. Sie haben zusammengehalten wie Pech und Schwefel. Die eine hat die Sätze der anderen beendet, genau wie du und dein Bruder. Sie waren sehr eigenständige Persönlichkeiten, konnten sich gegenseitig aber unvorstellbar gut nachmachen und haben das auch ständig genutzt, um die Leute hinters Licht zu führen.«

»Flughafen-Andy wäre bestimmt neidisch«, sage ich, bevor mir einfällt, dass ich ihr die Geschichte von dem absorbierten Zwilling nie erzählt habe.

Nana runzelt die Stirn. »Wer?«

»Ach nichts. War bloß ein Witz.« Ich schlucke den kleinen Kloß herunter, der sich in meinem Hals gebildet hat. »Das klingt, als wäre Sarah echt toll gewesen.«

»Sie war wundervoll.« In Nanas Stimme liegt eine Wärme, die ich so noch nie bei ihr gehört habe, noch nicht einmal, wenn sie von ihren ehemaligen Schülern spricht. *Definitiv* nicht, wenn sie von meiner Mutter spricht. Was vielleicht noch so ein Punkt war, mit dem Sadie in Echo Ridge ihre Schwierigkeiten hatte.

»Glaubst du, dass … dass sie möglicherweise noch … irgendwo ist?«, stammle ich, während ich die Kette um meinen Finger wickle. »Dass sie vielleicht nur weggelaufen ist oder so?« Kaum sind die Worte draußen, bereue ich sie, weil sie klingen, als würde ich Nana irgendetwas vorwerfen, aber sie schüttelt bloß entschieden den Kopf.

»Das hätte Sarah nie getan.« Ihre Stimme ist jetzt leiser, als würden die Worte zu schwer wiegen, um sie leicht über die Lippen zu bringen.

»Ich hätte sie so gerne kennengelernt.«

Nana fährt vor Dalton's in eine freie Parklücke. »Das wünschte ich mir auch.« Ich werfe ihr verstohlen einen besorgten Blick zu, kann aber kein verdächtiges Glitzern in ihren Augen erkennen. Ihre Züge sind völlig entspannt. Es scheint ihr überhaupt nichts auszumachen, über Sarah zu sprechen. Vielleicht hat sie ja sogar darauf gewartet, dass einer von uns nach ihr fragt. »Kannst du bitte die Tasche vom Rücksitz nehmen, Ellery?«

»Klar.« Ich bin so mit den verschiedenen Gedanken beschäftigt, die mir durch den Kopf gehen, dass ich die Plastiktüte beim Aussteigen fast in den nassen Rinnstein fallen lasse. Zur Sicherheit wickle ich mir die Henkel ums Handgelenk und folge Nana in Dalton's Emporium.

Die Kassiererin begrüßt meine Großmutter wie eine alte Freundin und nimmt den Stapel Klamotten mit einem nachsichtigen Lächeln entgegen, ohne danach zu fragen, warum wir sie zurückgeben. Als sie die Preisschilder scannt, die ich nie entfernt habe, weht plötzlich eine süße, helle Kinderstimme durch den Laden. »Ich will mich auf der Bühne anschauen, Mommy!« Ein paar Sekunden später kommt ein ungefähr sechsjähriges Mädchen in einem zarten blauen Kleidchen durch den Raum gerannt. Es ist die jüngere Tochter von Melanie Kilduff, die abrupt stehen bleibt, als sie uns entdeckt.

»Hallo, Julia«, begrüßt Nana sie. »Du siehst aber hübsch aus.«

Julia fasst ihr Kleid mit einer Hand am Saum und fächert den Stoff auf. Sie ist eine Miniaturausgabe von Melanie, bis hin zu der kleinen Lücke zwischen den oberen Schneidezähnen. »Das ist für meine Tanzaufführung.«

In diesem Moment kommt ihre Mutter auch schon aus

dem hinteren Teil des Ladens, gefolgt von einem hübschen, etwa zwölfjährigen Mädchen, das schmollend die Arme vor der Brust verschränkt hat. »Oh, hallo!« Melanie lächelt entschuldigend, als Julia zu einem von Spiegeln umgebenen Podest im vorderen Bereich des Ladens läuft. »Julia nennt das *Die Bühne*. Sie will unbedingt sehen, wie sie darauf aussieht.«

»Natürlich«, sagt die Kassiererin lächelnd. »Das Kleid ist dafür gemacht worden, dass man darin gesehen wird.« Irgendwo klingelt ein Telefon, und sie verschwindet in einem Hinterzimmer, um das Gespräch entgegenzunehmen. Nana hebt ihre Tasche von der Kassentheke, als Julia auf das Podest springt und anfängt, sich so schnell zu drehen, dass sich das Kleid um ihre Beine bauscht.

»Ich sehe aus wie eine Prinzessin!«, ruft sie. »Komm, Caroline. Du musst schauen!« Melanie geht zu ihr und zupft die Schleife im Rücken ihres Kleids zurecht, aber ihre ältere Tochter rührt sich nicht von der Stelle und zieht immer noch ein Gesicht wie sieben Tage Regenwetter.

»Prinzessin! Blöder geht es doch gar nicht«, schnaubt sie leise und mustert verächtlich den Ständer mit Ballkleidern zu unserer Rechten. »Wer will schon Prinzessin sein.«

Vielleicht denkt sie gar nicht an Lacey oder an die Barbiepuppen in ihren blutbespritzten Kleidern auf dem Friedhof. Vielleicht ist sie einfach nur ein vorpubertierendes Mädchen, das genervt ist, weil man sie zum Shopping mit ihrer kleinen Schwester mitgeschleppt hat. Oder es steckt etwas ganz anderes dahinter.

Julia dreht sich wieder selig im Kreis und auf einmal steigt unglaubliche Wut in mir hoch. Nein, das ist keine normale Reaktion auf eine so harmlose Situation. Es gibt etwas, das uns alle, die wir hier im Laden stehen, miteinander verbindet wie ein roter Faden. Wir alle haben eine Prinzessin verloren, und keiner weiß, warum. Ich habe es satt, in die Geheimnisse von Echo Ridge verstrickt zu sein. Ich habe die endlosen Fragen satt. Ich will endlich Antworten. Ich möchte diesem kleinen Mädchen und seiner Schwester helfen. Und Melanie. Und Nana. Und meiner Mutter.

Ich möchte etwas *tun.* Für die verschwundenen Mädchen und für diejenigen, die zurückgeblieben sind.

9

MALCOLM
Donnerstag, 19. September

»Was geht, du Loser?« Ich spanne die Muskeln an, bevor Kyle McNulty, der mit Theo unterwegs ist, seine Schulter gegen meine rammt, sodass ich zwar stolpere, aber nicht gegen die Schließfächer knalle. »Ist dein Scheißbruder immer noch in der Stadt?«

»Fick dich, McNulty.« Das ist meine Standardantwort für Kyle, egal in welcher Situation. Sie passt einfach immer.

Kyle schiebt das Kinn vor, Theo fängt an zu grinsen. In der Grundschule habe ich mit den beiden Football gespielt. Damals glaubte mein Vater noch, ich würde mich als Declan 2.0 entpuppen. Wir waren nicht unbedingt das, was man Freunde nennt, haben uns aber auch nicht so intensiv gehasst. Das fing erst in der Mittelstufe an. »Er soll sich verflucht noch mal von meiner Schwester fernhalten«, zischt Kyle.

»Gibt niemanden, für den sich Declan weniger interessiert als für deine Schwester«, sage ich. Das ist die Wahrheit und zu neunzig Prozent der Grund dafür, warum Kyle mich nicht ausstehen kann. Er tritt mit finsterem Blick auf mich zu und ich balle die rechte Hand zur Faust.

»Malcolm?« Jemand zupft mich am Ärmel. Als ich mich umdrehe, sehe ich Ellery, die am Schließfach lehnt. Sie hat einen von diesen Monatskalendern der Echo Ridge High in der Hand, den die meisten Schüler sofort wegschmeißen, und wirkt so gedankenverloren, als hätte sie gar nicht mitgekriegt, dass sie gerade mitten in eine Situation geplatzt ist, in der es fast zu einer Prügelei gekommen wäre. Aber dafür ist ihr Blick eben einen Hauch zu lange auf Kyle gerichtet gewesen. »Kannst du mir vielleicht zeigen, wo die Aula ist? Wir haben doch gleich Versammlung dort, aber ich weiß nicht, in welche Richtung ich gehen muss.«

»Das kann ich dir sagen«, höhnt Kyle. »Hauptsache weit weg von diesem Loser.«

Mir steigt vor Wut die Hitze ins Gesicht, aber Ellery nickt ihm bloß zerstreut zu. »Oh, hi, Kyle. Dein Hosenladen steht offen.«

Kyle schaut reflexartig an sich hinunter. »Stimmt doch gar nicht«, beschwert er sich, vergewissert sich aber trotzdem kurz mit einer prüfenden Handbewegung, worauf Theo leise prustet.

»Bewegt euch, Jungs.« Coach Gagnon marschiert auf uns zu und klopft Kyle und Theo auf die Schulter. »Sonst kommt ihr noch zu spät zur Versammlung.« Die erste Stunde fällt heute aus, damit sich alle Schüler in der Aula einfinden und den Hipp-Hipp-Hurra-Reden zur anstehenden Footballsaison und der Bekanntgabe der Mitglieder des Homecoming Courts lauschen können. Mit anderen Worten: Es wird hauptsächlich eine Two-Man-Show mit Kyle und Theo.

Während die beiden Coach Gagnon folgen, wende ich mich Ellery zu, die wieder in ihren Kalender vertieft ist. Einerseits bin ich beeindruckt davon, wie mühelos sie Kyle in seine Schranken gewiesen hat, andererseits beschämt es mich, dass sie offenbar das Gefühl hatte, mich retten zu müssen. Sie hebt den Blick und sieht mich mit ihren tiefbraunen, von dichten Wimpern eingerahmten Augen an. Erst in dem Moment, in dem ihre Wangen sich leicht röten, wird mir bewusst, dass ich sie – schon wieder – angestarrt habe. »Das wäre nicht nötig gewesen«, sage ich. »Ich werde auch allein mit diesen Typen fertig.«

Gott. Kyle hat recht. Ich *bin* ein Loser.

Ellery gibt taktvollerweise vor, meine Bemerkung nicht gehört zu haben. »Jedes Mal, wenn ich Kyle sehe, führt er sich gerade irgendjemand anderem gegenüber wie ein Arsch auf.« Sie steckt den Kalender in ihre Kuriertasche und schiebt den Riemen auf ihrer Schulter höher. »Ich kapiere nicht, warum alle hier so einen Wirbel um ihn machen. Was findet Brooke überhaupt an ihm?«

Die Frage kommt etwas plötzlich, ist aber berechtigt. »Ich hab nicht die leiseste Ahnung.«

Wir schließen uns dem Strom der Richtung Aula pilgernden Schüler an. »Was war das eben mit seiner Schwester?«, fragt Ellery. »Ist sie auch hier auf der Schule?«

»Nein, sie ist älter als er. Liz war mit Declan in einer Stufe. In der Zehnten waren die beiden mal drei Monate zusammen. Sie war regelrecht besessen von ihm. Er hat wegen Lacey mit ihr Schluss gemacht.«

»Verstehe.« Sie nickt. »Das hat sie wahrscheinlich nicht so gut aufgenommen.«

»Genau. Und das ist noch untertrieben.« Wir schieben uns durch die große Flügeltür, die in die Aula führt, und ich führe Ellery zu der hintersten Reihe, wo Mia und ich unseren Stammplatz haben. Seit letzter Woche sitzen Ellery und Ezra in der Mittagspause immer bei uns am Tisch. Den üblichen Kennenlernprozess haben wir mittlerweile absolviert: Lieblingsmusik, Lieblingsfilme, Unterschiede zwischen Kalifornien und Vermont. Die Themen sind abgehakt. Heute bin ich das erste Mal mit Ellery allein, seit ich sie vor ein paar Tagen zufällig mit ihrem Koffer auf der Straße getroffen habe. Auch diesmal haben wir die üblichen Höflichkeitsfloskeln übersprungen und sind sofort ans Eingemachte gegangen. »Liz hat danach eine ganze Weile in der Schule gefehlt«, erzähle ich weiter, ohne genau zu wissen, warum ich ihr das alles sage. »Am Ende musste sie die Klasse wiederholen und konnte erst ein Jahr später ihren Abschluss machen.«

Ellerys Augen weiten sich. »Echt jetzt? Nur weil ein Junge mit ihr Schluss gemacht hat?«

Ich lasse mich auf einen der Plätze am Ende der Stuhlreihe fallen. Sie setzt sich neben mich, zieht ihre Tasche über den Kopf und stellt sie zwischen ihren Füßen ab. Ihre Haare sehen nicht mehr so wild aus wie in den ersten Tagen. Irgendwie vermisse ich ihren alten Look fast ein bisschen. »Na ja. Es lag auch daran, dass ihre Noten sowieso nicht sonderlich gut waren«, antworte ich. »Aber die McNultys haben Declan die Schuld dafür gegeben. Also hat Kyle mich in Sippenhaft genommen und hasst mich seitdem.«

Ellery blickt zu den Wimpeln an den Dachbalken auf, die von den über die Jahre hinweg gesammelten sportlichen Erfolgen der Echo Ridge High zeugen: Ein paar Dutzend sind zusammengekommen. Football, Basketball und Hockey. Für eine so kleine Schule fahren wir hier ziemlich viele Meisterschaften ein. »Das ist nicht fair«, sagt sie. »Du solltest nicht für irgendwas verantwortlich gemacht werden, was deinen Bruder betrifft.«

Ich habe das Gefühl, dass wir gerade nicht mehr über Liz McNulty sprechen. »Willkommen im Kleinstadtleben. Hier wirst du immer am Besten gemessen, was deine Familie geleistet hat. Oder am Schlimmsten.«

»Oder am Schlimmsten, was ihr *angetan* wurde«, sagt Ellery nachdenklich.

Plötzlich dämmert mir, warum ich so ein vertrautes Gefühl habe, wenn wir miteinander reden, obwohl wir uns gar nicht kennen. Wir sind wie die zwei Seiten einer Medaille. Beide haben wir eine Verbindung zu einem der ungeklärten düsteren Geheimnisse von Echo Ridge, nur dass ihre Familie ein Opfer zu beklagen hat, wohingegen es in meiner einen Verdächtigen gibt. Während ich noch nach den richtigen Worten suche, um ihr zu sagen, wie leid mir die Sache mit ihrer Tante tut, oder ihr zumindest zu verstehen zu geben, dass ich weiß, wovon sie spricht, ertönt plötzlich ein lautes: »Hey, Leute!«

Mia kommt mit Ezra im Schlepptau auf uns zu. Beide haben die schwarz-weißen T-Shirts an, die alle Angestellten der Fright Farm tragen. Als Mia meine hochgezogenen Brauen sieht, verschränkt sie die Arme vor der Brust. »Nein, wir haben uns nicht abgesprochen.« Sie lässt sich auf den Platz neben mir fallen. »Das war reiner Zufall.«

»Gedankenverschmelzung«, sagt Ezra achselzuckend.

Ich hatte völlig vergessen, dass die Zwillinge seit dieser Woche auf der Fright Farm arbeiten. Genau wie ungefähr fünfzig Prozent aller Schüler hier. Ich bin einer der wenigen, der sich noch nicht mal beworben hat. Selbst wenn mir der Park als Kind nicht solchen Horror eingejagt hätte, ist er für mich einfach zu sehr mit dem Mord an Lacey verbunden. »Wie lässt sich der Job an?«, frage ich Ellery.

»Nicht schlecht«, sagt sie. »Wir kontrollieren die Einlassbändchen am Eingang der Villa des Grauens.«

»Ein Spitzenjob«, sagt Mia neidisch. »Das habt ihr Brooke zu verdanken. *So* viel angenehmer, als kleine Mistgören mit Slushies zu versorgen.« Mia ist kein Fan von Menschen, die unter zwölf sind, aber sie steckt jetzt schon seit über einem Jahr im Kinderbereich fest, und ihr Boss wimmelt sie jedes Mal ab, wenn sie mit ihm über einen Wechsel sprechen will.

Seufzend stützt sie das Kinn in die Hände. »Und jährlich grüßt das Murmeltier. Endlich wird das Geheimnis gelüftet, wer auf einem weit abgeschlagenen dritten Platz als Homecoming Queen nominiert wird.« Die unteren Tribünenreihen beginnen sich zu füllen und Coach Gagnon macht sich auf den Weg zur Bühne.

»Vielleicht Viv Cantrell?«, sagt Ezra. »Sie hat auf Instagram Bilder von ihrem Kleid gepostet.«

Mia zieht eine Grimasse. »Du folgst Viv auf Instagram?«

Er zuckt mit den Achseln. »Du weißt doch, wie das ist. Sie ist mir gefolgt und in einem schwachen Moment bin ich ihr zurückgefolgt. Jedenfalls geht es in fast jedem zweiten ihrer Posts um den Homecoming-Ball.« Er hält kurz inne und denkt nach. »Wobei ich nicht glaube, dass sie schon ein Date hat.«

»Du solltest sie entfolgen«, sagt Mia. »Das sind jetzt schon viel mehr Informationen, als irgendein Mensch über Viv wissen will. Abgesehen davon hat sie sowieso keine Chance, es in den Homecoming Court zu schaffen. Aber Kristi Kapoor vielleicht.« Auf Ezras fragenden Blick hin, erklärt sie: »Kristi ist in der Schülermitverwaltung und ziemlich beliebt. Außerdem gehört sie zu den vier Quotenschülern hier, die eine andere Hautfarbe haben. Wer für sie stimmt, kann sich also besonders progressiv fühlen.«

»Wer sind die anderen?«, fragt Ezra.

»Außer mir? Jen Bishop und Troy Latkins.« Mia lässt den Blick zwischen ihm und Ellery hin- und herwandern. »Und euch beiden vielleicht. Habt ihr Latino-Wurzeln?«

»Keine Ahnung«, sagt Ezra. »Könnte sein. Wir kennen unseren Vater nicht. Aber laut Sadie hieß er entweder José oder Jorge, die Chancen, dass du richtig getippt hast, stehen also ganz gut.«

»Eure Mutter ist eine Legende«, sagt Mia ehrfürchtig. »War sie nicht auch Homecoming Queen?«

Ezra nickt und ich schaue Mia verblüfft an. »Woher weißt du das?«, frage ich.

»Von Daisy«, sagt Mia achselzuckend. »Sie ist Expertin in der Geschichte des Echo-Ridge-Homecoming-Balls. Vielleicht weil sie die ewige Zweite war.« Auf Ellerys neugierigen Blick hin, erläutert sie: »Meine Schwester. Sie hat vor fünf Jahren ihren Abschluss gemacht. Daisy ist sozusagen immer nur Brautjungfer gewesen, nie die Braut.«

Ellery lehnt sich gespannt vor. »Und wie war das für sie? War sie neidisch auf die anderen Mädchen?«

»Falls sie es war, hat sie es sich jedenfalls nie anmerken lassen«, antwortet Mia. »Daisy ist wie die kleinen Mädchen aus diesem Kinderreim – *Sugar and spice and everything nice.* Die perfekte koreanische Tochter. Bis vor Kurzem zumindest.«

Das Mikrofon auf dem Podium gibt ein kreischendes Rückkopplungsgeräusch von sich, als Coach Gagnon dagegen klopft. »Ist das Ding hier an?«, ruft er. Die eine Hälfte der Aula lacht pflichtschuldig, die andere ignoriert ihn. Ich schließe mich der zweiten Gruppe an, blende ihn aus und hole verstohlen mein Handy aus der Tasche. Seit ich Declan im Bukowski's getroffen habe, habe ich nichts mehr von ihm gehört. *Bist du noch in Echo?*, schreibe ich.

Zugestellt. Gelesen. Keine Antwort. So geht das schon die ganze Woche.

»Guten Morgen, Echo Ridge High! Seid ihr bereit, zu erfahren, wer dieses Jahr den Homecoming Court stellen wird?«, ruft plötzlich eine andere Stimme. Ich schaue auf und unterdrücke ein Stöhnen, als ich Percy Gilpin am Rednerpult stehen sehe. Percy ist Sprecher der Abschlussklasse, und einfach alles an ihm ermüdet mich: seine überbordende Energie, sein wippender Haarschopf, sein unermüdliches Streben nach irgendwelchen Schulämtern, der violette Blazer, den er schon seit der Neunten bei jedem Schulevent trägt. Außerdem ist er mit Viv Cantrell befreundet und mehr muss man über ihn eigentlich nicht wissen.

»Okay! Fangen wir mit den Gentlemen an!« Percy öffnet mit großer Geste einen Umschlag, als würde er gleich einen Oscar-Gewinner verkünden. »Und hier die drei Nominierten, von denen ihr einen zu eurem König wählen werdet! Herzlichen Glückwunsch: Theo Coolidge, Kyle McNulty und Troy Latkins!«

Ezra schaut Percy verblüfft dabei zu, wie er inmitten des Gejohles und der Jubelrufe die Arme hochreißt. »Was ist denn das für eine Knalltüte? Der führt sich auf wie ein Fernsehmoderator aus den Fünfzigerjahren, der in einem Teenager-Körper steckt.«

»Das bringt es perfekt auf den Punkt.« Mia dreht gähnend den Ring an ihrem Daumen hin und her. »Läuft alles genau so, wie man es erwarten durfte. Immerhin ist Troy unter den Nominierten. Er ist kein komplettes Arschloch. Gewinnen wird er trotzdem nicht.«

Percy wartet, bis sich alle ausgiebig auf die Schultern geklopft und abgeklatscht haben, bevor er einen zweiten Umschlag öffnet. »Und last but not least die Nominierten für das Amt der Königin! Echo Ridge High, einen donnernden Applaus für … Katrin Nilsson, Brooke Bennett und –«

Er stutzt, hebt kurz den Blick und schaut dann wieder auf die Karte in seiner Hand. »Ähm …« Die Sekunden verstreichen, und die Leute beginnen, auf ihren Sitzen herumzurutschen. Ein paar klatschen und pfeifen, als würden sie davon ausgehen, dass die Nominierung damit schon abgeschlossen ist. Percy räuspert sich, aber er steht so dicht am Mikro, dass erneut ein kreischendes Rückkopplungsgeräusch ertönt und alle im Saal zusammenzucken.

Mia beugt sich stirnrunzelnd vor. »Wie bitte? Percy Gilpin ist *sprachlos*? Was für ein wunderschöner und noch nie da gewesener Anblick.«

Percy dreht sich zu Coach Gagnon, der ihn mit einer ungeduldigen Geste auffordert, weiterzumachen. »Sorry«, sagt Percy und räuspert sich noch einmal. »Okay, also, ähm, herzlichen Glückwunsch … Ellery Corcoran!«

Ellery reißt fassungslos die Augen auf. »Was?«, sagt sie. Das Blut schießt ihr in die Wangen und hier und da tröpfelt verhaltener Applaus durch die Aula. »Aber … Wie kann das sein? Ich verstehe das nicht. Die kennen mich doch noch nicht mal!«

»Und ob sie dich kennen«, sagt Mia genau in dem Moment, in dem jemand laut »Wer?« ruft, worauf unterdrücktes Gelächter ertönt. Aber Mia hat recht; alle wissen, wer die Corcoran-Zwillinge sind. Und das hat nichts mit ihnen selbst zu tun, sondern damit, dass Sadie Corcoran, die es *fast* nach Hollywood geschafft hätte, hier eine Legende ist.

Und weil Sarah Corcoran das erste Mädchen war, das Echo Ridge verloren hat.

»High Five, Prinzessin!«, sagt Ezra. Als Ellery nicht reagiert, greift er nach ihrer Hand und klatscht seine dagegen. »Jetzt schau nicht so unglücklich. Das ist doch nett.«

»Ich versteh das nicht«, wiederholt sie. Die Aufmerksamkeit in der Aula hat sich wieder auf Percy verlagert, der immer noch auf der Bühne steht und jetzt die Pep-Rally ankündigt, die nächste Woche stattfindet. »Hast *du* vielleicht für mich gestimmt?«

»Sorry, hab ich nicht.« Ezra schüttelt den Kopf. »Aber nimm es nicht persönlich. Ich hab gar nicht an der Abstimmung teilgenommen.«

»Und was ist mit euch?«, fragt Ellery und sieht Mia und mich an.

»Nein«, antworten wir gleichzeitig, und ich zucke entschuldigend mit den Achseln. »Wir gehören auch zur Fraktion der Nichtwähler.«

Ellery umfasst ihre Haare und zieht sie sich über die Schulter nach vorn. »Ich bin noch keine zwei Wochen auf dieser Schule. Abgesehen von euch habe ich mich mit so gut wie niemandem hier unterhalten. Wenn ihr also nicht für mich gestimmt habt – und glaubt mir, ich nehme euch das kein bisschen übel, weil ich nämlich auch nicht mitgemacht habe –, frage ich mich, wer es sonst gewesen sein sollte? Und vor allem: Warum?«

»Als nette Willkommensgeste?«, sage ich, ohne wirklich daran zu glauben.

Sie verdreht die Augen, was ich ihr nicht verdenken kann. Auch wenn sie erst seit knapp zwei Wochen hier lebt, hat sie bestimmt schon mitbekommen, dass Echo Ridge kein Ort ist, an dem Leute von anderswo herzlich willkommen geheißen werden.

••••

Am Freitagmorgen ist Katrin ungenießbar.

Ihr Fahrstil ist mörderischer denn je – Stoppschilder sind für sie kein Grund anzuhalten und zu schauen, ob vielleicht jemand anderes Vorfahrt hat. Sie rast den ganzen Weg bis zur Schule durch. Als wir dort ankommen, parkt sie ihren Wagen so schief ein, dass sie gleich zwei Plätze blockiert und einen anderen Schüler verdrängt, der sich gerade neben sie stellen wollte. Er drückt wütend auf die Hupe, aber sie steigt ungerührt aus, knallt die Tür zu und steuert, ohne ihn zu beachten, auf den Eingang zu.

Es ist einer dieser Tage, an denen sie so tut, als würde ich nicht existieren.

Ich lasse ihr genügend Vorsprung, bevor ich mich selbst auf den Weg ins Gebäude mache. Sobald ich in die Eingangshalle trete, spüre ich, dass irgendwas nicht stimmt. Die Luft ist wie elektrisch aufgeladen, und die Unterhaltungsfetzen, die ich aufschnappe, klingen nicht nach dem üblichen Tratsch und den gegenseitigen Sticheleien.

»Muss hier eingebrochen sein …«

»Da scheint jemand einen totalen Hass auf Homecoming Queens zu haben …«

»Vielleicht steckt doch mehr als ein kranker Scherz dahinter …«

»Aber bei Lacey ist es doch total anders gewesen …«

Schüler stehen in kleinen Grüppchen zusammen und stecken aufgeregt tuschelnd die Köpfe zusammen. Die größte Ansammlung hat sich um Katrins Schließfach zusammengerottet, eine etwas kleinere vor dem von Brooke. Ellery steht mit dem Rücken zu mir, aber Ezra schaut in meine Richtung, und als ich den Ausdruck auf seinem Gesicht sehe, bleibe ich erschrocken stehen. Seine Miene zeigt keine Spur mehr von seiner sonstigen kalifornisch-entspannten Gelassenheit. Im Gegenteil, er sieht aus, als würde er gern jemanden umbringen.

Als ich näher komme, sehe ich den Grund dafür.

Ellerys Schließfachtür ist mit leuchtend roter Farbe beschmiert. Vom Griff baumelt eine Barbiepuppe mit verrenkten Gliedmaßen, deren Kleid wie bei denen auf dem Friedhof aussieht, als wäre es mit Blut bespritzt. Als ich den Kopf recke, erkenne ich, dass die Schließfächer von Katrin und Brooke genauso dekoriert sind. In die rote Farbe auf der Tür von Ellerys Fach ist außerdem mit dicken schwarzen Buchstaben eine Botschaft geschrieben:

ERINNERST DU DICH NOCH AN
MURDERLAND, PRINZESSIN?
ICH SCHON.

»Das ist so was von krank«, zischt Ezra, als ich auf ihn zukomme. Ellery dreht sich um. Sie ist blass, wirkt aber gefasst. Um ihre Lippen spielt ein trockenes Lächeln.

»So viel zu den netten Willkommensgesten.«

10

ELLERY
Samstag,
21. September

»Wonach suchen wir eigentlich?«, fragt Ezra mich.

»Keine Ahnung.« Ich lege einen Stapel Jahrbücher vor ihn auf den Tisch. Es ist Samstagmorgen und wir haben uns mit zwei XXL-Bechern Kaffee von Bartley's Diner in der Stadtbibliothek von Echo Ridge eingerichtet. Ich war mir nicht sicher, ob wir es schaffen würden, die dampfenden Becher an der Bibliothekarin vorbeizuschmuggeln, doch meine Sorge war unbegründet – sie ist sicher schon weit über achtzig und an ihrem Platz hinter der Theke eingenickt. »Nach allem, was uns irgendwie seltsam vorkommt, würde ich sagen.«

Ezra schnaubt. »*Seltsam*, El? In den drei Wochen, die wir mittlerweile hier sind, haben wir einen Toten gefunden, wir arbeiten am Tatort eines Mords und sind von einem Homecoming-Stalker ins Visier genommen worden. Wobei Letzteres nur auf dich zutrifft.« Er nimmt einen Schluck von seinem Kaffee. »Du musst das schon etwas präzisieren.«

Ich lasse mich ihm gegenüber auf einen Stuhl fallen und ziehe ein Buch aus der Mitte des Stapels. Auf dem Rücken steht *Echo Ridge Eagles*, es stammt aus dem Schuljahr, in dem Lacey in der elften Klasse gewesen ist – ein Jahr später war sie tot. »Ich will mir Laceys Jahrgang mal genauer anschauen. Ist doch seltsam, dass zwei Leute, die vor ihrem Tod zu ihrem engsten Umfeld gehört haben und dann weggezogen sind, plötzlich wieder in der Stadt auftauchen, oder? Genau zu dem Zeitpunkt, zu dem hier merkwürdige Dinge passieren.«

»Glaubst du etwa, dass Malcolms Bruder irgendwas damit zu tun hat? Oder Mias Schwester?« Ezra sieht mich skeptisch an. »Vielleicht hätten wir sie zu unserem kleinen investigativen Kaffeekränzchen einladen sollen.«

Ich schlage das Jahrbuch auf. »Niemand hat Bock, sich meine Mordtheorien anzuhören – deine Worte, Bruderherz. Erst recht nicht die Leute, deren eigene Geschwister darin verwickelt sind. Bei so was muss man ganz behutsam vorgehen und erst mal das Terrain sondieren.«

Wir lächeln uns an, als wäre das, was wir hier machen, ein nettes kleines Spiel. Wenn man sein ganzes Leben mit Sadie verbracht hat, wird man ein Ass darin, so zu tun, als wäre alles ganz entspannt. Dabei habe ich seit gestern kaum etwas gegessen, und selbst Ezra, der bisher alles, was Nana auf den Tisch gestellt hat, so gierig verschlungen hat, als würde er versuchen siebzehn Jahre Tiefkühlkost wieder wettzumachen, hat nichts gefrühstückt, bevor wir los sind.

Er mustert den Stapel mit den übrigen Jahrbüchern. »Soll ich mir dann Laceys Abschlussjahr vornehmen?«, fragt er und schiebt die Unterlippe vor. »Ist wahrscheinlich ziemlich deprimierend mit all den Nachrufen, die mit Sicherheit da drin stehen.«

»Oder du …« Mein Blick landet auf dem Rücken des untersten Buchs im Stapel. »Sadies Jahrbuch ist auch dabei. Falls du neugierig bist …«

Ezra runzelt die Stirn. »Worauf?«

»Wie sie in der Highschool so war. Wie die *beiden* waren. Sie und Sarah.«

Er presst die Lippen zusammen. »Was hat das denn jetzt mit irgendwas zu tun?«

Ich schaue mich verstohlen in dem kleinen Raum um, bevor ich mich zu ihm vorbeuge. Außer der dösenden Bibliothekarin und einer Mutter, die ihrem Kind leise aus einem Buch vorliest, sind wir allein. »Hast du dich nie gefragt, warum Sadie in all den Jahren kein einziges Mal mit uns in Echo Ridge war? Oder warum sie nie über ihre Schwester spricht? Ich meine, wenn *du* plötzlich verschwinden würdest …«, ich schlucke die bittere Flüssigkeit hinunter, die meine Kehle hochsteigt, »… dann würde ich garantiert nicht ans andere Ende des Landes ziehen und so tun, als hätte es dich nie gegeben.«

»Du kannst nicht wissen, was du tun würdest«, entgegnet Ezra. »Oder wie es Sadie wirklich damit geht.«

»Stimmt. Genauso wenig wie du. Und genau darum geht es.« Die Mutter des kleinen Jungen dreht den Kopf in unsere Richtung und ich senke die Stimme. Meine Hand wandert wie ferngesteuert zu dem Dolchanhänger und dreht ihn hin und her. »Sadie hat nie mit uns darüber geredet. Sie ist vor ihren Problemen davongelaufen und hat uns einfach von einer Stadt in die nächste gezerrt. Nur dass sie sich jetzt so in die Scheiße geritten hat, dass sie nicht mehr so tun kann, als wäre alles in Ordnung – und wo sind wir gelandet? Genau an dem Ort, an dem alles anfing.«

Ezra sieht mich mit seinen dunklen Augen fest an. »Wir können sie nicht heilen, El.«

Ich erröte und schaue auf die Seiten, die aufgeschlagen vor mir liegen – reihenweise Jugendliche in unserem Alter, die alle für die Kamera lächeln. Ezra und ich haben keine Jahrbücher; wir haben uns mit den Schulen, auf denen wir gewesen sind, nie so verbunden gefühlt, dass wir ein Interesse daran gehabt hätten, irgendwelche Andenken daran aufzubewahren. »Ich versuche auch gar nicht, sie zu *heilen*. Ich will sie bloß verstehen. Außerdem hat das alles auch irgendwie mit Sarah zu tun. Es *muss* etwas mit ihr zu tun haben.« Ich stütze das Kinn in die Hand und spreche zum ersten Mal aus, worüber ich seit gestern nachdenke. »An dieser Schule hat mich niemand in den Homecoming Court gewählt, Ezra. Das weißt du so gut wie ich. Ich bin mir sicher, dass die Wahl manipuliert wurde. Und warum? Wegen meiner Verbindung zu Sarah.«

Als ich am Freitag in der Mittagspause noch einmal zu meinem Schließfach ging, waren alle Spuren beseitigt worden, als wäre nie etwas geschehen. Aber seitdem habe ich das Gefühl, unter ständiger Beobachtung zu stehen, und spüre ein unangenehmes Kribbeln im Nacken, wenn ich daran denke, dass irgendjemand die Mühe auf sich genommen hat, einen Weg zu finden, meinen Namen auf die Nominierungsliste für die Ballkönigin zu setzen. Ich habe zu Viv gesagt, dass ich nicht glaube, dass Laceys Mörder und derjenige, der für diese kranken Schmierereien verantwortlich ist, ein und dieselbe Person sind. Objektiv betrachtet erscheint mir das auch nach wie vor unwahrscheinlich. Mein subjektives Empfinden dagegen steht auf einem anderen Blatt.

»Und wie soll diese Wahlmanipulation praktisch abgelaufen sein?«, fragt Ezra.

»Indem jemand die App gehackt hat? Ist bestimmt kein Hexenwerk.«

Er legt nachdenklich den Kopf schräg. »Ich weiß nicht. Kommt mir ein bisschen sehr drastisch vor.«

»Ach, und blutüberströmte Barbiepuppen sind total harmlos, ja?«

»Eins zu null für dich.« Ezra trommelt mit den Fingern auf die Tischplatte. »Sag mal ... glaubst du wirklich, dass es bei der Sache nicht nur um Lacey, sondern auch um Sarah geht?«

»Klingt nicht sehr wahrscheinlich, ich weiß. Zwischen den beiden Vorfällen liegen fast zwanzig Jahre. Aber derjenige, der hinter alldem steckt, hat mit meiner Nominierung eine Verbindung hergestellt, und dafür muss es einen Grund geben.«

Wortlos zieht Ezra Sadies Jahrbuch aus dem Stapel und schlägt es auf. Ich nehme mir das von Lacey vor und blättere die Fotos der elften Klasse durch, bis ich beim Buchstaben K lande. Und da stehen sie, all die Namen, die mir seit unserer Ankunft in Echo Ridge immer wieder begegnen: Declan Kelly, Lacey Kilduff und Daisy Kwon.

Laceys Gesicht kenne ich aus den Nachrichten, aber Daisy habe ich vorher noch nie gesehen. Sie hat eine gewisse Ähnlichkeit mit Mia, ist aber auf eine viel konventionellere Art hübsch. Mit dem Haarband, das ihre glänzenden glatten Haare zurückhält, wirkt sie wie ein typisches Preppy-Girl. Declan Kelly kommt mir vor wie Malcolm auf Steroiden; mit seinen durchdringenden Augen, in die dunkle Haarsträhnen fallen, und dem tiefen Kinngrübchen sieht er auf eine fast bedrohliche Weise gut aus. Alle drei erinnern an Seriendarsteller – zu schön, um echt zu sein.

Der Buchstabe R ist um einiges weniger glamourös. Als Elftklässler war Officer Ryan Rodriguez' eine unglückliche

Mischung aus hervorstehendem Adamsapfel, Akne und Topffrisur. In den letzten sechs Jahren hat er sich definitiv zu seinem Vorteil verändert. Ich drehe das Jahrbuch auf den Kopf, um das Foto Ezra zu zeigen. »Hier, unser Nachbar.«

Er wirft bloß einen flüchtigen Blick auf Officer Rodriguez' Bild. »Nana hat heute Morgen gefragt, ob wir ihm bei Gelegenheit ein paar Umzugskartons rüberbringen könnten. Anscheinend hat er das Haus verkauft. Oder will es verkaufen. Jedenfalls ist er gerade am Packen.«

Ich setze mich ruckartig auf. »Das heißt, er zieht weg?«

Ezra zuckt mit den Achseln. »Davon hat sie nichts gesagt. Nur dass das Haus seit dem Tod seines Vaters für ihn allein zu groß ist. Vielleicht sucht er sich ja in der Nähe eine Wohnung oder so was.«

Ich drehe das Jahrbuch wieder zu mir und blättere weiter. Auf die Klassenfotos folgen Schnappschüsse, die die Schüler bei diversen Aktivitäten zeigen. Lacey war fast überall dabei – sie hat unter anderem Fußball und Tennis gespielt, sich in der Schülermitverwaltung engagiert und im Chor gesungen. Declan scheint vor allem Football gespielt zu haben und muss ein so guter Quarterback gewesen sein, dass sein Team mit ihm die Staatsmeisterschaften gewonnen hat. Das letzte Foto zeigt die gesamte Stufe Ende des Schuljahrs bei einem Picknick am Echo Ridge Lake.

Lacey sticht aus dem Bild heraus – sie steht genau in der Mitte der Gruppe und lacht strahlend, während der Wind ihr die Haare aus dem Gesicht weht. Declan schlingt ihr von hinten die Arme um die Taille und legt das Kinn auf ihre Schulter. Daisy steht neben den beiden und ist ihrem etwas erschrockenen Gesichtsausdruck nach zu urteilen noch nicht für die Aufnahme bereit gewesen. Ganz am Rand entdecke ich die schlaksige Gestalt von Ryan Rodriguez, der aussieht, als würde er nicht wirklich dazugehören. Aber es ist nicht seine seltsam verkrampfte Körperhaltung, die mir auffällt. Die Kamera hat genau den Moment eingefangen, in dem er zu Lacey hinüberstarrt – mit einem Blick, der so sehnsüchtig ist, dass er fast wütend wirkt.

Wahrscheinlich ist er heimlich in sie verliebt gewesen, hat Sadie gesagt. *Lacey war eine echte Schönheit.*

Ich betrachte die drei Gesichter: Declan, Daisy und Ryan. Einer, der nie aus Echo Ridge fortgegangen ist – zumindest bis jetzt nicht –, und zwei, die mittlerweile zurückgekehrt sind. Malcolm hat keine Ahnung, wo Declan sich aufhält, aber Mia hat erwähnt, dass ihre Schwester wieder zu Hause wohnt. Was hat sie während der Schulversammlung am Donnerstag noch mal über sie gesagt? *Daisy ist sozusagen immer nur Brautjungfer gewesen, nie die Braut.*

Ezra dreht Sadies Jahrbuch um und schiebt es mir über den Tisch zu. »Hast du vielleicht nach so was gesucht?«

Gleich das erste Foto auf der Seite zeigt ein Mädchen, deren Gesicht von einer dunklen Lockenwolke umgeben ist und die ein so strahlendes Lächeln hat, dass es einen fast blendet. Meine Mutter vor dreiundzwanzig Jahren. Nur dass unter dem Foto der Name *Sarah Corcoran* steht. Ich blinzle verwirrt. In meiner Vorstellung war Sarah immer der ernste, fast schwermütige Zwilling. Diese Version von ihr kenne ich nicht. Ich blättere zur vorherigen Seite, auf der ich ganz unten Sadies Foto entdecke. Es ist mit dem von Sarah fast identisch, von dem leicht zur Seite geneigten

Kopf bis hin zum strahlenden Lächeln. Der einzige Unterschied ist die Farbe ihrer Sweatshirts.

Die Fotos wurden in ihrem Abschlussjahr aufgenommen, also wahrscheinlich im September. Ein paar Wochen später, kurz nachdem Sadie zur Homecoming Queen gekrönt worden war, verschwand Sarah.

Auf einmal fühle ich mich total erledigt und klappe das Buch zu. »Ich weiß auch nicht.« Seufzend strecke ich mich und drehe mich zur Fensterwand am anderen Ende des Raums, durch die Sonnenlicht fällt, das Rechtecke auf den Holzboden malt. »Wann fängt unsere Schicht noch mal an?«

Ezra wirft einen Blick auf sein Handy. »In ungefähr einer Stunde.«

»Sollen wir vorher bei Mia vorbeischauen und fragen, ob sie heute auch arbeitet?«

»Sie hat frei«, sagt Ezra.

»*Sollen wir vorher bei Mia vorbeischauen und fragen, ob sie heute auch arbeitet?*«, wiederhole ich ungerührt.

Ezra blinzelt, dann schüttelt er den Kopf, als wäre er gerade aufgewacht. »Ah, sorry. Verstehe. Du schlägst einen Aufklärungseinsatz vor?«

»Ich hätte jedenfalls nichts dagegen, diese geheimnisvolle Daisy mal persönlich kennenzulernen«, antworte ich.

»Okay.« Ezra deutet auf den Stapel Jahrbücher zwischen uns. »Willst du die auch noch durchgehen?«

»Nein, aber vielleicht sollte ich …« Ich hole mein Handy heraus und fotografiere ein paar der Porträts, die wir uns gerade angeschaut haben. Ezra beobachtet mich stirnrunzelnd.

»Wozu machst du das?«, fragt er.

»Nur um unsere Recherche zu dokumentieren.« Ich habe keine Ahnung, ob sich unsere Aktion hier in irgendeiner Weise als nützlich herausstellen wird, aber so *fühlt* es sich zumindest an, als wären wir produktiv gewesen.

Als ich fertig bin, klemmt sich jeder von uns eine Hälfte der Jahrbücher unter den Arm und trägt sie zum Regal zurück. Ich werfe unsere leeren Kaffeebecher in einen Abfalleimer, was mehr Lärm macht, als ich dachte. Die Bibliothekarin schreckt hoch und sieht uns verschlafen an, als wir an ihrem Empfangstisch vorbeigehen.

»Kann ich euch helfen?«, fragt sie gähnend und tastet nach der Brille, die an einer Kette um ihren Hals hängt.

»Nein danke, wir haben alles gefunden«, sage ich und gebe Ezra ein Zeichen, schneller zu gehen, bevor sie uns erkennt und wir fünfzehn Minuten lang höflich Fragen über Kalifornien beantworten müssen. Einen Moment später schieben wir uns durch die Eingangstür in den gleißenden Sonnenschein hinaus und gehen die breite Treppe hinunter.

Ezra und ich sind vor ein paar Tagen mit Mia von der Schule nach Hause gelaufen – sie wohnt nur ein paar Straßen von der Bibliothek entfernt. Das Haus der Kwons ist für Echo Ridge ziemlich ungewöhnlich: ein moderner Flachbau inmitten einer großzügigen Rasenfläche. Ein gepflasterter Pfad führt von der Straße bis zu den Eingangsstufen. Als wir ihn ungefähr zur Hälfte zurückgelegt haben, biegt gerade ein grauer Nissan in die Einfahrt und hält.

Das Fenster auf der Fahrerseite ist halb heruntergelassen und gibt den Blick auf ein Mädchen mit langen dunklen Haaren frei, die das Lenkrad umklammert, als wäre es ein Rettungsring. Die Hälfte ihres Gesichts wird von einer riesigen Sonnenbrille verdeckt, aber ich bin mir trotzdem sehr sicher, dass es Daisy ist. Ezra hebt die Hand und will ihr etwas zurufen, lässt sie dann aber wieder sinken, weil Daisy sich ein Handy ans Ohr drückt.

»Ich glaube nicht, dass sie uns gesehen hat.« Ich schaue von ihrem Wagen zur Haustür. »Vielleicht sollten wir einfach klingeln.«

In diesem Moment schleudert Daisy ihr Handy auf den Beifahrersitz, verschränkt die Arme über dem Lenkrad und vergräbt den Kopf darin. Ihre Schultern beben und Ezra und ich tauschen einen unbehaglichen Blick aus. Nachdem wir gefühlt zehn Minuten dagestanden haben – in Wirklichkeit war es wohl noch nicht mal eine Minute –, geht Ezra zögernd einen Schritt in Richtung Wagen. »Meinst du, wir sollten …«

Er verstummt, als Daisy plötzlich mit einem erstickten Laut den Kopf hebt und aufs Lenkrad schlägt. Dann nimmt sie die Sonnenbrille ab und fährt mit den Fingerspitzen unter ihren Augen entlang, bevor sie sie wieder aufsetzt, den Rückwärtsgang einlegt – und hart auf die Bremse tritt, als sie uns bemerkt.

Ezra hebt die Hand zu einem kleinen Winken und hat den verlegenen Ausdruck eines Menschen im Gesicht, der weiß, dass er gerade zufällig etwas gesehen hat, das nicht für seine Augen bestimmt war. Statt zu reagieren, fährt sie das Fenster hoch, setzt aus der Ausfahrt und braust in die Richtung davon, aus der sie eben gekommen ist.

»Tja.« Ezra schaut zu, wie sie um die Ecke verschwindet. »Da fährt sie hin, die geheimnisvolle Daisy, die du unbedingt kennenlernen wolltest.«

11

MALCOLM
Donnerstag, 26. September

Als ich den Kopf in Mias Zimmer strecke, sitzt sie gerade mit ihrem MacBook auf dem Schoß an einen Berg aus Kissen gelehnt auf ihrem Bett. Sie hat Stöpsel in den Ohren, nickt im Takt zu irgendwelcher Musik und nimmt mich erst wahr, als ich zweimal kräftig gegen die Tür geklopft habe. »Hey«, ruft sie laut, bevor sie die Ohrstöpsel herausnimmt und in normaler Lautstärke hinterherschiebt: »Schon fertig mit der Probe?«

»Es ist nach vier.« Die einzige AG der Echo Ridge High, deren Mitglied ich bin – immerhin eine mehr als Mia, die bei gar nichts mitmacht –, ist die Schulband. Mr Bowman hat mich reingebracht, nachdem er mir in der Neunten vorgeschlagen hatte, Schlagzeugunterricht zu nehmen, und seitdem bin ich fest dabei.

Ohne ihn ist es nicht mehr dasselbe. Die Frau, die seine Stelle übernommen hat, ist nicht halb so witzig, wie er es war, und lässt uns den ganzen alten Mist von letztem Jahr spielen. Ich weiß nicht, wie lange ich das noch durchhalte. Aber wir treten morgen auf der Pep-Rally auf, und ich habe ein Solo, das außer mir niemand spielen kann.

Mia streckt die Arme über den Kopf und räkelt sich. »Echt, schon? War mir gar nicht klar. Aber ich wollte dir gerade schreiben.« Sie klappt ihren Laptop zu, legt ihn zur

Seite und schwingt die Beine über die Bettkante. »Vivs sehnlichster Wunsch ist übrigens in Erfüllung gegangen. Die *Burlington Free Press* hat ihre Story über die Schmierereien aufgegriffen und will sie zusammen mit einem Artikel über Lacey bringen, der anlässlich ihres fünften Todestages erscheinen soll. Es hat sogar schon ein Reporter hier angerufen, der mit Daisy sprechen wollte.«

Mein Magen krampft sich zusammen wie ein auf dem Trockenen zappelnder Fisch. »Shit.«

Dabei dürfte mich das eigentlich nicht überraschen. Der »Homecoming-Stalker«, wie ihn unsere Schülerzeitung *Echo Ridge Eagle* getauft hat, ist in der Zwischenzeit alles andere als untätig gewesen. Er – oder sie – hat am Montag einen blutigen Haufen rohes Fleisch auf der Motorhaube von Brookes Wagen deponiert, bei dessen Anblick sie sich prompt übergeben musste. Ein paar Tage später war Ellery dran. Mit dem an die Fassade von Armstrong's Auto Repair gesprühten Graffiti »DIE CORCORANS BRINGEN MÖRDERISCH GUTE KÖNIGINNEN HERVOR« kam sie noch vergleichsweise glimpflich davon.

Gestern war dann Katrin an der Reihe. In der Unterführung, in der Mr Bowman starb, hat jemand an der Stelle, an der nach seinem Tod eine Art Gedenkstätte mit Blumen und Stofftieren entstanden ist, einen postergroßen Ausdruck von Katrins Klassenfoto aufgehängt, aus dem die Augen herausgeschnitten waren. Darunter stand ein Todesdatum. Der 5. Oktober. Also der Samstag, an dem nächste Woche der Homecoming-Ball stattfindet. Als Peter davon erfuhr, habe ich zum ersten Mal, seit ich ihn kenne, erlebt, wie er ganz knapp davor war, die Fassung zu verlieren. Er wollte, dass der Ball abgesagt wird, und Katrin hat es kaum geschafft, ihn davon abzuhalten, unseren Schulleiter Mr Slate anzurufen. Heute Morgen wurden wir nach der Anwesenheitsprüfung dazu aufgefordert, in den nächsten Tagen unbedingt alles zu melden, was uns irgendwie verdächtig vorkommt. Davon, dass der Homecoming-Ball nicht stattfinden wird, war keine Rede.

Mia zieht ein mit Nieten besetztes schwarzes Sweatshirt von der Lehne ihres Schreibtischstuhls. »Hast du was von Declan darüber gehört? Der Reporter hat es doch bei ihm bestimmt auch versucht.«

»Nein.« Am Wochenende hat Declan endlich auf meine Nachrichten reagiert und mir geschrieben, dass er wieder in New Hampshire ist. Davon abgesehen haben wir uns seit unserem Treffen im Bukowski's nicht mehr gesprochen. Ich weiß immer noch nicht, was er in Echo Ridge wollte oder bei wem er gewohnt hat.

»Daisy verschanzt sich seit dem Anruf in ihrem Zimmer.« Mia zieht sich das Sweatshirt über den Kopf und fügt mit durch den Stoff hindurch dumpf klingender Stimme hinzu: »Nicht dass *daran* irgendwas Ungewöhnlich wäre.«

»Hast du trotzdem Lust, ins Bartley's zu gehen?«, frage ich. Donnerstags arbeiten Dr. und Mr Kwon immer länger, und Peter und meine Mutter haben ihren wöchentlichen Pärchenabend, weshalb Mia und ich dann meistens im einzigen Diner von Echo Ridge zu Abend essen. »Ich bin mit Moms Wagen hier, wir müssen also nicht laufen.«

»Unbedingt. Ich muss dringend hier raus. Außerdem habe ich den Zwillingen gesagt, dass wir im Bartley's sind und uns dort treffen können. Sie kommen aber erst gegen fünf. Wir können ja vorher noch was trinken oder so.« Sie steckt ihre Schlüssel ein und geht hinter mir aus dem Zimmer. Im Flur bleibt sie zögernd stehen. »Ich glaube, ich schaue lieber noch mal kurz nach ihr …« Sie geht ein paar Schritte zurück und klopft an der Tür des Zimmers, das ihrem gegenüber liegt. »Daisy?« Als keine Antwort kommt, klopft sie noch einmal energischer. »Daze?«

»Was ist?«, ertönt es leise.

»Malcolm und ich gehen im Bartley's was essen. Willst du vielleicht mitkommen?«

»Nein danke. Ich hab Kopfschmerzen.«

»Vielleicht geht's dir ja besser, wenn du was gegessen hast.«

Daisys Tonfall wird schärfer. »Ich hab *Nein* gesagt, Mia. Ich gehe heute nirgendwo mehr hin.«

Mias Unterlippe zittert leicht, dann zieht sie gereizt die Brauen zusammen. »Mach doch, was du willst«, brummt sie und schließt wieder zu mir auf. »Keine Ahnung, warum ich mir überhaupt die Mühe mache. Reicht auch, wenn sich unsere Eltern das Hirn über sie zermartern.« Sie stampft die Treppe hinunter, als könnte sie es nicht erwarten, endlich rauszukommen. Was unser jeweiliges Zuhause angeht, sind Mia und ich beide der Meinung, dass der andere es definitiv besser erwischt hat: Ich mag das lichtdurchflutete und moderne Haus der Kwons und finde es gut, dass ihre Eltern nicht mit uns reden, als wären wir kleine Kinder, die keine Ahnung von dem haben, was in der Welt passiert; sie beneidet mich dafür darum, dass Peter und meine Mutter sich kaum um das kümmern, was ich mache. Die Kwons haben sich immer gewünscht, Mia wäre ein bisschen mehr wie Daisy – süß, ehrgeizig, beliebt. Die personifizierte Verlässlichkeit. Das Mädchen, das stets das Richtige sagt und tut. Okay, bis sie von heute auf morgen eine andere wurde.

»Apropos Eltern«, sage ich, als wir nach draußen treten und die Einfahrt entlanggehen. »Was halten deine Mom und dein Dad von der Sache?«

Mia kickt ein Steinchen aus dem Weg. »Keine Ahnung. Vor mir heißt es immer nur: *Ach, deine Schwester hat zu viel gearbeitet, sie braucht eine Auszeit.* Aber wenn sie sich hinter verschlossener Tür unterhalten, klingt es immer super angespannt.«

Wir steigen in den Wagen meiner Mutter und schnallen uns an. »Worüber reden sie dann?«, frage ich.

»Ich weiß nicht genau. Ich hab versucht zu lauschen, aber leider nichts verstanden.«

Als ich gerade aus der Einfahrt der Kwons gefahren bin und auf die Straße biege, vibriert mein Handy in der Jacke. »Moment …« Ich fahre rechts ran. »Ich will nur kurz nachschauen, ob das vielleicht eine Nachricht von Declan ist.« Ich hole mein Telefon heraus und verziehe das Gesicht. »Katrin.«

»Was will *die* denn?«

Ich runzle die Stirn. »Sie fragt, ob ich ihr einen Gefallen tun kann.«

Mia reißt die Augen auf und fasst in gespieltem Entsetzen nach meinem Arm. »Du darfst ihr nicht antworten, Mal. Egal, was sie vorhat, du willst auf keinen Fall was damit zu tun haben.«

Ich sehe an den tanzenden Pünktchen, dass Katrin immer noch tippt, und warte. Als nichts passiert, frage ich mich, ob sie ihr Handy vielleicht weggelegt und vergessen hat, die Nachricht abzuschicken. Aber dann taucht sie schließlich doch auf. *Brooke hat gerade mit Kyle Schluss gemacht. Ich weiß nicht, warum, aber für den Ball nächste Woche braucht sie ein Date. Ich dachte, dass du vielleicht einspringen könntest. Sie scheint dich zu mögen. Wahrscheinlich rein platonisch, aber egal. Du wolltest ja ziemlich sicher sowieso nicht hin und hast deswegen keine Ballpartnerin, oder? Ich schick dir ihre Nummer.*

Ich zeige Mia die Nachricht, die abfällig schnaubt. »Gott, für wen hält diese Kackkuh sich!« Sie ahmt Katrins abgehackten, schnatterigen Tonfall nach. »*Du wolltest ja ziemlich sicher sowieso nicht hin und hast deswegen keine Ballpartnerin, oder?*«

Als Katrin mir kurz darauf Brookes Kontakt schickt, speichere ich ihn ab und stecke das Handy danach achselzuckend weg. »Na ja, sie hat schon recht. Ich hatte tatsächlich nicht vor hinzugehen.« Als Mia nichts sagt, sondern nur auf ihrer Unterlippe kaut, sehe ich sie erstaunt an. »Moment mal … willst *du* etwa hin?«

»Ich hatte es mir überlegt. Falls sie den Ball nicht noch kurzfristig abblasen.« Sie wirft mir einen finsteren Blick zu, als ich lache. »Was? Ich werde ja wohl noch auf eine Party gehen dürfen, wenn mir danach ist.«

»Sicher, sicher. Ich bin bloß überrascht. Ich kenne echt niemanden, der so wenig mit der Schule am Hut hat wie du, und dachte immer, es wäre für dich eine Frage der Ehre, nicht auf solche Veranstaltungen zu gehen.«

Mia verzieht das Gesicht. »Ach, keine Ahnung. Eine von Daisys alten Schulfreundinnen hat bei ihr angerufen und erzählt, dass die alte Clique auf den Ball geht. Sie hat gefragt, ob Daisy mitkommt. Sie war kurz davor, zuzusagen. Dann hätte sie endlich mal was anderes gemacht, als bloß in ihrem Zimmer rumzuhocken, aber dann hat sie gemeint: *Weiß nicht. Noch nicht mal Mia hat vor, hinzugehen.*

Also hab ich gesagt: *Doch, klar gehe ich.* Und deswegen bleibt mir jetzt gar nichts anderes mehr übrig und du kannst dir dein blödes Grinsen aus dem Gesicht schmieren.«

Ich lasse mir nicht anmerken, wie gerührt ich bin. »Du bist eine tolle Schwester, weißt du das?«

»Ja, ja, von mir aus.« Sie knibbelt an dem schwarzen Lack auf ihrem Daumennagel herum. »Ich hab mir überlegt, die süße Bedienung aus dem Café Luna zu fragen. Wenn sie nicht will, springt Ezra als Ersatz-Date ein.«

Ich runzle die Stirn. »*Ezra* ist dein Ersatz-Date? Du kennst ihn doch erst seit zwei Wochen!«

»Wir sind total auf einer Wellenlänge. Stehen auf genau die gleiche Musik. Und du hast keine Ahnung, wie genial es ist, endlich einen Queer-Freund an der Schule zu haben.«

Ich schätze, dem kann ich nichts entgegenhalten. Mia muss sich schon seit Jahren alle möglichen Scheißsprüche von Typen wie Kyle und Theo gefallen lassen, die denken, wer bisexuell ist, steht auf Dreier mit Lesbensex. »Dann geh doch einfach gleich mit Ezra hin und vergiss das Mädchen aus dem Café Luna. Auf mich macht sie einen ziemlich arroganten Eindruck.«

Mia wiegt nachdenklich den Kopf hin und her. »Vielleicht. *Du* solltest jedenfalls Ellery fragen.« Sie zwinkert mir zu. »Du findest sie nett, oder?«

»Klar, sie ist ja auch nett«, antworte ich so gleichmütig, wie ich nur kann. Und scheitere kläglich.

»Oh mein Gott«, prustet Mia. »Wir sind nicht mehr in der vierten Klasse, Mal. Bring mich nicht dazu, dich zu fragen, ob du sie bloß magst oder *richtig* magst.« Sie stemmt ihre Boots gegen das Handschuhfach. »Ich weiß nicht, worauf du noch wartest. Ich glaube, sie findet dich auch nett.« Eine Haarsträhne fällt ihr ins Auge und sie schaut in den Rückspiegel, um sie mit der Spange wieder festzustecken, aus der sie gerutscht ist. Plötzlich hält sie mitten in der Bewegung inne und dreht sich nach hinten. »Was zur Hölle …?«

Ich weiß nicht, ob ich erleichtert oder enttäuscht sein soll, dass das Thema Ellery damit abgehakt ist. »Was?«

Mia schaut immer noch mit zusammengekniffenen Augen aus der Heckscheibe. »Was hat sie vor? Ich dachte, sie *geht heute nirgendwo mehr hin*?« Als ich mich ebenfalls umdrehe, sehe ich, wie Daisys grauer Nissan gerade aus der Einfahrt rollt und in die entgegengesetzte Richtung abbiegt. »Fahr ihr hinterher!« Mia stupst mich an, als ich nicht sofort reagiere. »Komm schon, Mal, bitte. Ich will wissen, was sie vorhat. Sie ist in letzter Zeit so eine verdammte Geheimniskrämerin.«

»Wahrscheinlich will sie sich nur was gegen ihre Kopfschmerzen besorgen«, entgegne ich, bin aber selbst neugierig geworden und wende den Wagen eilig, um Daisys sich schnell entfernende Rücklichter nicht zu verlieren.

Wir folgen ihr durch den Ortskern. Mia setzt sich aufrechter hin, als der Nissan vor dem Friedhof langsamer wird, aber Daisy fährt weiter. Wollte sie vielleicht Laceys Grab besuchen und hat es dann doch nicht über sich gebracht?

Schließlich verlässt sie Echo Ridge und fährt durch die nächsten beiden Nachbarortschaften. Wenn sie den Blinker setzt, um abzubiegen, blinke ich ebenfalls und behalte ihren Wagen fest im Blick, als wäre ich auf Autopilot geschaltet. Ich konzentriere mich so sehr auf sie, dass ich kaum mitbekomme, wo wir genau sind. Es ist schon kurz vor halb fünf, also fast zu spät, um es noch pünktlich zu unserer Verabredung mit den Zwillingen ins Bartley's zu schaffen, als sie in die Einfahrt eines weißen viktorianischen Hauses biegt. Ich fahre rechts ran, wo wir darauf warten, dass Daisy aussteigt. Obwohl die Sonne bereits tief am Horizont steht, trägt sie eine Sonnenbrille und geht schnell auf eine Tür seitlich am Gebäude zu. Als sie im Haus verschwunden ist, fahre ich im Schritttempo näher, damit wir das Schild in der Einfahrt lesen können.

NorthStar Counseling

Dr. Deborah Creighton, Psychotherapeutin

»Hm«, sage ich und fühle mich seltsam ernüchtert. Irgendwie hatte ich mir vorgestellt, dass wir etwas Überraschenderes über Daisy herausfinden würden. »Tja, jetzt wissen wir, wo sie hinwollte.«

Mia runzelt die Stirn. »Daisy geht zu einer Therapeutin? Aber warum sagt sie das nicht einfach? Was soll diese ganze Heimlichtuerei?«

Ich fahre weiter, um nach einer geeigneten Stelle zum Wenden zu suchen. Als ich auf Höhe der nächsten Hauseinfahrt bin, biege ich halb dort ein und setze wieder zurück, damit wir wieder in die Richtung fahren können, aus der wir gekommen sind. »Vielleicht will sie nicht darüber reden.«

»Aber sie redet über gar *nichts* mehr«, sagt Mia. »Ich verstehe das nicht. Früher hatte sie eine Million Freunde, jetzt hat sie überhaupt keine mehr. Zumindest trifft sie sich nie mit ihnen.«

»Glaubst du, sie ist depressiv? Vielleicht ja, weil sie ihren Job verloren hat.«

»Sie hat ihren Job *gekündigt*«, korrigiert Mia mich. »Und ich hab nicht den Eindruck, dass sie depressiv ist. Nur … verschlossen. Aber wirklich wissen tu ich es nicht. Eigentlich weiß ich überhaupt nichts mehr über sie.« Sie lässt sich in den Sitz zurückfallen, macht das Radio an und stellt es so laut, dass eine Unterhaltung unmöglich ist.

Wir schweigen, bis wir das Ortsschild von Echo Ridge passieren und auf der Manchester Street an einer roten Ampel halten. Mia schaltet das Radio aus und deutet zur linken Straßenseite. »Armstrongs Werkstatt wird neu gestrichen.«

»Schätze, denen ist gar nichts anderes übrig geblieben.« Die Fassade scheint erst einen Farbanstrich bekommen zu haben, man sieht immer noch schwach die Umrisse des Schriftzugs DIE CORCORANS BRINGEN MÖRDERISCH GUTE KÖNIGINNEN HERVOR darunter hervorschimmern. An der Wand lehnt eine Leiter, von der gerade ein Mann heruntersteigt. »Vance Puckett!«, rufe ich ungläubig. »Hat dem wirklich jemand erlaubt, auf eine Leiter zu steigen? Und ihm zugetraut, regelmäßige Bahnen zu streichen?« Der schlimmste Säufer und Kleinkriminelle des Orts ist normalerweise nicht der Erste, an den man einen solchen Job vergeben würde. Der Besitzer der Werkstatt muss es wirklich eilig gehabt haben.

»Da kann man nur hoffen, dass die eine gute Haftpflichtversicherung haben.« Mia lehnt sich an mir vorbei zum Fenster und kneift die Augen leicht zusammen. »Hey … ist das nicht dein zukünftiges Homecoming-Date, das da gerade vor der Werkstatt hält?«

Einen Moment lang denke ich, sie spricht von Ellery, dann sehe ich Brooke Bennett auf der anderen Straßenseite aus einem Wagen steigen. Die Ampel springt auf Grün, aber da gerade niemand hinter uns ist, bleibe ich einfach stehen. Brooke schlägt die Autotür zu und geht eilig auf Vance zu. Es sieht fast so aus, als hätte sie darauf gewartet, dass er von der Leiter steigt. Als er unten ist, zupft sie ihn am Ärmel, und er stellt seinen Farbeimer auf dem Boden ab, bevor er sich zu ihr umdreht.

»Das gibt's doch nicht.« Mia holt ihr Handy heraus und öffnet die Kamera-App. »Was haben denn ausgerechnet die beiden miteinander zu besprechen?«

»Kannst du irgendwas erkennen?«

»Nicht wirklich«, murmelt sie. »Mein Zoom tut's nicht. Aber sie wirkt irgendwie … aufgewühlt, findest du nicht?« Sie ahmt Brooke nach und gestikuliert hektisch mit der Hand.

Die Ampel schaltet wieder auf Rot und diesmal hält ein Wagen hinter uns. Brooke beginnt sich rückwärts von Vance zu entfernen. Ich behalte ihn aufmerksam im Auge für den Fall, dass er versucht, ihr irgendwie blöd zu kommen. Aber er rührt sich nicht von der Stelle und sie wirkt auch nicht so, als hätte sie es besonders eilig, wieder zu verschwinden. Als sie sich zur Straße dreht, springt die Ampel auf Grün, und ich kann gerade noch einen Blick auf ihr Gesicht erhaschen, bevor ich losfahren muss. Sie macht keinen verängstigten Eindruck und wirkt auch nicht so, als würde sie gleich in Tränen ausbrechen, wie es in den letzten Wochen öfter passiert ist.

Nein. Sie sieht entschlossen aus.

12

ELLERY
Freitag,
27. September

Dieses Mal ist es Ezras Handy, auf dem die kalifornische Telefonnummer erscheint.

Er hält es mir hin. »Sadie?«, fragt er.

»Wahrscheinlich«, antworte ich und werfe unwillkürlich einen Blick zur Tür. Wir sitzen im Wohnzimmer und schlagen nach dem Abendessen die Zeit mit Netflix tot, während Nana im Keller Wäsche macht. Sie bügelt immer alles, sogar unsere T-Shirts, sodass sie mindestens noch eine weitere halbe Stunde beschäftigt sein wird. Trotzdem steht Ezra auf und ich folge ihm die Treppe hoch.

»Hallo?«, meldet er sich, kurz bevor wir oben sind. »Ja, hi. Wir haben uns schon gedacht, dass du es bist. Warte kurz.« Wir verschwinden in Ezras Zimmer, schließen die Tür und setzen uns – er an seinen Schreibtisch, ich daneben auf die Fensterbank –, bevor er sein Handy an ein Buch lehnt und zu FaceTime schaltet.

»Da seid ihr ja!«, ruft Sadie. Ihre Lockenmähne ist im Nacken zu einem lockeren Pferdeschwanz gefasst, aus dem sich hier und da einzelne Strähnen gelöst haben, was sie jünger aussehen lässt. Ich suche in ihrem Gesicht nach Hinweisen darauf, wie es ihr wirklich geht, weil sie mir in unseren »offiziellen« Skype-Telefonaten nichts erzählt. Genauso wenig wie Nana. Aber in ihren Zügen liegt der entschlossen fröhliche Ausdruck, den ich schon von ihr kenne. In den letzten Wochen sah sie immer so aus. Es ist das Gesicht, das sie aufsetzt, um zu signalisieren: *Alles ist bestens, und es gibt nichts, was ich erklären oder wofür ich mich entschuldigen müsste.* »Warum seid ihr überhaupt zu Hause? Es ist Freitagabend!«

»Wir werden gleich abgeholt«, sagt Ezra. »Auf der Fright Farm findet heute Abend eine Pep-Rally statt.«

Sadie kratzt sich an der Wange. »Wie bitte? Auf der *Fright Farm*?«

»Ja. Anscheinend stellen die das Gelände manchmal auch für Schulveranstaltungen zur Verfügung. Der Park vergibt umsonst Eintrittskarten, damit die Leute sich dort danach noch ein bisschen amüsieren können.«

»Oh, das klingt nach einer Menge Spaß! Mit wem geht ihr hin?«

Wir zögern beide. »Mit Freunden«, sagt Ezra.

Das ist mehr oder weniger die Wahrheit. Wir treffen uns dort mit Mia und Malcolm. Aber unser Nachbar Ryan Rodriguez fährt uns hin. Nana wollte uns zuerst nicht gehen lassen, bis sie ihn zufällig in der Stadt traf und er anbot, uns zu fahren. Aber das können wir Sadie nicht erzählen, weil wir sonst gezwungen wären, ihr Dinge zu sagen, von denen wir ihr nichts sagen wollen und auch nicht sollen.

Vor unserem ersten wöchentlichen Skype-Telefonat haben wir von der Hamilton House Privatklinik eine dreiseitige Broschüre mit dem Titel *Handreichung für den Umgang mit Patienten* geschickt bekommen, die mit folgendem Satz begann: »Eine positive und konfliktfreie Kommunikation zwischen Patienten und ihren Angehörigen ist wesentlicher Bestandteil des Genesungsprozesses.« Mit anderen

Worten: *Alles, was irgendwie problembehaftet ist, bitte tunlichst vermeiden.* An diese Regel halten wir uns selbst dann, wenn wir wie jetzt eindeutig im inoffiziellen Rahmen Kontakt haben. Dass wir auf polizeilichen Geleitschutz angewiesen sind, weil wir zur Zielscheibe eines anonymen Stalkers wurden, gehört sicher nicht zu den Themen, die von der Klinik als positiv eingestuft werden würden.

»Aha! Ist bei diesen Freunden irgendjemand Besonderes dabei?« Sadie zwinkert uns zu.

Leise Wut steigt in mir auf, weil Ezra zu Hause jemand Besonderes *hatte*, der sich von ihm getrennt hat, weil wir ihretwegen wegziehen mussten. Sadie weiß ganz genau, dass er nicht zu den Menschen gehört, die schon einen Monat später darüber hinweg sind. »Nur ein paar Leute von der Schule«, sage ich. »Wir werden hier ziemlich auf Trab gehalten. Heute Abend ist die Pep-Rally und nächsten Samstag dann der Homecoming-Ball.«

Falls Sadie merkt, dass meine Stimme sich um ein paar Grad abgekühlt hat, lässt sie sich das nicht anmerken. »Der Ball ist schon nächste Woche? Geht ihr hin?«

»Ich schon«, sagt Ezra. »Mit Mia.« Sein Blick wandert kurz zu mir, und ich kann in seinen Augen lesen, was er nicht laut ausspricht: *Außer, er wird abgesagt.*

»Ach, das freut mich! Nach allem, was ihr von ihr erzählt habt, scheint sie ein tolles Mädchen zu sein. Was ist mit dir, El?«, fragt Sadie.

Ich zupfe an einem losen Faden, der aus meiner Jeans hängt. Als Ezra mir gestern Abend erzählt hat, dass Mia ihn gefragt hat, ob er mit ihr auf den Ball geht, ist mir klar geworden, dass ich eine »Prinzessin« ohne Date bin. Und irgendwie nagt das an mir, obwohl ich nach wie vor davon überzeugt bin, dass die Wahl manipuliert worden ist. Vielleicht hat das etwas damit zu tun, dass ich bis gestern Abend noch davon ausgegangen bin, unsere neuen Freunde hätten mit Schulveranstaltungen nichts am Hut. Jetzt scheint nur noch Malcolm übrig geblieben zu sein, der nicht hingeht. Zusammen mit mir.

Aber von alldem weiß Sadie nichts. »Hab mich noch nicht entschieden«, behaupte ich.

»Du solltest auf jeden Fall hin!«, sagt sie. »Frag doch den süßen Sprayer.« Sie zwinkert mir zu. »Ich meine gespürt zu haben, dass du ihn vielleicht ganz interessant findest, als wir das letzte Mal gesprochen haben. Liege ich richtig?«

Ezra sieht mich grinsend an. »Spielt sie etwa auf Mal an?«

Mir schießt vor Wut die Hitze ins Gesicht. Sadie hat kein Recht, das zu tun. Sie hat kein Recht, mich in Verlegenheit zu bringen, solange ich mir selbst noch nicht über meine Gefühle im Klaren bin. Erst recht nicht, wenn sie selbst sich uns gegenüber nie öffnet und über das spricht, was sie beschäftigt. Ich straffe die Schultern und neige den Kopf, als würden wir eine Schachpartie spielen und ich hätte mich gerade für meinen nächsten Zug entschieden. »Der Homecoming-Ball ist in Echo Ridge immer eine Riesensache, oder?«, sage ich. »Die Leute sind regelrecht *besessen* davon, wer Königin wird. Sie erinnern sich sogar noch daran, dass du vor – wie lange ist das jetzt schon her? Zwanzig Jahre? – zur Homecoming Queen gekürt worden bist.«

Sadies Lächeln gefriert und ich beuge mich ein Stück näher zum Handy. Ihr ist unbehaglich zumute und das verschafft mir Genugtuung. Ich will, dass ihr unbehaglich zumute ist. Ich habe es satt, dass immer nur ich diejenige sein soll, die in die Enge getrieben wird. »Du hast uns nie wirklich viel darüber erzählt«, schiebe ich hinterher. »Dabei war das doch bestimmt ein toller Abend für dich.«

Ihr Lachen ist leicht wie Zuckerwatte, und ich ahne, dass es genauso schnell in sich zusammenfallen kann. »Na ja, so toll, wie so eine Party in einer Kleinstadt eben sein kann. Ehrlich gesagt, kann ich mich kaum noch daran erinnern.«

»Im Ernst? Du kannst dich nicht mehr an den Abend erinnern, an dem du zur Homecoming Queen gewählt worden bist?«, lasse ich nicht locker. »Das ist seltsam.« Ich spüre Ezras Anspannung neben mir, und obwohl mein Blick auf Sadie gerichtet ist, merke ich, dass er mich anschaut. Ich weiß genau, warum. Wir tun so etwas nämlich nicht; wir haken nicht nach, wenn klar ist, dass Sadie über ein bestimmtes Thema nicht sprechen will. Wir überlassen die Gesprächsführung ihr. Immer.

Sadie fährt sich mit der Zunge über die Lippen. »So eine Riesensache war das damals noch gar nicht. Jedenfalls nicht im Vergleich zu heute, wo die Kids die komplette Veranstaltung Bild für Bild in den sozialen Netzwerken dokumentieren.« Ihr Blick wandert zu Ezra. »Übrigens liebe ich deine Instagram-Storys, Ez. Du schaffst es, die Stadt so hübsch aussehen zu lassen, dass ich beinahe Heimweh bekomme.«

Ezra setzt zu einer Antwort an, aber ich komme ihm zuvor. »Mit wem bist du denn damals auf den Ball gegangen?«, frage ich mit einem Unterton, der ihr deutlich zu verstehen gibt, dass sie es nicht noch einmal wagen soll, das Thema zu wechseln. Ich weiß, dass sie genau das will, dass sie es so sehr will, dass ich fast versucht bin, einen Rückzieher zu machen und von mir aus auf etwas anderes zu sprechen zu kommen. Aber ich muss die ganze Zeit daran denken, was Caroline Kilduff in Dalton's Emporium gesagt hat. *Prinzessin! Blöder geht es doch gar nicht. Wer will schon Prinzessin sein.* Sadie ist eine Prinzessin gewesen – meine extrovertierte, das Rampenlicht liebende Mutter hatte den absoluten Höhepunkt der High-School-Beliebtheit erreicht –, und trotzdem verliert sie nie auch nur ein Wort darüber.

Ich muss mit ihr darüber reden.

Ich rechne nicht damit, dass sie überhaupt darauf antworten wird, und als sie es schließlich doch tut, wirkt sie genauso überrascht wie ich. »Mit Vance Puckett«, sagt sie. Mir bleibt einen Moment der Mund offen stehen. Ezra atmet hörbar ein. Zwischen Sadies Brauen entsteht eine steile Falte, und ihre Stimme klettert eine Oktave höher, während ihr Blick zwischen uns hin- und herwandert. »Was ist? Habt ihr ihn schon kennengelernt?«

»Kurz«, sagt Ezra genau in der Sekunde, in der ich sage: »War das zwischen euch was Ernstes?«

»Ich hatte damals mit niemandem was Ernstes.« Sadie zupft an einem ihrer Ohrringe, wie sie es immer tut, wenn sie nervös ist. Ich wickle mir eine Haarsträhne um den Finger, was das ist, was ich tue, wenn ich nervös bin. Falls Sadie die erste Fragerunde nicht gefallen hat, wird sie die nächste definitiv *hassen.*

»Und mit wem war Sarah dort?«, frage ich.

Es ist, als hätte ich einen Radiergummi genommen und ihren Gesichtsausdruck ausgelöscht. Ich habe sie schon seit Jahren nicht mehr nach Sarah gefragt; Sadie hat mich darauf trainiert, es gar nicht erst zu versuchen. Ezra lässt seine Fingerknöchel knacken, was *er* immer macht, wenn er nervös ist. Wir fühlen uns alle drei extrem unwohl in unserer Haut, und plötzlich verstehe ich sehr gut, warum man im Hamilton House Wert auf eine »positive und konfliktfreie Kommunikation« legt.

»Wie bitte?« Sadie tut verwirrt.

»Mit wem war Sarah auf dem Homecoming-Ball? Ist es jemand aus Echo Ridge gewesen?«

»Nein«, antwortete Sadie und wirft dann einen Blick über ihre Schulter. »Ja? Oh, okay.« Sie dreht sich mit einem gezwungen fröhlichen Ausdruck im Gesicht wieder zu uns. »Tut mir leid, aber ich muss Schluss machen. Eigentlich hätte ich nur ein paar Minuten mit dem Handy telefonieren dürfen. Ich hab euch lieb! Habt ganz viel Spaß heute Abend! Bis bald!« Sie wirft uns einen Kuss zu und beendet die Verbindung.

Ezra starrt auf das schwarze Display. »Hinter ihr stand gar niemand, oder?«

»Ziemlich sicher nicht«, sage ich genau in dem Moment, in dem es unten an der Tür klingelt.

»Was sollte das?«, fragt er leise.

Ich erwidere nichts. Ich kann nicht erklären, warum ich dieses brennende Bedürfnis habe, Sadie dazu zu bringen, uns etwas – *irgendetwas* – über ihre Zeit in Echo Ridge zu erzählen, das wahr ist. Wir sitzen schweigend da, bis Nanas Stimme zu uns herauftönt.

»Ellery, Ezra! Ryan ist hier.«

Ezra steckt sein Handy ein und steht auf. Ich folge ihm aus dem Zimmer. Ich fühle mich ruhelos und seltsam verloren und würde am liebsten nach der Hand meines Bruders greifen, so wie früher, als wir noch klein waren. Sadie erzählt gern, wir seien Hand in Hand auf die Welt gekommen, und obwohl ich mir ziemlich sicher bin, dass das anatomisch völlig unmöglich ist, hat sie etliche Fotos von uns, auf denen wir uns in unserem Kinderbettchen liegend an den winzigen Händchen halten. Ob das bei ihr und Sarah genauso war, weiß ich nicht, weil sie – *Überraschung!* – nie darüber gesprochen hat.

Als wir die Treppe herunterkommen, steht Ryan Rodriguez in Uniform im Hausflur und weiß offensichtlich nicht, wohin mit seinen Händen. Er schluckt, und ich sehe, wie sein Adamsapfel auf und ab hüpft. »Hey, alles klar bei euch?«

»Alles super«, sagt Ezra. »Vielen Dank, dass du uns fährst.«

»Kein Problem. Ich kann verstehen, dass eure Großmutter sich Sorgen macht, aber wir arbeiten mit der Fright Farm und der Schulleitung zusammen, um dafür zu sorgen, dass die Veranstaltung für alle Schüler in einer sicheren Umgebung stattfindet.«

Die Worte klingen, wie von einem Blatt Papier abgelesen, und unter der Fassade des souveränen Nachwuchs-Cops blitzt der linkische Teenager hervor, den ich auf dem Jahrbuchfoto gesehen habe. Ich habe Nana gegenüber beiläufig erwähnt, wie Sadie ihn in unserem ersten Telefonat beschrieben hat – ein Typ mit gebrochenem Herzen, der bei Laceys Beerdigung heulend von Freunden gestützt werden musste. Aber sie hat nur leise mit der Zunge geschnalzt, ein Geräusch, das sie gern von sich gibt, wenn es um Sadie geht. »Ich habe das so nicht in Erinnerung«, war ihre ungehaltene Antwort. »Eure Mutter hat mal wieder maßlos übertrieben.«

Das sagt sie ziemlich oft über Sadie. Aber wenn ich mir

das Foto von dem Klassenausflug anschaue, das ich aus Laceys Jahrbuch abfotografiert habe, und den damals sechzehnjährigen Ryan Rodriguez näher heranzoome, dann kann ich es deutlich sehen. Dann kann ich mir absolut vorstellen, dass dieser liebeskranke Junge zusammengebrochen ist, als klar war, dass er sie für immer verloren hatte. Allerdings kann ich nicht einschätzen, ob der Grund für seinen Zusammenbruch Trauer gewesen ist oder Wut.

Nana verschränkt die Arme vor der Brust und bedenkt Ryan mit einem strengen Blick, während Ezra und ich unsere Jacken anziehen. »Für alle Schüler, ja. Aber die drei betroffenen Mädchen müssen ganz besonders im Auge behalten werden.« Sie schürzt die Lippen. »Mir wäre es am liebsten, sie würden den Homecoming-Ball dieses Jahr ganz absagen. Wozu diesem Menschen, der dahintersteckt, noch mehr Gelegenheit geben, sein krankes Spiel zu treiben?«

»Na ja, man könnte auch damit argumentieren, dass man ihm dadurch noch mehr Macht geben würde«, entgegnet Ryan. Ich sehe ihn überrascht an, weil er recht hat. »Am sichersten ist man als potenzielles Opfer unserer Erfahrung nach in der Menge«, fährt er fort. »Der Freizeitpark ist freitagabends brechend voll. Derjenige, mit dem wir es hier zu tun haben – wer auch immer es ist –, agiert offensichtlich lieber hinter den Kulissen. Ich bin zuversichtlich, dass er sich heute Abend nicht aus der Deckung wagen wird.« Er holt seine Wagenschlüssel heraus und lässt sie beinahe fallen, kann sie aber im letzten Moment mit einem unbeholfenen Ausfallschritt noch auffangen. So viel zu dem kurzen Aufblitzen von Kompetenz. »Okay, seid ihr so weit?«

»Von mir aus kann's losgehen«, sagt Ezra.

Wir folgen Ryan zu seinem Streifenwagen. Ich setze mich vorne hin, Ezra auf die Rückbank. Ich denke immer noch über meine Unterhaltung mit Sadie nach, will aber auf keinen Fall die Gelegenheit verpassen, Ryan ein bisschen auf den Zahn zu fühlen. »Die Veranstaltung findet in der Blutigen Zirkuskuppel statt, oder?«, frage ich, während ich mich anschnalle.

»Ja, genau. Auf derselben Bühne, auf der sonst die Dead Man's Party stattfindet«, antwortet er.

Ich begegne im Rückspiegel Ezras Blick. Seltsam, dass eine Stadt, die ihre eigene tragische Geschichte offensichtlich noch längst nicht verarbeitet hat, anscheinend kein Problem damit hat, eine Highschool-Veranstaltung an einem Ort abzuhalten, an dem ein Mord begangen wurde. »Würdest du auch hingehen, wenn du nicht arbeiten müsstest?«, frage ich.

Ryan setzt rückwärts aus unserer Einfahrt. »Auf die Pep-Rally? Nein«, sagt er mit einem belustigten Unterton. »Das ist was für euch jungen Leute. Nicht für Erwachsene wie mich.«

»Aber so lange ist es doch gar nicht her, seit du deinen Abschluss gemacht hast«, sage ich. »Ich dachte, du würdest das vielleicht als Gelegenheit nutzen, dich mit Leuten von früher zu treffen. Meine Freundin Mia bringt zum Beispiel vielleicht ihre ältere Schwester mit.« Das ist eine glatte Lüge. Soweit ich weiß, verbarrikadiert sich Daisy weiterhin in ihrem Zimmer. »Daisy Kwon. Kennst du sie vielleicht noch aus der Schule?«

»Klar. Alle kennen Daisy.«

Ihr Name provoziert keine Reaktion; seine Stimme klingt ruhig, und sein Gesicht wirkt gedankenverloren, als er auf die Hauptstraße biegt. Na gut, dann versuche ich eben, einen anderen Knopf zu drücken. »Declan Kelly ist gerade auch wieder in der Stadt, oder? Malcolm war sich nicht sicher, ob er heute Abend kommt.« Ezra tritt von hinten leicht gegen die Rückenlehne meines Sitzes und übermittelt mir damit stumm eine Frage: *Was hast du vor?* Ich ignoriere ihn und sehe wieder Ryan an. »Meinst du, er kommt heute auch?«

Es zuckt um seine Mundwinkel. »Keine Ahnung.«

»Ich würde ihn gern mal kennenlernen«, sage ich. »Warst du auf der Highschool mit ihm befreundet?«

Seine Lippen pressen sich zu einer schmalen Linie zusammen. »Nicht wirklich, nein.«

»Und Lacey Kilduff? Hast du die auch gekannt?«, meldet sich Ezra von der Rückbank. Endlich arbeitet er mit. Besser spät als nie.

Aber es bringt nichts. Ryan dreht am Funkgerät und einen Moment später füllt sich das Wageninnere mit statischem Rauschen und leisen Stimmen. »Sorry. Ich muss die Meldungen aus der Zentrale verfolgen und mich auf den neuesten Stand bringen. Könntet ihr vielleicht einen Moment leise sein?«

Ezra beugt sich zu mir vor und murmelt leise: »Zwei Versuche, null Treffer.«

13

ELLERY
Freitag,
27. September

Ryan Rodriguez begleitet uns bis zum hinteren Bereich des Parks, vorbei am Demon Rollercoaster mit seinem blutroten gefärbten Wasserfall und dem Labyrinth der Schwarzen Hexen. Am Einlass bekommen zwei nervös kichernde Mädchen gerade von einem maskierten Parkmitarbeiter jeweils eine Taschenlampe ausgehändigt. »Die benötigt ihr, um euch in der stockfinsteren Gruft zurechtzufinden, die ihr gleich erkunden werdet«, sagt er mit Grabesstimme. »Aber nehmt euch auf eurer Reise in Acht. Je tiefer ihr vordringt, desto schrecklicher das Grauen, das euch erwartet.«

Eines der Mädchen untersucht ihre Taschenlampe und richtet den Strahl dann auf die mit Schilf verkleidete Außenwand des Labyrinths. »Die geben bestimmt genau in dem Moment den Geist auf, wenn wir sie brauchen, oder?«, sagt sie.

»Je tiefer ihr vordringt, desto schrecklicher das Grauen, das euch erwartet«, wiederholt der maskierte Einlasser und tritt zur Seite. In dem Moment schießt eine klauenartige Hand aus der Wand hervor und greift nach dem nächststehenden Mädchen. Sie weicht kreischend zurück und stolpert gegen ihre Freundin.

»Lassen sich jedes Mal aufs Neue drankriegen«, sagt

Ryan und hebt die Klappe am Eingang zum Zelt der Blutigen Zirkuskuppel an. »Okay, ab hier könnt ihr allein weiter. Viel Glück bei der Suche nach einem Sitzplatz.«

Die Ränge der Tribüne sind um eine kreisförmige Bühne angeordnet und jetzt schon brechend voll, aber als Ezra und ich uns umschauen, entdecken wir in der Menge Mia, die uns energisch zuwinkt. »Endlich!«, sagt sie, als wir bei ihr ankommen. »War ein echter Kampf, die Plätze hier frei zu halten.« Während sie ihre Jacke von der Sitzbank neben sich nimmt, deutet Ezra auf einen kleinen Getränkestand, der links neben der Bühne aufgebaut ist.

»Ich gehe mir was zu trinken holen. Will sonst noch jemand was?«

»Nein danke«, sage ich, und Mia schüttelt den Kopf. Ezra läuft die Stufen hinunter und ich quetsche mich zu Mia auf die Bank. Der rote Haarschopf auf der anderen Seite von mir fällt mir erst auf, als ich mich gesetzt habe.

»Du kommst anscheinend gern auf den letzten Drücker, was?«, sagt Viv. Sie trägt eine grüne Jacke aus Kordsamt, Jeans und hat sich ein gelbes Seidentuch um den Hals geschlungen. Neben ihr sitzen zwei Mädchen, von denen jede einen dampfenden Styroporbecher mit heißem Cider in der Hand hat.

Ich sehe von Viv zur Bühne hinunter, wo Katrin, Brooke und die übrigen Cheerleader sich gerade in einer Reihe postieren. »Warum bist du nicht auf der Bühne? Ich dachte, du wärst auch im Cheerleader-Team«, sage ich verwirrt.

Mia tut so, als müsste sie husten, und raunt: »*Wunder Punkt*«, während Viv sich neben mir sichtlich versteift.

»Für so was hab ich keine Zeit. Ich bin die Chefredakteurin der Schülerzeitung.« In ihrer Stimme liegt ein stolzer

Unterton. Sie zeigt zur Bühne, vor der ein Mann gerade dabei ist, eine Kamera auf ein Stativ zu montieren. »Channel 5 aus Burlington berichtet auf Grundlage *meines* Artikels über die Graffiti-Drohungen. Die sind natürlich froh über jede Story mit Lokalbezug.«

Gegen meinen Willen fasziniert, beuge ich mich vor. »Und die Schulleitung erlaubt das?«

»Das nennt sich Pressefreiheit«, entgegnet Viv selbstgefällig und nickt in Richtung einer attraktiven dunkelhaarigen Frau, die neben der Kamera steht und lässig ein Mikro in der Hand hält. »Das ist Meli Dinglasa. Sie hat vor zehn Jahren ihren Abschluss an der Echo Ridge High gemacht und danach an der Columbia Journalismus studiert.« Sie klingt beinahe ehrfürchtig und zupft dann an ihrem Tuch herum, um es noch kunstvoller um ihren Hals zu drapieren. Ihr Outfit würde im Fernsehen umwerfend aussehen, und plötzlich begreife ich, dass es ihr natürlich auch genau darum geht. »Ich hab mich für das Frühzulassungsverfahren an der Columbia beworben und hoffe, dass ich von Meli ein Empfehlungsschreiben bekomme.«

Mia zupft mich am Ärmel. »Gleich ist die Schulband dran.« Ezra kehrt gerade rechtzeitig mit einer kleinen Flasche Wasser vom Getränkestand zurück.

Ich löse den Blick von der Reporterin, als die Bandmitglieder mit ihren unterschiedlichen Instrumenten auf die Bühne treten und dort Aufstellung nehmen. Ich hatte damit gerechnet, dass sie traditionelle Marschkapellen-Uniformen tragen würden, aber alle haben schwarze Trainingshosen und violette T-Shirts an, auf denen in weißen Buchstaben *Echo Ridge High* steht. Malcom steht in der ersten Reihe und hat ein Set aus Snare Drums um den Hals hängen.

Im nächsten Moment kommt Percy Gilpin auf die Bühne gejoggt. Er trägt denselben violetten Blazer wie letzte Woche auf der Schulversammlung, springt auf ein provisorisches Podium, rückt das Mikro zurecht und breitet die Arme aus, als die Leute anfangen zu klatschen. »Guten Abend, Echo Ridge!«, ruft er. »Seid ihr bereit für eine megaheiße Herbstsaison? Wir haben heute Abend ein Hammerprogramm für euch zusammengestellt, um die Echo Ridge Eagles zu unterstützen, die morgen *ungeschlagen* in das Match gegen die Solsbury High gehen werden!«

Die Jubelrufe um uns herum werden noch lauter, während Mia exakt einmal in die Hände klatscht und gelangweilt »Yay« sagt.

»Die Party kann beginnen!«, ruft Percy. Die Cheerleader stellen sich, die violett-weißen Pompons in die Hüften gestemmt, in der Mitte der Bühne zu einer V-Formation auf. Aus der Bläserabteilung der Band tritt ein Mädchen hervor und blinzelt gegen das gleißende Licht der von der Decke hängenden Scheinwerfer an. Percy bläst in eine Trillerpfeife, worauf das Mädchen seine Posaune an die Lippen setzt.

Als die ersten Takte von »Paradise City« ertönen, beugen Ezra und ich uns gleichzeitig vor und werfen uns an Mia vorbei einen verblüfften Blick zu. Wir müssen beide grinsen. Sadie ist total von Guns N' Roses besessen und wir sind mit diesem Song groß geworden. Er hat durch jedes Apartment gedröhnt, in dem wir je gewohnt haben. Auf der Videoleinwand im hinteren Teil der Bühne werden Highlights aus vergangenen Footballspielen eingeblendet und schon ein paar Sekunden später hält es niemanden mehr auf seinem Platz.

Ungefähr nach der Hälfte des Songs, als alles auf ein

Crescendo zusteuert, halten die anderen Drummer inne, und Malcolm setzt zum absolut fantastischen, frenetischen Solo des Stücks an. Seine Drumsticks bewegen sich so schnell, dass man ihnen mit den Augen kaum folgen kann, die Muskeln in seinen Armen spannen sich unter der Anstrengung an, und plötzlich ertappe ich mich dabei, wie ich mir mit der Hand Luft zufächle. Die Cheerleader bewegen sich in perfekter Harmonie zu den Beats und liefern eine energiegeladene Performance ab, die damit endet, dass Brooke mit fliegendem Pferdeschwanz in die Luft geworfen und genau in dem Moment wieder aufgefangen wird, in dem der Song zu Ende ist und die gesamte Band sich verbeugt.

Ich klatsche so begeistert, dass meine Handflächen brennen. Mia fängt meinen Blick auf und grinst. »Ich weiß«, sagt sie. »Mir geht immer mein ganzer Zynismus flöten, wenn ich unsere Band spielen sehe. Die Truppe ist die einigende Kraft der Echo Ridge.«

Als ich mich wieder setze, stoße ich aus Versehen gegen Viv, die eine Grimasse zieht und sich demonstrativ wegdreht. »Auf dieser Bank ist nicht genügend Platz«, sagt sie scharf und wendet sich ihren Freundinnen zu. »Vielleicht schauen wir lieber, ob wir weiter unten noch was finden, was meint ihr?«

»Yesss«, murmelt Mia, als die drei aufstehen, um sich neue Plätze zu suchen. »Wir haben Viv in die Flucht geschlagen!«

Ein paar Minuten später fällt ein Schatten auf Vivs frei gewordenen Platz. Ich schaue auf und sehe Malcolm in seinem violetten Echo-Ridge-High-Shirt, ohne die Drums. »Hey«, sagt er. »Ist hier noch ein Platz frei?« Seine Haare sind zerzaust und seine Wagen gerötet. Er sieht wirklich … sehr süß aus.

»Klar.« Ich rücke etwas näher an Mia heran. »Du warst unglaublich«, sage ich, und er lächelt. Einer seiner Schneidezähne steht ganz leicht schräg, was den düsteren Ausdruck abschwächt, der meistens auf seinem Gesicht liegt. Ich zeige auf die Bühne, wo Coach Gagnon gerade eine flammende Rede hält, in der er betont, wie wichtig es ist, Traditionen zu bewahren und immer sein Bestes zu geben. Auf der Videoleinwand hinter ihm werden dazu weiter Fotos in Dauerschleife gezeigt. »Spielt ihr eine Zugabe?«

»Nein, für heute sind wir fertig. Ab jetzt geht es nur noch um Football.«

Wir hören ein paar Minuten lang der Rede des Coachs zu, bis er beginnt, sich zu wiederholen. »Was ist denn vor sechs Jahren passiert?«, frage ich. »Er kann ja gar nicht mehr aufhören, davon zu sprechen.«

»In dem Jahr hat die Echo Ridge die Staatsmeisterschaft gewonnen«, sagt Malcolm. »Declan war damals in der Elften.« Mir fällt das Jahrbuch aus der Bibliothek ein, in dem ich die Bilder vom überraschenden Sieg des Teams gegen eine sehr viel größere Schule gesehen habe. Und von Declan Kelly, der anschließend von seinen Mannschaftskollegen auf den Schultern durchs Stadion getragen wurde.

»Ach ja, stimmt«, sage ich. »Dein Bruder hat in den letzten Sekunden vor Spielende einen Hail-Mary-Touchdown geworfen, oder?« Ich beiße mir auf die Zunge, weil es vielleicht ein bisschen merkwürdig wirkt, wie gut ich über ein Spiel Bescheid weiß, das ich nie gesehen habe, aber Malcolm nickt nur. Als ich »Das muss unglaublich gewesen sein« sage, huscht so etwas wie widerstrebender Stolz über sein Gesicht.

»Ja. Declan hat schon Wochen vorher überall rumerzählt, dass er dieses Spiel gewinnen würde. Die Leute haben ihn ausgelacht, aber am Ende hat er es allen gezeigt.« Er fährt sich durch seine verschwitzten Haare, die danach in alle Richtungen von seinem Kopf abstehen. Eigentlich sollte ihn das nicht noch süßer aussehen lassen, tut es aber. »Er hat es immer allen gezeigt.«

Ich weiß nicht, ob es bloß mein nagender Verdacht gegen Declan ist, der Malcolms Worte für mich so unheilvoll klingen lässt. »Hattet ihr ein gutes Verhältnis«, frage ich. Kaum sind die Worte draußen, wird mir klar, dass sie sich so anhören, als würde Declan nicht mehr leben. »Ich meine, habt ihr ein gutes Verhältnis?«, korrigiere ich mich.

»Nein.« Malcolm stützt die Ellbogen auf die Knie. Seine Stimme ist leise, sein Blick auf die Bühne gerichtet. »Weder damals noch heute.«

Manchmal kommt es mir so vor, als würden Malcolm und ich uns irgendwie zwischen den Zeilen unterhalten. Wir reden über Football und seinen Bruder, sprechen aber gleichzeitig über das *Davor* und das *Danach*. Genau in diesen Kategorien denke ich über Sadie – dass sie nach ihrem Verlust, der ihre Welt in Stücke gerissen haben muss, ein anderer Mensch war als vorher. Auch wenn ich sie nur als die kenne, zu der sie geworden ist, als Sarah schon lange verschwunden war, bin ich mir sicher, dass ich mit meinem Gefühl recht habe.

Ich würde Malcolm gern noch mehr fragen, aber bevor ich dazu komme, beugt Mia sich vor und greift an mir vorbei, um ihm spielerisch in den Oberarm zu boxen.

»Hey, Mal«, sagt sie. »Hast du's eigentlich schon hinter dich gebracht?«

»Nein.« Er weicht ihrem Blick aus, worauf sie grinsend von ihm zu mir schaut. Ich habe das dumpfe Gefühl, dass ich hier irgendetwas nicht mitbekomme.

»Aber vergesst eins nicht: Sobald wir Solsbury morgen geschlagen haben – und wir werden sie schlagen, verlasst euch drauf –, steht uns beim Homecoming-Spiel nächste Woche die größte Herausforderung dieser Saison bevor«, kündigt Coach Gagnon auf der Bühne an. Mit seinem Glatzkopf und den Schatten, die die in der Zirkuskuppel hängenden Scheinwerfer auf sein Gesicht werfen, sieht er aus wie ein extrem enthusiastischer Außerirdischer. »Wir werden gegen das Team der Lutheran antreten, die einzige Mannschaft, die uns im vergangenen Jahr eine Niederlage beschert hat. Aber diesmal wird es anders laufen! Denn *diesmal* …«

Ein lauter Knall ertönt und ich zucke zusammen. Die Scheinwerfer erlöschen, und die Videoleinwand wird einen Moment schwarz, bevor der Beamer im nächsten Moment wieder anläuft. Erst ist da nur eine weiße Fläche zu sehen, dann wird die Leinwand von einem Foto von Lacey ausgefüllt, die ihr Homecoming-Ballkleid trägt und in die Kamera lächelt. Die Menge zieht kollektiv die Luft ein, und ich spüre, wie Malcolm neben mir erstarrt.

Plötzlich wird das Foto von Lacey in zwei Hälften gerissen und durch die Bilder von drei anderen Mädchen ersetzt: Brooke, Katrin und ich. Bei Brooke und Katrin sind es Fotos aus dem Jahrbuch, meins ist ein Schnappschuss, auf dem ich das Gesicht halb von der Kamera abwende. Ein kalter Schauer läuft mir über den Rücken, als ich den

Hoodie erkenne, den ich gestern Abend anhatte, als Ezra und ich zu Fuß ins Stadtzentrum gelaufen sind, um uns mit Malcolm und Mia im Bartley's zu treffen.

Jemand hat uns beobachtet. Ist uns gefolgt.

Aus den Lautsprechern dröhnt irres Lachen wie aus einem Horrorfilm; ein lautes *Mua-ha-ha-ha*, das durchs Zelt hallt, während es aussieht, als würde dickes, rotes Blut über die Videoleinwand tropfen. Dann zucken zerklüftete weiße Buchstaben über das Bild: BALD. Als die Leinwand wieder schwarz wird, herrscht unter der Blutigen Zirkuskuppel vollkommene Stille. Alle sind wie versteinert. Mit einer Ausnahme: Meli Dinglasa von Channel 5. Sie marschiert mit ausgestrecktem Mikro und einem Kameramann im Schlepptau entschlossen Richtung Bühne, auf der noch immer Coach Gagnon steht.

14

MALCOLM
Samstag,
28. September

Declans Nachricht erreicht mich, als ich mich am Samstagabend auf der Fright Farm gegen den Strom der Richtung Ausgang strebenden Menge schiebe: *Bin für ein paar Stunden in der Stadt. Aber bleib locker, okay?*

Ich bin kurz davor zurückzuschreiben: *Bin am Tatort deines mutmaßlichen Verbrechens. Aber bleib locker, okay?*, schaffe es aber, mich auf: *Gibt's einen bestimmten Anlass?*, zu beschränken. Worauf er nicht reagiert. Ich schiebe das Handy wieder in die Hosentasche. Falls Declan die Lokalnachrichten verfolgt, weiß er, dass der Stalker die gestrige Pep-Rally als Rahmen für seine ganz eigene Show genutzt hat. Hoffentlich ist er in New Hampshire gewesen und in Gesellschaft irgendwelcher Leute, die das auch bezeugen können, sonst gießt er nur weiter Öl in das Feuer der Spekulationen.

Nicht mein Problem. Heute Abend bin ich bloß der Chauffeur, der Ellery und Ezra von ihrer Schicht abholt. Nach dem, was gestern Abend passiert ist, hat ihre Großmutter entschieden, dass sie auf keinen Fall mehr allein durch den Wald nach Hause laufen dürfen. Um ehrlich zu sein, bin ich ein bisschen überrascht, dass sie mir erlaubt, die beiden abzuholen, statt es selbst zu tun, aber Ellery meinte, sie wäre wahrscheinlich ganz froh, weil sie um diese Zeit immer längst schon schlafend im Bett läge.

Eigentlich habe ich nicht damit gerechnet, dass in der Villa des Grauens noch etwas los sein würde, aber als ich mich dem Gebäude nähere, dringen laute Musik und Lachen nach draußen. Der komplette Park ist um dieses Haus herum angelegt worden – ein alter viktorianischer Prachtbau, der früher von Wald umgeben war. Ich habe Bilder von dem Gelände gesehen, bevor es zum Freizeitpark umgebaut wurde, das Gebäude war imposant, aber auch schon ziemlich baufällig. Es sah aus, als könnten die Türmchen jeden Moment in sich zusammenfallen und die auf eine breite Veranda führenden Stufen würden einbrechen, wenn man seinen Fuß auf eine falsche Stelle setzt. Der baufällige Eindruck wurde erhalten, aber jetzt trägt er zur düsteren Atmosphäre der Fright Farm bei.

Ich bin nicht mehr da gewesen, seit Declan und seine Freunde mich vor Jahren mal hierher mitgenommen haben. Damals war ich zehn, und diese Vollidioten sind irgendwann einfach abgehauen, sodass ich ganz allein durch das Horrorhaus irren musste. Ich habe mir fast in die Hose gemacht vor Angst und hatte danach wochenlang Albträume, in denen ich einen Mann sah, der mit abgehackten Beinen in einer blutgefüllten Badewanne lag.

Mein Bruder hat sich totgelacht, als ich völlig verängstigt und schluchzend aus der Villa gestolpert kam. *Sei nicht so ein Weichei, Mal. Das ist doch alles nur Plastik und Farbe.*

Die Musik wird lauter, als ich die Stufen hochgehe und den Türknauf drehe. Er bewegt sich nicht. Eine Klingel kann ich nicht entdecken. Ich klopfe ein paarmal und komme mir dabei ziemlich blöd vor, weil … wer soll mir in einem Spukhaus schon die Tür aufmachen? Eben: niemand. Auf der Suche nach einem anderen Eingang gehe ich um das Haus herum. Als ich um die Ecke biege, entdecke ich eine kleine Treppe, die zu einer Tür führt, die mit einem kleinen Holzkeil blockiert ist, damit sie nicht ins Schloss fällt.

Ich drücke die Tür auf und finde mich in einer Art Aufenthaltsraum für die Angestellten wieder. Er ist ziemlich groß und nur spärlich beleuchtet. An den Wänden reihen sich Regale und Kleiderständer aneinander. An einer Seite steht ein Schminktisch mit einem großen, von Glühbirnen eingerahmten Spiegel, dessen Platte mit Tiegeln und Behältern übersät ist. Auf der gegenüberliegenden Seite stehen zwei alte Ledersofas mit einem kleinen Glastisch in der Mitte. Links davon befindet sich ein winziges Badezimmer, und vor mir steht eine Tür halb offen, die in ein Büro führt.

Zögernd gehe ich ein paar Schritte in den Raum und schaue mich nach einem Treppenaufgang um. Als auf der anderen Seite plötzlich ein zerfranster Samtvorhang aufgerissen wird, zucke ich zusammen wie ein ängstlicher kleiner Junge. Das Mädchen, das durch den Vorhang tritt, lacht. Sie ist ein paar Jahre älter, fast so groß wie ich und trägt ein enges schwarzes Tanktop, das den Blick auf verschlungene Tattoos auf dunkler Haut freigibt. »Buh!«, sagt sie, verschränkt die Arme vor der Brust und mustert mich mit schräg gelegtem Kopf. »Partycrasher?«

Ich blinzle verwirrt. »Was?«

Sie schnalzt mit der Zunge. »Spiel nicht den Unschuldigen. Ich arbeite hier als Make-up-Artistin und kenne alle. *Du* hast dir unerlaubt Zugang verschafft.« Ich öffne den Mund, um zu widersprechen, als ihr strenger Blick sich in ein breites Lächeln verwandelt. »Lass dich nicht verarschen!

Na los, geh nach oben auf die Party und such deine Freunde.« Sie öffnet einen Minikühlschrank neben dem Schminktisch, holt ein paar kleine Wasserflaschen heraus und deutet warnend mit einer davon in meine Richtung. »Aber Alkohol ist tabu, verstanden? Wenn wir hier irgendwelchen Ärger mit einer Horde betrunkener Teenager kriegen, können wir den Laden nämlich dichtmachen. Vor allem nach der Nummer von gestern Abend.«

»Klar, kein Problem.« Ich versuche mir nicht anmerken zu lassen, dass ich keine Ahnung habe, wovon sie redet. Ellery und Ezra haben nichts von einer Party erwähnt.

Das groß gewachsene Mädchen schiebt den Samtvorhang zur Seite, um mich durchzulassen. Ich steige eine Treppe nach oben, die zu einem Raum führt, der an ein Verlies erinnert. Ich erkenne ihn sofort von meinem letzten Besuch wieder, aber jetzt, wo er mit feiernden Leuten gefüllt ist, wirkt er viel weniger furchterregend. Ein paar der Leute stecken noch in ihrem Kostüm, aber die meisten haben ihre Maske abgenommen oder in die Stirn geschoben. Ein Typ, der sich seine Latex-Kopfmaske unter den Arm geklemmt hat, unterhält sich mit einem als Hexe verkleideten Mädchen.

Während ich mich noch umschaue, zupft mich jemand am Ärmel. Ich schaue runter, sehe kurze hellrot lackierte Fingernägel, und als ich den Blick hebe, steht Viv vor mir. Sie sagt etwas, das ich über die laute Musik nicht verstehen kann. Ich lege eine Hand an mein Ohr. »Ich wusste gar nicht, dass du auf der Fright Farm arbeitest.« Jetzt brüllt sie.

»Tu ich nicht.«

Sie runzelt die Stirn. Ihr stark nach Erdbeere duftendes Parfüm steigt mir in die Nase. Es riecht zwar nicht unbedingt schlecht, würde aber eher zu einem kleinen Mädchen passen. »Was hast du dann auf der Mitarbeiter-Party verloren?«

»Von einer Party wusste ich nichts. Ich hole nur Ellery und Ezra ab.«

»Aha. Jedenfalls gut, dass du da bist. Ich wollte nämlich sowieso was mit dir besprechen.« Ich mustere sie misstrauisch. Seit ich bei den Nilssons wohne, sehe ich Viv mindestens einmal pro Woche, trotzdem haben wir in der ganzen Zeit insgesamt kaum zwölf Worte miteinander gewechselt. Unsere Beziehung, wenn man sie überhaupt so nennen kann, basiert darauf, dass wir *nicht* miteinander sprechen. »Kann ich dich für meinen nächsten Artikel interviewen?«, fragt sie.

Ich habe keine Ahnung, worauf sie aus ist, aber mir schwant nichts Gutes. »Warum?«

»Na ja. Ich schreibe gerade ein Feature über den Mord an Lacey und wie das Leben der Menschen aus ihrem damaligen Umfeld heute aussieht. Da dachte ich, dass es vielleicht interessant wäre, etwas aus der Perspektive von jemandem zu hören, der damals sozusagen indirekt betroffen war, also in deinem Fall als Bruder eines mehr oder weniger Verdächtigen. Wir könnten …«

»Hast du sie noch alle?«, sage ich. »Vergiss es!«

Viv hebt das Kinn an. »Ich schreibe so oder so darüber. Mit dem Interview hättest du die Chance, das alles mal aus deiner Sicht zu schildern. Vielleicht könnten sich die Leute besser in Declan hineinversetzen, wenn sie erfahren, was sein Bruder dazu zu sagen hat.«

Ich wende mich ohne eine Antwort ab. Viv hat in der lokalen Berichterstattung zu dem Vorfall auf der Pep-Rally an vorderster Front mitgemischt und ist interviewt worden, als wäre sie Expertin in Sachen Verbrechen in Echo Ridge. Sie stand so lange in Katrins Schatten, dass sie sich ihren großen Moment im Scheinwerferlicht auf keinen Fall entgehen lassen wird, so viel ist klar. Aber ich muss nicht dazu beitragen, ihre fünfzehn Minuten Ruhm auch noch zu verlängern.

Ich schiebe mich durch die Menge und endlich entdecke ich Ellery. Sie ist eigentlich gar nicht zu übersehen – ihre Haare sind um ihren Kopf zu einer schwarzen Wolke hochtoupiert und ihre Augen so stark geschminkt, dass ihr Gesicht aus fast nichts anderem zu bestehen scheint. Sie sieht aus wie ein Character aus einem Gothic-Anime. Ich bin mir nicht sicher, was es über mich aussagt, dass ich sie irgendwie sexy finde.

Ellery fängt meinen Blick auf und winkt mich zu sich. Der Typ, mit dem sie sich gerade unterhält, ist ein paar Jahre älter als wir: Man-Bun, Hipster-Bart und ein enges Henley-Shirt mit offenen Knöpfen. »Hey«, sagt sie, als ich mich zu ihnen durchgekämpft habe. »Da bist du. Tja, hier findet heute Abend wohl eine Party statt.«

»Ist mir aufgefallen«, sage ich mit einem kurzen finsteren Blick zu Mr Man-Bun.

Der wirkt nicht so, als würde ihn mein Blick stören. »Ist eine alte Tradition in der Villa des Grauens«, erklärt er. »Am Samstag vor dem Geburtstag des Chefs wird hier immer groß gefeiert. Leider muss ich schon los. Hab zu Hause ein kleines Kind, das anscheinend keinen Schlaf braucht, und muss meine Frau ablösen.« Er fährt sich durchs Gesicht und wendet sich Ellery zu. »Hab ich irgendwo noch Blut an mir?«

Ellery mustert ihn kurz prüfend. »Nein, alles gut.«

»Danke. Okay, man sieht sich«, verabschiedet er sich und bahnt sich einen Weg zum Ausgang.

»Bis dann«, sage ich und merke, dass ich ihm gegenüber sehr viel weniger feindselig gestimmt bin, nachdem ich weiß, dass er Ellery nicht angegraben hat. »Das Blut, von dem er gesprochen hat, war Theaterschminke, oder?«

Ellery lacht. »Genau. Darren liegt den ganzen Abend in einer mit Blut gefüllten Badewanne. Manche Kollegen hier schminken sich erst zu Hause ab, aber Darren hat seinem Kind mal einen Mordsschrecken eingejagt, als es ihn so gesehen hat, von dem es sich womöglich sein ganzes Leben lang nicht mehr erholen wird.«

Ich schaudere. »Mir steckt der Schrecken immer noch in den Knochen, dabei war ich schon zehn, als ich damals diese Wanne voller Blut gesehen habe.«

Ellerys riesige Anime-Augen werden sogar noch größer. »Wer hat dich denn mit hierhergenommen, als du *zehn* warst?«

»Mein Bruder.«

»Verstehe.« Ellery sieht mich nachdenklich an. Es kommt mir vor, als könnte sie bis in den geheimsten Winkel meines Gehirns schauen, den ich nicht allzu oft aufsuche, weil ich dort all die Fragen hingepackt habe, die sich darum drehen, was damals wirklich zwischen Declan und Lacey passiert ist. Wenn ich mich doch mal in diesen Winkel verirre, überflutet mich zu gleichen Teilen Entsetzen und Scham, weil ich mir manchmal vorstelle, wie mein Bruder im absolut falschen Moment seine nur mühsam zusammengehaltene Beherrschung verlor.

Ich schlucke schwer und schiebe den Gedanken schnell

wieder weg. »Irgendwie ein bisschen komisch, dass sie die Party nach dem, was gestern Abend passiert ist, nicht abgeblasen haben.«

Ellery schaut sich um. »Ich weiß, was du meinst. Aber hey, das ist ein Halloween-Freizeitpark. Wer hier arbeitet, den bringt wahrscheinlich so schnell nichts aus der Fassung.«

»Willst du noch ein bisschen bleiben?«

Sie schüttelt bedauernd den Kopf. »Lieber nicht. Nana wäre es eigentlich am liebsten gewesen, wenn wir heute Abend gar nicht gearbeitet hätten. Sie hat Angst, dass irgendwas passieren könnte.«

»Und du?«, frage ich.

»Ich …« Sie zögert und zupft eine Strähne aus ihrer toupierten Mähne, die sie sich um den Finger wickelt. »Ich würde gern behaupten, dass es mir nichts ausmacht, weil ich die Vorstellung, dass irgendein durchgeknallter Typ die Macht hat, mich aus der Bahn zu werfen, richtig scheiße finde. Ich will keine Angst haben. Aber … klar, das alles nimmt mich schon ganz schön mit. Die Bedrohung fühlt sich einfach zu … real an, verstehst du? Das ist alles so *nah.*« Sie schaudert, als sich jemand in einer *Scream*-Maske an ihr vorbeischiebt. »Jedes Mal, wenn ich mit meiner Mutter telefoniere, die keine Ahnung hat, was hier gerade los ist, muss ich daran denken, dass es kein Wunder ist, dass sie nie mit uns nach Echo Ridge gefahren ist. Ihre Zwillingsschwester ist spurlos verschwunden, die Tochter ihrer ehemaligen Babysitterin wurde umgebracht, und jetzt das hier? Irgendwie habe ich das Gefühl, dass auf der ganzen Stadt ein Fluch liegt.«

»Deine Mutter hat keine Ahnung von … nichts?«, frage ich.

»Nein. Die Klinikleitung hat darum gebeten, dass wir uns in der *Kommunikation* mit ihr auf positive Themen beschränken sollen.« Sie lässt die Strähne wieder los. »Du weißt bestimmt, dass sie gerade einen stationären Entzug macht, oder? Schätze, die ganze Stadt weiß Bescheid.«

»Stimmt«, sage ich. Sie gibt einen Laut von sich, der halb Schnauben, halb Prusten ist, aber dahinter verbirgt sich eine Traurigkeit, die mir einen mitfühlenden Stich versetzt. »Tut mir total leid, dass du das gerade alles durchmachen musst. Und das mit deiner Tante tut mir auch leid. Das wollte ich dir schon seit einer Weile sagen. Ich weiß, dass das alles passiert ist, bevor wir geboren wurden, aber … es ist einfach echt beschissen. So was von.«

Ellery senkt den Blick. »Ich bin mir ziemlich sicher, dass das der Grund ist, warum wir überhaupt hier gelandet sind. Sadie hat das, glaube ich, nie wirklich verarbeitet. Sie hat nie eine Chance bekommen, damit abzuschließen. Das Verschwinden meiner Tante ist nie aufgeklärt worden. Ich habe keinen direkten Zusammenhang zu Sarah gesehen, als Lacey damals umgebracht wurde, aber von dem Zeitpunkt an ging es bergab mit unserer Mutter. Vielleicht hat Laceys Tod schmerzliche Erinnerungen hochgeholt. Dass ausgerechnet sie jetzt so gar nicht weiß, was hier los ist, ist irgendwie absurd, aber … was soll ich machen?« Sie hebt ihre Wasserflasche, als wollte sie mir damit zuprosten, und grinst. »Wir beschränken uns eben lieber auf die *positiven Themen*. Okay, lass uns mal schauen, wo Ezra steckt. Er wollte vorhin runtergehen und neues Wasser besorgen.«

Wir bahnen uns einen Weg durch die Menge und gehen nach unten in den Aufenthaltsraum, aber von Ezra keine Spur. Im Untergeschoss ist es kühler, aber mir ist immer noch heiß. Ich gehe zu dem kleinen Kühlschrank und nehme zwei Flaschen heraus, von denen ich eine auf den Schminktisch stelle und die andere Ellery anbiete.

»Danke.« Sie greift danach, aber da habe ich schon losgelassen, sodass die Flasche zu Boden fällt. Als wir uns beide gleichzeitig danach bücken, stoßen wir fast mit den Köpfen aneinander. Ellery lacht.

»Hab sie!« Sie hebt sie auf. Trotz des dämmrigen Lichts sehe ich, dass ihre Wangen gerötet sind, als sie sich wieder aufrichtet. »Zwei Dumme, ein Gedanke.«

»Sorry. Das war meine Schuld.« Meine Stimme klingt etwas heiser. Durch dieses kleine Hin und Her stehen wir plötzlich sehr viel dichter voreinander, als wir es unter normalen Umständen tun würden, aber keiner von uns macht Anstalten, einen Schritt zurückzutreten. »Jetzt weißt du, warum ich nicht zum Footballspieler tauge. Ich kann noch nicht mal eine Flasche weiterreichen.« Ellery lächelt und legt den Kopf leicht zurück. *Gott, ihre Augen sind wunderschön.*

»Danke«, murmelt sie, und ihre Wangen werden röter.

Oh. Mir wird erst jetzt klar, dass ich das eben laut gesagt habe.

Plötzlich tritt sie noch etwas näher und streift dabei meine Hüfte. Ein Stromstoß schießt durch meinen Körper. Ist das … soll ich …

Sei nicht so ein Weichei, Mal.

Fuck. Muss ich ausgerechnet jetzt die dämliche Stimme meines Bruders im Kopf hören?

Ich hebe langsam die Hand und streiche Ellery mit dem Daumen über die Wange. Ihre Haut ist genauso weich, wie ich es mir vorgestellt hatte. Sie öffnet die Lippen, ich schlucke schwer, und genau in diesem Moment ertönt hinter uns ein Geräusch, und jemand stößt ein frustriertes »Shit!« aus.

Wir schrecken auseinander und drehen uns zu dem angrenzenden Büro um. Ellery nähert sich der angelehnten Tür und stößt sie vorsichtig auf. Brooke Bennett kauert zwischen dem Schreibtisch und einer großen Abfalltonne auf dem Boden.

»Brooke?« Ellery läuft auf sie zu und geht vor ihr in die Hocke, während ich in der Tür stehen bleibe. »Alles okay?«

Brooke hebt den Kopf und schiebt sich die Haare aus dem Gesicht, wobei sie sich fast mit einem kleinen silbrigen Gegenstand ins Auge sticht. Ellery nimmt ihn ihr aus der Hand; es ist eine aufgebogene Büroklammer. Neben ihr auf dem Boden liegt noch eine. »Das ist einfach zu eng. Das ist viel schwieriger, als er gesagt hat.« Brookes Stimme klingt so, als wäre sie nicht mehr ganz nüchtern.

»Wer hat das gesagt?« Ellery legt die beiden Büroklammern auf den Schreibtisch. »Was ist zu eng?«

»Nicht das, woran du jetzt denkst. Gott, bist du pervers!« Brooke kichert und schlägt ihr spielerisch auf den Unterarm.

Anscheinend hat ihr niemand Bescheid gesagt, dass das heute eine alkoholfreie Party ist. »Willst du Mineralwasser?«, frage ich und halte ihr meine noch ungeöffnete Flasche hin.

Brooke greift danach, schraubt den Deckel ab und trinkt mit gierigen Zügen. An ihrem Kinn läuft ein kleines Rinnsal Wasser hinunter, als sie mir die Flasche zurückgibt. »Danke, Malcolm. Du bist voll nett. Der allernetteste Mensch, den ich bei den Nilssons je kennengelernt habe. Mit *Abstand.*« Sie wischt sich mit dem Ärmel über den

Mund und sieht Ellery an. »Hey. Du siehst anders aus. Sind das deine echten Augen?«

Ellery und ich unterdrücken ein Lachen. In betrunkenem Zustand ist Brooke ziemlich unterhaltsam. »Was machst du hier unten?«, fragt Ellery. »Willst du nicht lieber wieder mit uns hochgehen?«

»Nein.« Brooke schüttelt entschieden den Kopf. »Ich muss irgendwie an sie rankommen. Ich hätte das nicht … Ich hätte das einfach nicht tun dürfen. Ich muss sie ihnen zeigen, weil … das kann man nicht machen, das ist nicht okay.«

»Was musst du wem zeigen?«, frage ich. »Was ist passiert?«

Plötzlich treten Tränen in ihre Augen. »Was passiert ist? Das ist die Eine-Million-Dollar-Frage, oder?« Sie legt einen Finger an die Lippen, als ginge es um ein Geheimnis. »Das würdet ihr gern wissen, was?«

»Geht es um das, was auf der Pep-Rally passiert ist?«, fragt Ellery.

»Nein.« Brooke bekommt plötzlich Schluckauf und presst sich eine Hand auf den Magen. »Mir geht's gar nicht gut.«

Ich schnappe mir den Papierkorb und halte ihn ihr hin. »Hier.«

Brooke nimmt ihn, starrt aber nur mit glasigem Blick hinein. »Ich will nach Hause.«

»Sollen wir Kyle suchen?«

»Kyle und ich sind *Geschichte.*« Brooke wedelt mit der Hand, als hätte sie ihn gerade zum Verschwinden gebracht. »Außerdem ist er sowieso nicht hier.« Sie seufzt. »Viv hat mich gefahren, aber die will ich jetzt nicht sehen. Die würde mir bloß wieder einen Vortrag halten.«

»Ich kann dich fahren«, biete ich an.

»Danke, du bist echt voll nett«, wiederholt Brooke mit schwerer Zunge.

Ellery zupft mich am Ärmel. »Ich gehe Ezra suchen. Bin gleich wieder da.«

Als Ellery weg ist, gehe ich neben Brooke in die Hocke. »Willst du noch Wasser?«, frage ich. Brooke winkt ab, und ich habe nicht die leiseste Ahnung, was ich sagen soll. Obwohl ich jetzt schon seit vier Monaten mit Katrin unter einem Dach wohne, fühle ich mich in der Nähe von Mädchen wie Brooke immer noch unwohl. Zu hübsch, zu beliebt, zu sehr wie Lacey.

Die Minuten scheinen zu kriechen. Brooke zieht die Knie an die Brust, seufzt und sieht mich an. Ihr Blick ist glasig und sie hat dunkle Ringe unter den Augen. »Hast du schon mal einen wirklich richtig schlimmen Fehler gemacht?«, fragt sie leise.

Ich zögere, versuche irgendwie zu verstehen, was mit ihr los ist, damit ich jetzt nichts Falsches sage. »Tja, passiert mir praktisch jeden Tag.«

»Nein.« Sie schüttelt den Kopf und vergräbt dann das Gesicht in den Armen. »Ich meine nicht so was Normales.« Ihre Stimme klingt dumpf. »Sondern etwas, das man nicht mehr rückgängig machen kann.«

Ich habe keine Ahnung, wovon sie redet oder wie ich ihr helfen soll. »Zum Beispiel?«

Sie hält den Kopf immer noch gesenkt, sodass ich ein Stück näher heranrutschen muss, um sie zu verstehen. »Ich wünschte, ich hätte andere Freundinnen. Ich wünschte, alles wäre anders.«

Schritte nähern sich, und ich stehe auf, als Ellery und

Ezra die Köpfe in das Büro stecken. »Hey, Mal«, begrüßt mich Ezra, dann fällt sein Blick auf Brooke. »Alles okay bei euch?«

»Ich will nach Hause«, sagt Brooke noch einmal, und ich halte ihr eine Hand hin, um ihr aufzuhelfen.

Als wir nach draußen treten, kommt wieder ein bisschen Leben in sie, und sie schafft es fast ohne Hilfe zum Volvo meiner Mutter. Er ist das schönste Auto, das wir je besessen haben – dank Peter –, und ich hoffe wirklich, dass Brooke sich unterwegs nicht übergeben muss. Sie scheint denselben Gedanken zu haben, denn sie lässt sofort die Fensterscheibe runter, nachdem Ezra ihr auf den Beifahrersitz geholfen hat.

»Wo wohnst du?«, frage ich.

»Briar Lane 17«, sagt Brooke. Das ist am anderen Ende der Stadt.

Ich drehe mich zu den Zwillingen auf der Rückbank. »Das ist eine Ecke von euch entfernt. Soll ich zuerst euch rauslassen, damit eure Großmutter sich keine Sorgen macht?«

»Das wäre super«, sagt Ellery.

Ich setze aus der Parkbucht und lenke den Wagen auf die Ausfahrt zu. »Tut mir leid, dass ihr jetzt meinetwegen schon nach Hause müsst«, sagt Brooke, die zusammengesunken dasitzt. »Ich hätte nichts trinken sollen. Ich vertrag einfach keinen Alkohol. Sagt Katrin auch immer.«

»Katrin ist auch nicht allwissend.« Irgendwie habe ich das Gefühl, dass ich das sagen sollte, auch wenn Katrin in diesem speziellen Fall recht hat.

Brookes Gesicht verdüstert sich. »Hoffentlich«, sagt sie leise.

Ich werfe ihr einen kurzen Seitenblick zu, bevor ich auf die Hauptstraße biege, aber es ist zu dunkel, um ihren Gesichtsausdruck lesen zu können. Kann es sein, dass sie und Katrin sich gestritten haben? Das wäre extrem ungewöhnlich. Ich habe bisher noch nie mitbekommen, dass die beiden jemals unterschiedlicher Meinung gewesen wären, was wahrscheinlich vor allem daran liegt, dass Brooke sich in allem immer nach Katrin richtet. »Mach dir keine Gedanken deswegen. Wir wollten sowieso nach Hause«, versichere ich ihr.

Es ist nicht weit bis zu den Corcorans. Das Haus liegt im Dunkeln, nur über der Haustür brennt Licht. »Oh, cool, Nana scheint wirklich schon zu schlafen«, sagt Ezra und zieht seinen Schlüsselbund aus seiner Hosentasche. »Ich hatte schon Angst, dass sie aufbleibt und auf uns wartet. Vielen Dank fürs Abholen und Bringen, Mal.«

»Jederzeit.«

Ezra steigt aus und bleibt in der Einfahrt stehen, um auf seine Schwester zu warten. »Ja, vielen Dank, Malcolm«, sagt Ellery, die noch auf der Rückbank sitzt, und hängt sich ihre Tasche über die Schulter. »Bis bald.«

»Wie wäre es vielleicht gleich mit morgen?«, platze ich heraus und drehe mich zu ihr um. Sie zögert, einen fragenden Ausdruck in den Augen. Ich erstarre kurz innerlich. Habe ich mir vielleicht nur eingebildet, dass ich sie vorhin im Keller fast geküsst hätte oder das Gefühl hatte, sie würde sich das wünschen? »Ich meine …«, rede ich einfach trotzdem weiter. »Ich könnte dich ja mal anrufen oder so. Also, wenn du willst. Ein bisschen quatschen oder so.«

Gott. Wie eloquent.

Aber sie sieht mich mit einem breiten Lächeln an. »Klar,

mach das. Klingt gut.« Brooke räuspert sich und Ellery blinzelt, als hätte sie einen Moment lang vergessen, dass sie auch noch im Auto sitzt. Mir ist es jedenfalls so gegangen. »Mach's gut, Brooke«, verabschiedet sich Ellery und steigt aus.

»Du auch«, antwortet Brooke.

Ellery wirft die Autotür zu und geht um den Wagen herum zum Haus. Als sie an der Beifahrerseite vorbeikommt, reibt sich Brooke schwer seufzend durchs Gesicht. Ellery bleibt stehen und fragt: »Kommst du klar?«

Brooke dreht ihr den Kopf zu. Als sie nichts sagt, runzelt Ellery die Stirn und wirft mir einen besorgten Blick zu. Aber dann zuckt Brooke mit den Achseln.

»Warum sollte ich denn nicht klarkommen?«, sagt sie.

15

ELLERY
Sonntag,
29. September

Die Fotoalben sind über zwanzig Jahre alt und verstaubt, die Ränder der Seiten sind angegilbt. Trotzdem wirkt die siebzehnjährige Sadie in ihrem gewagten schwarzen Homecoming-Ballkleid auf den Bildern so lebendig und frisch, als wären sie erst gestern aufgenommen worden. Sie ist unverkennbar die jüngere Version ihres heutigen Ichs, was ich von ihrem Begleiter nicht unbedingt behaupten kann.

»Wow.« Ezra, der neben mir auf dem Wohnzimmerteppich sitzt, beugt sich vor. Nachdem wir so gut wie alle Sofas und Sessel durchprobiert haben, sind wir zu dem Schluss gekommen, dass der Boden die bequemste Sitzmöglichkeit in dem Raum ist. »Sadie hatte recht. Vance sah damals wirklich ziemlich heiß aus.«

»Absolut.« Ich betrachte Vances hohe Wangenknochen und sein lässiges Grinsen und schaue zwischendurch zum ungefähr fünften Mal, seit wir hier sitzen, auf die Uhr über Nanas Kamin. Ezra ertappt mich dabei und lacht.

»Immer noch erst halb acht. Wie schon die letzten achtundfünfzig Sekunden. Mit anderen Worten: zu früh für Malcolms Anruf.« Ezra ist nicht entgangen, dass Malcolm und ich uns gestern im Wagen praktisch verabredet haben, und er hat mich erst ins Bett gehen lassen, nachdem ich ihm von unserem Beinahe-Kuss im Aufenthaltsraum der Villa erzählt habe.

»Halt bloß die Klappe«, murmle ich, aber mein Magen schlägt einen kleinen Salto, und ich muss mir ein Lächeln verkneifen.

Nana kommt mit einer Flasche Möbelpolitur und einem Staubtuch ins Wohnzimmer – ihr Sonntagmorgenritual: um sieben Gottesdienst, danach Hausarbeit. In ungefähr fünfzehn Minuten wird sie Ezra und mich nach draußen schicken, um den Rasen zu rechen. »Was schaut ihr euch da an?«, fragt sie.

»Die Fotos von Sadies Homecoming-Ball«, antwortet Ezra.

Ich rechne damit, dass Nana die Stirn runzelt, aber sie sprüht bloß die Oberfläche des Mahagonitischs vor dem Erkerfenster mit der nach Zitronen duftenden Politur ein. »Hast du Vance gemocht, Nana?«, frage ich, während sie mit dem Tuch die Tischfläche sauber reibt. »Ich meine, als er und Sadie zusammen waren.«

»Nicht besonders«, sagt sie. »Aber ich wusste, dass es nicht lange halten würde. Das hat es nie.«

Ich blättere weiter durch das Album. »Ist Sarah auch auf dem Ball gewesen?«

»Nein, Sarah war eine Spätzünderin. Die einzigen Jungs, mit denen sie überhaupt geredet hat, waren die, mit denen Sadie sich traf.« Nana hält in ihrer Arbeit inne, stellt die Sprühflasche hin, schiebt den Vorhang zur Seite und schaut aus dem Fenster. »Was macht er denn an einem Sonntag so früh hier?«, murmelt sie.

»Wer?«, fragt Ezra.

»Ryan Rodriguez.«

Ich klappe das Fotoalbum zu, während Nana zur Tür geht und aufmacht. »Hallo, Ryan«, begrüßt sie ihn, aber er unterbricht sie, bevor sie noch etwas hinzufügen kann.

»Ist Ellery zu Hause?«, fragt er. Seine Stimme klingt gehetzt, drängend.

»Natürlich. Um diese …«

Ryan wartet nicht, bis sie den Satz zu Ende gesprochen hat, sondern schiebt sich an ihr vorbei und lässt den Blick durchs Zimmer wandern, bis er mich am Boden entdeckt. Er hat ein ausgewaschenes Sweatshirt mit dem Wappen der Echo Ridge Highschool und eine Jeans an, um die Kinnpartie sprießt ein dunkler Bartschatten. Ohne Uniform sieht er sogar noch jünger aus. »Ellery. Gott sei Dank. Bist du die ganze Nacht hier gewesen?«

»Ryan, was um alles in der Welt ist denn passiert?« Nana schließt die Tür und verschränkt die Arme vor der Brust. »Geht es um diese Drohungen wegen des Balls? Gab es etwa schon wieder einen Vorfall?«

»Nicht direkt … diesmal ist es …« Er fährt sich durch die Haare und atmet tief durch. »Brooke Bennett ist letzte Nacht nicht nach Hause gekommen. Ihre Eltern wissen nicht, wo sie steckt.«

Mir wird erst bewusst, dass ich aufgesprungen bin, als ich höre, wie etwas hart auf dem Boden aufprallt – das Fotoalbum ist mir aus der Hand gefallen. Ezra kommt langsamer auf die Beine, er ist blass, und sein Blick jagt zwischen mir und Ryan hin und her. Bevor einer von uns etwas sagen kann, stößt Nana einen erstickten Schrei aus. Alle Farbe ist aus ihrem Gesicht gewichen, und einen Moment lang habe ich Angst, sie könnte in Ohnmacht fallen. »Ach du lieber Gott.« Sie geht mit wackligen Beinen zu einem Sessel, lässt sich darauf fallen und umklammert die Armlehnen. »Es geht wieder los. Es geht alles wieder von vorne los. Es ist vor euren Augen passiert, und ihr habt nichts getan, um es zu verhindern!«

»Wir wissen noch nicht, was tatsächlich passiert ist. Wir versuchen …«, beginnt Ryan, aber Nana lässt ihn nicht ausreden.

»Ein Mädchen ist *verschwunden*. Ein Mädchen, das vor zwei Tagen vor den Augen der ganzen Stadt bedroht wurde. Genau wie meine Enkeltochter.« Ich habe Nana noch nie so erlebt. Es ist, als würden sich all die Gefühle, die sie in den letzten zwanzig Jahren unterdrückt hat, plötzlich Bahn brechen und an die Oberfläche drängen. Jetzt ist ihr Gesicht nicht mehr blass, sondern gerötet, in ihren Augen stehen Tränen, und sie zittert am ganzen Körper. Meine sonst so ruhige und sachliche Großmutter auf einmal so aufgelöst zu sehen, lässt mein Herz rasen. »Die Polizei ist untätig geblieben. Ihr habt nicht das Geringste unternommen, um Ellery *oder* Brooke zu schützen. *Ihr habt einfach abgewartet und den Dingen ihren Lauf gelassen.*«

Ryan zuckt zusammen, als hätte sie ihn geohrfeigt. »Wir haben nicht … Hören Sie, mich nimmt das genauso mit. Wir machen uns alle Sorgen, deswegen bin ich hier. Aber noch wissen wir ja gar nicht, was mit Brooke los ist. Es ist sehr gut möglich, dass sie bei einer Freundin oder einem Freund ist. Meine Kollegen sind gerade dabei, das abzuklären. Es ist noch zu früh, um vom Schlimmsten auszugehen.«

Nana verschränkt die Hände so fest im Schoß, dass die Knöchel ihrer Finger weiß hervortreten. »Mädchen, die in Echo Ridge verschwinden, kommen nicht zurück, Ryan«, sagt sie tonlos. »Das weißt du.«

Keiner der beiden nimmt noch Notiz von Ezra und mir. »El«, sagt mein Bruder leise, und ich weiß, was das bedeutet. *Wir müssen es ihnen sagen.* Natürlich müssen wir das. Nach dem zu urteilen, was Ryan bis jetzt gesagt hat, scheint er nicht zu wissen, dass Brooke die Fright Farm zusammen mit uns und Malcolm verlassen hat. Und dass Malcolm sie anschließend nach Hause gefahren hat. Allein.

Brooke wirkte so niedergeschlagen, als Malcolm uns gestern Abend abgesetzt hat, dass ich gar nicht anders konnte, als sie zu fragen, ob sie klarkommt.

Warum sollte ich denn nicht klarkommen?

Nana und Ryan unterhalten sich immer noch, aber ich bekomme nur Bruchstücke mit. Mein Brustkorb zittert, als ich Luft hole. Ich weiß, dass ich es tun muss. Dass ich Ryan und meiner Großmutter erzählen muss, dass unser Freund Malcolm – *Declan Kellys Bruder* – mit ziemlicher Wahrscheinlichkeit der letzte Mensch war, der eine der Homecoming-Prinzessinnen von Echo Ridge gesehen hat, bevor sie verschwand.

Und natürlich weiß ich genau, was für ein Licht das auf ihn werfen wird.

16

MALCOLM
Sonntag,
29. September

Mir wird erst klar, dass das ein Déjà-vu ist, als ich mittendrin stecke.

Zuerst denke ich mir nichts dabei, dass Officer McNulty an unserer Kücheninsel sitzt, als ich am Sonntagmorgen in die Küche komme. Er und Peter sind beide im Gemeinderat, weshalb ich davon ausgehe, dass sie wahrscheinlich wieder über Ampeln reden. Komischerweise mache ich mir keine Gedanken darüber, dass es erst kurz vor halb neun Uhr morgens ist und Officer McNulty nicht mit Peter redet, der neben ihm sitzt, sondern erstaunlich interessiert Katrin zuhört, die lang und breit von ihrem Date mit Theo gestern Abend erzählt.

Meine Mutter läuft hektisch in der Küche hin und her und versucht frischen Kaffee in Tassen zu gießen, die noch gar nicht ausgetrunken wurden. Officer McNulty hält ihr seine trotzdem hin, lässt sich nachschenken und fragt Katrin dann: »Du hast Brooke also gestern Abend überhaupt nicht gesehen? Habt ihr denn zumindest irgendwann noch mal telefoniert oder hat sie dir eine Nachricht geschickt?«

»Sie hat mir geschrieben, weil sie wissen wollte, ob ich auch auf die Party komme. Aber ich war schon mit Theo verabredet.«

»Wann war das?«

Katrin verzieht nachdenklich das Gesicht. »So gegen … zehn vielleicht?«

»Könnte ich bitte mal dein Handy sehen?«

Sein offizieller Tonfall löst ein unangenehmes Kribbeln auf meiner Haut aus. Diesen Tonfall habe ich so schon einmal gehört. »Ist irgendwas mit Brooke?«, frage ich.

Peter reibt sich über sein noch unrasiertes Kinn. »Anscheinend war sie heute Nacht nicht zu Hause. Ihr Bett sieht völlig unberührt aus. Ihre Eltern haben sie nicht mehr gesehen, seit sie gestern Abend zu ihrer Schicht auf der Fright Farm aufgebrochen ist, und sie geht nicht an ihr Handy.«

Meine Kehle schnürt sich zu und meine Hände werden feucht. »Sie war nicht zu Hause?«

Genau in dem Moment, in dem Officer McNulty Katrin ihr Telefon zurückgibt, geht eine Nachricht darauf ein. Sie schaut aufs Display, liest und wird blass. »Viv«, sagt sie mit plötzlich zitternder Stimme. »Sie schreibt, dass sie Brooke zuletzt auf der Party gesehen hat. Seitdem hat sie nichts mehr von ihr gehört.« Sie hält Officer McNulty das Handy mit der Nachricht hin, als könnte er dafür sorgen, dass etwas anderes darin steht. »Ich war mir so sicher, dass Brooke bei ihr ist. Sie übernachtet nach der Arbeit oft bei Viv, weil sie näher an der Fright Farm wohnt.«

Nackte Angst kriecht meinen Rücken hoch. *Das kann nicht sein, oder? Das passiert jetzt nicht wirklich.*

Mom stellt die Kaffeekanne ab und dreht sich zu mir um. »Malcolm, du hast Brooke nicht zufällig gesehen, als du die Zwillinge abgeholt hast, oder?«

Officer McNulty schaut auf. »Du warst gestern Abend auf der Fright Farm, Malcolm?«

Shit. Shit. Shit.

»Ja, aber nur um die Corcoran-Zwillinge nach Hause zu fahren«, sagt Mom schnell. Sie klingt nicht so, als würde sie denken, ich könnte irgendwie in Schwierigkeiten stecken.

Mir dreht sich der Magen um. Wenn sie wüsste.

Officer McNulty stützt die Unterarme auf die glänzende schwarze Marmoroberfläche der Kücheninsel. »Hast du Brooke denn gesehen, als du dort warst?« Sein Ton ist interessiert, aber nicht so eindringlich wie damals, als er Declan befragt hat.

Noch nicht.

Vor fünf Jahren fand diese Szene in einer anderen Küche statt; in der unseres zwei Meilen von hier entfernt liegenden kleinen Farmhauses. Mein Dad zog ein finsteres Gesicht, und meine Mutter knetete nervös ihre Hände, während Declan Officer McNulty am Tisch gegenübersaß und immer und immer wieder dasselbe sagte. *Ich habe Lacey seit zwei Tagen nicht mehr gesehen. Ich weiß nicht, was sie gestern Abend gemacht hat. Ich bin durch die Gegend gefahren.*

Wohin?

Einfach rumgefahren. Das mache ich manchmal.

War jemand bei dir?

Nein.

Hast du jemanden angerufen oder eine Nachricht geschickt?

Nein.

Du bist also ganz allein rumgefahren … wie lange genau? Zwei, drei Stunden?

Ja, so um den Dreh.

Lacey ist zu dem Zeitpunkt schon tot gewesen. Noch bevor sie überhaupt vermisst wurde. Mitarbeiter des Parks fanden ihre Leiche, bevor ihre Eltern bemerkt hatten, dass sie nicht nach Hause gekommen war. Während Officer McNulty Declan mit Fragen bombardierte, saß ich im Wohnzimmer, den Blick auf den Fernseher geheftet, ohne etwas vom laufenden Programm mitzubekommen. Ich bin kein einziges Mal in die Küche gegangen. Habe kein einziges Wort gesagt. Weil nichts davon mich betraf, nicht wirklich, bis auf den Teil, in dem eine langsam brennende Zündschnur schließlich meine Familie auseinandersprengte.

»Ich …« Ich brauche zu lange für die Antwort. Fragend schaue ich in die Gesichter rings um mich, als könnte ich in ihnen einen Hinweis darauf finden, wie ich reagieren soll. Aber das, was ich darin sehe, ist das, was ich immer darin sehe, wenn ich mich zu irgendwas äußere: Mom wirkt aufmerksam, Katrin genervt und Peter betont nachsichtig, abgesehen von dem kaum merklichen Beben seiner Nasenflügel. Officer McNulty notiert sich etwas auf dem Block, der vor ihm liegt, bevor er mir einen eher zerstreut wirkenden Blick zuwirft, aber dann scheint er plötzlich etwas in meinem Gesicht zu entdecken, das ihn alle Muskeln anspannen lässt, wie eine Katze, die ein Spielzeug anstupst, das plötzlich zum Leben erwacht ist. Er beugt sich vor und heftet den Blick seiner blaugrauen Augen auf mich.

»Hast du uns irgendetwas mitzuteilen, Malcolm?«, fragt er.

17

ELLERY
Sonntag,
29. September

Im Gegensatz zu letztem Mal, als wir den leblosen Mr Bowman auf der Straße gefunden haben, bin ich dieses Mal eine gute Zeugin. Ich kann mich an alles erinnern.

Ich erinnere mich daran, wie ich Brooke eine Büroklammer aus der Hand nahm und eine zweite vom Boden aufhob. »Büroklammern?«, hakt Ryan nach. Er hat sofort in den Befragungsmodus geschaltet, sobald Ezra ihm erzählte, dass Malcolm uns und Brooke von der Fright Farm nach Hause gefahren hat. Mittlerweile sitzen wir in der Küche, wo Nana heiße Schokolade für uns gekocht hat. Während ich ihm schildere, was passiert ist, bevor Ezra zu Malcom und mir gestoßen ist, halte ich mich dankbar an der immer noch warmen Tasse fest.

»Genau. Der Draht war so auseinandergebogen, dass sie fast gerade waren. Gibt ja Leute, die das aus einer nervösen Angewohnheit heraus machen.« Ich jedenfalls gehöre zu diesen Leuten. Es gibt praktisch keine Büroklammer auf der Welt, die ich nicht sofort aus ihrem Urzustand befreie, sobald ich sie zwischen die Finger bekomme.

Mir fällt ein, dass Brooke am Anfang eigentlich noch ganz gut gelaunt gewirkt hat und richtig albern war. »Sie hat gesagt, irgendwas sei zu eng, sodass die Büroklammer nicht reinpasst. Und als ich gefragt hab, was sie meint, hat sie gesagt, ich soll nicht so pervers sein.«

Ryan sieht mich an, als würde er kein Wort verstehen. »*Pervers?*«

»Na, ist doch klar, oder?« Ich sehe ihn mit hochgezogenen Brauen an, warte darauf, dass bei ihm der Groschen fällt, aber er runzelt bloß weiter verwirrt die Stirn. Wie kann jemand, der Anfang zwanzig ist, diesen Witz nicht verstehen? »Na ja, du weißt schon, als wäre die Büroklammer … ein Penis.«

Ezra verschluckt sich an seinem Kaffee und Ryan wird knallrot. »Du liebe Güte, Ellery«, sagt Nana missbilligend. »Das ist der Unterhaltung, die hier gerade geführt wird, wohl kaum angemessen.«

»Finde ich ehrlich gesagt schon«, antworte ich achselzuckend. Es ist *immer* interessant, Ryan Rodriguez' Reaktion auf etwas zu beobachten, womit er nicht gerechnet hat.

Er räuspert sich und weicht meinem Blick aus. »Und was ist nach diesem … Witz passiert?«

»Sie hat einen Schluck Wasser getrunken, und ich habe sie gefragt, was sie dort unten überhaupt macht. Ab da schlug die Stimmung plötzlich um und sie wirkte … aufgewühlt.« Ich kann mich noch so gut an das erinnern, was Brooke gesagt hat, als hätte ich es eben erst gehört: *Ich hätte das einfach nicht tun dürfen. Ich muss sie ihnen zeigen, weil … Das kann man nicht machen, das ist nicht okay. Was passiert ist? Das würdet ihr gern wissen, was?*

Mein Magen zieht sich zusammen. Wenn ein betrunkenes Mädchen auf einer Party so etwas vor sich hin lallt, tut man es als Unsinn ab, aber wenn dieses Mädchen vermisst wird, bekommen die Worte plötzlich etwas Unheilvolles.

Brooke wird *vermisst*. Das ist noch nicht wirklich bei mir angekommen. Ich glaube immer noch, dass Ryan jeden Moment einen Anruf erhält und erfährt, dass sie noch mal losgezogen ist, nachdem sie schon zu Hause war, um sich mit ein paar Freunden zu treffen. »Sie hatte Tränen in den Augen und war richtig aufgelöst«, erzähle ich weiter. »Ich habe sie gefragt, ob sie von irgendwas redet, das mit der Pep-Rally zu tun hat, was sie aber verneint hat.«

»Hast du nachgehakt?«, fragt Ryan.

»Nein. Sie hat gesagt, dass sie nach Hause will, und als ich ihr vorgeschlagen habe, nach Kyle zu suchen, meinte sie, dass sie sich getrennt hätten und dass er auch gar nicht auf der Party sei. Malcolm hat ihr dann angeboten, sie nach Hause zu fahren, womit sie einverstanden war. Ich bin noch mal nach oben, um Ezra zu holen. Es war …« Ich halte kurz inne und wäge meine nächsten Worte ab. »Es war nicht geplant, dass Malcolm Brooke nach Hause fährt. Überhaupt nicht. Das hat sich ganz zufällig so ergeben.«

Ryan runzelt fragend die Stirn. »Was meinst du damit?«

Gute Frage. *Was* meine ich damit? Seit er uns über Brookes Verschwinden informiert hat, überschlagen sich die Gedanken in meinem Kopf. Wir wissen noch nicht, was los ist, aber eins weiß ich mit Sicherheit: Wenn sie nicht bald wieder auftaucht, werden die Leute ziemlich schnell anfangen, vom Schlimmsten auszugehen und nach jemandem zu suchen, den sie verdächtigen können. Und das wird derjenige sein, der sie als Letzter gesehen hat.

Es ist so ein Klischee. Der Schlüsselmoment jeder Folge von *Dateline*: Die Stelle, an der ein Freund oder eine Nachbarin oder ein Kollege sagt: *Er ist immer so ein netter Kerl gewesen. Niemand wäre jemals auf die Idee gekommen, dass er zu so etwas fähig wäre.* In meinem Kopf herrscht noch zu viel Chaos, als dass ich alles vernünftig zu Ende denken könnte, aber fest steht: Es hat ganz bestimmt keinen wie auch immer gearteten Masterplan gegeben, Brooke allein zu erwischen. Ich hatte zu keinem Zeitpunkt das Gefühl, dass es Malcolm um irgendetwas anderes ging, als ihr zu helfen. »Ich meine damit, dass es totaler Zufall war, dass Malcolm sie nach Hause gefahren hat«, sage ich. »Wir haben ja noch nicht mal gewusst, dass Brooke überhaupt in dem Büro war.«

»Okay.« Ryans Miene bleibt neutral. »Du hast also oben nach Ezra gesucht, und Malcolm ist allein bei Brooke geblieben … wie lange warst du ungefähr weg?«

Ich sehe Ezra an, der mit den Achseln zuckt. »Vielleicht fünf oder zehn Minuten?«, sage ich.

»Ist Brooke irgendwie verändert gewesen, als du mit Ezra zurückgekommen bist?«

»Nein. Sie hat immer noch sehr niedergeschlagen gewirkt.«

»Aber vorhin hast du noch gesagt, sie sei nicht niedergeschlagen gewesen, sondern hätte Witze gemacht.«

»Zuerst hat sie Witze gemacht, *dann* war sie niedergeschlagen«, erinnere ich ihn.

»Richtig. Okay, wie ging es dann weiter? Was ist auf dem Weg zum Wagen passiert? Ist euch da vielleicht irgendwas aufgefallen, das euch seltsam vorkam?«

In diesem Stil geht es die nächsten zehn Minuten weiter, bis wir in unserem Bericht schließlich zu dem Moment kommen, als Malcolm uns in der Einfahrt abgesetzt hat und ich Brooke gefragt habe, ob sie klarkommt. Dass Malcolm mich gefragt hat, ob er mich am nächsten Tag mal anrufen könnte, lasse ich unter den Tisch fallen, weil ich nicht finde, dass das hier irgendetwas zur Sache tut. Ezra bringt es auch nicht zur Sprache.

»Sie hat also gesagt: *Warum sollte ich denn nicht klarkommen?*«, wiederholt Ryan.

»Genau.«

»Hast du darauf noch irgendwas erwidert?«

»Nein.« Das habe ich nicht. Es versetzt mir einen heftigen Stich des Bedauerns, als mir jetzt klar wird, dass ich es hätte tun sollen.

»In Ordnung.« Ryan klappt sein Notizbuch zu. »Vielen Dank, das war sehr hilfreich. Ich melde mich, falls ich noch weitere Fragen an euch habe.«

Ich löse meine ineinander verschränkten Finger, die ich die ganze Zeit über nervös im Schoß geknetet habe, ohne es wirklich zu merken. Sie sind von einem feinen Schweißfilm bedeckt. »Du gibst uns doch sofort Bescheid, wenn ihr Brooke gefunden habt, oder?«

»Natürlich. Ich fahre jetzt zur Wache zurück. Vielleicht ist sie ja mittlerweile schon zu Hause und bekommt gerade von ihren Eltern eine ordentliche Standpauke gehalten. In den meisten Fällen ...« Er verstummt, und ihm kriecht die Röte den Hals hoch, als er Nana einen kurzen Blick zuwirft. »Das ist jedenfalls das, was wir hoffen.«

Ich weiß, was er sagen wollte. *In den meisten Fällen stellt es sich am Ende als Fehlalarm heraus.* Polizisten werden darauf trainiert, so etwas zu sagen, damit die Betroffenen vor Sorge nicht panisch werden, wenn jemand verschwindet. Aber hier in Echo Ridge hat dieser Satz nichts Tröstliches.

Weil es nämlich genau so ist, wie Nana gesagt hat. Mädchen, die in Echo Ridge verschwinden, kommen nicht zurück.

18

MALCOLM
Sonntag,
29. September

»Du bist in dieser Sache ein wichtiger Zeuge, Malcolm. Lass dir Zeit.«

Officer McNulty stützt seine Unterarme immer noch auf der Kücheninsel ab. Die Ärmel seines Hemds sind hochgekrempelt und die Uhr an seinem Handgelenk zeigt neun Uhr fünfzehn an. Brooke wird seit fast zehn Stunden vermisst. Das ist noch gar nicht so lang, aber es fühlt sich an wie eine Ewigkeit, wenn man sich all die Dinge vorstellt, die einem Menschen zustoßen können, während der Rest der Welt schläft.

Ich sitze neben ihm auf dem Hocker. Der Abstand zwischen uns beträgt ungefähr einen halben Meter, was mir definitiv zu wenig ist. Der Blick, den er fest auf mich geheftet hat, ist kalt und konzentriert. Er hat *Zeuge* gesagt, nicht *Verdächtiger*, aber der Ausdruck in seinen Augen sagt etwas anderes. »Das war's«, antworte ich. »Das ist alles, woran ich mich erinnere.«

»Die Corcoran-Zwillinge können deine Geschichte also bis zu dem Zeitpunkt bestätigen, als du sie bei ihrer Großmutter abgesetzt hast?«

Jesus. *Deine Geschichte bestätigen*. Mein Magen zieht sich zusammen. Hätte ich Brooke nur zuerst nach Hause gefahren. Dann würde diese Befragung jetzt ganz anders verlaufen. »Ja.«

Was Ellery wohl in diesem Moment über mich denkt? Weiß sie es überhaupt schon?

Guter Scherz. Wir sind hier in Echo Ridge. Officer McNulty ist schon seit über einer Stunde bei uns. Natürlich weiß sie es. *Alle* wissen es.

»In Ordnung«, sagt er. »Dann lass uns mal ein bisschen in der Zeit zurückgehen. Ist dir in den letzten Wochen irgendetwas Ungewöhnliches an Brooke aufgefallen? Etwas, das dir zu denken gegeben oder dich in irgendeiner Weise überrascht hat?«

Ich werfe Katrin einen Seitenblick zu. Sie lehnt steif wie eine Schaufensterpuppe an der Theke. »Na ja, eigentlich kenne ich Brooke kaum«, sage ich. »Wir haben nicht viel miteinander zu tun.«

»Aber sie geht doch hier ein und aus, oder nicht?«, fragt Officer McNulty.

Er scheint auf etwas Bestimmtes hinauszuwollen, ich weiß nur nicht, was das sein könnte. Sein Blick wandert von meinem Gesicht zu meinem Knie, und mir wird bewusst, dass ich nervös auf und ab wippe. Ich presse eine Hand auf mein Bein. »Schon, aber sie kommt ja nicht, um *mich* zu besuchen.«

»Sie hat gesagt, dass sie dich süß findet«, sagt Katrin plötzlich.

Wie bitte? Wieder schnürt es mir die Kehle zu. Selbst wenn ich wüsste, was ich dazu sagen sollte, würde ich keinen Ton herausbringen.

Alle Augen sind auf Katrin gerichtet. »Das ist schon eine Weile her«, spricht sie weiter. Ihre Stimme ist leise, aber die Worte sind klar und deutlich zu verstehen. »Als sie letztes Wochenende hier übernachtet hat, bin ich irgendwann aufgewacht, und sie war nicht im Zimmer. Ich hab ungefähr zwanzig Minuten gewartet, bevor ich wieder eingeschlafen bin, aber sie ist nicht zurückgekommen. Ich dachte, sie wäre vielleicht bei *dir* gewesen. Vor allem, weil sie ein paar Tage später dann mit Kyle Schluss gemacht hat.«

Mir bleibt einen Moment die Luft weg, als hätte sie mir einen Hieb in den Magen versetzt. Alle Köpfe im Raum drehen sich in meine Richtung. Großer Gott, warum sagt Katrin so was? Sie muss doch wissen, wie mich das dastehen lässt. Noch verdächtiger, als ich es sowieso schon bin. »Bei mir war sie nicht«, presse ich hervor.

»Malcolm hat keine Freundin«, sagt meine Mutter schnell. Sie sieht aus, als wäre sie innerhalb der letzten halben Stunde um ein Jahr gealtert: Ihre Wangen wirken eingefallen, aus ihren hochgesteckten Haaren haben sich einzelne Strähnen gelöst, und zwischen ihre Brauen hat sich eine tiefe Falte gegraben. Ich weiß, dass ihre Gedanken denselben Weg in die Vergangenheit genommen haben wie meine. »Er ist nicht wie … Er hat schon immer mehr Zeit mit seinen Freunden verbracht als mit Mädchen.«

Er ist nicht wie Declan. Das ist es, was sie sagen wollte.

Officer McNultys Blick bohrt sich in meine Augen. »Wenn zwischen dir und Brooke irgendwas gelaufen ist, Malcolm, dann ist das jetzt der Moment, damit rauszurücken. Du bringst dich damit nicht in Schwierigkeiten.« Sein lauernder Gesichtsausdruck entlarvt seine Worte als Lüge. »Das würde uns nur ein weiteres Teil von dem Puzzle liefern, das wir versuchen zusammenzusetzen.«

»Da war nichts«, sage ich noch einmal und sehe Katrin an, die mich kühl mustert. Sie rückt ein Stück näher an ihren Vater heran. Peter hat die ganze Zeit schweigend dagesessen, die Arme verschränkt, einen extrem sorgenvollen Ausdruck im Gesicht. »Ich habe Brooke nie allein getroffen, immer nur mit Katrin zusammen. Außer …« Mir fällt plötzlich etwas ein und ich schaue Officer McNulty an. Er beugt sich gespannt vor. »Vor ein paar Tagen habe ich sie gesehen. Zufällig, auf der Straße«, füge ich hastig hinzu. »Ich war mit Mia im Wagen unterwegs, als wir beobachtet haben, wie Brooke sich mit Vance Puckett unterhalten hat.«

Officer McNulty blinzelt. Runzelt die Stirn. Damit hat er eindeutig nicht gerechnet. »Vance Puckett?«

»Ja. Er hat das Graffiti an der Fassade von Armstrongs Werkstatt überstrichen und Brooke ist auf ihn zugegangen und hat mit ihm geredet. Sie wirkten beide irgendwie … angespannt. Ich meine nur, weil Sie gefragt haben, ob mir irgendetwas Ungewöhnliches an Brooke aufgefallen ist, und das war, ähm, ziemlich ungewöhnlich.« Noch während ich spreche, ist mir klar, wie das auf ihn wirkt.

Als hätte ich etwas zu verbergen und wollte die Aufmerksamkeit von mir ablenken.

»Interessant.« Officer McNulty nickt. »Vance Puckett hat letzte Nacht in der Ausnüchterungszelle verbracht und …«, er wirft einen Blick auf seine Uhr, »… ist aller Wahrscheinlichkeit nach immer noch dort. Trotzdem danke für die Information. Wir werden der Sache auf jeden Fall nachgehen und ihn dazu befragen.« Er lehnt sich zurück und verschränkt die Arme. Er trägt keine Uniform, sondern ein ordentlich gebügeltes Hemd und eine Anzughose. Vermutlich wollte er gerade zur Kirche aufbrechen, als er über Brookes Verschwinden informiert worden ist. »Gibt es sonst noch etwas, von dem du denkst, dass es für uns nützlich wäre?«

Ich spüre das Gewicht meines Handys in der Hosentasche. Es hat sich bisher noch nicht gerührt, was bedeutet, dass Mia wahrscheinlich noch nicht mal wach ist. Die letzte Nachricht, die ich bekommen habe, war die von Declan, bevor ich in die Villa des Grauens gegangen bin.

Bin für ein paar Stunden in der Stadt. Aber bleib locker, okay?

Warum ist er hier gewesen? Was hat mein Bruder ausgerechnet zu dem Zeitpunkt hier zu suchen gehabt, zu dem *erneut* ein Mädchen verschwindet?

Wenn ich diese Nachricht jetzt Officer McNulty zeigen würde, wäre alles anders. Katrin würde aufhören, mich mit Blicken zu erdolchen. Officer McNulty würde mir nicht mehr auf ein Dutzend verschiedene Arten ein und dieselbe Frage stellen. Sein Misstrauen würde sich von mir wieder auf denjenigen verlagern, der seit Laceys Tod immer unter Verdacht stand. Declan.

Ich schlucke und lasse mein Handy, wo es ist. »Nein. Das ist alles.«

19

ELLERY
Sonntag,
29. September

Ich kann nicht still sitzen.

Den ganzen Nachmittag tigere ich unruhig durchs Haus, nehme irgendwelche Gegenstände in die Hand und stelle sie wieder hin. Die Bücherregale im Wohnzimmer sind mit diesen Porzellanfigürchen vollgestellt, die Nana so mag; Hummelfiguren. Kleine Jungen und Mädchen mit blonden Haaren und Apfelbäckchen, die Bäume hochklettern, einen Korb über dem Arm tragen, einander umarmen. Als ich vor ein paar Tagen eins aus dem Regal genommen habe, hat mir Nana erzählt, dass genau diese Figur Sadie einmal hingefallen sei, als sie zehn war.

»Der Kopf ist in zwei Hälften zerbrochen«, sagte sie. »Sie hat ihn heimlich wieder zusammengeklebt. Ich habe es erst Wochen später gemerkt.«

Wenn man es weiß, fällt einem der Riss allerdings sofort auf. Ich hielt das Porzellanmädchen in der Hand und betrachtete die gezackte weiße Linie seitlich ihres Gesichts. »Warst du sauer?«, fragte ich Nana.

»Stocksauer sogar«, antwortete sie. »Das sind Sammlerstücke. Die Mädchen wussten, dass sie sie nicht anfassen dürfen. Aber Sadie konnte einfach nicht die Finger von ihnen lassen. Ich weiß, dass sie es war, obwohl Sarah steif und fest behauptet hat, sie wäre es gewesen.«

»Sarah? Warum?«

»Sie wollte nicht, dass ihre Schwester dafür bestraft wird«, sagte Nana. Das war das erste Mal, dass ein trauriger Ausdruck über ihr Gesicht huschte, als sie von Sarah sprach. »Mit Sadie bin ich wohl immer ein bisschen strenger gewesen. Weil sie von den beiden eigentlich immer der Wildfang gewesen ist.«

Erst jetzt kommt mir der Gedanke, dass ihre Traurigkeit etwas mit meiner Mutter zu tun gehabt haben könnte. Dass sie Parallelen gesehen hat: Ein weiteres Mädchen, das gebrochen und notdürftig zusammengeflickt worden ist. Immer noch da, aber nicht mehr dieselbe.

Es gibt nur ein einziges Familienfoto in ihrem Wohnzimmer: Es zeigt Nana und meinen Großvater, die beide dem Aussehen nach damals vielleicht so Ende dreißig gewesen sind, gemeinsam mit Sadie und Sarah, die dann zwölf gewesen sein müssen. Ich nehme es in die Hand und betrachte die Gesichter. Alles, was ich denken kann, ist: *Sie hatten keine Ahnung.*

Genau wie Brookes Familie keine Ahnung hatte. Wobei … vielleicht doch. Vielleicht haben sie sich seit den Vorfällen mit den Schließfächern und dem blutigen Fleischklumpen auf ihrem Wagen Sorgen gemacht und sich gefragt, ob sie irgendetwas tun sollten, um ihre Tochter zu schützen. Vielleicht machen sie sich jetzt gerade schreckliche Vorwürfe. Ganz bestimmt sind sie krank vor Sorge. Mittlerweile ist es kurz vor eins und noch immer gibt es keine Spur von Brooke.

Mein Handy vibriert und ich stelle das Foto zurück. Mein Puls beschleunigt sich, als ich es herausziehe und sehe, dass es eine Nachricht von Malcolm ist: *Können wir reden?*

Ich zögere. Ich hatte überlegt, ihm zu schreiben, nachdem Ryan Rodriguez wieder weg war, wusste aber nicht, was ich sagen sollte. Ich weiß es immer noch nicht. Graue Auslassungspünktchen erscheinen und zeigen an, dass er tippt. Ich beobachte die Pünktchen und vergesse zu atmen.

Ich könnte es aber auch verstehen, wenn du nicht mit mir reden möchtest.

Ich möchte aber.

Okay, wo?, schreibe ich zurück.

Wo du willst. Ich könnte bei dir vorbeikommen?

Das ist eine gute Idee, weil Nana mich heute auf keinen Fall aus dem Haus lassen wird. Ich bin überrascht, dass sie überhaupt zum Wäschemachen in den Keller gegangen ist. *Wann?*, frage ich.

In zehn Minuten?

Okay.

Ich gehe nach oben und klopfe an Ezras Tür. Er reagiert nicht. Wahrscheinlich hat er Kopfhörer auf und hört auf voller Lautstärke Musik. Er flüchtet sich immer in seine Playlists, wenn er sich wegen irgendetwas Sorgen macht. Und tatsächlich sitzt er mit seinen Bose-Kopfhörern am Schreibtisch und starrt auf seinen Laptop, als ich die Tür aufmache und ins Zimmer trete. Er zuckt erschrocken zusammen, als ich ihm auf die Schulter tippe.

»Malcolm kommt vorbei«, sage ich, als er die Kopfhörer abnimmt.

»Echt? Warum?«

»Hat er nicht gesagt. Aber ich schätze … du weißt schon. Er möchte bestimmt über Brooke reden und vielleicht …« Ich denke an seine zweite Nachricht.

Ich könnte es aber auch verstehen, wenn du nicht mit mir reden möchtest.

»Vielleicht will er uns erzählen, was passiert ist, nachdem er uns hier abgesetzt hat.«

»Wir wissen, was passiert ist«, sagt Ezra. Wir haben von Nana gehört, was sie von Melanie gehört hat, was die wiederum vermutlich von Peter Nilsson gehört hat. Oder von einem der anderen Leute in Echo Ridge, die immer sofort Bescheid wissen, sobald irgendetwas passiert. »Malcolm hat Brooke abgesetzt und sie ist ins Haus gegangen.« Er runzelt die Stirn, als ich darauf nichts erwidere. »Was denn? Glaubst du das etwa nicht? Komm schon, Ellery. Er ist unser *Freund.*«

»Den wir gerade mal seit einem Monat kennen«, gebe ich zu bedenken. »Und bei meiner ersten Begegnung mit ihm an dem Abend auf der Benefizgala stand er vor dem Schild und hatte eine Spraydose in der Hand.« Ezra will etwas sagen, aber ich spreche weiter, bevor er mich unterbrechen kann. »Ich meine ja nur. Es ist nicht total abwegig, ihn infrage zu stellen.«

»*Stellst* du ihn infrage?«

Ich zögere. Ich will ihn nicht infrage stellen. Malcolm ist die Liebenswürdigkeit in Person, sogar dann, wenn er nicht gut drauf ist. Ganz zu schweigen davon, dass er die letzten fünf Jahre im Schatten seines Bruders verbracht hat. Im Schatten von *Declan Kelly – dem Mordverdächtigen.* Und selbst wenn er Brooke tatsächlich etwas hätte antun wollen, ist er kein Idiot. Er hätte dafür gesorgt, dass er im Gegensatz zu Declan damals ein wasserdichtes Alibi hat.

Es sei denn … es wäre eben gerade nicht vorsätzlich passiert.

Gott. Es ist wahnsinnig anstrengend, in alle möglichen Richtungen zu denken. Ezra kann sich glücklich schätzen, dass er nicht so viele True-Crime-Bücher gelesen hat wie ich. Ich kann das, was ich weiß, einfach nicht aus meinen Überlegungen ausschließen.

Mein Bruder sieht mich kopfschüttelnd an. Er wirkt enttäuscht, aber nicht wirklich überrascht. »Das ist genau das, was wir im Moment nicht brauchen, El. Wilde Theorien, die die Leute von dem ablenken, was tatsächlich los ist.«

»Und das wäre?«

Er reibt sich übers Gesicht. »Wenn ich das wüsste. Aber ich glaube nicht, dass unser Freund was damit zu tun hat, nur weil er zur falschen Zeit am falschen Ort war.«

Ich knete nervös meine Hände und klopfe mit der Fußspitze auf den Boden. Ich kann immer noch nicht stillhalten. »Ich warte draußen auf ihn. Kommst du mit?«

»Klar.« Ezra zieht sich die Kopfhörer vom Hals und legt sie auf seinen chaotischen Schreibtisch. Er hat sich mehr Mühe gegeben als ich, seinem Zimmer eine persönliche Note zu geben, und die Wände mit Fotos von unserer letzten Schule und Postern seiner Lieblingsbands beklebt. Es sieht aus wie das Zimmer von einem Jugendlichen, meins dagegen immer noch wie ein Gästezimmer. Ich weiß nicht, worauf ich warte. Vielleicht auf das Gefühl, wirklich hierherzugehören.

Wir setzen uns auf die Bank auf der Veranda und ein paar Minuten später biegt Malcolm im Wagen seiner Mutter in unsere Einfahrt. Er steigt aus und winkt uns zu, doch der Geste fehlt jede Kraft. Auf unserer Bank ist Platz für drei, aber Malcolm bleibt stehen, lehnt sich ans Geländer, schiebt die Hände in die Hosentaschen und sieht uns an.

Ich weiß nicht, wo ich hinschauen soll, und hefte den Blick auf einen unsichtbaren Punkt über seiner Schulter. »Hey«, sagt er leise.

»Wie geht's dir, Mal?«, fragt Ezra.

Ich sehe, wie er schluckt und wie sich die Anspannung in seinen Zügen für einen Augenblick löst. Mir wird klar, wie viel es ihm bedeutet, dass Ezra ihn genauso behandelt wie vorher.

»Ging schon mal besser«, sagt er. »Ich wollte euch nur sagen …« Er sieht dabei mich an, als wüsste er, dass Ezra keine Minute an ihm gezweifelt hat. »Ich wollte, dass ihr von mir erfahrt, was ich Officer McNulty erzählt habe. Dass ich Brooke nach Hause gefahren, und gesehen habe, wie sie reingegangen ist und die Tür hinter sich zugemacht hat. Danach bin ich zu mir gefahren und das ist alles, was ich bis heute Morgen wusste.«

»Du warst einfach zur falschen Zeit am falschen Ort«, wiederholt Ezra seine Worte von vorhin. »Das kann niemand gegen dich verwenden.«

»Na ja.« Malcolm lässt sich mit dem Rücken am Geländer etwas tiefer rutschen. »Das Problem ist … Katrin erzählt ziemlich seltsames Zeugs.« Er schluckt wieder. »Sie denkt, Brooke und ich hätten was miteinander gehabt.«

Ich erstarre und Ezra zieht neben mir scharf die Luft ein. »Was?«, fragt er. »Wie kommt sie denn darauf?«

Malcolm zuckt hilflos mit den Schultern. »Keine Ahnung. Letzte Woche hat sie mich gefragt, ob ich mit Brooke auf den Homecoming-Ball gehen könnte, weil sie doch gerade erst mit Kyle Schluss gemacht und ein Date gebraucht hat.« Er wirft mir einen kurzen Blick zu, was ich nur aus dem Augenwinkel mitbekomme, weil ich wieder den Punkt über seiner Schulter fixiere. »Ich bin nicht darauf eingegangen und Katrin hat auch nicht noch mal davon angefangen. Das war das einzige Mal, dass sie was über Brooke und mich gesagt hat. Sie meinte damals sogar noch, dass das ja nichts zu bedeuten hätte. Es wäre nichts weiter als ein Freundschaftsdienst.«

Ich beobachte einen Marienkäfer, der über eine der Holzbohlen der Veranda krabbelt und in einem Spalt verschwindet. »Ich dachte, du und Katrin ... ihr würdet gut miteinander klarkommen«, sage ich.

»Dachte ich auch«, gibt Malcolm düster zurück. »Ich hab wirklich nicht die leiseste Ahnung, wo sie das plötzlich herhat. Es macht mich echt krank, und ich bete, dass Brooke nichts Schlimmes passiert ist. Aber dass wir was hatten, stimmt einfach nicht. An der Sache ist nichts dran. Ich wollte, dass ihr das wisst.«

Endlich bringe ich es über mich, ihm in die Augen zu schauen. Er sieht traurig aus, ziemlich verzweifelt und, ja, warmherzig, freundlich und aufrichtig. Und in dem Moment, beschließ ich, ihm zu glauben. Hier geht es nicht darum, dass jemand *eine Gelegenheit und ein Motiv gehabt hat*, oder *unbeherrscht ist, wie alle Kelly-Jungs*, oder *einer von der stillen Sorte, denen man das nie zutrauen würde.* Ich beschließe, zu glauben, dass er der Mensch ist, als der er sich uns gezeigt hat.

Ich beschließe, ihm zu vertrauen.

»Wir glauben dir«, sage ich, und er stößt einen Seufzer der Erleichterung aus.

20

MALCOLM
Montag,
30. September

Als es in der Schule zur Mittagspause gongt, wird Brooke immer noch vermisst. Und ich bekomme am eigenen Leib zu spüren, was mein Bruder vor fünf Jahren durchgemacht hat.

Den ganzen Vormittag bin ich mehr oder weniger unverhohlen angestarrt worden. Alle tuscheln hinter meinem Rücken, bis auf die paar, die es mir direkt ins Gesicht sagen. Wie Kyle McNulty zum Beispiel. Er und seine Schwester Liz waren übers Wochenende Freunde besuchen, die an der University of Vermont studieren, *ihn* hat also niemand befragt, weil er zu dem Zeitpunkt von Brookes Verschwinden gar nicht in der Stadt war. Als ich heute Morgen in die Schule kam, hat er mich am Arm gepackt und mich gegen eine der Schließfachreihen geschleudert. »Wenn du Brooke auch nur ein Haar gekrümmt hast, mach ich dich fertig«, knurrte er.

»Fick dich, McNulty«, habe ich nur gesagt und ihn weggestoßen. Wahrscheinlich hätte er mir eine gelangt, wenn nicht genau in dem Moment ein Lehrer dazwischengegangen wäre.

Als Mia und ich jetzt auf dem Weg in die Cafeteria sind, kommen wir an einem der Plakate für den Homecoming-Ball vorbei. Auf der Morgenversammlung in der Aula hat unser Schulleiter Mr Slate verkündet, es sei zwar noch nicht endgültig darüber entschieden, ob man die Veranstaltung am Samstag komplett ausfallen lassen wird, die Zusammenkunft würde jedoch in jedem Fall keinen Partycharakter haben und einen Homecoming Court würde es diesmal gar nicht geben. Er beendete seine Ansprache mit einem Gebet und der Ermahnung, es sofort der Schulleitung zu melden, falls einem von uns etwas oder jemand verdächtig erscheinen sollte.

In den Augen der meisten Schüler bin ich dieser Jemand.

Wäre mir nicht so schlecht, könnte ich vielleicht über die finsteren Blicke lachen, die Mia nach allen Richtungen abfeuert, als wir durch die Schule gehen. »Na los, kommt doch her, wenn ihr euch traut«, murmelt sie, als zwei von Kyles Mannschaftskollegen, die bestimmt doppelt so schwer sind wie sie, mich abfällig mustern. »Ich lechze förmlich danach.«

In der Cafeteria angekommen, nehmen wir uns jeder ein Tablett. Ich lade mir Essen auf, von dem ich weiß, dass ich es nicht runterkriegen werde, dann bahnen wir uns einen Weg zu unserem Stammtisch. Ohne uns vorher abgesprochen zu haben, setzen wir uns beide mit dem Rücken zur Wand, sodass wir die Cafeteria überblicken können. Falls es jemand auf mich abgesehen hat, will ich ihn lieber kommen sehen.

Mia schaut hasserfüllt zu Katrins Tisch hinüber, wo Viv gerade heftig gestikuliert. »Ich wette, sie arbeitet schon an ihrer nächsten Story. Das ist doch genau die dramatische Wendung, auf die sie gewartet hat.«

Ich zwinge mich, wenigstens einen Schluck Wasser zu trinken. »Großer Gott, Mia. Brooke und sie sind Freundinnen.«

»Hör endlich auf, immer nur das Beste von den Leuten zu denken«, sagt Mia. »Das tut bei dir auch niemand. Wir sollten …« Sie verstummt, als der Lärmpegel in der Cafeteria ansteigt. Die Corcorans sind mit ihren Tabletts aus der Schlange an der Essensausgabe aufgetaucht. Ich hatte heute noch keine Gelegenheit, mit den Zwillingen zu sprechen. Jedes Mal, wenn ich sie irgendwo gesehen habe, waren sie von einem Pulk von Leuten umringt. Die ganze Schule weiß, dass sie, abgesehen von mir, die letzten Menschen gewesen sind, die Brooke vor ihrem Verschwinden gesehen haben, und alle wollen hören, wie sie die Ereignisse vom Samstagabend beurteilen. Ich brauche gar nicht in Hörweite zu sein, um zu wissen, was für Fragen ihnen gestellt werden: *Habt ihr auch schon gehört, dass Brooke und Malcolm was miteinander gehabt haben sollen? Ist euch irgendwas aufgefallen. Sind sie irgendwie anders miteinander umgegangen? Haben sie sich gestritten?*

Glaubt ihr, dass er ihr was angetan hat?

Gestern habe ich gespürt, dass Ezra genau wie Mia ist: Ihm ist überhaupt nicht in den Sinn gekommen, dass ich irgendetwas anderes getan haben könnte, als Brooke bei sich zu Hause abzusetzen. Ellery funktioniert anders. Sie ist von Natur aus misstrauischer. So viel habe ich mittlerweile verstanden, aber … es hat wehgetan. Und auch wenn sie am Ende beschlossen hat, mir zu glauben, bin ich mir nicht sicher, ob das so bleibt, wenn ihr die halbe Schule das Gegenteil einflüstert.

Mia schaut zu den beiden rüber, als würde sie genau dasselbe denken. Ezra entdeckt uns praktisch genau in dem Moment, in dem Katrins Hand in die Luft schießt. »Ellery!«, ruft sie. »Komm, setz dich zu uns!« Sie schließt Ezra nicht mit ein, und mich durchströmt ein erbärmliches Gefühl der Dankbarkeit, als er in unsere Richtung steuert. Auch wenn er das vielleicht nur macht, weil er an keinen anderen Tisch eingeladen wurde.

Ellery zögert, und ich habe das Gefühl, dass alle in der Cafeteria den Atem anhalten, während sie abwarten, wie sie sich entscheiden wird. Ihre langen Locken, die sie heute offen trägt, verdecken ihr halbes Gesicht, als sie zu Katrin schaut. Mein Herz hämmert gegen die Rippen, obwohl ich mir einzureden versuche, dass es keine Rolle spielt, was sie tut. Dass es nichts ändern wird. Brooke bleibt weiterhin verschwunden, und ich werde weiterhin von der halben Stadt gehasst, weil ich nun mal ein Kelly bin.

Ellery hebt die Hand, winkt Katrin zu, dann dreht sie sich um und folgt Ezra zu unserem Tisch. Als ich erleichtert ausatme, fühlt es sich an, als hätte ich den ganzen Tag die Luft angehalten. Das Stimmengewirr in der Cafeteria wird noch lauter. Ezra ist als Erster bei uns. Er zieht geräuschvoll zwei Stühle hervor und setzt sich auf einen. »Hey«, sagt er leise. Ellery stellt ihr Tablett auf den Platz neben ihm, schlüpft auf den zweiten Stuhl und sieht mich mit einem zaghaften Lächeln an.

Und so kommt es, dass wir auf einmal alle zu den Außenseitern gehören.

••••

Das kann man nicht machen, das ist nicht okay.

Von allem, was Brooke an dem Abend im Büro der Villa gesagt hat, sind das die Worte, die mich am meisten beschäftigen. Ellery geht es genauso. »Als ich am ersten Tag in der Mittagspause bei ihr und Katrin am Tisch saß, hat sie total mitgenommen gewirkt«, sagt sie. »Ich hatte definitiv das Gefühl, dass ihr irgendwas zu schaffen gemacht hat.«

Wir sind nach der Schule zu Mia gegangen und haben es uns bei ihr im Wohnzimmer gemütlich gemacht. Ich habe ständig ein Auge auf mein Handy, weil ich hoffe, dass es ein positives Update zu Brooke gibt, aber in den Posts auf den diversen Social-Media-Plattformen geht es ausschließlich darum, einen Suchtrupp zu organisieren. Die Polizei möchte verhindern, dass die Leute auf eigene Faust losziehen, weshalb sie Freiwillige rekrutieren, um einen geregelten Ablauf sicherzustellen.

Mr und Mrs Kwon sind nicht zu Hause, Daisy hat sich wie immer in ihrem Zimmer verbarrikadiert. Ich bin froh darüber. Eigentlich bin ich mir ziemlich sicher, dass Mias Eltern mich nicht anders behandeln würden als sonst, aber ich habe noch nicht die Kraft, es darauf ankommen zu lassen und herauszufinden, ob es tatsächlich so ist.

»Vielleicht hat sie deswegen mit Vance gesprochen«, überlegt Mia laut. Sie ist immer noch stinksauer, dass niemand unseren Hinweis ernst genommen hat. »Vielleicht hat sie ihn ja um Hilfe gebeten.«

Ezra wirkt nicht überzeugt. »Ich weiß nicht. Ich bin dem Typen zwar erst einmal begegnet, aber ich hatte nicht den Eindruck, dass er besonders hilfsbereit ist.«

»Er war damals zusammen mit meiner Mutter auf dem Homecoming-Ball«, erzählt Ellery. »Wahrscheinlich hat das nichts zu bedeuten, aber … ist doch irgendwie seltsam, dass er ständig auf der Bildfläche erscheint, findet ihr nicht?«

»Doch«, sage ich. »Aber er hat die ganze letzte Nacht in der Ausnüchterungszelle verbracht.«

»Behauptet Officer McNulty«, entgegnet Ellery.

Ich blinzle verwirrt. »Wieso? Denkst du, dass er das erfunden hat?« Wenigstens traut sie allen Leuten gleich wenig über den Weg.

Sie zuckt mit den Achseln. »Ich halte die Polizei von Echo Ridge nicht für sonderlich kompetent. Du etwa? Ich meine, sie sind förmlich mit der Nase darauf gestoßen worden, wer die nächsten potenziellen Opfer sein könnten. Und trotzdem ist Brooke verschwunden.«

Den letzten Satz sagt sie ganz leise und lässt sich etwas tiefer in den großen Lederarmsessel der Kwons sinken. Ich spüre einen Stich, weil sie plötzlich so verloren aussieht. Im nächsten Moment würde ich mir am liebsten selbst in den Hintern treten, weil ich so mit meinen eigenen Problemen beschäftigt gewesen bin, dass ich überhaupt nicht daran gedacht habe, dass sie ganz direkt von dem betroffen ist, was passiert ist. »Du hast Angst«, sage ich und denke: *Natürlich* hat sie Angst. Sie hat genauso auf der Liste gestanden.

Ezra beugt sich auf der Couch nach vorn. »Dir wird nichts passieren, El«, sagt er, als könnte er sie durch schiere Willenskraft beschützen. Mia, die neben ihm sitzt, nickt energisch.

»Ich weiß.« Ellery zieht die Knie an die Brust und legt ihr Kinn darauf. »Das würde ja auch nicht ins Muster passen, oder? Es ist immer nur ein einziges Mädchen. Im Moment gibt es keinen Grund, sich Sorgen um mich zu machen oder um Katrin. Nur um Brooke.«

Ich werde den Teufel tun und sie daran erinnern, dass wir nicht die leiseste Ahnung haben, welches Muster diesem Albtraum zugrunde liegt. »Es ist doch klar, dass wir uns Gedanken um euch alle machen. Aber es wird alles gut werden, Ellery. Dafür sorgen wir.« Okay, das war der mieseste Tröstungsversuch aller Zeiten, und er kommt ausgerechnet von dem Typen, der sich eingebildet hat, er hätte Brooke sicher nach Hause gebracht. Aber mehr habe ich leider nicht anzubieten.

Schritte kommen die Treppe hinunter und Daisy taucht auf. Sie trägt eine riesige Sonnenbrille, ein Sweatshirt in Übergröße und presst eine Kuriertasche an sich wie einen Schutzschild. »Ich bin mal kurz weg«, sagt sie auf dem Weg zur Haustür und nimmt eine Jacke von der Garderobe. Sie bewegt sich so schnell, dass es aussieht, als würde sie hinausgleiten.

»Ist okay«, sagt Mia und scrollt durch ihr Handy, als hätte sie kaum zugehört. Aber sobald die Tür hinter Daisy ins Schloss gefallen ist, hebt sie den Kopf. »Los, wir folgen ihr«, zischt sie und springt auf.

Ezra und Ellery ziehen gleichzeitig die Brauen hoch. »Wozu? Wir wissen doch schon vom letzten Mal, als wir ihr gefolgt sind, wo sie hinfährt«, sage ich und spüre, wie mir heiß wird, als die Zwillinge sich überrascht ansehen. Großartig. Es gibt nichts Schöneres, als sich vor seinen einzigen Freunden als Stalker zu outen.

»Aber wir wissen nicht, warum«, gibt Mia zurück. Sie späht zwischen den Jalousien hindurch aus dem Fenster neben der Tür. »Daisy macht anscheinend eine Therapie, hat aber niemandem gegenüber ein Wort darüber verloren«, fügt sie über die Schulter an die Zwillinge gerichtet hinzu. »Das ist alles total mysteriös und ich für meinen Teil habe die Nase gestrichen voll von der ganzen Geheimniskrämerei. Wir können zumindest versuchen, dieses Rätsel zu lösen, wenn wir uns beeilen. Okay. Sie ist gerade aus der Einfahrt gefahren. Los, kommt.«

»Mia, das ist doch lächerlich«, protestiere ich, aber zu meinem Erstaunen ist Ellery schon halb zur Tür raus, dicht gefolgt von Ezra. Die beiden scheinen es nicht im Mindesten bedenklich zu finden, dass Mia mit meiner Hilfe ihrer eigenen Schwester hinterherspioniert. Ein paar Sekunden später sitzen wir im Volvo meiner Mutter und nehmen denselben Weg, den Daisy letzten Donnerstag genommen hat. Es dauert nicht lang, bis wir zu ihr aufgeschlossen haben, wobei ich darauf achte, immer ein paar Wagen hinter ihr zu bleiben.

»Was hast du vor, Mia? Willst du versuchen, ihre Therapiesitzung zu belauschen?« Ezra klingt beunruhigt und gleichzeitig verwirrt. Mir geht es wie ihm. Und selbst wenn das keine massive Verletzung von Daisys Privatsphäre wäre, die wahrscheinlich sogar gegen das Gesetz verstößt, wüsste ich auch nicht, wie man das anstellen sollte.

»Ich weiß noch nicht, was ich vorhabe«, sagt Mia. Das ist typisch Mia: keinen Plan, aber mit Vollgas voraus. »Das ist jetzt schon das zweite Mal in einer Woche, dass sie hinfährt. Ganz schön oft, oder nicht?«

»Da bin ich überfragt«, sage ich und wechsle auf die linke Fahrspur, weil ich davon ausgehe, dass Daisy wie beim letzten Mal an der nächsten Kreuzung abbiegen wird, was sie dann allerdings nicht tut, weshalb ich abrupt wieder zurückscheren muss, um ihr weiter folgen zu können. Der Wagen hinter mir hupt, als ich über eine gelbe Ampel fahre.

»Gar nicht auffällig«, bemerkt Ezra trocken. »Läuft echt super.«

Mia runzelt die Stirn. »Wo will sie denn hin?«

»Ins Fitnessstudio?«, sage ich und komme mir langsam echt ziemlich bescheuert vor. »Shoppen?«

Aber Daisy fährt weder Richtung Zentrum noch zum Highway, von wo es zur nächstgelegenen Mall gehen würde. Sie hält sich an Nebenstraßen, bis wir an Bukowski's Taverne vorbei in den Nachbarort Solsbury kommen. Die Häuser hier sind weniger stattlich und stehen dichter beieinander als in Echo Ridge, und die Vorgärten sehen nicht aus, als würde hier regelmäßig gemäht werden. Nachdem wir einen Spirituosenladen passiert haben, setzt Daisy den Blinker und biegt vor einem Schild mit der Aufschrift *Pine Crest Estates* ab.

Hinter dem pompösen Namen verbirgt sich eine Apartmentanlage, in der die Art von billigen Schuhschachteln vermietet wird, die man in Echo Ridge nicht findet, von denen es in Solsbury aber jede Menge gibt. Bevor Mom mit Peter zusammengekommen ist, hat sie sich mit mir ein paar von diesen trostlosen Buden angeschaut, weil zu dem Zeitpunkt klar war, dass wir unser Haus nicht mehr lange würden halten können. Auch wenn es das kleinste und schäbigste Haus in ganz Echo Ridge gewesen ist.

»Will sie ausziehen?«, fragt sich Mia laut. Daisy lenkt den grauen Nissan über den Parkplatz und stellt ihn vor einem der Apartments ab, an dessen Tür ein kleines Schild mit der Nummer 9 angebracht ist. Neben ihr parkt ein blaues Auto, ich fahre in die Lücke daneben. Wir rutschen alle in unseren Sitzen tiefer, als Daisy aussteigt, dabei müsste sie bloß den Kopf drehen, um den Volvo meiner Mutter zu entdecken. Zum Glück geht sie, ohne sich umzuschauen, auf die Tür zu und klopft.

Einmal. Ein zweites Mal und dann noch ein drittes Mal.

Während sie wartet, nimmt sie ihre Sonnenbrille ab, steckt sie in ihre Tasche und klopft erneut. »Vielleicht sollten wir lieber abhauen, bevor sie es aufgibt. Ich glaube nicht, dass jema…« Bevor ich den Satz zu Ende sprechen kann, geht die Tür auf. Ein Typ schlingt die Arme um Daisy, wirbelt sie halb im Kreis herum und küsst sie so leidenschaftlich, dass Mia neben mir nach Luft schnappt.

»Oh mein Gott, Daisy hat einen Freund!« Sie öffnet ihren Gurt und beugt sich so weit nach links, dass sie praktisch auf meinem Schoß liegt. »Und zu Hause macht sie einen auf Leiden Christi! Damit hätte ich echt als Letztes gerechnet.« Wir recken alle die Köpfe, um besser sehen zu können, aber erst als Daisy sich aus der Umarmung löst, kann ich erkennen, mit wem sie da zusammen ist – und der Anblick, der sich mir bietet, ist einer, den ich schon seit Jahren nicht mehr gesehen habe.

Mein Bruder, der vor Glück so breit lächelt, dass es ihm fast das Gesicht zu zerreißen droht, bevor er Daisy nach drinnen zieht und die Tür hinter ihr schließt.

21

ELLERY
Montag,
30. September

»Tja.« Malcolm füttert den Kicker mit Plastikjetons. »Das war … interessant.«

Nachdem wir von Declan weggefahren sind, haben wir das erste Lokal angesteuert, an dem wir vorbeikamen und von dem wir uns sicher waren, dass er und Daisy dort nicht auftauchen würden. Zufälligerweise war es ein Chuck E. Cheese. Ich bin schon seit Jahren nicht mehr in einem der – wie sie es selbst nennen – *Family Fun Center* dieser Fastfood-Kette gewesen und hatte vergessen, was für ein Anschlag auf sämtliche Sinne einen dort erwartet: überall blinkende Lichter, blökende Spielautomaten, blecherne Musik und schreiende Kinder.

Der Typ an der Tür wusste erst nicht, ob er uns überhaupt reinlassen soll. »Hier kommt man eigentlich mit Kindern hin«, sagte er und schaute suchend an uns vorbei.

»Wir *sind* Kinder«, entgegnete Mia und streckte ihm ihr Handgelenk für einen Stempel hin.

Wie sich herausstellt, ist Chuck E. Cheese der perfekte Ort für eine konspirative Einsatznachbesprechung. Die Erwachsenen hier sind viel zu sehr damit beschäftigt, ihren Kindern hinterherzujagen oder sich vor ihnen zu verstecken, als dass irgendwer auf uns achten würde. Seit unserer kleinen Verfolgungsfahrt, die in der Apartmentanlage endete, bin ich seltsamerweise innerlich ganz ruhig. Die Angst, die bei Mia zu Hause noch in mir rumort hat, ist fast komplett weg. Es hat etwas Befriedigendes, ein weiteres Stück des Echo-Ridge-Puzzle gefunden zu haben, auch wenn ich noch nicht weiß, an welche Stelle es genau passt.

»Tja«, sagt auch Mia und positioniert sich auf der anderen Seite des Kickers. Ezra steht neben ihr und ich neben Malcolm. Als der Ball ausgespuckt wird und aufs Spielfeld kullert, dreht Mia hektisch an ihren Stangen, ohne ihn zu erwischen. »Dein Bruder und meine Schwester. Verrückt. Was meinst du, wie lange zwischen den beiden schon was läuft?«

Malcolm manövriert einen seiner Spieler geschickt vor den Ball, bevor er ihn blitzschnell abstößt und fast im gegnerischen Tor versenkt, wenn Ezra ihn nicht abblocken würde. »Das wüsste ich auch gern. Vielleicht seit sie beide wieder hier sind? Aber das erklärt noch nicht, was sie überhaupt hier machen. Sie könnten sich doch auch in New Hampshire treffen. Oder in Boston.« Er kickt den Ball an einen unserer Männer weiter, spielt ihn dann zu mir zurück und ich schieße ihn reaktionsschnell übers Spielfeld in Mias und Ezras unbewachtes Tor. Malcolm sieht mich mit einem verblüfften Lächeln an, das seine angespannten Züge lockert. »Nicht schlecht.«

Ich würde das Lächeln gern erwidern, aber ich kann nicht. Es gibt da etwas, das mir nicht mehr aus dem Kopf geht, seit wir in der Apartmentanlage gewesen sind, und ich grüble in einem fort darüber nach, wie ich es – oder ob ich es – zur Sprache bringen soll.

»Na ja, realistisch gesehen gibt es wahrscheinlich praktisch *keinen* Ort, an dem sie sich wirklich ungestört treffen können«, sagt Mia. »Ich meine, stellt euch vor, was passieren würde, wenn einer der Reporter, die sich in Echo Ridge rumtreiben, davon Wind bekommen würde. Lacey Kilduffs Freund und ihre beste Freundin sind fünf Jahre später ein Liebespaar? Während gleichzeitig irgendjemand ihren Tod verhöhnt, indem er in der ganzen Stadt üble Schmierereien hinterlässt und wüste Drohungen verbreitet. Und jetzt ist auch noch ein anderes Mädchen verschwunden?« Sie schaudert und schafft es dann, den Ball haarscharf mit einem ihrer Spieler einzulochen. »Die Leute würden sie *hassen*.«

»Und was wäre, wenn die beiden gar nicht erst fünf Jahre nach dem Mord zusammengekommen sind?«, platzt es aus mir heraus, und Malcolm erstarrt. Der Ball rollt unbehelligt über den Tisch und bleibt in einer Ecke liegen. »Ich meine«, schiebe ich fast entschuldigend hinterher, »vielleicht sind sie ja schon seit einer Weile zusammen.«

Mia schüttelt den Kopf. »Daisy hatte in der Zwischenzeit andere Beziehungen. Sie hätte sich sogar fast mit einem Typen verlobt, mit dem sie in Princeton zusammen war.«

»Okay, dann eben nicht während der fünf Jahre«, sage ich. »Aber vielleicht … irgendwann im Laufe ihrer Highschoolzeit?«

Malcolms Züge sind wieder angespannt. Er wendet sich mir zu und heftet seine grünen Augen auf mich. Wenn ich ehrlich sein soll, macht es mich nervös, dass er mir so nahe ist. »Und wann soll das gewesen sein?«

Zu der Zeit, als Declan mit Lacey zusammen gewesen ist. Eine klassische Dreiecksbeziehung mit tödlichem Ende. Ich muss mir auf die Wangen beißen, um es nicht laut auszusprechen. Was, wenn Declan und Daisy sich damals ineinander verliebt haben und zusammen sein wollten, aber Lacey sich geweigert hat, ihn freizugeben? Vielleicht hat sie ja auch damit gedroht, Daisy aus Rache etwas anzutun? Was, wenn ihn das so wütend gemacht hat, dass er eines Abends die Beherrschung verlor und sie erwürgte, worauf Daisy natürlich mit ihm Schluss gemacht und versucht hat, ihn zu vergessen, was ihr aber nicht gelungen ist? Ich würde meine Theorie liebend gern weiterspinnen, aber ein Blick in Malcolms versteinertes Gesicht sagt mir, dass ich das besser bleiben lassen sollte. »Keine Ahnung«, weiche ich aus. »Das sind bloß so Gedankenexperimente.«

Ich halte mich an das, was ich vor ein paar Tagen in der Bibliothek zu Ezra gesagt habe: Man kann die Leute nicht einfach unvorbereitet mit der Theorie überfallen, dass ihre Geschwister womöglich Mörder sind.

Mia bekommt von der unterschwelligen Spannung zwischen mir und Malcolm nichts mit. Sie ist zu sehr damit beschäftigt, hektisch ihre Stangen mit den blauen Spielern vor- und zurückzureißen, ohne jemals den Ball zu erwischen. »Das wäre alles kein Problem, wenn Daisy einfach mit mir *reden* würde. Oder mit irgendwem aus unserer Familie.«

»Vielleicht musst du die Fiese-kleine-Schwester-Nummer abziehen und sie erpressen«, schlägt Ezra vor.

»Und womit?«

Er zuckt mit den Achseln. »Sie sagt dir, was los ist, oder du erzählst euren Eltern, was du gesehen hast.«

Mia starrt ihn mit großen Augen an. »Das ist ganz schön abgezockt.«

»Aber sicher auch ganz schön effektiv, wetten?«, sagt Ezra

und wirft Malcolm einen Blick zu. »Ich würde dir ja dasselbe vorschlagen, aber nachdem ich deinen Bruder gerade gesehen habe …«

Malcolm zieht eine Grimasse. »Declan würde mich umbringen! Also natürlich nicht wortwörtlich«, fügt er hastig mit einem Blick in meine Richtung hinzu. »Davon abgesehen weiß er, dass ich das nie machen würde. Unserem Vater wäre es egal, aber unsere Mom würde durchdrehen. Besonders jetzt.«

Mias Augen leuchten, während sie einen ihrer Spieler für einen Schuss in Position bringt. »Darüber muss ich mir keine Sorgen machen.«

Wir spielen ein paar Minuten weiter, ohne dass einer von uns etwas sagt. Meine unausgesprochene Declan-Daisy-Theorie beschäftigt mich weiter und ich stelle sie in Gedanken auf den Prüfstand. Sie ist nicht ganz schlüssig, passt aber genau in das Schema, das Fällen, bei denen ein Mädchen verschwindet oder ihr etwas angetan wird, oft zugrunde liegt: *Es war immer der Freund.* Oder zumindest jemand, der es gern gewesen wäre. Wenn man siebzehn ist und wunderschön und ermordet an einem Ort aufgefunden wird, der als heimlicher Treffpunkt für Liebespaare bekannt ist – ich meine, hallo? Was sollte das denn anderes sein als ein Verbrechen aus Leidenschaft?

Womit wir wieder bei Declan wären. Die einzige andere Person, die in meinen Augen zumindest ansatzweise verdächtig ist, ist der Junge, den Lacey nie beachtet hat. Officer Ryan Rodriguez. Ich muss die ganze Zeit an das Foto aus dem Jahrbuch denken und an Sadies Beschreibung von seinem Zusammenbruch auf Laceys Beerdigung. Andererseits *passt* er nicht so gut ins Schema wie Declan, vor allem nachdem wir jetzt über die Beziehung zwischen ihm und Daisy Bescheid wissen.

Dass das zwischen den beiden erst seit Kurzem läuft, glaube ich keine Sekunde. Die Frage ist nur, ob Malcolm bereit ist, das zuzugeben.

Ich werfe ihm einen verstohlenen Blick zu, während er die Griffe rotieren lässt und ganz auf das Spiel konzentriert ist. Seine Brauen sind zusammengezogen, die grünen Augen leicht verengt, bevor die Muskeln seiner sehnigen Arme sich anspannen und er mit einem wohlgezielten Schuss den Ball abfeuert. Er hat nicht die leiseste Ahnung, wie gut er aussieht, und genau das ist der Knackpunkt. Malcolm ist so daran gewöhnt, im Schatten seines Bruders zu stehen, dass er gar nicht auf die Idee kommen würde, er könnte zu den Typen gehören, für die sich ein Mädchen wie Brooke interessieren würde. Dabei ist es für alle anderen total offensichtlich.

Plötzlich schaut er auf und begegnet meinem Blick. *Ertappt.* Ich spüre, wie ich rot werde, als um seine Mundwinkel ein kleines Lächeln spielt. Dann schaut er weg, zieht sein Handy aus der Hosentasche und wirft einen Blick darauf. Sofort tritt ein anderer Ausdruck auf sein Gesicht. Mia bemerkt es ebenfalls und hört auf, wie ein Derwisch an ihren Griffen herumzudrehen. »Irgendwelche Neuigkeiten?«, fragt sie.

»Eine Nachricht von meiner Mom. Nichts Neues von Brooke«, sagt Malcolm. Ich atme auf, weil der Ausdruck auf seinem Gesicht mich das Schlimmste befürchten ließ. »Morgen wird eine Suchmannschaft losgeschickt. Tagsüber. Das heißt, dass Schüler nicht mitmachen können. Und im *Boston Globe* ist ein Artikel erschienen, den sie mir weitergeleitet hat.« Er seufzt schwer. »Meine Mutter ist mit den Nerven völlig am Ende. Jedes Mal, wenn in den Nachrichten von Lacey die Rede ist, geht die Angst von vorne los.«

»Kann ich den Artikel mal sehen?«, frage ich und schaue über seine Schulter. Er reicht mir das Handy, und ich lese den Abschnitt, der auf dem Display zu sehen ist:

> Die kleine Stadt wurde Anfang September bereits von einer Reihe anonymer Drohungen erschüttert. Gebäude und Schilder wurden mit Nachrichten beschmiert, die offenbar den Anschein erwecken sollten, von Lacey Kilduffs Mörder zu stammen. Es wurde mit einem weiteren Angriff auf eines der Mädchen gedroht, die in den Homecoming Court gewählt wurden – unter ihnen auch Brooke Bennett. Aber wer die Ereignisse aufmerksam verfolgt hat, sieht keinen echten Zusammenhang.
>
> »Selbst wenn jemand so verrückt wäre, mit einem Mord zu prahlen, den er vor fünf Jahren begangen hat, ist der Modus Operandi – also die Vorgehensweise – in diesem Fall ein völlig anderer«, so Vivian Cantrell, Schülerin der Abschlussklasse der Echo Ridge High, die für ihre Schülerzeitung einen Artikel über die Ereignisse verfasst hat. »Mord durch Erwürgen ist ein brutales Verbrechen aus Leidenschaft, so etwas geschieht im Affekt, aber diese Drohungen sind ganz gezielt in der Öffentlichkeit platziert worden, und das erfordert Planung. Ich glaube deshalb nicht, dass sie irgendetwas mit dem Mord an Lacey oder mit Brookes Verschwinden zu tun haben.«

Ich bin fassungslos. Das ist fast exakt derselbe Wortlaut, mit dem ich vor zwei Wochen beim Mittagessen meine Ansicht zu der Angelegenheit erklärt habe. Viv hat ihren ursprünglichen Standpunkt aufgegeben, meine Spekulationen übernommen und benutzt sie eins zu eins, um sich in der Presse zu profilieren. Dabei hat sie vorher noch lautstark herumposaunt, dass sie sich sicher ist, dass derjenige, der die anonymen Drohungen verbreitet, etwas mit dem Mord an Lacey zu tun haben *muss.*

Wie kommt es, dass sie ihre Meinung plötzlich geändert hat?

22

ELLERY
Mittwoch,
2. Oktober

Es ist das erste Oktoberwochenende und die Tage werden allmählich kürzer. Aber selbst, wenn es nicht so wäre, würde Nana darauf bestehen, Ezra und mich nach dem Abendessen zu unserer Schicht auf der Fright Farm zu fahren.

Ich mache mir nicht die Mühe, sie daran zu erinnern, dass es nur zehn Minuten zu Fuß sind, als sie den Wagenschlüssel vom Haken neben ihrem Wandtelefon nimmt. Brooke wird mittlerweile seit vier Tagen vermisst. Jeden Tag ziehen Suchmannschaften los und abends werden Kerzenmahnwachen abgehalten. Nachdem zwei Tage lang hitzig diskutiert wurde, hat die Schulleitung entschieden, dass der Homecoming-Ball am Samstag nach wie vor stattfinden wird – aber ohne einen Court. So gesehen bin ich jetzt keine Prinzessin mehr. Was okay ist, glaube ich, weil ich immer noch kein Date habe.

Es sind immer die gleichen Theorien, die die Runde machen: Sie ist von zu Hause abgehauen, sie ist dem Murderland-Killer zum Opfer gefallen, einer der Kelly-Brüder hat ihr etwas angetan. Wenn ich die Stimmung in Echo Ridge beschreiben müsste, würde ich das Bild einer bedrohlich vor sich hin köchelnden, dicke Blasen werfenden giftigen Masse benutzen, die kurz davor ist, überzukochen.

Nana spricht während der Fahrt kaum. Sie hält das Lenkrad fest umklammert und fährt fünfzehn Meilen unterhalb der Geschwindigkeitsbeschränkung, bis wir uns dem Eingang des Parks nähern. »Eure Schicht in der Villa des Grauens geht bis elf, richtig?«

»Genau.«

»Ich warte um fünf nach elf wieder hier auf euch.«

Das ist zwei Stunden nach ihrer üblichen Schlafengehzeit, aber wir widersprechen nicht. Ich habe ihr gesagt, dass Malcolm uns auch abholen könnte, aber sie wollte das selbst übernehmen. Ich glaube nicht, dass sie ihn verdächtigt, etwas mit Brookes Verschwinden zu tun zu haben – sie hat uns auch nicht verboten, uns weiter mit ihm zu treffen –, aber sie will kein Risiko eingehen, wofür ich ihr keinen Vorwurf machen kann. Ich bin eher überrascht, dass sie uns überhaupt noch hier arbeiten lässt.

Nachdem Ezra und ich ausgestiegen sind, schauen wir ihr hinterher. Die Rücklichter ihres Wagens entfernen sich so langsam, dass sie von einem Fahrrad überholt wird. Wir sind fast schon beim Eingang, als mein Handy klingelt und die mittlerweile vertraute kalifornische Nummer auf dem Display erscheint.

Ich halte es Ezra hin. »Sadie hat anscheinend mitgekriegt, was passiert ist.«

Das war nur eine Frage der Zeit. Mittlerweile wird in sämtlichen Medien über Brookes Verschwinden berichtet, und Nana musste die ganze Woche über Reporter am Telefon abwimmeln, die nach einer Story lechzen, der sie den reißerischeren Titel »Eine Stadt – drei vermisste Mädchen« verpassen können. Sie hat einfach immer sofort aufgelegt, sobald klar war, was sie wollten. In der Hamilton

House Privatklinik haben die Patienten angeblich keinen Internetzugang, aber Sadie hat ihr geliehenes Handy ja schon einmal dazu benutzt, um einen Blick auf Ezras Instagram-Account zu werfen, bevor sie uns per FaceTime angerufen hat, also setzt sie sich offensichtlich auch über diese Regel hinweg.

Ich wische nach rechts, um den Anruf anzunehmen, und halte mir das Handy ans Ohr. »Hi, Sadie.«

»Ellery! Gott sei Dank. Ich dachte schon, du gehst nicht dran«, dringt ihre aufgeregte Stimme knisternd aus der Leitung. »Ich habe gerade gelesen, was bei euch los ist. Geht es dir und Ezra gut?«

»Bei uns ist alles in Ordnung. Wir machen uns nur Sorgen um Brooke.«

»Oh mein Gott, natürlich macht ihr euch Sorgen. Das arme Mädchen. Ihre arme Familie.« Sie hält kurz inne und ich höre ihren aufgeregten Atem am Ohr. »In dem Artikel stand … dass es Drohungen gegeben hat? Gegen drei Mädchen, und dass eine von ihnen … dass sie einen engen Bezug zu … Bist damit du gemeint, Ellery?«

»Ja«, sage ich. Ezra macht mir ein Zeichen, dass sie uns noch mal auf FaceTime anrufen soll, aber ich winke ab. Es ist zu laut hier.

»Warum hast du mir denn nichts davon *erzählt*?«

Mir entwischt ein bitteres Lachen. »Warum hätte ich das tun sollen?«

Am anderen Ende der Leitung wird es so still, dass ich schon glaube, sie hätte aufgelegt. Ich will gerade das Handy vom Ohr nehmen, um nachzuschauen, als Sadie sagt: »Weil ich deine Mutter bin und das Recht habe, darüber Bescheid zu wissen.«

Genau das hätte sie jetzt nicht sagen sollen. In mir steigt eine solche Wut auf, dass ich das Handy fester packe, weil ich sonst meinem Impuls nachgeben würde, es zu Boden zu schleudern. »Ach ja? Du hast das *Recht, darüber Bescheid zu wissen*? Sagt ausgerechnet die Person, die nie über die wirklich wichtigen Dinge mit uns geredet hat.«

»Wovon sprichst du?«

»Von unserem Vater? Über den wir dir keine Fragen stellen dürfen! Von unserer Großmutter? Die wir kaum gekannt haben, bis wir deinetwegen zu ihr ziehen mussten! Von unserer Tante? Deiner Zwillingsschwester, mit der du ein genauso enges Verhältnis hattest wie Ezra und ich und über die du trotzdem nie auch nur ein einziges Wort verlierst. Und jetzt sitzen wir hier in diesem Kaff fest und können nur zuschauen, wie sich dieselbe schreckliche Geschichte *von Neuem* abspielt und alle von dem Mädchen sprechen, das damals als Erste verschwunden ist. Nur wir können nicht mitreden. Wir wissen nämlich absolut nichts über Sarah, weil du ja noch nicht einmal ihren Namen in den Mund nimmst!«

Ich atme schwer, und mein Herz hämmert, während wir uns einen Weg durch die Menschenmenge im Park bahnen. Ich weiß nicht, ob ich erleichtert oder entsetzt darüber bin, dass ich Sadie endlich all diese Dinge sage. Ich weiß nur, dass ich jetzt nicht mehr damit aufhören kann.

»Mit dir stimmt was nicht, Sadie. Das ist dir doch klar, oder? Du bist nicht wegen irgendeines zufälligen Unfalls in einer Entzugsklinik, der grade noch mal glimpflich ausgegangen ist und über den du nach deiner Entlassung auf Partys witzige Geschichten zum Besten geben kannst. Du hast diese Tabletten nicht genommen, um zu *entspannen*.

Ich habe jahrelang darauf gewartet, dass so was passiert, und ich dachte so oft … Ich hatte solche Angst …« Tränen laufen mir übers Gesicht und meine Sicht verschwimmt. »Ich habe mein halbes Leben mit diesem Anruf gerechnet, Sadie. Dem Anruf, den Nana bekommen hat und Jahre später Melanie. Der Anruf, in dem uns mitgeteilt wird, dass du nie wieder nach Hause kommen wirst.«

Während meines Redeschwalls hat sie geschwiegen, aber bevor ich diesmal nachschauen kann, ob sie vielleicht tatsächlich einfach aufgelegt hat, höre ich ein ersticktes Schluchzen. »Ich … kann nicht«, sagt Sadie. Ihre Stimme klingt so verzweifelt und abgehackt, dass ich sie nicht erkennen würde, wenn ich nicht wüsste, dass es die Stimme meiner Mutter ist. »Ich kann nicht über sie sprechen. Es *bringt mich um.*«

Mittlerweile sind wir in der Nähe der Buden, und ich presse mir einen Finger ans Ohr, um den Lärm des Parks zu dämpfen. Ezra steht ein paar Schritte von mir entfernt, die Arme vor der Brust verschränkt, einen ernsten Ausdruck im Gesicht. »Es bringt dich um, es nicht zu tun«, sage ich. Sie antwortet nicht und ich schließe kurz die Augen. Ich kann meinen Bruder jetzt nicht anschauen. »Ich *verstehe* dich, Sadie, okay? Ich kann mir vorstellen, wie du dich fühlst. Ezra genauso. Was mit Sarah passiert ist, das ist … unvorstellbar. Es ist das Allerschlimmste, was überhaupt passieren kann und es ist nicht fair und es tut mir so unendlich leid. Für dich, für Nana, für Sarah.« Das Schluchzen meiner Mutter am anderen Ende der Leitung trifft mich wie Messerstiche mitten ins Herz. »Und es tut mir leid, dass ich dich angeschrien habe. Das wollte ich nicht. Es ist nur … Ich habe das Gefühl, dass wir nie von der

Stelle kommen werden, wenn wir nicht irgendwann anfangen darüber zu reden.«

Ich öffne die Augen wieder und warte auf ihre Reaktion. Mittlerweile ist es fast dunkel und die Lichter des Parks heben sich funkelnd vor einem satten blauschwarzen Himmel ab. Die Luft ist von Kreischen und Lachen erfüllt, während eine Gruppe von Kindern sich unter den wachsamen Blicken ihrer Eltern gegenseitig jagen. Der Erfolg der Fright Farm beruht in erster Linie darauf, dass die Menschen es lieben, sich zu gruseln – und hier wissen sie, dass ihnen nichts passieren wird. Einem Ungeheuer zu begegnen und ihm unbeschadet zu entkommen, hat etwas zutiefst Befriedigendes.

Mit den echten Ungeheuern ist das etwas komplett anderes. Die lassen einen nicht entkommen.

»Weißt du, was ich an dem Abend gemacht habe, an dem Sarah verschwunden ist?«, fragt Sadie mit erstickter Stimme.

»Nein«, flüstere ich kaum hörbar.

»Ich hatte mit dem Jungen, mit dem ich auf dem Homecoming-Ball war, Sex. Mein erstes Mal.« Sie stößt einen hysterischen Laut aus, der halb Lachen, halb Schluchzen ist. »Ich hätte bei Sarah sein sollen. Aber ich habe sie versetzt. *Dafür.*«

»Oh, Sadie.« Erst als meine Hand Gras berührt, merke ich, dass ich mich auf den Boden gesetzt habe. »Es war nicht deine Schuld.«

»Natürlich war es meine Schuld! Wenn ich bei ihr gewesen wäre, wäre sie noch da!«

»Das kannst du nicht wissen. Du kannst nicht ... Sadie, du hast einfach dein Leben gelebt. Wie ein ganz *normales* junges Mädchen. Du hast nichts falsch gemacht. Du bist für nichts von alldem verantwortlich.«

»Würdest du das auch so sehen, Ellery? Wenn Ezra etwas zustoßen würde und du eigentlich bei ihm hättest sein sollen?« Ich antworte nicht sofort und ihr Weinen wird heftiger. »Ich kann meiner Mutter nicht in die Augen schauen. Ich konnte meinem Vater nicht in die Augen schauen. Ich habe fast ein Jahr lang nicht mit ihm gesprochen und dann ist er gestorben. Auf der Beerdigung habe ich mich volllaufen lassen. Du und dein Bruder, ihr seid das einzig Gute, was ich zustande gekriegt habe, seit Sarah verschwunden ist. Und sogar das habe ich kaputtgemacht.«

»Du hast gar nichts kaputtgemacht«, sage ich automatisch, aber sobald die Worte draußen sind, wird mir klar, dass sie wahr sind. Ezra und ich hatten vielleicht nicht die behütetste Kindheit, aber wir wussten immer mit absoluter Sicherheit, dass unsere Mutter uns über alles liebt. Wenn es um uns ging, hat sie nie Zugeständnisse gemacht, nicht wegen eines Jobs – egal wie verlockend – und auch nicht wegen eines Mannes. Aus ihrem chaotischen Erziehungsstil wurde erst in dem Moment Vernachlässigung, in dem sie anfing, sich mit Tabletten zu betäuben, und süchtig wurde. Sadie hat Fehler gemacht, aber sie hat uns nie das Gefühl gegeben, wir wären nicht das Allerwichtigste in ihrem Leben. »Uns geht es gut und wir lieben dich. Bitte tu dir das nicht an, Sadie. Gib dir nicht die Schuld für etwas, das so schrecklich ist, dass du es niemals hättest kommen sehen können.« Ich rede hektisch und stolpere über meine eigenen Worte und Sadie lacht tränenerstickt auf.

»Ihr wollt reden? Okay, aber seid vorsichtig mit dem, was ihr euch wünscht. Es könnte in Erfüllung gehen.«

Es gibt so viel, was ich jetzt gern sagen würde, aber ich schaffe es nur, ein »Ich bin froh, dass wir reden« herauszubringen.

»Ich auch.« Sie holt zitternd Luft. »Es gibt noch mehr, worüber ich mit euch sprechen sollte. Nichts, was mit Sarah zu tun hat, sondern ... Oh verdammt. Ich muss auflegen, Ellery, tut mir leid. Ich melde mich wieder, sobald ich kann.« Dann ist sie weg. Ich lasse das Handy sinken und stehe auf. Ezra tritt auf mich zu, und ich sehe ihm an, dass er es kaum ausgehalten hat, die ganze Zeit still danebenzustehen.

»Was ist los? Was war das eben? Ich hab ein bisschen was aufgeschnappt, aber ...«

In diesem Moment nehme ich hinter ihm eine Bewegung wahr und lege ihm eine Hand auf den Arm. »Gleich. Es gibt eine Menge zu erzählen, aber ... Zuerst muss ich schnell noch mit jemand anderem reden.« Ich wische mir über die Augen und werfe einen Blick auf die Uhr im Handy. Wir schaffen es niemals mehr rechtzeitig zu unserer Schicht, aber das ist jetzt auch egal.

An der Schießbude, an der Brooke gearbeitet hat, steht jetzt eine ältere Frau, die gähnend Geld wechselt und Hebel betätigt. Vance Puckett hat sich breitbeinig mit angelegtem Luftgewehr davor positioniert und trifft systematisch ein Ziel nach dem anderen. Malcolm hat uns heute während des Mittagessens erzählt, dass die Polizei ihn zu seinem Gespräch mit Brooke befragt hat. Angeblich hätte sie ihn lediglich nach der Uhrzeit gefragt. Malcolm war enttäuscht, dass nicht mehr dabei herausgekommen ist, aber Mia hat die Hände in die Luft geworfen und gesagt: »Was hast du denn gedacht, worum es ging? Wie hätte er ihr denn bei irgendwas helfen sollen? Da wäre nichts für ihn rausgesprungen und dieser Typ schert sich nun mal einen Dreck um die Leute in dieser Stadt.«

Vielleicht hat sie recht. Aber vielleicht ist er auch einfach ein gebrochener Mensch – aus welchen Gründen auch immer.

Vance kramt in seinen Hosentaschen nach Kleingeld für eine weitere Runde. Ich schiebe mich an zwei ungefähr zwölfjährigen Jungs vorbei und knalle zwei Dollar auf die Theke. »Diesmal geht die Runde auf mich.«

Er dreht mir den Kopf zu, sieht mich mit zusammengekniffenen Augen an und tippt sich mit dem Zeigefinger ans Kinn. Es dauert einen Moment, bis er mich wiedererkennt. »Sieh an! Die Schützenkönigin. Wetten, dass du beim letzten Mal bloß Glück gehabt hast?«

»Möglich«, sage ich. »Ich habe sechs Dollar. Wer zuerst zwei Runden von drei gewonnen hat?« Er nickt und ich zeige auf sein Gewehr. »Der Champion fängt an.«

Vance hat einen zittrigen Start und trifft nur acht von zwölf Zielen. Es kostet mich enorme Überwindung, fünf Mal danebenzuschießen, als ich an der Reihe bin, aber die ganze Aktion wäre umsonst, wenn er wieder einfach beleidigt abziehen würde, sobald wir fertig sind.

»Bist heute wohl nicht so gut in Form.« Vance grinst, als ich das Gewehr sinken lasse. Ezra, der das Ganze mit in die Hüften gestemmten Händen verfolgt, ist anzusehen, wie er sich zusammenreißt, nichts zu sagen.

»Ich werde gerade erst warm«, lüge ich.

In den nächsten Runden achte ich darauf, immer nur ganz knapp zu verlieren. Am Ende ist Vance in Hochstimmung, brüstet sich glucksend mit seiner Treffsicherheit und lässt sich sogar dazu hinreißen, mir nach meinem letzten verpatzten Schuss auf den Rücken zu klopfen. »Gar nicht so übel, Kleine. Eine Runde hättest du fast gewonnen.«

»Schätze, ich hatte beim letzten Mal wirklich nur Glück«, sage ich mit theatralischem Seufzen. Ich habe nicht Sadies schauspielerisches Talent, wie Ezras Grimasse mir deutlich zu verstehen gibt, als wir etwas zur Seite treten, damit die Leute, die hinter uns warten, zum Zug kommen können. »Meine Mutter hat auch zu mir gesagt, dass ich es wahrscheinlich nicht noch mal schaffe.«

Vance rückt seine Baseballmütze über seinen fettigen Haaren zurecht. »Deine Mutter?«

»Sadie Corcoran«, sage ich. »Sie sind Vance, oder? Sie hat mir erzählt, dass sie damals mit Ihnen auf dem Homecoming-Ball gewesen ist, und meinte, ich soll mich doch bei Gelegenheit mal vorstellen. Ich bin Ellery.«

Es ist ein merkwürdiges Gefühl, ihm nach dem, was Sadie mir vorhin erzählt hat, die Hand hinzustrecken. Aber er schüttelt sie und wirkt ehrlich verblüfft.

»Hat sie gesagt, ja? Hätte nicht gedacht, dass sie sich überhaupt noch an mich erinnert.«

Sie redet die ganze Zeit von Ihnen, bin ich beinahe versucht zu sagen, beschließe dann aber, lieber glaubwürdig zu bleiben. »Doch, das tut sie. Es fällt ihr schwer, über Echo Ridge zu sprechen, weil hier das mit ihrer Schwester passiert ist, aber … über Sie hat sie nie ein schlechtes Wort verloren.«

Das ist wohl nah genug an der Wahrheit. Und ich habe das Gefühl, ihm gegenüber großzügig sein zu können – schließlich hat er sowohl für Sarahs Verschwinden als auch für das von Brooke ein Alibi und scheidet damit als

Verdächtiger komplett aus. Absurd. Ausgerechnet Vance Puckett ist plötzlich der vertrauenswürdigste Mann in der ganzen Stadt.

Er spuckt auf den Boden und verfehlt nur knapp meine Sneakers. Irgendwie gelingt es mir, nicht zurückzuweichen. »Verdammte Schande, was da passiert ist.«

»Ich weiß. Sie ist nie darüber hinweggekommen. Und jetzt wird meine Freundin vermisst …« Ich deute zu der Frau hinter dem Schießstand. »Sie kannten Brooke, oder? Ich meine, weil Sie so oft hier sind.«

»Nettes Mädchen«, sagt er schroff und fängt an, von einem Bein aufs andere zu treten, als hätte er es plötzlich eilig zu gehen. Ezra sieht mich mit hochgezogenen Brauen an und tippt auf seine Uhr. *Komm zum Punkt.*

Ich seufze. »Das Schlimme ist, dass ich weiß, dass ihr irgendwas zugesetzt hat, bevor sie verschwunden ist. Sie wollte sich am Sonntag mit mir treffen und mir erzählen, was los ist, aber dazu ist es nie gekommen. Und das macht mich echt fertig.« Mir treten Tränen in die Augen, die nach dem Gespräch mit Sadie sowieso kurz davor waren, zu fließen. Sie laufen meine Wangen hinunter. Ich spiele eine Rolle, aber Sadie sagt immer, dass man genau dann am besten ist, wenn man eine emotionale Verbindung zu einer Szene knüpfen kann. Und meine Angst um Brooke ist echt. »Ich … ich wünschte, ich hätte gewusst, wie ich ihr helfen kann.«

Vance reibt sich das Kinn. Wippt auf den Fersen auf und ab und wirft verstohlen einen Blick hinter sich. »Ich will in nichts verwickelt werden«, murmelt er. »Und ich will weder die Leute in dieser Stadt noch die Cops an den Hacken haben. Die erst recht nicht.«

»Geht mir genauso«, sage ich schnell. »Wir sind im Ort die totalen Außenseiter. Brooke war … *ist* … meine einzige Freundin hier.« Ich fische ein Taschentusch aus meiner Jackentasche und schnäuze mir geräuschvoll die Nase.

»Letzte Woche hat sie mich was Komisches gefragt.« Vance spricht leise und gehetzt und mir springt das Herz in die Kehle. »Wollte wissen, wie man ein Schloss knackt.« Ein verschlagener Ausdruck huscht über sein Gesicht. »Keine Ahnung, warum sie gedacht hat, dass *ich* so was wissen würde. Ich hab ihr gesagt, sie soll es googeln oder sich auf YouTube ein Video anschauen oder so. Oder einfach zwei Büroklammern benutzen.«

»Büroklammern?«, sage ich.

Vance schlägt nach einer Fliege. »Je nach Schloss kann es damit funktionieren. Hab ich mal gehört. Jedenfalls …« Er schaut mich an und ich sehe so etwas wie Freundlichkeit in seinen blutunterlaufenen Augen aufglimmen. »Mehr kann ich dir dazu leider auch nicht sagen. Aber jetzt weißt du wenigstens, was sie vorhatte.«

»Vielen Dank«, sage ich und spüre einen Stich der Scham, weil ich ihn ausgetrickst und benutzt habe. »Sie haben keine Ahnung, wie sehr mir das weiterhilft.«

»Schon gut. Grüß deine Mutter von mir.« Er tippt sich an seine Baseballkappe und schlurft an Ezra vorbei, der einmal langsam in die Hände klatscht, als Vance außer Hörweite ist.

»Gute Vorstellung, El. Auch wenn dieser Typ ab jetzt immer mit seinem Sieg über dich angeben wird.«

»Ich weiß«, seufze ich und krame nach einem weiteren Taschentuch. Während ich zusehe, wie Vance in der Menge verschwindet, läuft ein aufgeregtes Kribbeln meinen

Rücken hinunter. »Hast du mitbekommen, was er gesagt hat, Ezra? Er hat Brooke den Tipp gegeben, ein Schloss mit Büroklammern zu knacken.«

»Und?«

»Sie hat im Büro in der Villa des Grauens eine in der Hand gehabt, weißt du nicht mehr? Eine aufgebogene Büroklammer. Ich habe sie ihr aus der Hand genommen und sie sagte so was wie *Das ist viel schwieriger, als er gesagt hat.*« Meine Stimme ist vor Aufregung eine Oktave höher als normal, und ich zwinge mich, tief durchzuatmen und sie wieder zu senken. »Sie hatte gerade versucht, ein Schloss zu knacken, und wir haben sie dabei gestört.«

»Vielleicht eine der Schreibtischschubladen?«, sagt Ezra.

Ich schüttle den Kopf. »Ich hole ständig irgendwelchen Kram aus diesem Schreibtisch. Die Schubladen sind immer offen. Aber …« Hitze steigt in mein Gesicht, als mir wieder einfällt, wo Brooke gesessen hat. »Aber … ich glaube, ich weiß, welches Schloss es war.«

23

MALCOLM
Donnerstag, 3. Oktober

Am Donnerstag wird entschieden, die Suchaktion auszuweiten und nicht mehr auf die Unterrichtszeit zu beschränken. Diesen Nachmittag wird ein Trupp unter der Führung von Peter, der sich als Freiwilliger gemeldet hat, das an das Haus der Nilssons angrenzende Waldstück durchkämmen. Als ich von der Bandprobe nach Hause komme, ist er gerade dabei, einen Karton mit Flyern, Wasserflaschen und Taschenlampen in den Kofferraum seines Range Rovers zu laden.

»Hallo, Malcolm.« Er sieht mich nicht an, als ich aus Moms Volvo steige, sondern klopft sich die Hände ab, als wären sie dreckig. Ich bin mir sicher, dass sie das nicht sind. Peters Wagen ist genauso makellos neu und sauber wie alles, was die Nilssons besitzen. »Wie war's in der Schule?«

»Wie immer.« Mit anderen Worten: *nicht gut.* »Wann fahren wir los?«

Peter verschränkt die Arme vor der Brust, was die messerscharfen Bügelfalten an den Ärmeln seines Hemds hervorhebt. »*Wir* fahren in zehn Minuten los«, sagt er. Es ist offensichtlich, was er mit der Betonung auf *wir* meint, aber als ich nichts erwidere, stellt er klar: »Ich halte es für keine gute Idee, wenn du mitkommst, Malcolm.«

Mein Magen zieht sich zusammen. »Und warum?« Die

Frage ist sinnlos. Ich kenne den Grund. Officer McNulty ist mittlerweile noch zweimal hier gewesen, um mich zu befragen.

Peters Nasenflügel blähen sich. »Die Gemüter sind im Moment ziemlich erhitzt. Deine Anwesenheit würde die anderen nur ablenken. Es tut mir leid. Ich weiß, das muss hart für dich sein, aber so ist es nun mal, und zurzeit ist unsere oberste Priorität, Brooke zu finden.«

Wut steigt in mir hoch. »Das sehe ich ganz genauso. Und genau deshalb würde ich gern helfen und mich an der Suche beteiligen.«

»Du hilfst allen am meisten, indem du hierbleibst«, sagt Peter. Es juckt mich in den Fingern, ihm seinen überheblichen Ausdruck aus dem Gesicht zu schlagen. Ich bin mir sicher, dass seine Sorge aufrichtig ist, und vielleicht hat er sogar recht. Aber davon abgesehen steht er auch total darauf, den Helden zu spielen. Wie immer.

Er klopft mir kurz auf die Schulter, was sich eher so anfühlt, als wollte er ein Insekt totschlagen. »Wenn du wirklich helfen willst, tu mir einen Gefallen und schau in der Küche nach, ob im Kühlschrank noch ein paar Wasserflaschen stehen.«

Ich spüre, wie eine Vene in meiner Schläfe zu pochen beginnt. »Ist klar«, sage ich und schlucke meine Wut hinunter. Eine Endlosdebatte mit Peter hilft Brooke jetzt auch nicht weiter.

Als ich reingehe, höre ich die Treppenstufen knarzen. Ich hoffe, dass es meine Mutter ist, aber es ist Katrin, die mit einem undefinierbaren roten Stoffbündel über dem Arm, gefolgt von Viv, herunterkommt. Als sie mich sieht, bleibt sie so abrupt stehen, dass Viv fast in sie hineinläuft.

Ihre Gesichter verhärten sich zu der ablehnenden Maske, die mir seit Sonntag überall begegnet.

Ich gebe mir einen Ruck und versuche, mich ganz normal zu verhalten. »Was ist das?«, frage ich und deute auf das Bündel.

»Mein Kleid für den Homecoming-Ball«, gibt sie schmallippig zurück.

In mir steigt ein unbehagliches Gefühl hoch, als ich das Kleid mustere. Bis jetzt habe ich versucht, nicht darüber nachzudenken, dass der Ball Samstag tatsächlich stattfindet. »Schon irgendwie krass, dass sie ihn nicht ganz abgesagt haben.« Katrin erwidert darauf nichts. »Was hast du mit dem Kleid vor?«

»Deine Mom hat mir angeboten, es zu bügeln.« Sie macht einen großen Bogen um mich, als sie in die Küche geht und das Kleid sorgfältig über der Lehne eines Stuhls drapiert. Es ist echt nett von Mom, dass sie solche Dinge für Katrin übernimmt. Peter sagt, Katrins eigene Mutter hätte die ganze Woche auf keinen seiner Anrufe reagiert, sondern lediglich eine Nachricht geschickt, dass sie in Südfrankreich leider ein schlechtes Netz hätte. Irgendeine Ausrede findet man immer.

Katrin dreht sich um und sieht mich mit einem frostigen Ausdruck in den blauen Augen an. »An deiner Stelle würde ich lieber nicht auf dem Ball aufkreuzen.«

Aus irgendeinem Grund schafft sie es nicht, mich so wütend zu machen wie vorhin ihr Vater. Vielleicht liegt es daran, dass ich weiß, dass sie kaum etwas gegessen oder geschlafen hat, seit Brooke verschwunden ist. Ihre Wangen sind eingefallen, ihre Lippen entzündet und die Haare zu einem nachlässigen Pferdeschwanz zusammengebunden.

»Jetzt komm schon«, sage ich und hebe die Arme. Die universelle Geste von jemandem, der zeigen will, dass er nichts zu verbergen hat. »Lass uns drüber reden, okay? Was habe ich verbrochen, dass du mir ernsthaft zutraust, ich könnte Brooke irgendetwas angetan haben?«

Katrin presst die Lippen zusammen und bläht leicht die Nasenflügel. Einen Moment lang sieht sie aus wie ein jüngeres, weibliches Abziehbild ihres Vaters. »Zum Beispiel, dass du was mit ihr gehabt und niemandem davon erzählt hast?«

»Jesus.« Ich fahre mir durch die Haare. »Warum behauptest du das immer wieder? Bloß weil sie nachts mal kurz nicht im Zimmer war, als sie bei dir übernachtet hat? Wahrscheinlich ist sie auf Toilette gewesen.« Katrin und ich hatten nie wirklich einen Draht zueinander, aber ich hatte eigentlich angenommen, sie würde mich besser kennen.

»Ich habe ein Zimmer *mit* angeschlossenem Badezimmer«, sagt Katrin. »Und dort war sie ganz sicher nicht.«

»Dann war sie vielleicht kurz draußen, frische Luft schnappen.«

»Sie hat Angst im Dunkeln.«

Ich gebe es auf. Aus irgendeinem Grund hat sie sich darauf eingeschossen, und es scheint völlig aussichtslos, ihr diese fixe Idee wieder auszureden. Offenbar hat die Verbindung, von der ich eine kurze Zeit lang dachte, wir hätten sie, nur in meinem Kopf existiert. Oder es hat ihr Spaß gemacht, sich ein bisschen mit ihrem nerdischen Stiefbruder zu beschäftigen, weil sie gerade nichts Besseres zu tun hatte. »Dein Dad wartet draußen auf euch«, sage ich stattdessen.

»Ich weiß. Ich brauche noch mein Handyladekabel. Warte

kurz hier, Viv.« Sie durchquert die Eingangshalle in Richtung von Peters Arbeitszimmer. Viv und ich bleiben allein zurück und mustern uns argwöhnisch. Eigentlich rechne ich halb damit, dass sie Katrin hinterhergeht, aber sie ist eine gehorsame Untergebene und rührt sich nicht vom Fleck.

»Schreibst du immer noch an deinem Feature?«, erkundige ich mich.

Viv wird rot. »Nein. Das mit Brooke macht mich viel zu fertig, um auch nur daran zu denken.« Aber ihre Augen blicken dabei ungerührt. Wie schon die ganze Woche. »Außerdem hab ich den Journalisten sowieso schon gesagt, was ich denke, also … was mich betrifft, ist die Sache durch.«

»Gut.« Ich gehe zum Kühlschrank und öffne die zweiflügelige Tür. Im mittleren Fach stehen zwei Sixpacks Wasser, die ich mir unter den Arm klemme, bevor ich mich wieder auf den Weg nach draußen mache.

Der Kofferraum von Peters Range Rover steht noch offen. Ich schiebe einen Karton beiseite und stelle die beiden Sixpacks daneben. Mein Blick fällt auf die Flyer und ich nehme einen aus dem Karton. Ganz oben steht in großen Lettern das Wort VERMISST, darunter ein Jahrbuchfoto von Brooke, auf dem sie die Haare offen trägt und in die Kamera strahlt. Mir kommt der Gedanke, dass es lange her ist, dass ich sie das letzte Mal so fröhlich erlebt habe. Darunter stehen Angaben zu ihrer Person:

Name: Brooke Adrienne Bennett
Alter: 17
Augenfarbe: braun

Haarfarbe: braun
Größe: 1,65 m
Gewicht: 55 kg
Zuletzt trug sie einen olivfarbenen Blazer, ein weißes T-Shirt, schwarze Jeans und Ballerinas mit Leopardenmuster.

Die Details zur Kleidung muss jemand anderes beigetragen haben; ich war Officer McNulty keine große Hilfe, als er mich gefragt hat, was Brooke anhatte. *Sie sah hübsch aus,* habe ich geantwortet.

»Ich glaube, das war's.« Peters Stimme lässt mich zusammenschrecken und ich lege den Flyer in den Karton zurück. Er öffnet die Fahrertür und wirft dann stirnrunzelnd einen Blick auf seine Armbanduhr. »Könntest du Katrin und Viv bitte sagen, dass ich jetzt gern loswürde?«

»Okay.« Auf dem Weg ins Haus meldet mein Handy den Eingang mehrerer Nachrichten. In der Küche ziehe ich es aus der Tasche und sehe, dass sie alle von Mia sind.

Hey.

Am besten kommst du zu mir.

Das hier ist gerade online gestellt worden und wurde schon überall verbreitet.

Die letzte Nachricht enthält einen Link zu einem Artikel der *Burlington Free Press* mit der Überschrift »Eine tragische Vergangenheit – und ein roter Faden«. Mein Herz hämmert gegen meine Rippen, als ich zu lesen beginne.

Echo Ridge: Eine Stadt wird aus der Bahn geworfen.
Der malerische kleine Ort, der sich an die kanadische Grenze schmiegt und sich des höchsten Pro-Kopf-Einkommens des ganzen Landes rühmen kann, erlitt seinen ersten tragischen

Verlust im Jahr 1995, als Sarah Corcoran, damals Schülerin der zwölften Klasse der Echo Ridge High, auf dem Nachhauseweg von der Bibliothek spurlos verschwand. Vor fünf Jahren dann wurde Lacey Kilduff im selben Jahr, in dem sie zur Homecoming Queen gewählt worden war, tot in einem Freizeitpark mit dem treffenden Namen »Murderland« (mittlerweile umbenannt) aufgefunden.

Jetzt wird ein anderes hübsches und beliebtes Mädchen vermisst – die siebzehnjährige Brooke Bennett. Obwohl Brooke im selben Alter ist wie Lacey damals, scheint es kaum eine Verbindung zwischen den beiden jungen Frauen zu geben, wäre da nicht ein seltsamer Zufall: Der Mitschüler, der Brooke Bennett am Abend ihres Verschwindens nach Hause fuhr, ist der jüngere Bruder von Lacey Kilduffs damaligem Freund Declan Kelly.

Kelly, der nach Laceys Tod mehrfach vernommen, gegen den jedoch nie Anklage erhoben wurde, ist vor vier Jahren in einen anderen Bundesstaat gezogen und seitdem nicht auffällig geworden. Es kam daher für viele in dieser Kleinstadt, in der jeder jeden kennt, überraschend, dass Kelly eine Woche vor Brooke Bennetts Verschwinden ein Apartment im Nachbarort Solsbury gemietet hat.

Shit. Viv schreibt vielleicht keine Artikel mehr, aber das übernehmen jetzt andere. Plötzlich kommt es mir vor, als hätte Peter hellseherische Fähigkeiten. Möglicherweise hätte meine Anwesenheit bei der Suchaktion bis vorhin noch keine Aufregung verursacht, jetzt würde sie definitiv zum Problem werden.

Katrin kommt mit ihrem Handy in die Küche. Ihre Wangen glühen und ich mache mich auf die nächste verbale Attacke gefasst. Wahrscheinlich hat sie den Artikel auch gerade gelesen. »Peter wartet draußen und würde gern los«, sage ich in der Hoffnung, die Tirade abzuwehren.

Sie nickt mechanisch und schaut mit leerem Blick zwischen Viv und mir hin und her. Ihr Gesicht ist seltsam versteinert, als würde sie eine Katrin-Maske tragen. Ihre Hand zittert, als sie das Telefon in ihrer Tasche verstaut.

»Er will nicht, dass ich mitfahre«, füge ich hinzu. »Er glaubt, ich würde die anderen nur ablenken.«

Es ist ein Test, weil ich wissen will, wie sie reagiert. Ob sie mir wie erwartet so etwas wie *Ablenken trifft es noch nicht mal annähernd, Arschloch!* an den Kopf knallt. Aber sie nickt nur, murmelt »Okay« und schluckt schwer. »Okay«, wiederholt sie, als würde sie versuchen, sich selbst von irgendetwas zu überzeugen. Ihr Blick begegnet meinem, und sie wendet ihn hastig wieder ab, aber es hat gereicht, um zu sehen, dass ihre Pupillen riesig sind.

Sie sieht nicht mehr wütend aus. Sie sieht aus, als hätte sie Angst.

24

MALCOLM
Donnerstag,
3. Oktober

Als ich eine halbe Stunde später bei den Kwons bin und auf das Haus zugehe, weht mir von drinnen wütendes Geschrei entgegen. Mias Eltern kommen für gewöhnlich erst später von der Arbeit, außerdem sprechen sie immer sehr leise und beherrscht. Mia ist die Einzige in der Familie, die auch mal die Stimme erhebt. In dem Fall ist es allerdings nicht sie, die so rumbrüllt.

Niemand reagiert auf mein Klingeln, aber die Tür ist nicht abgeschlossen, also gehe ich einfach rein. Das Erste, was ich im Wohnzimmer sehe, ist Ellery im Schneidersitz auf einem Sessel, die mit großen Augen die Szene verfolgt, die sich vor ihr abspielt. Mia steht barfuß vor dem Kamin und hat trotzig die Hände in die Hüften gestemmt, wirkt aber ohne ihre klobigen Doc Martens wie ein kleines Mädchen. Daisy steht ihr gegenüber und hält einen Kerzenständer in der erhobenen Hand. Ihre sonst so gelassenen Züge sind wutverzerrt.

»Ich *bring dich um*«, kreischt sie.

»Hör auf, die Drama-Queen zu spielen«, sagt Mia, behält den Kerzenständer aber im Auge.

»Was ist denn hier los?«, frage ich, worauf die beiden sich zu mir umdrehen.

Daisys wütendes Gesicht wirkt einen Moment überrascht, aber dann wird sie noch wütender. »Ach, er also auch? Du hast deine ganze Scooby-Doo-Detektiv-Bande zusammengetrommelt, während du hier diese Scheißnummer mit mir abziehst?«

Ich blinzle verwundert, weil ich noch nie gehört habe, dass Daisy Kraftausdrücke benutzt. »Was für eine Scheißnummer?«

Mia antwortet, bevor ihre Schwester es tun kann. »Ich habe ihr gesagt, dass ich über sie und Declan Bescheid weiß und Mom und Dad alles erzählen werde, wenn sie mir nicht sagt, warum sie beide plötzlich wieder in Echo Ridge sind.« Sie tritt unwillkürlich einen Schritt zurück, als Daisy empört schnaubt. »Aber es läuft nicht ganz so gut, wie ich dachte.«

»Du hast echt Nerven … du …!« Daisy schüttelt drohend den Kerzenständer, reißt dann aber entsetzt den Mund auf, als er ihr aus der Hand rutscht und auf Mias Kopf zufliegt. Mia ist zu überrascht, um sich zu ducken, und sackt – an der Schläfe getroffen – wie ein Stein zu Boden.

»Oh mein Gott!« Daisy presst sich eine Hand auf den Mund. »Oh mein Gott, Mia. Mia, bist du okay?« Sie stürzt zu ihrer Schwester und fällt neben ihr auf die Knie, wo schon Ellery kauert. Sie ist so schnell aufgesprungen, dass ich es noch nicht mal mitbekommen habe.

»Malcolm, schnell! Bring mir ein nasses Handtuch«, ruft sie.

Ich stehe geschockt da und starre auf Mia hinunter. Ihre Augen sind offen, sie ist kalkweiß, und von ihrer Schläfe läuft ein dünnes Rinnsal Blut in ihre Haare. »Oh nein, das wollte ich nicht.« Daisy vergräbt stöhnend das Gesicht in den Händen. »Es tut mir leid. Es tut mir so leid.« Ich laufe ins Bad, schnappe mir ein Handtuch aus dem Regal, halte es unter den Wasserhahn und kehre damit ins Wohnzimmer zurück.

Mia sitzt mittlerweile in einer aufrechten Position da, wirkt aber immer noch benommen. Ich reiche Ellery das Handtuch, die behutsam das Blut abtupft. »Muss das genäht werden?«, fragt Daisy mit zitternder Stimme.

Ellery presst das Handtuch ein paar Sekunden an Mias Schläfe, bevor sie es wieder wegnimmt und die Wunde betrachtet. »Ich glaube nicht. Ich meine, ich bin keine Expertin, aber das sieht nicht besonders schlimm aus, scheint nur eine Stelle zu sein, an der man leicht blutet. Das wird bestimmt einen fetten Bluterguss geben, aber fürs Erste sollte ein Pflaster reichen.«

»Ich hole eins«, sage ich und laufe wieder ins Badezimmer. Dr. Kwon ist Geburtshelferin, und in ihrem Medizinschränkchen herrscht eine so perfekte Ordnung, dass ich sofort finde, was ich suche. Als ich diesmal ins Wohnzimmer zurückkehre, hat Mia auch wieder ein bisschen Farbe im Gesicht.

»Gott, Daze.« Sie sieht ihre Schwester vorwurfsvoll an, während Ellery ihr das Pflaster auf die Schläfe klebt. »Mir war nicht klar, dass du mich *wirklich* umbringen willst.«

Daisy setzt sich hin und zieht die Beine an. »Das war ein Unfall.« Sie streicht mit den Fingern über den Parkettboden. Als sie aufschaut, ist ihr Mund zu einem kleinen Grinsen verzogen. »Es tut mir leid, dass Blut geflossen ist, aber eigentlich … geschieht es dir recht.«

Mia betastet das Pflaster. »Ich will doch nur wissen, was da läuft.«

»Und fällst deswegen im Beisein einer Freundin hinterrücks über mich her?«, Daisy wird sofort wieder lauter, aber dann reißt sie sich zusammen. »Echt jetzt, Mia? Nicht cool.«

»Ich hab ein bisschen moralische Unterstützung gebraucht«, brummt Mia. »Und jemanden, der mich beschützt. Was ja auch nötig war, wie sich gerade rausgestellt hat. Aber komm schon, Daisy. So kannst du doch nicht weitermachen. Die Leute wissen mittlerweile, dass Declan wieder hier in der Gegend wohnt. Es wird sowieso alles rauskommen. Du brauchst Verbündete.« Sie zeigt in meine Richtung, als ich mich gerade auf die Kaminumrandung setze. »Wir sind alle auf Mals Seite. Wir glauben auch nicht, dass Declan was damit zu tun hat, aber ihr müsst uns sagen, was Sache ist.«

Ellery runzelt die Stirn und wirkt nicht sehr überzeugt. Ich glaube, Mia hat nicht mitbekommen, worauf Ellery bei Chuck E. Cheese mit ihrer Bemerkung, dass Daisy und Declan schon etwas miteinander gehabt haben könnten, als Lacey noch lebte, angespielt hat. Für sie liegt es jenseits ihrer Vorstellungskraft, dass ihre Schwester etwas mit dem Mord zu tun haben könnte, weil sie Daisy blind vertraut, egal wie sehr sie sich manchmal auch über sie aufregen kann. Ich muss gestehen, dass ich Declan gegenüber leider nie so empfunden habe.

Daisy dreht sich zu mir und sieht mich mit einem mitfühlenden Ausdruck in den dunklen Augen an. »Entschuldige, Malcolm. Ich hab dir noch gar nicht gesagt, wie leid es mir tut, was hier gerade los ist. Dass die Leute … über dich reden und dich verdächtigen, ohne irgendwelche Beweise zu haben. Das weckt so viele schreckliche Erinnerungen.«

»Daisy …«, sagt Mia, bevor ich darauf reagieren kann.

Im Gegensatz zu ihrem sonst forschen Tonfall ist ihre Stimme fast sanft. »Warum hast du deinen Job gekündigt, obwohl du die Stelle gerade erst angetreten hattest?«

Daisy seufzt tief. Sie zieht eine Strähne ihrer dichten, glänzenden dunklen Haare über die Schulter nach vorn. »Ich hatte einen Nervenzusammenbruch.« Sie schüttelt den Kopf, als Mia sie überrascht ansieht. »Damit hast du jetzt nicht gerechnet, was?«

Mia verkneift es sich klugerweise, zu erwähnen, dass wir Daisy bis zur Praxis ihrer Therapeutin verfolgt haben. »Warst du … musstest du in eine Klinik oder so was?«

»Kurz, ja.« Daisy senkt den Blick und malt wieder Muster aufs Parkett. »Ich bin einfach nie mit Laceys Tod fertiggeworden, verstehst du? Das war alles so schrecklich. So grauenvoll, und es hat so verdammt wehgetan, dass ich alles unterdrückt und mich gezwungen habe, es zu vergessen.« Sie lacht erstickt auf. »Toller Plan, was? Hat auch super funktioniert. Wobei, ein paar Jahre lang ging es wirklich. Aber als ich dann nach Boston gezogen bin, ist es mir immer schwerer gefallen, zu funktionieren. Am Anfang hatte ich nur Albträume, dann kamen Panikattacken dazu. Ich war wie gelähmt, kriegte nichts mehr auf die Reihe. Bis es einmal so schlimm war, dass ich selbst den Notarzt gerufen habe, weil ich dachte, ich würde an einem Herzinfarkt sterben.«

»Ist doch klar. Du hast deine beste Freundin verloren und eine schreckliche Zeit durchgemacht«, tröstet Mia sie.

Daisy blinzelt. »Ja, schon.« Sie senkt den Kopf. »Aber es war nicht nur Trauer. Ich habe solche Schuldgefühle.«

Aus dem Augenwinkel sehe ich, wie Ellery sich leicht aufrichtet. »Wieso denn Schuldgefühle?«, fragt Mia.

Daisy zögert. »Das bleibt unter uns, okay? Was ich jetzt sage, darf diesen Raum unter keinen Umständen verlassen. Zumindest jetzt noch nicht.« Sie beißt sich auf die Unterlippe und sieht zu mir und zu Ellery.

Mia errät ihre Gedanken. »Ellery ist absolut vertrauenswürdig.«

»Kein Problem, ich kann auch gehen«, sagt Ellery. »Ich verstehe das. Schließlich kennen wir uns überhaupt nicht.«

Wieder zögert Daisy, bis sie schließlich den Kopf schüttelt. »Nein, ist okay. Du hast schon so viel mitbekommen, da kannst du den Rest der Geschichte ruhig auch noch hören. Meine Therapeutin sagt mir die ganze Zeit, dass ich aufhören muss, mich selbst so fertigzumachen. Es fängt langsam an zu wirken, obwohl ich mich trotzdem wie die mieseste Freundin der Welt fühle.« Sie sieht Mia an. »Ich war während der ganzen Zeit an der Highschool in Declan verliebt. Aber ich habe nie zu irgendwem ein Wort darüber gesagt. Das war einfach etwas … mit dem ich gelebt habe. In den Sommerferien vor unserem Abschlussjahr hat sich dann etwas zwischen uns verändert. Auf einmal hatte ich das Gefühl, als würde er … mich *sehen.*« Sie gibt ein kleines, verlegenes Lachen von sich. »Gott, ich höre mich an wie eine Achtklässlerin. Aber das hat mir … keine Ahnung … die Hoffnung gegeben, dass eines Tages vielleicht irgendwie alles … anders wird. Und dann kam der Abend, an dem er mir gestanden hat, dass er auch in mich verliebt ist.«

Daisys Gesicht beginnt zu leuchten, und in diesem Moment weiß ich wieder, warum ich früher so für sie geschwärmt habe. Mia sitzt so still da, wie ich sie noch nie erlebt habe, als hätte sie Angst, dass die kleinste Bewegung von ihr dazu führen könnte, dass Daisy nicht mehr weiterspricht. »Ich habe ihm gesagt, dass aus uns nichts werden kann«, erzählt Daisy stockend weiter. »Also bin ich vielleicht doch keine *so* schlechte Freundin gewesen. Declan meinte, zwischen ihm und Lacey würde es schon länger nicht mehr so toll laufen, sie hätten sich immer mehr voneinander entfernt und er hätte das Gefühl, dass sie schon längst einen anderen hat. Aber als er ihr das auf den Kopf zugesagt hat, wurde sie sauer und hat alles abgestritten. Die Stimmung zwischen den beiden war richtig feindselig. Die Situation wurde von Tag zu Tag verfahrener und hässlicher und ich … ich habe mich zurückgezogen. Ich wollte nicht der Grund dafür sein, dass sie sich trennen.«

In Daisys Augen glitzern Tränen. »Und dann ist Lacey … dann ist sie umgebracht worden, und das war, als würde die ganze Welt zusammenbrechen. Ich habe mich selbst gehasst. Ich bin nicht damit klargekommen, dass ich nie mit ihr darüber geredet habe und auch nie mehr eine Gelegenheit haben werde, es ihr zu erklären.« Tränen laufen ihr über die Wangen und sie schluchzt erstickt auf. »Und ich vermisse sie. Ich vermisse sie immer noch so sehr.«

Ich werfe Ellery einen verstohlenen Blick zu und sehe, dass sie sich gerade selbst ein paar Tränen aus dem Gesicht wischt. Es sieht ganz so aus, als hätte sie Daisy gerade gedanklich von ihrer Liste der Verdächtigen im Mordfall Lacey gestrichen. Daisy müsste wirklich eine verdammt gute Schauspielerin sein, falls sie sich eines schlimmeren Verbrechens schuldig gemacht hat, als sich in den Freund ihrer besten Freundin zu verlieben.

Mia greift nach Daisys Hand und hält sie, während sie

mit erstickter Stimme fortfährt. »Ich habe Declan gesagt, dass wir uns nicht mehr sehen dürfen, und bin so schnell aus Echo Ridge weggezogen, wie ich konnte. Ich dachte, es wäre so das Beste für uns beide. Es war ein Fehler, dass wir Lacey nicht sofort die Wahrheit gesagt haben. Aber es war zu spät, und wir hatten keine Möglichkeit mehr, das wieder in Ordnung zu bringen.« Sie lässt erneut den Kopf sinken. »Dazu kam auch noch, dass ich ein doppelt schlechtes Gewissen hatte, weil Mom und Dad sich immer solche Mühe gegeben haben, als koreanischstämmige Amerikaner noch perfekter als jeder weiße Amerikaner zu sein, und dasselbe auch von uns erwartet haben. Wir durften keine Fehler machen, versteht ihr? Wir sollten in jeder Beziehung perfekt sein.«

Mia sieht ihre Schwester nachdenklich an. »Ich dachte, du wärst gern so perfekt«, sagt sie leise.

Daisy schnieft. »Perfekt sein ist verflucht anstrengend.«

Mia lacht überrascht auf. »Oh Mann, wenn *du* schon nicht damit klarkommst, dann gibt es für mich in dieser Stadt keine Hoffnung.« Sie hält immer noch ihre Hand und schüttelt sie jetzt leicht, als wollte sie ihrer Schwester Vernunft einbläuen. »Deine Therapeutin hat recht, Daze. Du hast nichts falsch gemacht. Du hast dich in einen Typen verliebt. Du hast dich von ihm ferngehalten, obwohl er deine Gefühle erwidert hat. Du hast genau das getan, was sich für eine gute Freundin gehört.«

Daisy wischt sich mit der anderen Hand über die Augen. »Nein, habe ich eben nicht. Ich habe den Gedanken daran, dass sie ermordet worden ist, nicht ausgehalten und alles, was damit zu tun hatte, verdrängt. Wenn die Polizei mich befragt hat, habe ich jedes Mal dichtgemacht. Erst Jahre später ist mir klar geworden, dass ich wahrscheinlich Sachen gewusst habe, die bei den Ermittlungen hilfreich gewesen wären.«

»Was meinst du damit?«, frage ich. Ellery lehnt sich nach vorn, als wäre sie eine Marionette und jemand hätte gerade an ihren Fäden gezogen.

»Mir ist zum Beispiel der Armreif eingefallen, den Lacey neu hatte und ständig getragen hat, bevor sie ermordet wurde«, sagt Daisy. »Er war wirklich ungewöhnlich. Er sah aus wie zwei ineinander verschlungene Geweihe.« Sie zuckt mit den Achseln, als Mia sie verwundert ansieht. »Klingt schräg, ich weiß. Aber er war wunderschön. Ich habe sie gefragt, wo sie ihn herhat, aber das wollte sie mir nicht verraten. Sie meinte bloß, dass sie ihn weder von Declan noch von ihren Eltern bekommen hätte. Als ich in der Klinik in Boston war und anfing über alles nachzudenken, um herauszufinden, warum mein Leben so aus dem Ruder gelaufen ist, fiel er mir wieder ein, und ich habe mich gefragt, von wem sie ihn geschenkt bekommen hat und ob derjenige vielleicht der war, der … na ja …« Sie verstummt. »Ihr wisst schon.«

»Dann bist du nach Echo Ridge zurückgekehrt, um hier Nachforschungen anzustellen?«, fragt Ellery, als würde sie das für eine hervorragende Idee halten.

»Ich bin zurückgekommen, um mich zu *erholen*«, korrigiert Daisy sie. »Aber ich habe Laceys Mutter gefragt, ob ich den Armreif vielleicht haben könnte – als Andenken. Sie hatte nichts dagegen. Ich habe danach gegoogelt und versucht, etwas Ähnliches zu finden. Und das habe ich.« Ein stolzer Unterton schleicht sich in ihre Stimme. »Ich bin auf eine Goldschmiedin hier aus der Gegend gestoßen, die genau solche Armreifen anfertigt. Eigentlich hatte ich längst vor, der Sache auf den Grund zu gehen und bei ihr vorbeizufahren, aber ich habe mich nicht stark genug gefühlt, um das allein durchzuziehen.« Ihre Stimme wird etwas leiser. »Declan hat mir ab und zu geschrieben. Als ich dann das erste Mal, nachdem ich wieder hier war, eine Nachricht von ihm bekam, habe ich ihn gefragt, ob er mich zu der Goldschmiedin begleiten würde.«

Endlich!, denke ich. Endlich eine echte, nachvollziehbare Erklärung dafür, was Declan in Echo Ridge zu suchen hat. Es wäre nur schön gewesen, ich hätte das alles von ihm erfahren.

Mia zieht die Brauen hoch. »Ist das das erste Mal gewesen, dass du ihn gesehen hast, seit du nach Princeton gegangen bist? Ich wette, ihr hattet euch eine Menge zu erzählen oder … keine Ahnung … *auszutauschen.*«

Daisy wird feuerrot. »Wir haben uns vor allem auf den Armreif konzentriert.«

»Klar.« Mia grinst.

»Und? Ist dabei was rausgekommen?«, frage ich, um die Unterhaltung wieder auf Kurs zu bringen.

Daisy seufzt. »Nein. Ich hatte die Hoffnung, dass die Goldschmiedin vielleicht bereit wäre, ihre Abrechnungen aus der Zeit damals durchzugehen, als ich ihr den Grund für unseren Besuch erklärt habe, aber sie war alles andere als entgegenkommend. Danach habe ich den Armreif der Polizei gegeben, weil ich dachte, wenn sie ganz offiziell dazu befragt wird, würde sie kooperieren, aber seitdem habe ich nichts mehr von der Sache gehört.« Sie zieht ihre Hand aus der von Mia und lässt die Schultern kreisen, als hätte sie gerade ein anstrengendes Training hinter sich.

»Und das ist die ganze unrühmliche Geschichte. Bis auf den Teil, dass Declan und ich schließlich doch zusammengekommen sind. Ich liebe ihn.« Sie zuckt hilflos mit den Schultern. »Ich habe nie aufgehört, ihn zu lieben.«

Mia lehnt sich ein Stück zurück und stützt sich auf ihre Hände. »Krasse Geschichte.«

»Du darfst das aber auf *keinen Fall* Mom und Dad erzählen«, sagt Daisy, und Mia zieht ihren Mund pantomimisch mit einem Reißverschluss zu.

»Eine Frage«, meldet sich Ellery zu Wort. Als Daisy sie ansieht, wickelt Ellery sich eine Haarsträhne um den Finger, wie ich es schon öfter an ihr beobachtet habe. »Ist nur so ein Gedanke, aber wem hast du den Armreif gegeben? Welchem Officer, meine ich. Ist es jemand aus Echo Ridge gewesen?«

Daisy nickt. »Ryan Rodriguez. Er hat im selben Jahr seinen Abschluss gemacht wie wir. Kennst du ihn?«

Ellery nickt. »Ja. Seid ihr damals befreundet gewesen?« Sie hat wieder in den Ermittlungsmodus geschaltet, und ich ahne, dass das bei ihr so etwas wie die Standard-Grundeinstellung ist.

»Nein.« Daisy scheint den Gedanken lustig zu finden. »Er war damals total still und schüchtern. Ich hab ihn kaum gekannt. Aber er hatte gerade Dienst, als ich auf die Wache gekommen bin.« Sie zuckt mit den Achseln. »Also habe ich ihm den Armreif gegeben.«

»Hältst du ihn, äh, für geeignet … angemessen mit dieser Sache umzugehen?«, fragt Ellery.

Daisy runzelt die Stirn. »Keine Ahnung. Ich denke schon. Warum fragst du?«

»Ach, ist nur so ein Gedanke.« Ellery beugt sich vor und

stützt die Ellbogen auf die Knie. »Ist dir jemals in den Sinn gekommen, dass er vielleicht derjenige gewesen sein könnte, der Lacey den Armreif geschenkt hat?«

25

ELLERY
Freitag,
4. Oktober

Als ich an die Kellertür klopfe, bin ich mir nicht sicher, ob überhaupt jemand aufmachen wird. Es ist vier Uhr nachmittags – drei Stunden bevor die Villa des Grauens ihre Pforten öffnet. Ich habe heute Abend keinen Dienst und niemand rechnet hier mit mir. Meine Großmutter denkt, ich wäre in meinem Zimmer, und wird stocksauer werden, falls sie herausfinden sollte, dass ich mich heimlich davongeschlichen und allein durch den Wald hierherspaziert bin. Auch wenn es erst nachmittags ist.

Seit Brookes Verschwinden ist jetzt schon fast eine Woche vergangen, und eigentlich sind wir alle dazu angehalten, nicht allein durch die Gegend zu laufen.

Ich klopfe noch einmal. Der Park ist gut besucht und der Geräuschpegel aus Musik, Stimmengewirr, Lachen und dem lauten Kreischen von der Achterbahn ist wie immer hoch. Im nächsten Moment geht die Tür tatsächlich auf, allerdings nur gerade so weit, dass jemand nach draußen spähen kann. Das Auge, in das ich blicke, ist tiefbraun und wird von einem perfekt geschwungenen Lidstrich betont. Ich hebe die Hand. »Hi, Shauna.«

»Ellery?« Die Maskenbildnerin der Fright Farm zieht die Tür ganz auf und entblößt dabei ihren tätowierten Arm. »Was machst du denn schon hier?«

Ich schiebe mich an ihr vorbei nach drinnen und schaue mich verstohlen nach unserem Chef um. Murph hält sich immer ganz genau an die Vorschriften, Shauna ist da um einiges entspannter. Ich kann mein Glück kaum fassen, dass sie da ist und er nicht, obwohl ich halb damit rechne, dass er jeden Moment mit einem Klemmbrett durch den Samtvorhang gestürmt kommt. »Bist du allein hier?«

Shauna zieht eine Braue hoch. »Das ist eine Frage, die nichts Gutes ahnen lässt.« Allerdings wirkt sie nicht sonderlich beunruhigt. Shauna ist bestimmt einen halben Kopf größer als ich und wahnsinnig durchtrainiert. Sie besteht aus nichts anderem als sehnigen Muskeln und perfekt definierten Armen – und trägt immer Schuhe mit spitzen Absätzen, die im Notfall eine tödliche Waffe abgeben würden.

»Nein, nein, alles bestens. Ich hab da nur ein kleines Problem und wollte nicht unbedingt Murph um Hilfe bitten.«

Shauna lehnt sich an den Türrahmen. »Okay, jetzt will ich es aber genau wissen. Was ist los?«

Ich beschwöre wieder meine ererbten Schauspielgene herauf und ziehe eine gespielt verzweifelte Grimasse. »Meine Großmutter hat mir neulich einen Umschlag gegeben, den ich zur Bank bringen sollte, aber anscheinend habe ich ihn irgendwo verloren. Ich bin im Kopf noch mal durchgegangen, wo ich überall gewesen bin, und da ist mir eingefallen, dass ich ein paar alte Zettel und Papierkram aus meiner Tasche in die Datenpapiertonne geworfen habe, als ich letztes Mal hier war.« Ich beiße mir auf die Unterlippe und schaue zu Boden. »Ich bin mir ziemlich sicher, dass ich den Umschlag dabei aus Versehen mit weggeworfen hab.«

»Oh Mann, wie blöd.« Shauna macht ein mitfühlendes Gesicht. »Kann sie den Scheck nicht einfach noch mal neu ausstellen.«

Mit diesem Einwand habe ich gerechnet. »Es war kein Scheck, sondern Bargeld.« Ich zupfe an meinem Dolch-Anhänger und streiche mit dem Daumen über die scharfe Spitze. »Fast fünfhundert Dollar.«

Shaunas Augen weiten sich. »Shit, wer trägt denn so viel Geld mit sich herum?«

Oh Mann. Hoffentlich hat sie nicht gemerkt, dass ich meine komplette Story aus dem Film *Ist das Leben nicht schön?* abgekupfert habe. »Meine Großmutter«, sage ich, so unschuldig ich kann, »hat kein Vertrauen in Schecks. Oder Kreditkarten. Oder Geldautomaten.«

»Aber in dich?« Shauna sieht aus, als würde sie meiner Nana gern detailliert darlegen, warum das ein ganz großer Fehler ist.

»Wenn sie erfährt, was mir passiert ist, garantiert nicht mehr. Shauna, meinst du, es wäre möglich … könnte ich vielleicht den Schlüssel für die Papiertonne haben? Weißt du zufällig, wo er ist?« Als sie zögert, lege ich flehend die Hände aneinander. »Bitte? Nur dieses eine Mal! Sonst muss ich jeden Cent, den ich hier verdiene, an meine Großmutter abdrücken. Du hättest so was von was gut bei mir.«

Shauna kichert. »Du musst nicht betteln, ich würde dir die blöde Tonne auch so aufschließen, wenn ich einen Schlüssel hätte, hab ich aber nicht. Keine Ahnung, wo er ist. Das musst du Murph fragen.« Sie tätschelt mitfühlend meinen Arm. »Er versteht das bestimmt. Fünfhundert Dollar sind ein Haufen Geld.«

Das würde er wahrscheinlich wirklich verstehen. Und

mir die ganze Zeit nicht von der Seite weichen. »Okay«, seufze ich.

Shauna geht zum Schminktisch, zieht ein paar Puderpinsel aus einer Dose und wirft sie in eine geöffnete Ledertasche, die auf dem Stuhl steht. »Ich muss mich beeilen. Wollte gerade los, als du gekommen bist. Die Gruselclowns in der Blutigen Zirkuskuppel brauchen eine Auffrischung.« Sie zieht den Reißverschluss der Tasche zu und schwingt sie sich über die Schulter. »Willst du mitkommen?«, fragt sie, als sie schon an der Tür ist. »Gut möglich, dass du Murph dort findest.«

»Klar.« Ich gehe auf sie zu, bevor ich gespielt zusammenzucke und mir eine Hand auf den Bauch presse. »Gott. Macht es dir was aus, wenn ich vorher noch schnell hier auf Toilette gehe? Ich muss mir irgendeinen Magen-Darm-Virus eingefangen haben, das geht schon den ganzen Tag so. Ich dachte eigentlich, es wäre schon besser geworden, aber …«

Shauna wedelt mit der Hand. »Komm einfach nach, wenn du fertig bist. Und vergiss nicht, die Tür hinter dir zuzuziehen.«

»Danke!« Ich laufe in Richtung der winzigen Toilette, um das Ganze noch glaubhafter zu machen, aber Shauna hat sich bereits umgedreht und geht zur Tür hinaus. Sobald ich höre, wie sie ins Schloss fällt, ziehe ich zwei Büroklammern aus meiner Hosentasche und steuere auf das Büro zu.

Ich habe zwar noch nie ein Schloss geknackt, aber dafür habe ich Vances Rat beherzigt und mir in den letzten vierundzwanzig Stunden eine Menge YouTube-Videos angeschaut.

••••

»Du hast … *was*?« Ezra starrt mich fassungslos an, als ich eine halbe Stunde später in Mias Zimmer einen Müllsack voller Papier auf dem Boden ausleere.

»Na ja, woher sollte ich wissen, was davon wichtig ist und was nicht? Ich konnte ja schlecht jeden Zettel einzeln durchgehen, schließlich hätte jeden Moment jemand reinkommen können. Also hab ich einfach alles mitgenommen.«

Malcolm betrachtet den Berg. »Wenigstens wissen wir jetzt, dass die Tonne schon seit einer Weile nicht mehr geleert wurde.«

Mia setzt sich im Schneidersitz auf den Boden und greift sich eine Handvoll Blätter aus dem Berg. »Wonach suchen wir überhaupt?«, fragt sie. »Das hier sieht nach einer Rechnung aus, hier haben wir einen Umschlag, in dem eine Stromrechnung war.« Sie zieht eine Grimasse. »Wird eine ganze Weile dauern, bis wir alles durchgegangen sind.«

Wir setzen uns im Kreis um den Papierhaufen und machen uns daran, seinen Inhalt zu durchforsten. Mein Puls hat sich wieder etwas beruhigt, seit ich die Villa des Grauens verlassen habe, aber meine Nerven sind immer noch angespannt. Ich habe mich vorher gründlich im Büro umgesehen und nirgends irgendwelche Überwachungskameras entdecken können, aber ich weiß, dass es über den ganzen Park verteilt welche gibt. Also ist es durchaus möglich, dass sich gerade jemand eine Aufnahme ansieht, auf der deutlich zu erkennen ist, wie ich einen Müllsack quer über das Gelände der Fright Farm schleppe. Was im Grunde nichts Ungewöhnliches ist, schließlich gehöre ich zum Personal und habe für Ordnung zu sorgen, aber es könnte trotzdem seltsam wirken, und ich habe auch nicht daran gedacht, mir wenigstens eine Baseballkappe aufzusetzen, um meine Haare zu kaschieren.

Ich kann nur hoffen, dass es das Risiko wert gewesen ist.

Wir arbeiten ungefähr fünfzehn Minuten stumm vor uns hin, bis Malcolm, der neben mir sitzt, sich räuspert. »Die Polizei will sich mein Handy anschauen.«

Mia, die sich gerade einen Papierschnipsel näher ansehen wollte, hält mitten in der Bewegung inne. »*Was?*«

Wir alle starren ihn an, aber er senkt den Blick. »Officer McNulty meinte, da von Brooke immer noch jede Spur fehlt, müssten sie ihre Ermittlungen ausweiten und anfangen, noch tiefer zu graben. Ich wusste nicht, was ich machen soll. Peter war … Er hat ziemlich gut reagiert, um ehrlich zu sein. Er hat deutlich gemacht, dass sie sich vielleicht besser einen Durchsuchungsbefehl besorgen sollen, wenn sie meine persönlichen Sachen unter die Lupe nehmen wollen, und ist trotzdem so entgegenkommend und hilfsbereit geblieben, dass Officer McNulty sich am Ende bei *ihm* entschuldigt hat.«

»Dann haben sie es also noch nicht beschlagnahmt?«, frage ich und lege eine weitere Rechnung auf den Stapel mit den aussortierten Papieren. Das ist alles, was wir bis jetzt gefunden haben: Rechnungen für Lebensmittel, Reparatur- und Wartungsarbeiten und diverse Lieferungen – darunter literweise Kunstblut, was wohl nicht weiter verwunderlich ist, wenn man einen Halloween-Freizeitpark betreibt.

»Noch nicht«, antwortet Malcolm düster. Als er aufschaut, versetzt mir der hoffnungslose Ausdruck in seinen Augen einen Stich. »Sie werden nichts darauf finden, was irgendwie mit Brooke in Zusammenhang steht. Bis auf eine Nachricht von Katrin, in der sie mich bittet, mit

Brooke auf den Homecoming-Ball zu gehen. Aber es sind ein paar Nachrichten drauf, die Declan und ich uns geschrieben haben und … ich weiß nicht. Nachdem gestern dieser Artikel erschienen ist, wäre es mir lieber, nicht so gründlich durchleuchtet zu werden.« Er legt mit einem frustrierten Seufzen einen Zettel zur Seite. »Wenn sie jemandem was unterstellen wollen, finden sie doch immer was, oder?«

In dem Artikel in der *Burlington Free Press* vom Donnerstag wurden noch einmal die letzten fünf Jahre aus Declans Leben aufgewärmt, angefangen von der Ermordung Laceys bis zu seinem Umzug nach Solsbury. Es wurde auch mehrmals sein namentlich nicht genannter jüngerer Bruder erwähnt, der einer der Hauptzeugen im Fall der verschwundenen Brooke sei. Der Artikel passt genau in das Schema, nach dem auch Viv gern arbeitet: keine echten Neuigkeiten oder Fakten, dafür jede Menge Spekulationen und Anspielungen.

Gestern Abend habe ich mich vor mein Regal voller True-Crime-Bücher gesetzt und ein Zeitprotokoll mit allen Aspekten erstellt, die mir zu den drei in Echo Ridge verschwundenen Mädchen eingefallen sind:

Oktober 1996: *Sadie & Vance werden zum Homecoming-Königspaar gekrönt*
Oktober 1996: *Sarah verschwindet, während Sadie mit Vance zusammen ist*
Juni 1997: *Sadie zieht aus Echo Ridge fort*
August 2001: *Sadie kommt zu Grandpas Beerdigung zurück*
Juni 2014: *Foto der Klassenstufe Elf bei einem Picknick mit Lacey, Declan, Daisy & Ryan*

August 2014: Declan und Daisy kommen sich näher. Hat Lacey heimlich einen anderen?

Oktober 2014: Lacey und Declan werden zum Homecoming-Königspaar gekrönt

Oktober 2014: Lacey wird im Murderland Park (Fright Farm) ermordet

Oktober 2014: Sadie kommt zu Laceys Beerdigung zurück

Juni 2015: Daisy & Declan machen ihren Abschluss und verlassen Echo Ridge (getrennt?)

Juli 2019: Daisy zieht nach Echo Ridge zurück.

August 2019: Daisy übergibt Ryan Rodriguez Laceys Armreif

30. August 2019: Ellery & Ezra ziehen nach Echo Ridge

September (oder August?) 2019: Declan kehrt nach Echo Ridge zurück

4. September 2019: Die anonymen Drohungen gegen die Homecoming-Prinzessinnen beginnen

28. September 2019: Brooke verschwindet

Anschließend habe ich diese Liste an der Wand aufgehängt und mir über eine Stunde lang angeschaut, in der vergeblichen Hoffnung, irgendein Muster darin zu erkennen. Irgendwann ist Ezra in mein Zimmer gekommen und hat etwas entdeckt, das mir entgangen ist. »Schau mal hier.« Er tippte auf den Eintrag *August 2001.*

»Was denn?«

»Sadie war im August 2001 in Echo Ridge.«

»Ich weiß. So hab ich es ja auch notiert. Und?«

»Und im Mai 2002 sind wir geboren worden.« Ich habe ihn völlig ratlos angeschaut, worauf er – mit Betonung auf jedem einzelnen Wort – sagte: »Neun. Monate. Später.«

Einen Moment lang konnte ich ihn nur fassungslos anstarren. Von all den Rätseln, die sich um Echo Ridge ranken, habe ich mir über die Frage, ob unser Vater möglicherweise etwas mit diesem Ort zu tun haben könnte, als Allerletztes den Kopf zerbrochen. »*Oh* nein. Nein, nein, nein«, sagte ich und wich zurück, als hätte das Zeitprotokoll an der Wand Feuer gefangen. »Darum geht es hier nicht, Ezra!«

Er zuckte mit den Achseln. »Sadie hat doch gesagt, es würde noch was geben, das sie uns erzählen muss, oder? Ich hab ehrlich gesagt nie so richtig an diese Stuntman-Geschichte geglaubt. Vielleicht hat sie ja eine alte Flamme besucht, als sie damals nach …«

»Raus hier!«, schrie ich, bevor er den Satz zu Ende sprechen konnte, riss mein Exemplar von *Kaltblütig* aus dem Regal und warf es ihm hinterher. »Und komm erst wieder, wenn du irgendwas Nützliches oder wenigstens nichts *Grauenhaftes* beizusteuern hast.«

Seitdem habe ich versucht, nicht mehr daran zu denken. Egal, was für Schlüsse man daraus ziehen könnte, das hat absolut nichts mit den vermissten Mädchen zu tun. Außerdem bin ich mir sicher, dass der Zeitpunkt reiner Zufall ist. Ich hätte Sadie gestern Abend bei unserem wöchentlichen Skype-Kontakt gern danach gefragt, aber sie hat ihn ausfallen lassen. Ihr Therapeut hat Nana erklärt, sie sei zu »erschöpft«.

Ein Schritt vor, einer zurück.

»Hey …« Ezras Stimme holt mich ins Hier und Jetzt zurück. »Ich hab hier vielleicht was …« Er streicht auf seinem Schenkel einen dünnen gelben Durchschlag glatt.

Ich rutsche näher zu ihm heran. »Was ist das?«

»Geht um eine Autoreparatur«, sagt er. »Für eine gewisse

Amy Nelson. Die Werkstatt heißt Dailey's Auto in …« Er kneift die Augen leicht zusammen. »… in Bellingham, New Hampshire.«

Wir drehen uns unwillkürlich zu Malcolm um. Das Einzige, was ich über New Hampshire weiß, ist, dass sein Bruder dort wohnt. Dort gewohnt *hat.*

Malcolm presst die Lippen aufeinander. »Noch nie von gehört.«

Ezra liest weiter vor: »*Schaden an der Wagenfront durch Aufprall verursacht, Ursache unbekannt. Stoßstange ersetzt, Motorhaube repariert, Karosserie neu lackiert. Zuschlag für Eilauftrag innerhalb von achtundvierzig Stunden.*« Er zieht die Brauen hoch und pfeift leise durch die Zähne. »Insgesamt sind über zweitausend Dollar in Rechnung gestellt worden. Bezahlt wurde in bar. Bei dem Fahrzeug handelt es sich um einen …« Er hält kurz inne und lässt den Blick über die Rechnung gleiten. »2016 BMW X6. Farbe: rot.«

Malcolm beugt sich an mir vorbei zu Ezra vor. »Kann ich mal sehen?« Ezra reicht ihm die Quittung, und während er sie noch mal durchliest, bildet sich zwischen seinen Brauen eine steile Falte. »Das ist Katrins Wagen«, sagt er schließlich und schaut auf. »Und ihr Nummernschild.«

»Was?« Mia reißt ihm den dünnen gelben Durchschlag aus der Hand. »Bist du sicher?«

»Absolut«, sagt Malcolm. »Sie fährt mich fast jeden Tag damit zur Schule. Und ich parke jedes Mal neben diesem Wagen, wenn ich Moms Auto habe.«

»Wer ist Amy Nelson?«, fragt Ezra.

Malcolm schüttelt den Kopf. »Keine Ahnung.«

»Da steht eine Handynummer.« Mia schiebt Malcolm den Durchschlag zu. »Ist das die von Katrin?«

»Ich weiß die Nummer nicht auswendig. Moment …« Er holt sein Handy heraus und tippt etwas ein. »Nein, ist nicht ihre. Aber … Die Nummer ist in meinem Handy gespeichert. Sie gehört …« Er zieht scharf die Luft ein und sieht Mia an. »Weißt du noch, wie ich von Katrin diese Nachricht bekommen habe, in der sie mich gebeten hat, mit Brooke auf den Homecoming-Ball zu gehen?« Mia nickt. »Danach hat sie mir Brookes Nummer geschickt und ich habe sie in meinen Kontakten abgelegt. Das ist sie.«

»Wie bitte?«, sagt Ezra. »Brookes Handynummer steht auf einer Quittung für die Reparatur von Katrins Wagen?«

Während Malcolm durch seine Kontakte gescrollt hat, habe ich mir auf meinem Handy eine Karte von Bellingham in New Hampshire angeschaut. »Bis zur Werkstatt fährt man von hier aus drei Stunden«, sage ich.

»Dann hat Brooke …« Mia nimmt Ezra die Quittung aus der Hand. »Dann hat Brooke Katrin wohl geholfen, ihren Wagen reparieren zu lassen. Aber sie haben ihn nicht zu Armstrong's Autowerkstatt gebracht, und auch nicht zu irgendeiner anderen Werkstatt in Vermont. Außerdem haben sie einen falschen Namen angegeben. Warum sollten sie so was machen?«

Ich sehe Malcolm an. »Was hat Katrin denn zu Hause gesagt, warum der Wagen repariert werden musste?«, frage ich.

Er zieht die Brauen zusammen. »Nichts. Da war nichts.« Als ich ihn verwirrt anschaue, sagt er: »Der Wagen ist nicht beschädigt gewesen, meine ich. Es ist alles in Ordnung damit. Vielleicht ist da irgendwas durcheinandergekommen. Es sei denn … Moment.« Er dreht sich zu Mia, die immer noch auf die Quittung starrt. »Wann genau wurde der Wagen repariert?«

»Ähm …« Mias Blick wandert auf dem Durchschlag nach oben. »Am einunddreißigsten August wurde er in die Werkstatt gebracht und am zweiten September von dieser ›Amy‹ wieder abgeholt.« Sie sieht Malcolm an. »Du warst mit deiner Mutter ein paar Tage verreist, oder? Wann seid ihr zurückgekommen?«

»Am vierten September«, antwortet Malcolm. »Das war an dem Tag, an dem die Benefizgala zu Ehren von Lacey stattgefunden hat.«

»Dann hättest du es gar nicht mitgekriegt, wenn der Wagen weg gewesen wäre«, sagt Mia langsam. »Aber hätte Mr Nilsson das nicht irgendwann mal erwähnt?«

»Nicht unbedingt. Katrin hat während der Sommerferien ein paar Tage bei Brooke gewohnt.« Malcolm trommelt gedankenversunken mit den Fingerspitzen auf sein Knie. »Vielleicht ist das der Grund dafür, warum Brookes Nummer auf der Rechnung steht. Sie hat Katrin gedeckt, während der Wagen repariert wurde. Peter sagt ihr ständig, dass sie vorsichtiger fahren muss. Wahrscheinlich hatte sie Angst, dass er ihn ihr wegnimmt, wenn er was davon erfährt.«

»Okay«, sagt Ezra. »Klingt so weit alles logisch. Der falsche Name ist zwar irgendwie dämlich, weil man anhand des Nummernschilds rausfinden kann, wem der Wagen tatsächlich gehört. Aber wahrscheinlich dachten sie, dass es gar nicht so weit kommen würde.« Er runzelt die Stirn. »Ich verstehe nur nicht, warum Brooke so verzweifelt versucht hat, die Quittung zurückzubekommen. Vorausgesetzt, es war wirklich das, wonach sie gesucht hat, aber …«, er deutet auf den Haufen Papiere, die wir bereits aussortiert haben, »… alles andere hat keinen Bezug zu ihr. Die Sache, die ich nicht verstehe, ist die: Wenn man sich die Mühe gemacht hat, heimlich in eine weit entfernte Werkstatt zu fahren, unter einem anderen Namen ein Auto reparieren zu lassen, und die Quittung in eine mit einem Schloss gesicherte Datenpapiertonne wirft, um jeden Beweis zu beseitigen ... Warum lässt man sie dann nicht einfach, wo sie ist, bis sie auf Nimmerwiedersehen geschreddert wird? Damit wäre die Sache erledigt gewesen, oder?«

Ich denke an das, was Brooke an dem Abend im Büro gesagt hat. *Das ist die Eine-Million-Dollar-Frage, oder? Was ist passiert? Das würdet ihr gern wissen, was?* Mein Herzschlag beschleunigt sich, als mir plötzlich etwas einfällt. »Mia!« Ich drehe mich zu ihr. »An welchem Tag wurde der Wagen noch mal in die Werkstatt gebracht?«

»Am einunddreißigsten August.«

»Am einunddreißigsten August«, wiederhole ich. Meine Nerven sind zum Zerreißen gespannt und meine Haut kribbelt.

Ezra legt den Kopf schräg. »Was ist? Du siehst aus, als hättest du gerade eine entsicherte Handgranate verschluckt.«

»Am Abend vorher sind wir aus L.A. hier angekommen. Am dreißigsten August, weißt du nicht mehr? Der Hagelsturm. Der Abend, an dem Mr Bowman bei einem Unfall mit Fahrerflucht getötet wurde.« Einen Moment lang sagt niemand etwas, und ich tippe auf die Quittung, die Mia immer noch in der Hand hält. »*Schaden an der Wagenfront durch einen Aufprall, Ursache unbekannt*?«

Mia erstarrt, Ezra zischt ungläubig »Heilige Scheiße«, und Malcolm sagt tonlos: »Nein«. Er sieht mich mit einem gequälten Ausdruck in den Augen an. »Mr Bowman?

Katrin hätte niemals …« Er verstummt, als Mia ihm die Quittung in den Schoß fallen lässt.

»Ich sage es wirklich nicht gern.« Ihre Stimme klingt überraschend sanft. »Aber es sieht gerade verdammt danach aus.«

26

MALCOLM
Samstag,
5. Oktober

»Du siehst wunderhübsch aus, Katrin.«

Als ich die Stimme meiner Mutter höre, gehe ich mit dem leider noch nicht wirklich kalten Mineralwasser, das ich mir eben aus dem Kühlschrank geholt habe, zur Küchentür, um in die Eingangshalle zu schauen. Katrin schreitet gerade wie eine Königin die Treppe herunter. Sie trägt ihr rotes Kleid und hat die Haare zu einem kunstvoll verschlungenen Knoten hochgesteckt. Sie sieht tatsächlich besser aus als in den letzten Tagen, aber von der selbstbewussten Leichtigkeit, die sie sonst immer ausgestrahlt hat, ist nichts zu spüren. In ihren Zügen liegt jetzt etwas Verletzliches, das ich vorher nie an ihr gesehen habe.

Der Ausschnitt des Kleids ist für Katrins Verhältnisse ziemlich tief, lenkt mich aber trotzdem nicht von den Gedanken ab, die mich seit gestern Nachmittag verfolgen.

Was weißt du, Katrin? Was hast du getan?

»Wow!« Katrins Freund Theo hat dieses Problem nicht. Er starrt völlig fasziniert auf ihre Brüste, bis ihm offenbar wieder einfällt, dass ihr Vater neben ihm steht. »Du siehst umwerfend aus.«

Von meinem Platz aus, kann ich Peter nicht sehen, aber die Begeisterung in seiner Stimme klingt etwas gezwungen. »Ich muss unbedingt ein paar Fotos von euch vier machen.«

Das ist mein Stichwort, um den Rückzug anzutreten. Katrin und Theo gehen mit den von mir am allermeisten gehassten Schülern der Echo Ridge High auf den Homecoming-Ball: Kyle McNulty und Viv Cantrell. Die beiden sehen das nicht als Date, wie Katrin meiner Mutter erklärt hat. Sie sind nur total fertig wegen Brooke und haben sich zusammengetan, um wie alle anderen in der Stadt zu versuchen, so etwas wie Normalität aufrechtzuerhalten. So wie Kyle aussah, als er mit Viv vorhin hier ankam, machte er eher den Eindruck, als wäre er dazu überredet worden und würde es schon jetzt bereuen, sich darauf eingelassen zu haben.

Die Einnahmen aus dem Verkauf der Eintrittskarten für den Ball werden als Belohnung für Informationen ausgesetzt, die dazu beitragen, dass Brooke gefunden wird. Die meisten Unternehmen und Geschäfte im Ort haben bereits angekündigt, diese Summe verdoppeln zu wollen, darunter auch Peters Anwaltskanzlei. Er ließ es sich nicht nehmen, den Endbetrag sogar noch mal um das Zweifache zu erhöhen.

Ich verziehe mich ins Arbeitszimmer, während die anderen für die Fotos posieren. Mia geht wie geplant mit Ezra auf den Ball und hat mich noch bis vor einer Stunde mit Nachrichten bombardiert, um mich in letzter Minute davon zu überzeugen, Ellery zu fragen, ob sie mit mir hingehen will. Unter anderen Umständen hätte ich das wahrscheinlich sogar getan, aber mir gehen Katrins Worte einfach nicht aus dem Kopf: *An deiner Stelle würde ich lieber nicht auf dem Ball aufkreuzen.* Zwar hat sie mittlerweile aufgehört, mich wie einen Schwerverbrecher zu behandeln, aber ich weiß, dass mich alle anderen an der Schule genau dafür halten. Mir ist dieser sinnlose Ball nicht wichtig genug, um mich drei Stunden lang den Blicken und dem Geflüster auszusetzen.

Außerdem weiß ich nicht, ob ich es im Moment schaffen würde, mich meiner Stiefschwester gegenüber normal und unverkrampft zu verhalten.

Ich habe mit niemandem über das gesprochen, was wir gestern herausgefunden haben. Trotz unserer wilden Theorien haben wir im Grunde nichts weiter in der Hand als eine Quittung mit fragwürdigen Kontaktinformationen. Allerdings hat mich das nicht daran gehindert, den ganzen Tag darüber nachzugrübeln, wodurch es praktisch unmöglich wurde, Katrin anzuschauen, ohne Gefahr zu laufen, dass mir eine Frage wie *Was weißt du? Was hast du getan?* herausrutscht.

Das Stimmengewirr in der Halle wird lauter, als Katrin und ihre Freunde aufbrechen. Gleich werden nur noch Peter und Mom zu Hause sein, und plötzlich wird mir klar, dass ich diesen Samstagabend auf gar keinen Fall allein mit meinen Gedanken verbringen möchte. Bevor ich es mir anders überlegen kann, schicke ich Ellery schnell eine Nachricht. *Hast du vielleicht Lust, vorbeizukommen? Einen Film schauen oder so?*

Ich weiß nicht, ob ihr danach ist oder ob ihre Großmutter es ihr überhaupt erlauben würde. Ellery braucht ein paar Minuten, um zurückzuschreiben, und der Schraubstock um meinen Brustkorb lockert sich etwas, als ich ihre Antwort lese.

Klar, gerne.

••••

Wenn man am Abend des Homecoming-Balls ein Mädchen zu sich nach Hause einlädt, wirkt das auf Mütter offenbar extrem bedeutungsträchtig.

Seit Ellery von ihrer Großmutter bei uns zu Hause abgesetzt wurde, schwirrt Mom ohne Unterlass um uns herum. »Soll ich euch vielleicht Popcorn zum Film machen? Das ist gar keine Mühe, mache ich gern. Geht ihr nach unten in den Hobbyraum oder wollt ihr lieber ins Wohnzimmer? Unten ist es wahrscheinlich gemütlicher, aber ich glaube, auf dem Fernseher dort läuft kein Netflix. Vielleicht könnten wir es ja noch schnell für euch installieren, was meinst du, Peter?«

Peter legt ihr eine Hand auf die Schulter. »Malcolm wird sich schon melden, falls er bei irgendwelchen technischen Problemen Hilfe braucht.« Er schenkt Ellery sein gewinnendstes Lächeln, als sie sich ihren Schal vom Hals wickelt und in ihre Tasche steckt. »Freut mich sehr, dich wiederzusehen, Ellery. Auf der Benefizgala hatte ich keine Gelegenheit, es dir zu sagen, aber ich fand deine Mutter immer toll, als sie noch hier gelebt hat.« Er lächelt kopfschüttelnd. »Ich habe sie ein paarmal ins Kino eingeladen, bin mir aber ziemlich sicher, dass sie sich mit mir zu Tode gelangweilt hat. Ich hoffe, es geht ihr gut und dass du dich in Echo Ridge wohlfühlst, wobei …« Ein Schatten huscht über sein Gesicht. »Wir zeigen uns hier gerade nicht von unserer besten Seite.«

Ich lasse mir nicht anmerken, wie sehr ich mir wünsche, er würde einfach den Mund halten. Klar, das ist auch eine Methode, um immer wieder alle daran zu erinnern, dass die halbe Stadt denkt, ich hätte etwas mit Brookes Verschwinden zu tun. Was wohl auch ein Grund dafür ist, warum ich Ellery nicht gefragt habe, ob sie mit mir auf den Ball geht. Ich bin mir nicht sicher, ob sie Ja gesagt hätte.

»Ich weiß«, sagt Ellery. »Wir sind in einem ziemlich seltsamen Moment hierhergekommen. Aber es sind alle wirklich sehr nett zu uns.« Sie lächelt mich an und meine düsteren Gedanken lösen sich sofort auf. Heute trägt sie die Haare offen, sodass sie ihr in dichten Locken über die Schultern fallen, genau wie ich es mag. Wobei mir bis gerade eben gar nicht klar war, dass ich in der Hinsicht eine Vorliebe habe.

»Kann ich euch was zu trinken bringen?«, fragt Mom. »Wir haben Mineralwasser da und Saft oder …« Sie holt tief Luft, als wollte sie den gesamten Inhalt unseres Kühlschranks aufzählen, aber Peter schiebt sie sanft in Richtung Treppe, bevor Ellery etwas sagen kann. Uff.

»Malcolm weiß, wo alles steht, Alicia. Warum gehen wir nicht nach oben und schauen uns den Dokumentarfilm von Ken Burns zu Ende an?« Er lächelt mich fast genauso herzlich an wie Ellery eben. Das Lächeln reicht zwar nicht bis zu seinen Augen, aber ich rechne es ihm hoch an, dass er es wenigstens versucht. »Meldet euch einfach, wenn ihr irgendwas braucht.«

»Sorry«, sage ich, als die beiden nach oben verschwunden sind. »Mom ist ein bisschen aus der Übung, weil ich so selten Besuch von Leuten habe, die zum ersten Mal bei mir sind. Soll ich uns Popcorn machen?«

»Gern.« Sie grinst und zeigt dabei ihr Grübchen, und plötzlich bin ich total froh, ihr geschrieben zu haben.

Ich führe sie in die Küche, wo sie sich an der Kücheninsel auf einen Hocker setzt, während ich im Schrank neben der Spüle herumkrame, bis ich eine Packung Mikrowellen-Popcorn gefunden habe. »Keine Sorge. Deine Mom ist cool. Dein Stiefvater auch.« Sie klingt überrascht, als hätte sie nicht erwartet, dass sie Katrins Dad nett finden würde.

»Peter ist ganz in Ordnung«, räume ich widerwillig ein und lege einen Popcorn-Beutel in die Mikrowelle.

Ellery wickelt sich eine Haarsträhne um den Finger. »Du hast noch gar nichts über deinen Dad erzählt. Habt ihr noch Kontakt oder …?« Sie zögert, als wäre sie nicht sicher, ob er überhaupt noch lebt.

Das ploppende Geräusch aufplatzender Maiskörner erfüllt die Küche. »Wir sehen uns nicht so oft. Mittlerweile wohnt er im Süden von Vermont, in der Nähe von Massachusetts. Ich habe ihn in den Sommerferien eine Woche dort besucht. Ansonsten schickt er mir hauptsächlich Links zu irgendwelchen Sportevents, von denen er – fälschlicherweise – annimmt, sie würden mich interessieren. Peter gibt sich da ein bisschen mehr Mühe.« Noch während ich es sage, fällt mir zu meiner Überraschung auf, dass das stimmt. »Er unterhält sich öfter über Colleges mit mir oder fragt, was ich nach der Highschool machen will.«

»Weißt du denn schon, was du danach machen willst?«, fragt Ellery.

Das Ploppen lässt nach. Ich nehme den Beutel aus der Mikrowelle und reiße ihn auf. Eine Wolke buttrig duftenden Dampfs steigt auf. »Ich hab keine Ahnung«, gestehe ich. »Was ist mit dir?«

»Ganz genau weiß ich es noch nicht. Ich könnte mir vorstellen, Anwältin zu werden, aber … ich weiß nicht, inwieweit das überhaupt realistisch ist. Bis vor Kurzem dachte ich noch, dass es für mich sowieso nicht infrage kommt, aufs College zu gehen. Sadie könnte die Studiengebühren niemals aufbringen. Aber meine Großmutter hat davon gesprochen, dass sie Ezra und mich finanziell unterstützen möchte.«

»Bevor meine Mutter mit Peter zusammengekommen ist, war ein Studium für mich auch nicht wirklich eine Option, weil wir das Geld nicht hatten. Jetzt sieht es ein bisschen anders aus. Du weißt ja bestimmt, dass Peter Anwalt ist, oder? Ich bin mir sicher, dass er sich liebend gern mit dir unterhalten und dir Tipps geben würde. Aber ich muss dich warnen, vielleicht verlierst du danach auch die Lust, Jura zu studieren. Was er über seinen Job erzählt, klingt zum allergrößten Teil echt öde. Wobei das auch an ihm liegen könnte.«

Ellery lacht. »Ist notiert. Vielleicht komme ich irgendwann darauf zurück.« Während ich nach einer Schüssel für das Popcorn suche, drehe ich ihr den Rücken zu, und als sie weiterspricht, klingt ihre Stimme viel leiser. »Es ist komisch, aber ich habe mich lange Zeit gar nicht wirklich in der Zukunft … *gesehen*«, sagt sie. »Als ob ich keine hätte. Ich musste immer daran denken, was mit meiner Tante passiert ist, und habe die Vorstellung nicht aus dem Kopf gekriegt, dass es meinem Bruder oder mir eines Tages womöglich genauso gehen könnte. Als würde es immer nur ein Corcoran-Zwilling schaffen, weiterzuleben. Und weil Ezra unserer Mutter viel ähnlicher ist als ich …« Ich drehe mich um und sehe, wie sie aus dem Küchenfenster, das ihr Spiegelbild zurückwirft, in die Dunkelheit hinausstarrt. Sie schaudert kurz, wendet sich mir zu und sieht mich mit einer entschuldigenden Grimasse an. »Sorry. Das Gespräch ist jetzt ziemlich schnell ziemlich morbide geworden.«

»Wir haben alle verkorkste Familiengeschichten«, sage ich. »Da gehört das Morbide wohl einfach dazu.«

Ich führe sie ins Wohnzimmer, setze mich an ein Ende des Sofas und stelle die Popcorn-Schüssel neben mich. Sie macht es sich auf der anderen Seite bequem und reicht mir mein Getränk. »Was sollen wir uns anschauen?«, frage ich, während ich nach der Fernbedienung greife und durchs Menü scrolle.

»Egal.« Ellery nimmt sich eine kleine Handvoll Popcorn aus der Schüssel. »Ich bin einfach froh, heute Abend nicht zu Hause zu sein.«

Beim Scrollen stoße ich zufälligerweise auf den ersten *Defender*-Film, den ich abgespeichert habe. Die Szene, in der ihre Mutter ihren Auftritt hat, ist zwar schon vorbei, aber ihr zu Ehren lasse ich ihn trotzdem laufen. »Ich weiß, was du meinst. Ich muss die ganze Zeit daran denken, dass es jetzt fast genau eine Woche her ist, seit ich Brooke zu Hause abgesetzt habe.« Ich schraube meine Wasserflasche auf. »Übrigens wollte ich mich noch bei dir bedanken. Du weißt schon. Dafür, dass du mir glaubst.«

Ellerys dunkel schimmernde Augen halten meinen Blick fest. »Das muss eine grauenhafte Woche für dich gewesen sein.«

»Na ja, ich hab damals mitbekommen, was Declan durchgemacht hat.« Über den Flachbildschirm vor uns zucken Bilder einer futuristischen Stadt mit dunklen, regennassen Straßen. Der Held kauert am Boden und wird von einer Gruppe muskelbepackter, Lederklamotten tragender Typen umringt. Er ist noch kein halber Cyborg, wird also gleich eine üble Abreibung bekommen. »Dagegen war das gar nichts.«

Ellery setzt sich bequemer hin. »Der Unterschied ist natürlich auch, dass er echt lange mit Lacey zusammen war. Du hattest ja nichts mit Brooke und bist auch nicht ...« Sie zögert kurz, »... besonders eng mit ihr befreundet gewesen.«

Wir haben es immerhin fast fünfzehn Minuten geschafft, nicht über das Thema zu reden, das uns am allermeisten beschäftigt. Was vermutlich gar keine so schlechte Leistung ist.

»Meinst du, wir sollten mit dem, was wir herausgefunden haben, zur Polizei gehen?«, frage ich.

Ellery kaut auf ihrer Unterlippe. »Ich weiß nicht. Um ehrlich zu sein, stresst mich der Gedanke, dass ich ein Schloss geknackt habe, um an diese Quittung zu kommen. Außerdem ist es vielleicht keine gute Idee, dich da mit reinzuziehen. Davon abgesehen, traue ich diesem Ryan Rodriguez immer noch nicht so ganz über den Weg.« Sie runzelt die Stirn, während ihr Blick weiter auf den Fernseher gerichtet ist. »Irgendwas stimmt nicht mit dem Typen.«

»Es gibt auch noch andere Leute bei der Polizei«, sage ich, aber bei dem Gedanken an Officer McNulty, der die Ermittlungen in Brookes Fall leitet, dreht sich mir der Magen um.

»Da ist noch was ... woraus ich nicht ganz schlau werde.« Ellery greift nach der Fernbedienung, als wollte sie umschalten, stattdessen schwenkt sie sie dann nur nachdenklich in der Hand. »Mal angenommen, wir liegen mit unserer Theorie richtig und Katrin hat ...«, sie senkt die Stimme, »Mr Bowman tatsächlich überfahren. Glaubst du, dass das ... *alles* ist, was sie getan hat?«

Ich versuche das Stück Popcorn hinunterzuschlucken,

das ich gerade im Mund habe, aber meine Kehle ist plötzlich total trocken. Ich nehme einen tiefen Schluck von meinem Wasser und denke an den maskenhaften Gesichtsausdruck, mit dem Katrin heute Abend die Treppe heruntergekommen ist. Ich denke daran, wie sie versucht hat, mir etwas anzuhängen, als ich das erste Mal von Officer McNulty befragt wurde. Und an die Angst in ihren Augen am Tag von Peters Suchaktion. »Was genau meinst du damit?«

»Na ja …« Sie spricht so langsam und zögernd, als würde jemand die Worte aus ihr herauspressen. »Vielleicht sollte ich vorausschicken, dass … ich mich schon immer total für die Geschichten über wahre Verbrechen interessiert habe. Was nicht unbedingt normal ist, das ist mir klar. Man könnte es auch bedenklich finden. Deswegen solltest du das, was ich sage, mit Vorsicht genießen, weil ich wahrscheinlich … von Natur aus ein misstrauischer Mensch bin.«

»Du hattest mich auch im Verdacht, oder? Zumindest für eine Weile.« Ellery erstarrt und sieht mich mit großen Augen an. Shit, das hatte ich eigentlich gar nicht sagen wollen. Ich bin versucht, mich zu entschuldigen und das Thema zu wechseln, tue es dann aber doch nicht, weil ich jetzt, wo ich es schon mal ausgesprochen habe, gern wissen würde, was sie darauf antwortet.

»Ich … ich finde es selbst schrecklich, dass ich so bin, Mal. Ehrlich.« Ich glaube, das ist das erste Mal, dass sie die Kurzform meines Namens benutzt, aber bevor ich länger über diesen bedeutsamen Moment nachdenken kann, stelle ich entsetzt fest, dass in ihren Augen Tränen glitzern. »Es ist nur … Seit meiner Kindheit frage ich mich, was damals mit meiner Tante passiert ist. Da war niemand, der bereit war, mit mir darüber zu sprechen. Deswegen habe ich irgendwann angefangen, diese zum Teil echt superharten True-Crime-Storys zu lesen, weil ich dachte, dass ich das dann alles besser verstehen würde. Aber das hat bloß dazu geführt, dass ich noch verwirrter und paranoider wurde. Mittlerweile bin ich an einem Punkt angelangt, wo ich manchmal das Gefühl habe, niemandem mehr vertrauen zu können, außer meinem Zwillingsbruder.« Eine Träne läuft ihr über die Wange. Sie wirft die Fernbedienung auf die Couch und wischt sich mit dem Handrücken wütend übers Gesicht, worauf ein roter Fleck auf ihrer hellen Haut zurückbleibt. »Ich habe totale Schwierigkeiten, Beziehungen zu anderen Menschen aufzubauen. Bevor wir hergezogen sind, hatte ich eigentlich nur eine einzige Freundin. Dann hab ich dich und Mia kennengelernt, und ihr seid total nett zu Ezra und mir gewesen und habt uns gleich so angenommen, wie wir sind, aber dann ist das alles passiert und … Es tut mir leid. Ich habe dir das nie *wirklich* zugetraut, aber … darüber nachgedacht hab ich schon. Falls das jetzt irgendeinen Sinn ergibt. Wahrscheinlich nicht.«

In meiner Brust löst sich mit einem Mal ein Knoten, der mir die ganze Zeit die Luft abgeschnürt hat. »Doch. Ist schon okay. Ich verstehe das.« Ich hole zu einer Geste aus, die das gesamte Wohnzimmer umfasst. »Schau dir an, wie mein großer Homecoming-Abend aussieht. Ich weiß nicht, ob es dir aufgefallen ist, aber ich hab auch nur eine einzige Freundin. Wie wir vorhin schon in der Küche festgestellt haben … wir haben alle unsere eigene verkorkste Familiengeschichte. Was die meiste Zeit scheiße ist, aber dafür verstehe ich ziemlich gut, wie es dir geht. Und ich … ich mag dich sehr.«

Ich stelle die Popcorn-Schüssel auf den Couchtisch, beuge mich zu ihr und lege ihr zaghaft einen Arm um die Schultern. Ellery lehnt sich seufzend an mich. Eigentlich sollte das eine freundschaftliche Umarmung sein – jedenfalls hauptsächlich –, aber dann fallen ihr ihre Haare auf einer Seite ins Auge, weshalb ich sie ihr hinters Ohr streiche, und ehe ich begreife, was ich tue, umschließe ich mit beiden Händen ihr Gesicht. Was sich wirklich gut anfühlt. Ellery sieht mich an. Um ihre Lippen spielt ein kleines, fragendes Lächeln. Und dann ziehe ich sanft ihr Gesicht zu mir und küsse sie, bevor ich noch länger darüber nachdenken kann.

Ihre Lippen sind weich und warm und schmecken ein kleines bisschen buttrig. Mir wird heiß, als sie ihre Hand über meinen Brustkorb aufwärts gleiten lässt und in meinen Nacken schiebt. Dann knabbert sie ganz sanft an meiner Unterlippe, und die Hitze verwandelt sich in einen Stromschlag, der durch meinen ganzen Körper zuckt. Ich schlinge die Arme um sie, ziehe sie halb auf meinen Schoß und lasse die Lippen von ihrem Mund zu ihrem Hals hinunterwandern. Ellery drückt mich in die Kissen zurück und schmiegt sich eng an mich und verdammt … dieser Abend verläuft sehr viel besser, als ich erwartet hätte.

Ein lautes Klappern lässt uns beide erstarren. Irgendwie haben wir es geschafft, die Fernbedienung auf den Boden zu schubsen. Ellery setzt sich genau in dem Moment auf, in dem die Stimme meiner Mutter ertönt, die dafür, dass sie von oben kommen sollte, viel zu nah klingt. »Malcolm?«, ruft sie. »Alles in Ordnung?«

Mist. Sie ist in der Küche. »Alles gut«, rufe ich, und Ellery und ich rücken schnell auseinander. »Uns ist nur die Fernbedienung runtergefallen.« Wir ziehen jeder ein Bein an und legen den Fuß des anderen Beins zwischen uns auf die Couch, während wir beide hochrot und mit verlegenem Grinsen auf die Antwort meiner Mutter warten.

»Oh, okay. Ich mache gerade heiße Schokolade, habt ihr vielleicht auch Lust?«

»Nein danke«, sage ich, während Ellery versucht, ihre Locken zu bändigen. Mir juckt es in den Fingern, sofort wieder die Hände hineinzuschieben und sie in Unordnung zu bringen.

»Was ist mit dir, Ellery?«, fragt Mom.

»Vielen Dank, aber im Moment nicht«, sagt Ellery und beißt sich auf die Unterlippe.

»Alles klar!«

Ich warte eine schier endlos lange Minute darauf, dass meine Mutter wieder die Treppe hochgeht, aber bevor es so weit ist, ist Ellery schon ans andere Ende der Couch gerutscht.

»Vielleicht ist es ganz gut, dass wir unterbrochen worden sind«, sagt sie. »Ich hab das Gefühl, dass ich dir erst mal von meiner Theorie erzählen sollte, bevor wir … was auch immer.«

Mein Gehirn ist noch zu sehr mit dem beschäftigt, was eben passiert ist, um so schnell umzuschalten. »Mir von deiner *was* erzählen solltest?«

»Meine Theorie über das, was hier möglicherweise passiert ist.«

»Deine … oh. Natürlich. Klar.« Ich atme einmal tief durch und setze mich aufrechter hin. »Die hat aber nichts mit mir zu tun, oder?«

»Nein, definitiv nicht«, sagt sie. »Aber mit Katrin. Und

damit, dass das, was wir herausgefunden haben, vielleicht nur der Anfang von … ähm … weiteren Dingen ist. Falls wir, was Mr Bowman betrifft, richtigliegen.« Sie wickelt sich wieder eine Haarsträhne um den Finger. Mittlerweile kenne ich sie gut genug, um zu wissen, dass das nie ein gutes Zeichen ist. Ich kann mir immer noch nicht vorstellen, dass Katrin Mr Bowman tatsächlich überfahren haben und danach Fahrerflucht begangen haben soll, und bin mir nicht sicher, ob ich mental schon dazu bereit bin, mir Theorien über *weitere Dinge* anzuhören. Andererseits habe ich es in den letzten fünf Jahren auch immer vermieden, über Lacey und Declan zu sprechen, und das hat nichts besser gemacht.

»Was meinst du genau?«, frage ich.

»Okay. Wenn wir die Quittung als Anhaltspunkt nehmen, können wir ziemlich sicher davon ausgehen, dass Brooke von dem Unfall gewusst hat, richtig? Entweder saß sie mit im Wagen, als es passiert ist, oder Katrin hat ihr anschließend davon erzählt.« Statt sich weiter ihre Haare um den Finger zu wickeln, spielt Ellery jetzt an ihrem Anhänger herum. »Katrin muss panische Angst gehabt haben, dass irgendjemand davon erfährt. Es ist eine Sache, jemanden anzufahren, aber danach einfach weiterzufahren, ohne dem Opfer zu helfen … Sie wäre an der Schule zu einer Ausgestoßenen geworden und das Ansehen der Familie Nilsson wäre massiv beschädigt gewesen. Wahrscheinlich wäre sie vor Gericht gekommen. Also hat sie beschlossen, die ganze Sache zu vertuschen. Und Brooke hat sich bereit erklärt, ihr zu helfen, aber … ich glaube, dass sie das ziemlich schnell bereut hat. Ich habe sie kurz nach dem Tod von Mr Bowman kennengelernt und sie seitdem nur niedergeschlagen und traurig erlebt. Oder ist sie schon immer so gewesen?«

»Nein.« Mein Magen zieht sich zusammen, als ich an Brookes strahlendes Lächeln auf dem Klassenfoto denke, das für das Vermisstenplakat verwendet wurde. »Überhaupt nicht.«

»Und als wir sie im Büro der Villa ertappt haben, da hat sie so was gesagt wie *Ich hätte das nicht tun dürfen, das kann man nicht machen, das ist nicht okay.* Woraus ich schließe, dass sie sich schuldig gefühlt hat.«

An meiner Schläfe beginnt eine Vene zu pochen. »Sie hat mich gefragt, ob ich schon mal einen schlimmen Fehler begangen hätte.«

Ellerys Augen weiten sich. »Tatsächlich? Wann war das?«

»Im Büro. Als du weg bist, um Ezra zu suchen. Sie hat gesagt …« Ich krame in meiner Erinnerung, kriege den genauen Wortlaut aber nicht mehr zusammen. »Sie hat von einem schwerwiegenden Fehler gesprochen, nichts Normales, was jedem mal passieren kann, und dass sie sich wünschen würde, sie hätte andere Freunde.«

»Das passt«, sagt Ellery nachdenklich.

Ich bin mir zwar ziemlich sicher, dass ich es eigentlich gar nicht wissen will, hake aber trotzdem nach. »Passt wozu?«

»Zu vielem. Angefangen mit den Schmierereien«, sagt Ellery. Ich sehe sie alarmiert an. »Die Botschaften sind erst aufgetaucht, nachdem Katrin ihren Wagen in Reparatur hatte. Sie hat ihn am zweiten September zurückbekommen, und die Benefizgala der Lacey-Stiftung war am vierten September, richtig?« Als ich nicke, spricht sie weiter: »Ich hab immer wieder darüber nachgedacht, wie das für Katrin gewesen sein muss, als die ganze Stadt um Mr Bowman getrauert und sich gefragt hat, was passiert ist. Sie hatte mit Sicherheit panische Angst, aufzufliegen oder sich womöglich selbst irgendwie zu verraten. Deshalb ist mir irgendwann der Gedanke gekommen … Ich meine, was wenn *Katrin* hinter den Drohungen steckt?«

»Warum sollte sie so was machen?«, frage ich ungläubig.

Ellery zeichnet mit dem Finger das Blumenmuster der Couch nach und weicht meinem Blick aus. »Um von dem abzulenken, was sie getan hat«, sagt sie leise. »Alle in der Stadt haben angefangen, sich auf diese furchtbaren Drohungen zu konzentrieren, statt weiter nachzuforschen, wer Mr Bowman überfahren haben könnte.«

Mir wird flau im Magen, weil an dem, was sie sagt, definitiv etwas dran sein könnte. Der Homecoming-Stalker hat dafür gesorgt, dass der Unfall, bei dem Mr Bowman zu Tode gekommen ist, viel schneller in den Hintergrund gerückt ist, als es unter anderen Umständen der Fall gewesen wäre. »Aber warum hätte sie *dich* in die Sache mit reinziehen sollen?«, frage ich. »Und sich selbst und Brooke?«

»Na ja, was Katrin und Brooke betrifft, erscheint es schon sinnvoll, weil niemand auf die Idee kommen würde, dass sie etwas damit zu tun haben könnten, wenn sie sich selbst zur Zielscheibe machen. Was mich angeht … keine Ahnung.« Ellery zeichnet immer noch das Blumenmuster nach und starrt auf die Couch, als könnte sie sich in Luft auflösen, wenn sie in ihrer Konzentration auch nur eine Sekunde nachlassen würde. »Vielleicht dachten sie, dass ihre Intrige dadurch noch … glaubwürdiger wäre oder so. Weil meine Familie ja auch von einem tragischen Vorfall betroffen ist, der nach einem Homecoming-Ball passiert ist. Auch wenn Sadie damals die Königin war und nicht Sarah.«

»Aber wie hätte Katrin das anstellen sollen? Sie ist im Saal des Kulturzentrums gewesen, als die Nachricht auf das Schild gesprayt wurde«, gebe ich zu bedenken. »Und als bei der Veranstaltung im Zirkuszelt diese Bilder auf der Videoleinwand aufgetaucht sind, stand sie mit den anderen Cheerleadern auf der Bühne.«

»Die Botschaften auf der Videoleinwand hätte man auch irgendwie im Voraus so programmieren können. Tja, aber das mit dem Schild … dafür hätte sie auf jeden Fall Hilfe gebraucht. Aber Brooke steckte sowieso schon in der Sache mit drin, und Viv und ihr Freund würden wahrscheinlich alles tun, was Katrin von ihnen will, oder? Es sei denn … Ist dir an dem Abend im Kulturzentrum aufgefallen, ob sie zwischendurch mal eine Weile weg war?«

»Nein, ich … Obwohl … stimmt, ja … jetzt, wo du's sagst.« Mir fällt wieder ein, wie Katrin schnell weggegangen ist, als sich alle Blicke im Saal auf meine Mutter und mich gerichtet haben. *Oh, da drüben ist Theo*, hat sie gesagt. Wie lange hat es gedauert, bis wir an unserem Tisch angekommen waren, wo sie dann auch saß? Ich massiere mir die Schläfe, als könnte mir das helfen, mich zu erinnern, tut es aber nicht. Das alles wühlt mich ganz schön auf. »Vielleicht ist an deiner Theorie was dran. Aber wenn ich ehrlich sein soll – das ist irgendwie alles ziemlich weit hergeholt, Ellery. Und es erklärt auch nicht, was mit Brooke passiert ist.«

»Genau das macht mir Sorgen.« Ellerys Stimme ist wieder leise. »Ich lande immer wieder am selben Punkt: Während Katrin alles getan hat, um von dem Unfall abzulenken, hat Brooke anscheinend versucht, den Mut aufzubringen, darüber zu sprechen, was wirklich passiert ist. Sie wollte sich unbedingt die Quittung zurückholen, um einen Beweis in der Hand zu haben. Was, wenn … wenn Katrin davon wusste und … dafür gesorgt hat, dass sie nichts verraten kann?«

Mir läuft ein Schauder über den Rücken. »Und wie soll sie das gemacht haben?«

»Ich habe keine Ahnung. Und glaub mir, ich wünsche mir nichts mehr, als dass ich mit diesem Verdacht falschliege.« Ellery spricht gehetzt, als würde sie das, was sie sagt, selbst ungeheuerlich finden, müsste es aber trotzdem loswerden. »Katrin hatte ein Motiv. Und sie hatte eine Gelegenheit. Das sind zwei von drei Dingen, die man braucht, um ein Verbrechen zu begehen.«

Mein Magen fühlt sich an, als wäre er mit Blei gefüllt. »Was ist das dritte?«

»Man muss dazu fähig sein.« Als Ellery jetzt schließlich wieder den Blick hebt, liegt ein nachdenklicher Ausdruck auf ihrem Gesicht.

»Das ist Katrin nicht.« Die Worte sind draußen, bevor ich darüber nachgedacht habe.

»Selbst dann nicht, wenn sie Angst haben musste, alles zu verlieren?« Diesmal sage ich nichts und Ellery spricht hastig weiter. »Das wäre vielleicht auch eine Erklärung dafür, warum sie aus heiterem Himmel angefangen hat, diese Dinge über dich und Brooke zu behaupten und damit das Interesse der Polizei auf dich zu lenken, oder? Weil ihr in dem Moment alles recht gewesen ist, was von ihr ablenkt.«

»Aber … Gott, Ellery, weißt du überhaupt, was du da sagst?« Meine Stimme senkt sich zu einem angespannten Flüstern. »*Entführung?* Oder Schlimmeres? Die ganzen anderen Sachen kann ich ja noch irgendwie nachvollziehen.

Dass sie Fahrerflucht begangen hat, ja, selbst dass sie hinter diesen Gruselbotschaften in der ganzen Stadt steckt. Das ist zwar alles ziemlich krass, aber ich kann mir vorstellen, dass jemand so was tun könnte, wenn er unter enormem Druck steht. Aber dafür zu sorgen, dass Brooke … *verschwindet*, das ist noch mal ein komplett anderer Level.«

»Ich weiß«, sagt Ellery leise. »Das würde bedeuten, dass Katrin entweder so verzweifelt gewesen wäre, dass sie jeden Sinn dafür verloren hätte, was richtig und was falsch ist, oder dass sie eine kaltblütige Verbrecherin ist.« Sie hat wieder angefangen, das Muster des Couchstoffs nachzuzeichnen. »Du wohnst jetzt schon seit ein paar Monaten mit ihr zusammen. Hältst du eines von beiden Szenarios für möglich?«

»Auf keinen Fall. Ich meine, Katrin führt ein total behütetes Leben …« Aber noch während ich das sage, wird mir klar, dass das nicht die ganze Wahrheit ist. Peter liebt Katrin sicher abgöttisch, aber in den vier Monaten, die ich jetzt schon im Haus der Nilssons lebe, habe ich so gut wie nichts von der ersten Mrs Nilsson mitbekommen. Es ist nicht nur so, dass Katrin nicht *mit* ihrer Mutter spricht, sie spricht auch nicht *über* sie. Es ist fast so, als hätte sie nur ein Elternteil. Eine der wenigen Gemeinsamkeiten zwischen uns. Trotzdem … das ist zwar ätzend, aber das heißt ja nicht, dass man dadurch zum totalen Psycho wird. Oder?

Ellery und ich schauen ein paar Minuten lang schweigend zu, wie der durch Robotertechnik mit Superkräften ausgestattete Defender seinen früheren Erzfeind niedermäht. Ich glaube, das ist der Grund, warum die Filme so beliebt sind: weil ein ganz normaler Typ, der sein Leben lang Opfer war, plötzlich zum Superhelden mutieren kann.

In Hollywood ist alles vorstellbar. Vielleicht hat Ellery zu lange in dieser Welt gelebt.

Oder ich schätze meine Stiefschwester völlig falsch ein.

»Wenn irgendetwas davon wahr wäre, hätte sie den anonymen Drohungen doch eigentlich noch weitere Taten folgen lassen müssen, oder?«, sage ich. »Aber seit Brookes Verschwinden ist nichts mehr in der Richtung passiert. Wenn es ihr darum gehen würde, die Leute abzulenken, wäre doch jetzt genau der richtige Zeitpunkt, nachzulegen, oder?« Der Bildschirm flackert, als der Defender sämtliche Lichter in einem Straßenzug zum Erlöschen bringt. »Und damit meine ich, *exakt* jetzt. Auf dem Homecoming-Ball.«

Ellery wirft mir einen skeptischen Blick zu. »Genau den Gedanken hatte ich auch, aber … ich wollte nichts sagen. Ich habe das Gefühl, dass ich sowieso schon viel zu viel gesagt habe.«

»Mir gefällt das alles nicht«, gebe ich zu. »Aber … es gibt tatsächlich ein paar Dinge, die mir in letzter Zeit in Bezug auf Katrin aufgefallen sind. Dinge, die irgendwie nicht zu ihr passen. Vielleicht sollten wir versuchen rauszufinden, was sie vorhat. Und wo sie gerade steckt.«

Ellery sieht mich überrascht an. »Meinst du damit, dass wir … auf den Ball gehen sollten?«

»Tja … Vielleicht.« Ich schaue auf die Uhr am Fernseher. »Er hat erst vor knapp einer Stunde angefangen. Ihr bleibt immer noch jede Menge Zeit – falls sie tatsächlich irgendetwas vorhat.«

Ellery zeigt auf ihr schwarzes Oberteil und die Jeans. »Ich bin nicht gerade passend angezogen.«

»Hast du nicht irgendwas zu Hause? Wir könnten vorher bei dir vorbeifahren.«

»Nichts wirklich Tolles, aber … ja, ich glaube schon, das ich was finden könnte.« Sie wirkt unsicher. »Meinst du echt, dass wir das machen sollten? Ich hab das Gefühl, dir ziemlich viel auf einmal um die Ohren gehauen zu haben. Vielleicht willst du das alles erst mal ein bisschen sacken lassen.«

Ich grinse. »Versuchst du etwa gerade, eine Ausrede zu finden, um nicht mit mir auf den Homecoming-Ball gehen zu müssen?«

Sie wird rot. »Nein! Ich … Es ist nur … Na ja … also …« Es ist das erste Mal, dass ich sie sprachlos erlebe, und das ist ziemlich süß. Ellery ist zwar etwas manisch, was ihre kriminalistischen Theorien angeht – vielleicht ein bisschen *zu* manisch –, trotzdem hat sie etwas an sich, das ich verdammt mag. Eine ganze Menge sogar.

Aber das allein ist es nicht. Noch vor ein paar Stunden habe ich gedacht, es wäre besser, zu Hause zu bleiben. Ich wollte nichts weiter, als den Kopf einzuziehen und mir Ärger vom Hals zu halten. Und statt auf den Ball zu gehen, sitze ich jetzt hier und schaue einen schlechten Neunziger-Jahre-Film, als müsste ich mich für irgendetwas schämen, während Katrin – die zumindest in Bezug auf den Schaden an ihrem Wagen etwas zu verbergen hat – in ein leuchtend rotes Kleid geschlüpft und feiern gegangen ist.

Ich habe es satt, untätig zuzuschauen, wie sich mein Leben in »Declan Kelly – Teil Zwei« verwandelt. Und ich habe es satt, untätig dazusitzen und abzuwarten, wie meine Freunde nach einem Weg suchen, mich aus der Scheiße zu holen, in der ich sitze, ohne dass ich etwas dafür kann.

»Okay, dann los«, sage ich.

27

ELLERY
Samstag, 5. Oktober

Nana ist, gelinde ausgedrückt, nicht sonderlich begeistert von dieser Wendung der Ereignisse.

»Du hast doch gesagt, dass ihr euch einen Film anschauen wollt«, sagt sie vom Flur aus durch meine geschlossene Zimmertür, als ich mir gerade ein Kleid über den Kopf ziehe. Es ist schwarz und ärmellos, mit weitem Rock, der kurz über den Knien endet. Um dem schlichten Jersey-Stoff ein bisschen Glamour zu verleihen, lege ich mir ein paar lange glitzernde Ketten um. Zusammen mit den einzigen Schuhen mit Absatz, die ich besitze, sehe ich zumindest halbwegs festlich aus.

»Wir haben es uns anders überlegt.« Ich greife nach einer Tube *Curl Enhancer* und drücke mir einen Klecks davon in die Handfläche. Ich habe schon viel mehr Zeit auf meine Haare verwendet als normalerweise, bevor ich zu Malcolm bin, aber der Kampf gegen Frizz endet nie.

»Nach allem, was in den letzten Wochen passiert ist? Ich weiß nicht. Es gefällt mir nicht, dass du jetzt doch auf diesen Ball gehst, Ellery.«

»Ezra hast du es doch auch erlaubt«, sage ich und schlüpfe in meine Schuhe.

»Ezra ist im Gegensatz zu dir aber auch nicht zur Zielscheibe anonymer Drohungen geworden. Eines der Mädchen, das mit dir im Homecoming Court gewesen ist, wird *vermisst*, um Himmels willen. Du bringst dich möglicherweise in Gefahr, indem du jetzt dort hingehst.«

»Aber die haben die Wahl des Königs und der Königin doch abgesagt, Nana. Die ganze Veranstaltung ist mittlerweile eher so was wie eine Spendengala. Wir sind dort inmitten von Schülern und Lehrern. Brooke war zu Hause, als sie verschwunden ist, bei ihren Eltern.« Ich bringe meine Haare in Form, tusche mir die Wimpern und tupfe roten Lipgloss auf meine Lippen. Fertig.

Darauf hat Nana keine Antwort. Als ich die Tür aufmache, steht sie mit verschränkten Armen im Flur und mustert mich stirnrunzelnd von oben bis unten. »Seit wann schminkst du dich?«

»Es ist ein Ball.« Ich warte darauf, dass sie mich vorbeilässt, aber sie rührt sich nicht von der Stelle.

»Ist dieser Malcolm dein … *Freund*?«

Mein ganzer Körper fängt wieder an zu prickeln, als ich daran zurückdenke, wie Malcolm und ich uns auf der Couch geküsst haben. Es ist nicht so, als hätte ich mir diese Frage selbst nicht auch schon gestellt, aber das muss Nana nicht wissen. »Was? Nein! Wir gehen nur zusammen hin, weil wir befreundet sind. Genau wie Mia und Ezra. Uns war langweilig, also haben wir beschlossen, uns dort mit den anderen zu treffen. Das ist alles.«

Ich spüre, wie meine Wangen heiß werden. Mir fehlt die entsprechende emotionale Verbindung zu dieser Szene, wie Sadie es ausdrücken würde. Deshalb bin ich nicht in der Lage, überzeugend zu lügen.

Nana wirkt dementsprechend alles andere als überzeugt. Wir mustern uns einen Moment lang schweigend, bis sie sich schließlich seufzend an den Türrahmen lehnt. »Ich nehme an, ich könnte es dir einfach verbieten, aber bei deiner Mutter hat das auch nie etwas gebracht. Hinter meinem Rücken hat sie dann trotzdem immer gemacht, was sie wollte. Allerdings bestehe ich darauf, dass du mich anrufst, sobald ihr dort angekommen seid, und dass du nach dem Ball sofort nach Hause kommst. Mit deinem *Bruder*. Daisy Kwon ist eine von den Ehemaligen, die auf dem Ball Aufsicht führt. Sie hat Ezra und Mia hingefahren und kann dich dann später auch mit nach Hause nehmen.«

»Okay, Nana. Mach ich.« Ich versuche dankbar zu klingen, weil ich weiß, dass das hier auch nicht gerade einfach für sie ist. Wenn ich auf jemanden sauer sein sollte, dann wahrscheinlich eher auf mich selbst, weil ich es irgendwie geschafft habe, meinen ersten Kuss mit Malcolm in eine detektivische Ermittlungsaktion zu verwandeln. Vielleicht muss ich mir mit Ezra so eine Art Frühwarnsystem ausdenken, damit er mir eine *Niemand-hat-Bock-sich-deine-Mordtheorien-anzuhören*-Nachricht schickt, bevor ich das nächste Mal versucht bin, mir meinen Abend zu ruinieren.

Ich folge meiner Großmutter die Treppe hinunter, wo mein unglaublich süßer »Nicht-Freund« wartet. Dass wir die Knutschsession meinetwegen unterbrochen haben, hat den positiven Nebeneffekt, dass ich Malcolm in einem Anzug zu sehen bekomme. Und er sieht verdammt gut darin aus. »Hallo, Mrs Corcoran«, begrüßt er Nana, bevor sein Blick auf mich fällt und seine Augen sich auf befriedigende Weise weiten. »Wow. Du siehst toll aus.«

»Danke. Du auch«, sage ich. Unser Lächeln straft meine *Wir-sind-bloß-befreundet*-Argumentation Lügen.

»Ellery muss um halb elf zu Hause sein«, wirft Nana

willkürlich eine Uhrzeit in den Raum, die bei unserer Unterhaltung gerade nicht so zwischen uns abgesprochen worden ist. »Daisy setzt sie und Ezra dann hier ab.«

»Kein Problem, Mrs Corcoran«, sagt Malcolm, bevor ich eine Chance habe, etwas zu erwidern. »Danke, dass Sie ihr erlauben, mich zu begleiten.«

Ich bin mir nicht ganz sicher, aber es könnte sein, dass Nanas Gesichtsausdruck etwas milder ist, als sie uns an der Tür verabschiedet. »Habt einen schönen Abend, ihr zwei. Und vor allem … einen *sicheren.*«

Wir überqueren den Rasen zum Wagen von Malcolms Mutter und er öffnet die Beifahrertür für mich. Ich sehe ihn lächelnd an und will gerade eine kleine Bemerkung machen – irgendwas Witziges, um die angespannte Stimmung zu lockern, die durch meine nervöse Großmutter entstanden ist –, als mein Blick wie ferngesteuert zu seinen Lippen und dann zu seinem Nacken wandert, um den sich der Kragen seines gestärkten weißen Hemds schließt … und ich plötzlich nicht mehr weiß, was ich sagen wollte.

Er streift mit den Fingerknöcheln über meinen Arm und ich bekomme sofort eine Gänsehaut. »Willst du dir noch eine Jacke holen? Es ist ziemlich kühl draußen.«

»Nein, geht schon.« Ich reiße den Blick von seinem seltsam verführerischen Hemdkragen los und steige ein. Während der Fahrt klammern wir die schwerwiegenden Themen aus und unterhalten uns stattdessen über eine Comic-Reihe, die wir beide mögen, und einen Spin-off-Film, den noch keiner von uns gesehen hat.

Der Schulparkplatz ist brechend voll, aber Malcolm findet ganz hinten noch eine Lücke. Kaum bin ich ausgestiegen, bereue ich es doch, keine Jacke mitgenommen zu haben, aber Malcolm, dem mein leichtes Zittern nicht entgangen ist, zieht sofort sein Jackett aus und legt es mir um die Schultern. Es duftet nach ihm, eine Mischung aus Shampoo und Waschmittel. Ich versuche, nicht allzu offensichtlich daran zu schnuppern, als wir nebeneinander hergehen.

»Auf in den Kampf«, sagt er und zieht die zweiflügelige Tür auf.

Bevor wir in den Gang biegen, der zur Aula führt, hole ich mein Handy heraus, um Nana Bescheid zu geben, dass wir wohlbehalten angekommen sind. Das Erste, was wir sehen, als wir auf den Saal zugehen, ist ein mit einem violetten Stoff dekorierter Tisch, hinter dem eine blonde Frau in einem Blümchenkleid sitzt. Ihr Pony ist ganz kurz geschnitten, wie es vor einigen Jahren mal Mode war. »Oh nein«, murmelt Malcolm und bleibt stehen.

»Was ist?« Ich stecke mein Handy in die Tasche, lasse sein Jackett von den Schultern gleiten und gebe es ihm zurück.

Malcolm zieht es sich langsam über, bevor er zögernd weitergeht. »Da vorne sitzt Liz McNulty. Kyles Schwester. Sie *hasst* mich. Scheint, als würde sie heute auch Aufsicht haben.«

»Diese Frau?« Ich mustere sie überrascht. »Die, mit der Declan wegen Lacey Schluss gemacht hat?« Malcolm nickt. »Ich dachte, die wäre im selben Alter wie dein Bruder.«

»Ist sie auch.«

»Sie sieht aus wie vierzig!«

Ich habe die Stimme gesenkt, aber er wirft mir trotzdem einen warnenden Blick zu, als wir uns dem Tisch nähern. »Hi, Liz.« Malcolms Tonfall klingt resigniert.

Die Frau blickt von ihrem Handy auf, und ich sehe ihrem

Gesicht sofort an, dass Malcolm recht hatte und sie ihn tatsächlich nicht ausstehen kann. »Eintrittskarten?«, fragt sie schroff, ohne seine Begrüßung zu erwidern.

»Wir haben noch keine«, sagt Malcolm. »Deswegen würde ich jetzt gern zwei kaufen, bitte.«

»Da muss ich dich leider enttäuschen. Ich kann dir keine Karten verkaufen.« Liz grinst triumphierend.

Malcolm, der gerade nach seinem Portemonnaie greifen wollte, hält inne. »Verstehe ich nicht. Was spricht dagegen?«

»Die Karten gab es nur im Vorverkauf«, antwortet Liz schnippisch.

»Hey, ihr beiden«, ertönt eine fröhliche Stimme hinter uns. Als ich mich umdrehe, sehe ich Daisy aus der Aula kommen. Sie trägt ein eng anliegendes blaues Kleid und High Heels und sieht unfassbar hübsch aus.

»Hey«, sage ich, erleichtert, ein freundliches Gesicht zu sehen. »Du siehst toll aus.«

»Na ja, wir älteren Semester müssen versuchen, was herzumachen, hab ich recht, Liz?«, sagt Daisy. Liz streicht den Stoff ihres biederen Kleids glatt und tut mir auf einmal irgendwie leid. »Ich bin überrascht, euch hier zu sehen«, sagt Daisy zu uns. »Mia meinte vorhin, ihr würdet gar nicht kommen.«

»Wir haben es uns anders überlegt. Aber wir wussten nicht, dass man die Eintrittskarten nur im Voraus kaufen konnte«, sage ich und lächle strahlend in Liz' Richtung.

Sie verschränkt die Arme vor der Brust und sieht aus, als würde sie uns erneut abblitzen lassen wollen, aber Daisy legt ihr beschwichtigend eine Hand auf den Arm. »Ach, das geht schon in Ordnung, oder, Liz? Der Ball ist mittlerweile ja sowieso schon halb vorbei.« Liz presst die Lippen zusammen und schweigt, wovon Daisy sich jedoch nicht beirren lässt. »Die Schulleitung würde ganz sicher nicht wollen, dass jemand an der Tür abgewiesen wird. Nicht an so einem Abend, an dem es darum geht, alle zusammenzubringen und das Gemeinschaftsgefühl zu stärken. Außerdem können wir jeden Cent gebrauchen, der gespendet wird, um Brooke zu finden.« Ich bin beeindruckt von ihren diplomatischen Fähigkeiten, die wahrscheinlich auch ein Grund dafür waren, dass sie zu Schulzeiten viermal hintereinander in die Schülermitverwaltung der Echo Ridge High gewählt wurde. Liz zieht immer noch ein finsteres Gesicht, wirkt aber nicht mehr ganz so entschlossen. Gut, dass noch niemand von Daisys Beziehung zu Declan weiß, sonst hätten wir sicher keine Chance.

»Das wäre echt super, wenn du uns reinlassen würdest«, sage ich. Malcolm hält klugerweise den Mund.

Liz hebt mit einem genervten Seufzen die Hände. »Von mir aus. Fünf Dollar. *Pro Person.*«

Malcolm gibt ihr einen Zehndollarschein und wir folgen Daisy in die Aula. Laute, treibende Musik schlägt uns entgegen, und ich blinzle, um meine Augen an das dämmrige Licht zu gewöhnen. Der Saal ist mit violetten Luftschlangen und silbernen Luftballons geschmückt, auf der Tanzfläche drängeln sich die Schüler. »Sollen wir erst mal nach Mia und Ezra suchen?«, fragt Malcolm und hebt die Stimme gegen die dröhnende Musik an. Als ich nicke, steuert er in Richtung Saalmitte, aber Daisy hält mich am Arm zurück, bevor ich ihm folgen kann.

»Kann ich dich was fragen?«, sagt sie.

Ich zögere und schaue Malcolm hinterher, der gerade in

der Menge verschwindet, ohne zu merken, dass ich stehen geblieben bin. »Ähm, klar.«

Daisy beugt sich zu meinem Ohr, um nicht so schreien zu müssen. »Ich habe über das nachgedacht, was du gesagt hast. Wegen Ryan und dem Armreif?« Ich nicke. Wir hatten neulich an dem Nachmittag keine Gelegenheit, uns länger darüber zu unterhalten, weil kurz darauf Mias Eltern nach Hause kamen und wegen ihrer Verletzung ziemlich besorgt waren. Sie hat behauptet, sie wäre gestolpert und gegen den Kamin geknallt. »Das will mir einfach nicht mehr aus dem Kopf. Warum glaubst du, dass Lacey ihn von Ryan geschenkt bekommen hat? Weißt du irgendwas?«

»Nein«, gebe ich zu. Ich will Daisy lieber nichts von meinen vagen Theorien sagen, erst recht nicht, nachdem sie erzählt hat, wie sehr es sie immer unter Druck gesetzt hat, dass sie als Asiatin zu einer Minderheit im Ort gehört. Man kann wirklich nicht behaupten, dass Echo Ridge, was die ethnische Herkunft der Bevölkerung angeht, besonders *divers* wäre. Normalerweise denke ich darüber gar nicht nach. Aber als ich mich jetzt in der Aula umschaue, fällt es mir wieder auf. Die meisten Schüler sind nun mal weiß. Plötzlich wird mir klar, dass es ziemlich heikel ist, Spekulationen über jemanden anzustellen, der mit Nachnamen *Rodriguez* heißt.

Außerdem habe ich Daisy zwar von meiner Liste der Verdächtigen gestrichen, nachdem ich sie besser kennengelernt habe, aber bei Declan habe ich nach wie vor ein zwiespältiges Gefühl, und ich will nicht, dass er irgendetwas von meinen Überlegungen erfährt. Malcolm redet vielleicht nicht viel mit ihm, aber Daisy schon.

»Ist nur so ein Gedanke gewesen, weil er sie kannte«, sage ich stattdessen.

Daisy runzelt die Stirn. »Aber … die beiden sind doch noch nicht mal befreundet gewesen.«

»Trotzdem war er am Boden zerstört, als sie starb.«

Sie richtet sich überrascht auf und ihre hübschen Augen weiten sich. »Sagt *wer*?«

»Meine Mutter.« Weil Daisy immer noch verwirrt wirkt, füge ich hinzu: »Sie hat ihn damals auf der Beerdigung gesehen. Als er zusammengebrochen ist und mehr oder weniger aus der Kirche getragen werden musste?«

»*Ryan Rodriguez*?«, hakt Daisy ungläubig nach und schüttelt dann entschieden den Kopf. »Nein, so war das nicht.«

»Vielleicht hast du es nur nicht mitbekommen?«

»Nein«, wiederholt sie. »Unser Jahrgang war nicht besonders groß, wir saßen alle auf einer Seite der Kirche. Das wäre mir aufgefallen.« Daisys Mund verzieht sich zu einem nachsichtigen Lächeln. »Deine Mom hat wahrscheinlich maßlos übertrieben. Ich sage nur: *Hollywood*.«

Ich weiß einen Moment lang nicht, wie ich darauf reagieren soll. Daisys Antwort ist praktisch identisch mit der von Nana, als ich sie vor einiger Zeit darauf angesprochen habe. *So war das nicht*. Bei Nana dachte ich, sie hätte vielleicht bloß keine Lust, darüber zu reden. Aber damals war mir auch noch nicht bewusst, wie verquer Sadie manche Dinge sieht, wenn es um Echo Ridge geht. »Ja, wahrscheinlich«, sage ich langsam.

Ich glaube nicht, dass Daisy einen Grund hat, zu lügen, was Ryans Verhalten auf Laceys Beerdigung betrifft. Aber welchen hat Sadie?

»Sorry, dass ich dich aufgehalten habe«, sagt Daisy, als

Malcolm wieder auftaucht. »Ich drehe besser wieder meine Runden und komme meiner Rolle als ›Aufsichtsperson‹ nach. Viel Spaß.« Sie winkt mir kurz zu und weicht auf ihrem Weg durchs Gedränge mit einer geschickten Pirouette zwei Schülern aus der Theater-AG aus, die zu einem dramatischen Paartanz ansetzen, als die Musik jetzt langsamer wird.

»Hey, wo hast du gesteckt?«, fragt Malcolm, als er bei mir ist. Er sieht etwas zerknittert aus, als wäre er in einem Moshpit gelandet, aus dem er sich schnell wieder gerettet hätte. Das Jackett offen, die Krawatte locker, die Haare zerzaust.

»Sorry. Daisy wollte mich was fragen. Hast du die beiden gefunden?«

»Nein. Viv hat mich mit Beschlag belegt.« Er verdreht die Augen. »Sie hat Kyle gesucht und ist sauer, dass sie ihn nirgends findet. Und auf Theo ist sie auch sauer, weil er einen Flachmann mitgenommen hat und Katrin schon ziemlich angetrunken ist.«

Ich lasse den Blick durch die Aula wandern, bis ich ein leuchtend rotes Kleid entdecke. »Da sind sie ja«, sage ich und nicke in Richtung der Tanzfläche, wo Katrin und Theo eng aneinandergeschmiegt zu dem langsamen Stück tanzen. Sie hat die Arme um seinen Nacken geschlungen, als würde sie sich vor dem Ertrinken retten.

Malcolm folgt meinem Blick. »Yep. Sieht nicht unbedingt wie eine eiskalte Mörderin aus, oder?«

Ich bin plötzlich niedergeschlagen. »Du findest mich lächerlich, hab ich recht?«

»Was? Nein!«, sagt Malcolm hastig. »Ich wollte damit nur ausdrücken … Egal, was heute vielleicht noch passieren wird, es wird wahrscheinlich nicht jetzt in diesem Moment passieren und deswegen … Hast du vielleicht Lust, mit mir zu tanzen?« Er schiebt einen Finger in den Knoten seiner Krawatte und lockert sie noch etwas mehr. »Wo wir schon mal hier sind und so …«

Ich spüre wieder dieses Kribbeln in meinem Bauch. »Okay. Wir wollen ja schließlich nicht auffallen«, sage ich und nehme die Hand, die er mir hinhält.

Ich lege die Arme um seinen Nacken, er legt mir seine Hände auf die Hüfte – die klassische, verkrampfte Stehblues-Position. Aber nachdem wir uns ein paarmal unbeholfen hin- und hergewiegt haben, zieht er mich enger an sich und plötzlich harmonieren unsere Körper und Bewegungen perfekt. Ich schmiege mich an ihn und lege den Kopf an seine Brust. Ein paar Minuten lang genieße ich einfach, wie sicher und beschützt ich mich in seinen Armen fühle, und lausche seinem regelmäßigen Herzschlag an meiner Wange.

Malcolm beugt sich zu meinem Ohr. »Darf ich dich was fragen?« Ich hebe den Kopf und hoffe, dass er mich fragt, ob er mich noch mal küssen darf, aber dann sagt er: »Hast du Angst vor Clowns?«

O-kay …

Ich lehne mich etwas zurück und sehe ihm in die Augen, die in dem gedämpften Licht stahlgrau, statt grün wirken. »Ähm, was?«

»Hast du Angst vor Clowns?«, wiederholt er geduldig. Als gäbe es keine normalere Frage.

Also lasse ich mich darauf ein. »Nein. Um ehrlich zu sein, hab ich diese Clown-Phobie, die so viele Leute haben, nie verstanden.« Ich schüttle den Kopf, und mir fällt eine Haarsträhne ins Gesicht, die an meinem Lipgloss hängen bleibt, was mich mal wieder daran erinnert, warum ich mich normalerweise nicht schminke. Bevor ich mir überlegen kann, wie ich die Haare möglichst anmutig von meinen Lippen ziehe, macht Malcolm es für mich und streicht die Strähne sanft hinter mein Ohr. Danach lässt er seine Hand kurz in meinem Nacken ruhen, ehe er den Arm wieder um meine Taille legt.

Die Berührung jagt einen warmen Schauer über meinen Rücken. *Oh.* Vielleicht ist Lipgloss doch zu was gut.

»Geht mir genauso«, sagt er. »Ich finde, Clowns haben zu Unrecht so einen miesen Ruf. Sie wollen die Leute doch nur unterhalten.«

»Du klingst, als wärst du so was wie der Sprecher der Clown-Gewerkschaft«, sage ich.

Er grinst. »Nein. Aber es gibt in Solsbury ein Clown-Museum – wobei ›Museum‹ vielleicht ein bisschen zu hoch gegriffen ist. Das Haus gehört einer alten Dame, die ihr Leben lang alles gesammelt hat, was mit Clowns zu tun hat. Alle Zimmer stehen voll mit Devotionalien. Sie drückt jedem, der sie besucht, eine riesige Tüte Popcorn in die Hand. Außerdem hat sie ungefähr sechs Hunde, die inmitten dieses ganzen Clown-Sammelsuriums rumliegen. Manchmal zeigt sie Filme, die sie mit einem Beamer an die Wand wirft, in denen aber nicht nur Clowns vorkommen. Als ich das letzte Mal dort war, lief *Natürlich blond.*«

Ich lache. »Klingt herrlich.«

»Es ist ganz schön schräg«, gibt Malcolm zu. »Aber ich bin gern dort. Die Frau ist echt witzig und interessant, natürlich nur, solange man keine Angst vor Clowns hat.« Sein Griff um meine Taille wird ein bisschen fester. »Ich hab mich gefragt ... ob du vielleicht Lust hast, mal irgendwann mit mir zu ihr zu gehen.«

Mir schießen so viele Fragen durch den Kopf. Angefangen mit: *Nur ich oder ich und mein Bruder, plus Mia?* Gefolgt von: *Wäre das ein Date, oder ist das bloß so eine schräge Sache, auf die außer dir sonst niemand Lust hat?* Und: *Sollten wir damit vielleicht lieber warten, bis du zu hundert Prozent von jedem Verdacht freigesprochen bist?* Aber ich schlucke sie alle hinunter und antworte: »Total gern.«

Weil es die Wahrheit ist.

»Okay. Cool«, sagt Malcolm mit schiefem Lächeln. Auf einmal kommen wir aus dem Takt, er tritt mir auf den Fuß, ich stoße ihn mit dem Ellbogen an, und meine Haare kleben mir wieder im Gesicht. Ich bedauere gerade, dass es mit unserer Harmonie so schnell den Bach runtergegangen ist, als er plötzlich stehen bleibt und fragt: »Hast du Katrin gesehen?«

Ich schaue zu der Stelle, wo sie zuletzt getanzt hat, aber dort ist sie nicht mehr. »Theo ist noch da.« Ich deute mit dem Kinn an den Rand der Tanzfläche, wo er betont unauffällig versucht, etwas aus seinem Flachmann in seinen Becher zu füllen, wobei er allerdings auf ganzer Linie scheitert. »Aber sie kann ich nirgends entdecken.«

Das nächste Stück ist wieder schneller. Malcolm gibt mir ein Zeichen, ihm zu folgen. Wir schieben uns durch das Gewühl von der Tanzfläche und drehen eine Runde durch den Saal. Als mir auffällt, wie ein paar Leute Malcolm anstarren, greife ich, ohne lange nachzudenken, nach seiner Hand. Wir entdecken Mia und Ezra, die inmitten einer größeren Gruppe ausgelassen tanzen. Daisy beobachtet das Geschehen zusammen mit zwei anderen Ehemaligen vom

Rand aus, steht aber ein paar Meter von ihnen entfernt und hat einen nachdenklichen Ausdruck im Gesicht. Unwillkürlich frage ich mich, wie es sich wohl für sie angefühlt hat, als sie auf dem Homecoming-Ball vor fünf Jahren miterlebt hat, wie der Junge, in den sie verliebt war, und ihre beste Freundin zum Königspaar gekürt wurden. War sie eifersüchtig, oder hat es sie kaltgelassen, weil sie davon ausging, dass sie schon bald selbst zum Zug kommen würde?

Und wie war es wohl für Sadie, als sie vor über zwanzig Jahren ohne ihre Schwester hier gewesen ist und mit einem Jungen tanzte, den sie zumindest ein bisschen gemocht haben muss. Ein perfekter Abend, der zu einer grausamen Erinnerung wurde.

»Sie scheint nicht mehr hier zu sein«, sagt Malcolm genau in dem Moment, in dem ich – an einer Stelle, an der ich nicht damit gerechnet hätte – etwas Rotes aufblitzen sehe.

Auf der anderen Seite der Aula gibt es neben der Tribüne eine Stahltür, vor der Luftballons und Luftschlangen aufgehängt wurden, um sie zu verbergen. Und genau auf diese Tür steuert Katrin gerade zu und drückt sie auf, ohne sich zu vergewissern, ob jemand sie sieht, bevor sie nach draußen schlüpft.

»Da hinten!« Ich zeige mit dem Finger zur Tribüne. Malcolm und ich sehen uns an. Der direkte Weg zu der Tür ist von tanzenden Mitschülern und Ehemaligen versperrt, weshalb wir einmal um den halben Saal gehen müssen, um zur anderen Seite zu gelangen. Dort angekommen, schleichen wir uns unter die Ränge, wo sich ein wild knutschendes Pärchen versteckt hat, und arbeiten uns an der Wand entlang auf den Ausgang zu. Im Gegensatz zu

Katrin schauen wir uns kurz vorsichtig um, bevor wir die Tür aufziehen und ihr folgen.

Draußen empfängt uns Kühle, und als die Tür zufällt, ist es schlagartig still. Über uns leuchtet der Vollmond. Katrin ist nirgends zu sehen. Zu unserer Linken liegt das Footballfeld, die Vorderseite des Gebäudes zu unserer Rechten. Ohne uns darüber verständigen zu müssen, gehen wir beide nach rechts.

Als wir um die Ecke biegen, die zum Haupteingang der Schule führt, sehen wir Katrin, die reglos neben dem »Echo Ridge High«-Schild steht. Malcolm zieht mich in den schützenden Schatten zurück, als sie sich halb in unsere Richtung dreht, sodass ich erkennen kann, dass sie eine Clutch in der Hand trägt. Ich muss die Augen etwas zusammenkneifen, um besser sehen zu können, und halte die Luft an, als sie am Verschluss der Tasche herumnestelt. Obwohl mir mein Verstand sagt, dass in diesem winzigen Ding kaum mehr als ein Schlüsselbund und Lipgloss Platz haben können, hole ich mein Handy heraus und öffne die Video-App.

Aber bevor Katrin etwas aus der Tasche ziehen kann, lässt sie sie fallen, und meine Handykamera hält fest, wie sie im nahezu filmreifen Schein des Mondlichts erstarrt, sich ruckartig vornüberbeugt und geräuschvoll ins Gras kotzt.

28

ELLERY
Sonntag,
6. Oktober

Am Sonntag nach dem Ball wirkt Echo Ridge so leblos, als hätte die ganze Stadt einen Kater. In der Kirche ist es ziemlich leer und auch als wir anschließend mit Nana noch ein paar Besorgungen machen, begegnen wir kaum jemandem. Nicht einmal Melanie lässt sich blicken, als Ezra und ich danach Unkraut aus dem Rasen rupfen, obwohl sie eigentlich fast immer irgendwann an uns vorbeijoggt, wenn wir im Garten arbeiten.

»Wie ist es gestern noch mit dir und Malcolm gelaufen?«, fragt Ezra.

Ich zupfe an einer Pusteblume, aber statt sie mitsamt der Wurzel zu entfernen, reiße ich ihr bloß den Kopf ab. »Hast du doch mitbekommen«, sage ich gereizt. Der Ball wurde um Punkt zehn für beendet erklärt und wir wurden alle wie eine Viehherde aus der Sporthalle getrieben. Daisy hat Nanas Deadline sogar noch um fünfzehn Minuten unterboten. Entgegen ihrer Gewohnheit ist Nana noch auf gewesen, sodass ich keine Gelegenheit hatte, Ezra direkt über die Ereignisse des Abends zu informieren, sondern ihm eine Nachricht schreiben musste. »Wir haben uns verabschiedet und sind nach Hause gefahren.«

»Ja, aber ihr habt euch doch bestimmt noch mal verabredet, oder?«

Ich ziehe den Rest der Pusteblume aus der Erde und werfe sie in den Plastikeimer, der zwischen uns steht. »Wir gehen vielleicht bald in ein Clown-Museum.«

Ezra runzelt die Stirn. »Wohin?«

»In ein Clown-Museum. Aber das tut hier grade eigentlich nichts zur Sache, oder?« Ich seufze frustriert. »Verdammt. Dabei war ich mir gestern Abend so sicher, dass sie irgendwas machen würde. Katrin, meine ich. Aber das einzig Schlimme, was passiert ist, war, dass wir ihr beim Kotzen zusehen mussten.«

»Die Idee, sie im Auge zu behalten, war an sich nicht verkehrt«, sagt Ezra achselzuckend. »Sie scheint bei dem, was hier in letzter Zeit passiert ist, eine ziemlich zentrale Rolle zu spielen, aber …« Er hält inne und wischt sich über die Stirn, auf der danach schwarze Erde klebt. »Vielleicht sollten wir die Sache ab jetzt lieber den Profis überlassen. Bring die Quittung der Polizei. Du musst ja nicht sagen, wo du sie herhast. Malcolm könnte auch einfach behaupten, er hätte sie gefunden.«

»Aber das wäre total witzlos. Dass diese Quittung ein wichtiges Beweisstück ist, wird nur klar, wenn man weiß, dass Brooke sie unbedingt wiederhaben wollte.«

»Hm. Stimmt.«

Aus der Ferne nähert sich Motorengeräusch, und als ich mich umdrehe, sehe ich Ryan Rodriguez, der in einem Streifenwagen vorbeifährt und ein paar Häuser weiter in seine Einfahrt biegt. »Zu schade, dass unser Nachbar nicht wirklich vertrauenswürdig ist.«

»Hältst du immer noch an dieser Theorie fest?«, fragt Ezra. »Daisy hat dir gestern Abend doch erzählt, dass Ryan auf Laceys Beerdigung nicht zusammengebrochen ist. Nana hat dasselbe gesagt. Ich habe keine Ahnung, warum Sadie so was behaupten sollte, wenn es nicht wahr ist, aber das, was sie zu sehen geglaubt hat – was immer es auch gewesen ist –, lässt ganz offensichtlich einen gewissen Interpretationsspielraum zu. Davon abgesehen spricht im Grunde nichts gegen ihn, oder? Dass er auf einem Jahrbuchfoto unglücklich getroffen wurde? Vielleicht solltest du ihm noch eine Chance geben.«

Ich richte mich auf und wische Dreck von meiner Jeans. »Vielleicht hast du recht. Okay, komm mit.«

»Was?« Ezra sieht blinzelnd zu mir auf. »Ich meinte nicht *jetzt sofort.*«

»Warum denn nicht? Nana liegt uns sowieso schon die ganze Zeit in den Ohren, dass wir ihm die Umzugskartons vorbeibringen sollen, damit er schon mal anfangen kann, alles zusammenzupacken, um einen Käufer für das Haus zu finden. Vielleicht können wir ihm bei der Gelegenheit ein bisschen auf den Zahn fühlen und rausfinden, wie es mit den Ermittlungen vorangeht.«

Wir lassen das Gartenwerkzeug liegen, wo es ist, und gehen ins Haus. Nana wischt oben Staub, während wir im Keller ungefähr zwei Dutzend zusammengefaltete Kartons zusammensuchen. Als wir nach oben rufen, dass wir kurz zu Ryan Rodriguez gehen, um sie ihm zu bringen, legt sie keinen Widerspruch ein.

Ezra schleppt den Großteil der Kartons, ich übernehme den Rest und folge ihm hinaus zu dem breiten Schotterweg, der zum Haus der Rodriguez' führt. Es ist ein dunkelbraunes Cape Cod Cottage, das etwas kleiner ist als die übrigen Häuser in der Nachbarschaft und ein Stück von der Straße zurückversetzt liegt. Ich habe es noch nie von

Nahem gesehen. Vor den Fenstern hängen blaue Blumenkästen, in denen allerdings jegliches Leben bereits vor Monaten abgestorben zu sein scheint.

Kaum hat Ezra den Klingelknopf gedrückt, öffnet Ryan auch schon die Tür. Er hat seine Uniform gegen ein blaues T-Shirt und eine Jogginghose getauscht, und seine Haare sehen aus, als könnten sie mal wieder einen Schnitt vertragen. »Oh, hey«, sagt er und zieht die Tür ganz auf. »Die Kartons, von denen Nora gesprochen hat. Perfektes Timing. Ich bin gerade dabei, im Wohnzimmer ein paar Sachen auszuräumen.«

Ich schiebe mich mit meinen Kartons an ihm vorbei, obwohl er uns nicht explizit hereingebeten hat. »Hast du vor, umzuziehen?«, frage ich, um die Unterhaltung am Laufen zu halten. Jetzt, wo ich im Haus bin, will ich so viel wie möglich herausfinden.

Er nimmt uns die Kartons ab und lehnt sie im Eingangsbereich an die Wand. »Irgendwann schon. Mein Dad ist ja vor einiger Zeit gestorben und das Haus ist einfach zu groß für einen allein. Aber ich hab es nicht so eilig. Erst mal muss ich mir überlegen, wo ich überhaupt hinwill.« Er kratzt sich am Hinterkopf. »Kann ich euch was zu trinken anbieten? Ein Wasser vielleicht?«

»Hättest du vielleicht auch einen Kaffee?«, fragt Ezra.

Ryan macht ein skeptisches Gesicht. »Seid ihr nicht noch ein bisschen zu jung für Kaffee?«

»Wir sind … keine Ahnung … höchstens fünf Jahre jünger als du«, entgegnet Ezra. »Außerdem reden wir hier von *Kaffee*, ich hab schließlich nicht nach Crystal Meth gefragt.« Ich pruste leise und stelle erstaunt fest, dass Ezra sich in Officer Ryan Rodriguez' Gesellschaft anscheinend ziemlich entspannt fühlt. Normalerweise geht er mit Autoritätspersonen nicht so offen auf Konfrontationskurs, auch nicht im Scherz.

Ryan lächelt verlegen. »Na ja, eure Großmutter ist ziemlich streng. Aber klar, kommt mit, ich hab gerade frischen Kaffee gemacht.« Er dreht sich um und wir folgen ihm in eine senfgelbe Einbauküche mit altmodischer Blümchentapete. Nachdem er zwei nicht zusammenpassende Kaffeebecher aus einem Schrank geholt hat, kramt er in einer Schublade nach Löffeln.

Ich lehne mich an die Arbeitstheke. »Wir haben uns gefragt, ähm, wie die Ermittlungen zu Brooke vorankommen?«, sage ich und spüre, wie sich mein Herz dabei zusammenzieht. An manchen Tagen, so wie gestern, bin ich so beschäftigt, da vergesse ich fast, dass die Chancen, dass Brooke wohlbehalten nach Hause kommt, mit jeder Stunde, die vergeht, kleiner werden. »Gibt es irgendwas Neues?«

»Nichts, worüber ich mit euch reden darf«, antwortet er, und sein Tonfall wird offizieller. »Tut mir leid. Ich weiß, wie hart das für euch sein muss. Besonders weil ihr sie ja kurz vor ihrem Verschwinden als Letzte gesehen habt.«

Was er sagt, wirkt aufrichtig. Und als er jetzt dampfenden Kaffee in einen mit einem Schneemann bedruckten Becher gießt und ihn mir reicht, kommt er mir so nett und normal und definitiv nicht wie ein Mörder vor, dass ich mir wünsche, ich hätte die Quittung mitgenommen, um sie ihm zu geben.

Wobei ich nach wie vor so gut wie nichts über ihn weiß.

»Wie geht es Brookes Familie?« Ezra setzt sich unaufgefordert an den Küchentisch, nimmt ein 1-Cent-Stück, das dort liegt, zwischen Daumen und Zeigefinger und dreht es wie einen Kreisel auf der Tischplatte.

»Den Umständen entsprechend. Natürlich machen sie sich unglaubliche Sorgen und haben Angst, aber sie sind auch dankbar für alles, was die Stadt in dem Fall unternimmt.« Ryan geht zum Kühlschrank. »Braucht ihr Milch? Oder Kaffeesahne?«

»Weder noch.« Ezra stoppt den kreiselnden Penny.

Ich spähe in das angrenzende Wohnzimmer, wo über dem Kamin ein großes Foto von drei kleinen Kindern hängt. »Bist du das mit deinen Geschwistern, als ihr klein wart«, frage ich. Sadie hat uns kaum fotografiert, weshalb die Familienbilder von anderen auf mich immer eine große Faszination ausüben. Ich bilde mir ein, dass sie eine Menge über die jeweiligen Menschen aussagen, denen sie gehören – was vermutlich genau der Grund ist, warum Sadie sie nicht mag. Sie gibt ungern etwas über sich preis.

Ryan ist noch damit beschäftigt, etwas im Kühlschrank zu suchen, und hat mir den Rücken zugewandt. »Hm?«

»Das Foto über dem Kamin.« Ich stelle meinen Becher auf die Arbeitstheke und gehe ins Wohnzimmer, um es mir genauer anzuschauen. Auf dem Kaminsims stehen noch weitere Fotos, drei davon sehen aus, als wären sie auf einem Schulball aufgenommen worden. Ich trete neugierig näher.

»Warte, Ellery. Ich, äh …«, ruft Ryan, und ich höre ein lautes Poltern hinter mir. Als ich herumfahre, sehe ich, dass er über eine Ottomane gestolpert ist, und mein Blick streift dabei eines der Fotos – ein Foto von Ezra.

Sekunde. Nein. Das kann nicht sein.

Ich drehe mich wieder zum Kamin und starre auf das gerahmte Bild eines jungen Mannes, der in einem Militärkampfanzug an einem Helikopter lehnt und in die Kamera lächelt. Er ist meinem Bruder von den dunklen Haaren und Augen und den markanten Zügen bis hin zu dem leicht schiefen Grinsen wie aus dem Gesicht geschnitten.

Genau wie mir.

Ich schnappe nach Luft und schließe genau in dem Moment die Finger um das Bild, in dem Ryan versucht, es vom Kaminsims zu nehmen. Während ich rückwärts strauchle und das Bild mit beiden Händen festhalte, steigt etwas in mir hoch, das sich stark nach Panik anfühlt. Meine Haut fängt an zu brennen und meine Sicht verschwimmt. Aber vor meinem inneren Auge sehe ich das Foto immer noch ganz klar und deutlich vor mir. Dieser Mann könnte mein Bruder sein, der sich an Halloween als Soldat verkleidet hat, aber so ist es nicht.

»Wer ist das?«, frage ich. Meine Zunge fühlt sich so dick an wie nach einer Betäubungsspritze beim Zahnarzt.

Ryan ist feuerrot im Gesicht. Er sieht aus, als würde er lieber sterben, als mir zu antworten, tut es dann aber doch. »Mein Dad … kurz bevor er in den Zweiten Golfkrieg gezogen ist.«

»Dein *Dad*?«, krächze ich.

»Ellery. Was ist denn?« Ezras verwirrte Stimme klingt meilenweit entfernt.

»Shit.« Ryan fährt sich mit beiden Händen durch die Haare. »Das ist … Okay. Das ist jetzt anders gelaufen, als ich es geplant hatte. Ich hatte vor … keine Ahnung, irgendwann mit eurer Großmutter zu reden, aber ich wusste einfach nicht wie, also hab ich es immer wieder vor mir hergeschoben und … Ich bin mir ja noch nicht mal wirklich sicher.« Ich schaue ihm in die Augen und er schluckt schwer. »Vielleicht ist es bloß ein Zufall.«

Meine Beine sacken unter mir weg. Immer noch den

Rahmen umklammernd, lasse ich mich in einen Sessel fallen. »Das ist kein Zufall.«

»Jetzt sagt schon. Wovon redet ihr?«, fragt Ezra.

Ryan hat nicht die geringste Ähnlichkeit mit seinem Vater. Sonst wäre es mir schon bei unserer ersten Begegnung aufgefallen. Plötzlich ergibt alles einen Sinn – der Kaffeebecher, der ihm in Nanas Küche aus der Hand gefallen ist, das nervöse Gestammel und die Tatsache, dass er jedes Mal, wenn er uns gesehen hat, so angespannt und verkrampft gewirkt hat. Anfangs habe ich es für Tollpatschigkeit gehalten, dann dachte ich, es wären Schuldgefühle wegen Lacey. Mir ist nicht ein einziges Mal der Gedanke gekommen, dass Ryan Rodriguez in unserer Gegenwart deshalb immer wie ein schockstarr in die Scheinwerfer eines sich nähernden Wagens starrendes Reh ausgesehen hat, weil er versucht hat, die Tatsache zu verarbeiten, dass wir wahrscheinlich miteinander verwandt sind.

Wahrscheinlich? Ich schaue wieder auf das Foto in meinen Händen. Bis auf die Haare und das Grübchen habe ich nichts von Sadie. Aber diese großen, beinahe schwarzen Augen, das markante Kinn, das Lächeln – das ist das, was ich jeden Morgen im Spiegel sehe.

Ryan legt die Hände wie zum Gebet zusammen. »Vielleicht … sollten wir eure Großmutter holen?«

Ich schüttle energisch den Kopf. Das Einzige, was ich im Moment mit Sicherheit weiß, ist, dass die ganze Sache durch Nanas Anwesenheit nur noch schwieriger werden würde. Ich halte Ezra den Rahmen hin. »Das musst du dir anschauen.«

In den wenigen Sekunden, die Ezra braucht, um das Wohnzimmer zu durchqueren, ist es, als würden die gesamten siebzehn Jahre meines Lebens vor meinem geistigen Auge vorbeirasen. Meine Gedanken überschlagen sich, und mein Gehirn versucht eine Erklärung für all das zu finden, das auf einmal eine Lüge gewesen zu sein scheint. Vielleicht hat Sadie wirklich jemanden namens Jorge oder José in einem Club kennengelernt und all die Dinge, die sie uns über unseren Vater erzählt hat, tatsächlich geglaubt. Vielleicht kann sie sich selbst nicht an das erinnern, was ziemlich offensichtlich vorher geschehen sein muss: ein Seitensprung mit einem verheirateten Mann, als sie anlässlich der Beerdigung ihres Vaters in der Stadt war.

Es sei denn … Mir fällt der Ausdruck auf Sadies Gesicht ein, als ich mit ihr geskypt und zum ersten Mal den Namen von Ryan Rodriguez erwähnt habe – sie wirkte plötzlich nervös. Als ich sie darauf ansprach, erzählte sie mir dann die Geschichte von seinem angeblichen Zusammenbruch auf Laceys Beerdigung. Um die ich eine Verbrechenstheorie gebastelt habe, bis zwei Leute mir sagten, dass es so nicht gewesen ist.

Genau wie ich vorhin zieht Ezra scharf die Luft ein. »Heilige Scheiße.«

Ich bringe es nicht über mich, ihm ins Gesicht zu schauen, stattdessen sehe ich Ryan an. Um seine Mundwinkel herum zuckt es. »Es tut mir leid«, sagt er. »Ich hätte … Um ehrlich zu sein, habe ich keine Ahnung, was ich hätte tun sollen. Wenn ihr wollt, könnten wir … einen Test oder so was machen, um sicher zu sein, dass …« Er verstummt und verschränkt die Arme vor der Brust. »Ich glaube nicht, dass er es wusste. Vielleicht täusche ich mich, aber ich glaube, er hätte es mir erzählt, wenn er es gewusst hätte.«

Hätte. Vergangenheitsform. Weil sein – und ich schätze, *unser* – Vater seit drei Monaten tot ist.

Das ist zu viel auf einmal. Ezras und Ryans Stimmen schwirren um mich herum, und wahrscheinlich sollte ich zuhören, weil sie mit Sicherheit etwas Wichtiges sagen, aber die Worte dringen seltsam verzerrt zu mir durch. Alles ist weißes Rauschen. Meine Handflächen sind schweißnass, meine Knie zittern. Meine Lungen fühlen sich an, als wären sie geschrumpft und könnten die Luft nur in mikroskopischen Atemzügen aufnehmen. Mir wird so schwindelig, dass ich Angst habe, mitten im Wohnzimmer meines mutmaßlichen Halbbruders ohnmächtig zu werden.

Und das vielleicht Schlimmste: Ich sehne mich in diesem Moment mit kindischer Verzweiflung nach meiner Mom …

29

MALCOLM
Sonntag,
6. Oktober

Es ist einer dieser Träume, die eigentlich eine Erinnerung sind.

Mia und ich sitzen bei ihr zu Hause auf der Couch, die Augen auf den Fernseher geheftet, wo in den Nachrichten die Berichterstattung über Laceys Beerdigung vom Tag zuvor läuft. Obwohl wir natürlich selbst dort gewesen sind, konnten wir uns der kranken Faszination nicht entziehen, alles noch mal am Bildschirm mitzuerleben.

Meli Dinglasa, die an der Echo Ridge High ihren Abschluss gemacht hat und bei einem lokalen Nachrichtensender ein unbeachtetes Dasein fristete, bis jemand auf die geniale Idee kam, sie für diese Story vor die Kamera zu lassen, steht mit einem Mikro in der Hand auf den Stufen der Kirche. »Gestern sind die Bürger der kleinen, immer noch unter Schock stehenden Gemeinde in New England zu Lacey Kilduffs Beerdigung zusammengekommen, um den Verlust dieser jungen Frau zu betrauern, deren Leben so vielversprechend begann und viel zu früh so grausam beendet wurde. Bleierne Trauer liegt über allem, und doch werden hier und da auch Fragen um diejenigen laut, die das Opfer am besten gekannt haben.«

Kameraschwenk zu Declan, der gerade in einem schlecht sitzenden Anzug aus der Kirche kommt, die Lippen zu einer schmalen Linie zusammengepresst, die Miene düster. Falls er versucht, der Rolle »Übel beleumdeter und unbeherrschter Ex-Freund« gerecht zu werden, gelingt ihm das verdammt gut.

Mia, die sich ein Kissen an den Bauch drückt, räuspert sich und beugt sich etwas vor. »Meinst du, der Täter ist gestern auf der Beerdigung gewesen?« Als ich sie entgeistert ansehe, schiebt sie schnell hinterher: »Ich meine nicht jemand von ihren Freunden. Natürlich nicht. Sondern … ich frage mich einfach, ob es jemand gewesen ist, den wir kennen. Der mitten unter uns gewesen ist.«

»Der Täter hätte sich nicht dort blicken lassen«, sage ich mit mehr Überzeugung, als ich sie tatsächlich empfinde.

»Bist du sicher?« Mia kaut auf ihrer Unterlippe und schaut konzentriert auf den Bildschirm. »Man sollte alle, die da waren, dem Killertest unterziehen.«

»Dem was?«

»Das habe ich von irgendjemandem aus der Schule«, sagt Mia. »Es ist ein Rätsel, in dem es um ein Mädchen geht, das auf der Beerdigung ihrer Mutter einen Typen sieht, den sie nicht kennt. Sie verliebt sich in ihn und hält ihn für ihren Traumprinzen. Ein paar Tage später bringt sie ihre Schwester um. Warum?«

Ich schnaube. »So was würde niemand tun.«

»Hallo? Es ist ein Rätsel. Du musst antworten. Es heißt, dass Mörder immer dieselbe Antwort geben.«

»Weil sie …« Ich versuche mir etwas einfallen zu lassen, das so richtig niederträchtig ist. Mit jedem anderen würde ich mich jetzt extrem unbehaglich fühlen, aber nicht mit Mia. Sie ist einer der wenigen Menschen in Echo Ridge, die Declan nicht anklagend anstarren – und mich nicht so behandeln, als wäre ich als sein Bruder automatisch mitverdächtig. »Weil ihre Schwester mit dem Mann zusammen war und sie ihn für sich allein haben wollte?«

»Nein. Weil sie dachte, dass der Mann dann auch auf die Beerdigung ihrer Schwester kommen würde.«

Ich schüttle den Kopf. »Das ergibt doch überhaupt keinen Sinn.«

»Fällt dir was Besseres ein, um herauszufinden, wer ein kaltblütiger Mörder ist?«

Ich lasse den Blick über die Trauergäste wandern und halte nach jemandem Ausschau, der nicht ins Bild passt. Nach irgendeinem Gesicht, das aus der Menge heraussticht, weil es Abgründe erahnen lässt. »Es ist der, der von allen Anwesenden emotional am kaputtesten ist.«

Mia lässt sich in ihre Ecke der Couch zurücksinken und schlingt die Arme um das Kissen. »Aber genau das ist das Problem, oder? Das sieht man niemandem an.«

••••

Ich schrecke so ruckartig aus dem Schlaf, dass ich fast aus dem Bett falle. Mein Puls rast und mein Mund ist komplett ausgetrocknet. Ich habe seit Jahren nicht mehr an diesen Tag gedacht, an dem Mia und ich uns bei ihr den Bericht über Laceys Beerdigung angeschaut haben. Ich hatte mich bei ihr versteckt, weil die Stimmung bei uns zu Hause so angespannt und aggressiv war, dass ich es nicht aushielt. Ich weiß nicht, warum ich ausgerechnet jetzt davon träume, außer …

Das würde bedeuten, dass Katrin entweder so verzweifelt gewesen wäre, dass sie jeden Sinn dafür verloren hätte, was richtig und was falsch ist, oder dass sie eine kaltblütige Verbrecherin ist. Auch wenn Katrin, als wir ihr nachgeschlichen sind, nur einen Ort gesucht hat, um sich ungestört übergeben zu können, gehen mir Ellerys Worte nicht mehr aus dem Kopf.

Ich fahre mir durch die verschwitzten Haare, drehe mich auf die andere Seite und versuche, wieder einzuschlafen. Es ist zwecklos. Schließlich rolle ich mich herum, um auf meinem Handy nachzuschauen, wie viel Uhr es ist. Kurz nach drei Uhr morgens. Umso überraschter bin ich, eine Nachricht von Ellery zu entdecken, die sie vor gerade mal zehn Minuten geschickt hat.

Sorry, dass ich mich nicht früher gemeldet habe. Bei mir ist einiges los gewesen.

Sie hat nur fünfzehn Stunden gebraucht, um auf meine »Das war echt schön gestern Abend«-Nachricht zu antworten. Was mich aus einem völlig anderen Grund paranoid gemacht hat.

Ich stütze mich auf einen Ellbogen und spüre einen besorgten Stich. Dieses »einiges los gewesen« klingt nicht gut, und dass Ellery um drei Uhr morgens noch wach ist, gefällt mir auch nicht. Ich will ihr gerade zurückschreiben, als ein Geräusch vor meiner Tür mich innehalten lässt. Bis auf das leise Knarzen einer Bodendiele, sind die Schritte kaum wahrnehmbar. Aber jetzt, wo ich angestrengt lausche, höre ich, wie jemand die Treppe hinuntergeht und die Haustür öffnet.

Ich werfe meine Decke zurück, klettere aus dem Bett und laufe zum Fenster. Das Mondlicht ist gerade hell genug, um eine Gestalt mit einem Rucksack auszumachen, die sich eilig vom Haus entfernt. Sie ist kleiner als Peter, und ihre Schritte sind zu selbstbewusst, als dass es meine Mutter sein könnte. Bleibt also nur Katrin.

Das würde bedeuten, dass Katrin entweder so verzweifelt gewesen wäre, dass sie jeden Sinn dafür verloren hätte, was richtig und was falsch ist, oder dass sie eine kaltblütige Verbrecherin ist. Gott. Ellerys Worte kreisen durch meinen Kopf wie eine dämonische Fright-Farm-Achterbahn, die in endlosen, grauenhaften Loopings ihre Runden dreht. Und während ich beobachte, wie die Gestalt dort unten in der Dunkelheit verschwindet, kann ich nicht anders, als zu denken, dass es ziemlich leichtsinnig ist, um drei Uhr morgens durch Echo Ridge zu wandern, während von Brooke immer noch jede Spur fehlt.

Es sei denn, man wüsste, dass es nichts gibt, wovor man sich fürchten muss.

Es sei denn, man wäre *derjenige*, vor dem sich die Leute fürchten sollten.

Ich greife nach meinen Sneakers, schnappe mir mein Handy und schlüpfe in den dunklen Flur hinaus. So leise ich kann, schleiche ich die Treppe hinunter, obwohl das bei Peters lautem Schnarchen wahrscheinlich gar nicht nötig ist. Unten angekommen, ziehe ich mir schnell die Sneakers an und öffne vorsichtig die Tür. Ich kann Katrin nirgends sehen, und das einzige Geräusch, das ich höre, ist Grillenzirpen und im Wind raschelndes Laub.

Als ich das Ende der Einfahrt erreicht habe, schaue ich nach rechts und links. In unserem Abschnitt gibt es keine Straßenlaternen und ich kann nichts außer den schemenhaften Umrissen der Bäume sehen. Die Schule liegt linkerhand, rechts geht es Richtung Zentrum. *Schule,* denke ich. *Da, wo gestern Abend der Ball stattgefunden hat.* Ich biege nach links und laufe so dicht wie möglich entlang der hohen Büsche, die das Nachbargrundstück säumen. Unsere Straße geht in eine andere Straße über, die etwas breiter und besser beleuchtet ist. Als ich dort ankomme, entdecke ich ein paar Häuserzüge vor mir Katrin.

Ich entsperre mein Handy und schreibe Ellery. *Verfolge gerade Katrin.*

Ich rechne nicht mit einer Antwort, aber nur wenige Sekunden später ploppt auf meinem Display ein *WAS???* auf.

Warum bist du noch wach?

Lange Geschichte. Warum verfolgst du Katrin?

Weil sie sich um 3 Uhr morgens aus dem Haus schleicht und ich wissen will, warum.

Triftiger Grund. Wohin will sie?

Keine Ahnung. Vielleicht zur Schule?

Von uns bis zur Echo Ridge High läuft man gute zwanzig Minuten, selbst dann, wenn man wie wir schnell unterwegs ist. Während ich ihr weiter folge, vibriert mein Handy noch ein paarmal, aber ich halte den Blick fest auf Katrin gerichtet. In dem dämmrigen Mondlicht hat sie fast etwas Unwirkliches an sich, als könnte sie verschwinden, wenn ich sie auch nur eine Hundertstelsekunde aus den Augen lasse. Ich muss an die Hochzeitsfeier unserer Eltern letztes Frühjahr denken. Meine neue Stiefschwester rug ein kühles Lächeln im Gesicht und ein kurzes weißes Kleid, als würde sie schon mal für ihre eigene Hochzeit proben. Als Peter und Mom ihren Hochzeitswalzer drehten, schnappte sie sich zwei Gläser Champagner vom Tablett eines vorbeigehenden Kellners und reichte mir eines davon.

»Tja, Mal. Jetzt haben wir uns gegenseitig am Hals«, sagte sie und trank ihr Glas in einem Zug zur Hälfte aus.

Dann stieß sie mit mir an. »Können wir uns genauso gut daran gewöhnen. Cheers!«

An diesem Abend fand ich sie netter als ich gedacht hätte. Und dabei ist es geblieben. Weshalb ich es absolut beschissen finden würde, wenn Ellery in irgendeiner Hinsicht mit ihren wilden Theorien recht hätte.

Katrin bleibt einige Meter vor dem Schulgebäude an einer Steinmauer stehen, die die Echo Ridge High vom Nachbargrundstück trennt. Im gelben Licht der Straßenlaternen vor der Schule kann ich erkennen, wie sie ihren Rucksack abnimmt, ihn abstellt und davor in die Hocke geht. Das Herz schlägt mir bis zum Hals, als ich hinter einem Strauch in Deckung gehe. Während ich darauf warte, dass Katrin sich wieder aufrichtet, lese ich die letzte Nachricht, die Ellery geschickt hat: *Was hat sie vor?*

Bin gerade dabei, es herauszufinden. Warte …

Ich öffne meine Video-App, tippe auf Zoomen und richte die Kamera auf Katrin, die gerade etwas viereckiges Weißes aus ihrem Rucksack zieht, das sie wie eine Karte auseinanderfaltet. Dann geht sie auf die Steinmauer zu, befestigt eine der Ecken mit Klebeband an der Mauer und wiederholt den Vorgang anschließend dreimal, bis ein Plakat mit fetten roten Buchstaben zu sehen ist.

ES IST SO WEIT
MURDERLAND, TEIL 2
ICH HAB'S EUCH JA GESAGT

Mein Herz setzt einen Schlag aus und ich lasse fast mein Handy fallen. Katrin verstaut das Klebeband wieder in ihrem Rucksack und zieht den Reißverschluss zu, dann schwingt sie ihn sich über die Schulter, dreht sich um und marschiert den Weg zurück, den sie gekommen ist. Sie trägt einen Hoodie und hat ihre Haare unter die Kapuze gesteckt, aber als sie jetzt nur wenige Meter entfernt an mir vorbeigeht, kriege ich praktisch ein Close-up von ihrem Gesicht.

Ich warte einen Moment, bis ihre Schritte nicht mehr zu hören sind, und laufe dann zu der Mauer, um das Plakat aus nächster Nähe aufzunehmen. Die Buchstaben heben sich leuchtend rot von dem weißen Hintergrund ab, aber etwas anderes hat sie nicht hinterlassen – keine Barbiepuppen, keine Fotos, keine Spur von der Gruseldeko der vorangegangenen Werke. Ich schicke Ellery das Video und schreibe: *DAS hat sie vorgehabt.* Ihre Antwort lässt nicht lange auf sich warten.

Oh mein Gott.

Meine Finger fühlen sich taub an, als ich tippe. *Du hattest recht.*

Wir müssen die Polizei informieren, schreibt Ellery. *Und ihnen die Quittung geben. Ich hätte das gleich machen sollen.*

Mir dreht sich der Magen um. Großer Gott, was wird meine Mutter denken? Wird ein Teil von ihr erleichtert sein, dass der Fokus dadurch nicht mehr auf Declan und mir liegt? Oder verlagert sich das Ganze für sie nur und bleibt genauso beschissen? Und Peter? Ich versuche mir vorzustellen, wie er darauf reagieren wird, dass seine Tochter in so etwas verwickelt ist. Vor allem, wenn ich derjenige bin, der es ans Licht bringt.

Aber ich habe keine andere Wahl. Es hat sich einfach zu viel angehäuft und alle Indizien deuten auf meine Stiefschwester hin.

Ich setze mich in Bewegung und tippe gleichzeitig. *Ich weiß. Will mich nur noch vergewissern, dass sie auf dem Weg nach Hause ist und nicht noch irgendwo anders hingeht. Sollen wir gleich morgen früh auf die Wache?*

Ich würde das Video lieber zuerst Officer Rodriguez zeigen. Was hältst du davon, wenn du gegen sechs zu mir kommst und wir gemeinsam zu ihm rübergehen?

Ich schaue ungläubig blinzelnd aufs Display. Seit Wochen erzählt Ellery allen, die es wissen oder nicht wissen wollen – sprich Ezra, Mia und mir –, dass sie Ryan Rodriguez für nicht vertrauenswürdig hält. Und jetzt will sie im Morgengrauen bei ihm zu Hause aufkreuzen und ihm Beweismittel zeigen, die wir gar nicht haben dürften? Ich hebe kurz den Blick und sehe, dass ich zu schnell zu Katrin aufgeholt habe; wenn ich in diesem Tempo weiterlaufe, überhole ich sie am Ende noch. Ich verlangsame meine Schritte und schreibe: *Warum ausgerechnet zu ihm?*

Ich sehe, dass Ellery tippt, aber ein paar Minuten lang kommt nichts bei mir an. Entweder schreibt sie einen Roman, oder sie muss erst darüber nachdenken, wie sie es formulieren soll. Als ihre Nachricht schließlich eingeht, bin ich überrascht.

Sagen wir mal, er ist mir was schuldig.

••••

»Okay, und wie genau seid ihr noch mal an diese Quittung gekommen?«

Officer Rodriguez reicht mir eine Tasse Kaffee. Wir sitzen in seiner Küche, in der die durch das Fenster über der Spüle fallende frühmorgendliche Sonne goldene Streifen auf den Tisch malt. Ich bin so müde, dass der Anblick mich an ein Kissen erinnert. Am liebsten würde ich den Kopf darauf betten und die Augen zumachen. Ich habe Mom und Peter eine Nachricht geschrieben, ich wäre ins Fitnessstudio gegangen, was nur einen Hauch glaubwürdiger ist als das, was ich tatsächlich tue.

»Ich hab sie in der Papiertonne im Büro der Fright Farm gefunden«, sagt Ellery und dreht sich eine Locke um den Finger.

»Wie im Büro? Sie lag einfach so im Papierkorb?« Officer Rodriguez hat dunkle Ringe unter den Augen. Ellery hat mir auf dem Weg hierher von dem Foto seines Vaters erzählt. Wahrscheinlich hat er letzte Nacht genauso wenig geschlafen wie ich.

»Nein. Es gibt da so eine spezielle verschließbare Datenpapiertonne mit einem Schlitz, in die alle Rechnungen und solche Sachen geworfen werden, die zur Vernichtung bestimmt sind. Normalerweise ist sie abgeschlossen, aber diesmal war sie es nicht.«

»Obwohl sich darin vertrauliche Unterlagen befanden?«

Sie erwidert seinen Blick, ohne zu blinzeln. »Ja.«

»Okay.« Er reibt sich übers Gesicht. »Das lassen wir jetzt mal so stehen. Egal ob die Tonne abgeschlossen war oder nicht, der Inhalt war nicht für andere bestimmt.«

»Ich wusste nicht, dass Sachen, die weggeworfen wurden, jemandem gehören«, sagt Ellery in einem Tonfall, als würde sie inständig hoffen, dass sie recht hat.

Officer Rodriguez lehnt sich in seinem Stuhl zurück und schaut sie einen Moment lang schweigend an. Er und Ellery sehen sich nicht besonders ähnlich. Aber nachdem ich jetzt weiß, dass sie möglicherweise Halbgeschwister sind, fällt mir auf, dass beide auf die exakt gleiche sture Art das Kinn vorschieben. »Ich werde es als anonymen Hinweis behandeln«, sagt er schließlich, und sie atmet sichtlich erleichtert aus. »Und mir die Sache mit dem Wagen genauer anschauen. Das ist eine interessante Spur, vor allem, wenn man bedenkt, in welcher Verfassung ihr Brooke auf der Fright Farm angetroffen habt.«

Ellery schlägt ein Bein über das andere und wackelt mit dem Fuß. Seit sie hier ist, zappelt sie nervös herum. Im Gegensatz zu Officer Rodriguez und mir wirkt sie hellwach. »Nimmst du Katrin jetzt fest?«

Er hebt eine Hand. »Nicht so schnell. Noch gibt es keinen Beweis dafür, dass sie irgendetwas Illegales getan hat.«

Sie blinzelt verblüfft. »Was ist mit dem, was auf dem Video zu sehen ist?«

»Das ist natürlich nicht uninteressant. Aber dabei wurde kein Eigentum beschädigt. Möglicherweise müsste man sie wegen widerrechtlichen Betretens eines Grundstücks belangen. Hängt davon ab, zu welchem Grundstück die Mauer gehört.«

»Und was ist mit den Graffiti und den Barbiepuppen?«, frage ich.

Er zuckt mit den Achseln. »Wir wissen nicht, ob sie etwas damit zu tun hat. Wir wissen nur das, was du heute Morgen beobachtet hast.«

Ich festige den Griff um meine Tasse. Der Kaffee ist schon kalt, aber ich trinke ihn trotzdem. »Dann sind unsere Beweisstücke also unbrauchbar.«

»In einem Fall, in dem jemand vermisst wird, ist *nichts* unbrauchbar«, sagt Officer Rodriguez. »Ich meine nur, dass es noch zu früh ist irgendwelche Schlüsse aus dem zu ziehen, was ihr hier habt. Das ist mein Job, okay? Nicht eurer.« Er klopft mit den Fingerknöcheln auf den Tisch, um seinen Standpunkt zu unterstreichen. »Hört zu. Ich bin froh, dass ihr zu mir gekommen seid, wirklich. Aber von jetzt an müsst ihr euch aus der Sache raushalten. Nicht nur zu eurer eigenen Sicherheit, sondern auch, um die Ermittlungen nicht zu stören, denn wenn ihr jemanden ins Visier nehmt, der etwas mit Brookes Verschwinden zu tun hat, solltet ihr ihn lieber nicht aufschrecken.« Wir nicken und er verschränkt die Arme vor der Brust. »Das hätte ich gern mündlich.«

»Du bist besser, als ich dachte«, murmelt Ellery.

Officer Rodriguez runzelt die Stirn. »Was?«

Sie hebt die Stimme. »Ich sagte: Okay.«

Er deutet mit dem Kinn auf mich und ich nicke erneut. »Klar, in Ordnung.«

»Und sorgt bitte dafür, dass das alles unter uns bleibt.« Officer Rodriguez richtet den Blick auf Ellery. »Ich weiß, wie nahe du deinem Bruder stehst, aber es wäre mir lieber, wenn das, worüber wir gerade gesprochen haben, diesen Raum nicht verlässt.«

Ich bezweifle, dass sie sich an diese Bitte halten wird, aber sie nickt. »Okay.«

Officer Rodriguez schaut auf die Uhr an der Mikrowelle. Es ist kurz vor halb sieben. »Weiß deine Großmutter, dass ihr hier seid?«

»Nein.« Ellery schüttelt den Kopf. »Sie weiß *absolut* nichts über gar nichts.« Ryans Blick zuckt kurz zu mir, und ich strenge mich sehr an, eine neutrale Miene zu wahren. Schon komisch, dass bis jetzt niemand – auch ich nicht – eine Verbindung zwischen seinem Vater und den Zwillingen hergestellt hat. Aber dass die beiden einer angeblichen

Hollywood-Affäre von Sadie entsprungen sind, ist nun mal genau der Stoff, aus dem Kleinstadtlegenden gesponnen werden, und Mr Rodriguez hat einen Großteil seiner Zeit seiner Familie gewidmet und sich nur selten bei offiziellen Anlässen oder größeren Veranstaltungen im Ort blicken lassen. Außerdem hat Ellery mir sein Foto auf ihrem Handy gezeigt. Die Ähnlichkeit zwischen Mr Rodriguez und Ezra ist vor allem deshalb so verblüffend, weil das Bild ihn zeigt, als er noch ganz jung war. Ich kenne ihn als relativ korpulenten Mann mit dicker Brille und schütteren Haaren. Ezra sollte seine Haarpracht genießen, solange er sie noch hat.

»Dann gehst du jetzt besser wieder nach Hause. Sie macht sich bestimmt Sorgen, wenn sie aufwacht und du nicht da bist. Und du auch, Malcolm.«

»Ist gut«, sagt Ellery, macht aber keine Anstalten aufzustehen. Stattdessen zappelt sie wieder mit dem Fuß und fügt hinzu: »Es gibt da etwas, was mich schon seit einer Weile beschäftigt. Es hat mit dir und Lacey zu tun.«

Officer Rodriguez legt den Kopf schräg. »Mit Lacey und mir?«

»Als ich dich gefragt habe, ob ihr befreundet wart, hast du mir keine Antwort gegeben.«

»Nicht?« Ein ironisches Lächeln zuckt um seine Mundwinkel. »Das liegt wahrscheinlich daran, dass dich das nichts angeht.«

»Hast du …« Sie zögert. »Wärst du damals, du weißt schon, gern mit ihr zusammen gewesen?«

Er lacht kurz auf. »Klar. Genau wie die meisten anderen Jungs aus unserem Jahrgang. Lacey war wunderschön, aber … das allein war es nicht. Sie war einfach ein unglaublich netter Mensch. Selbst wenn man an der Schule ein Niemand war, hat sie einem das Gefühl gegeben, etwas wert zu sein.« Er schüttelt traurig den Kopf. »Es bricht mir noch heute das Herz, was mit ihr passiert ist. Ich glaube, das ist mit ein Grund dafür, warum ich Polizist werden wollte.«

Ellery sieht ihm in die Augen. Was auch immer sie darin erkennt, löst die Anspannung in ihren Schultern. »Suchst du immer noch nach ihrem Mörder?«

Officer Rodriguez wirft ihr ein nachsichtiges Lächeln zu, als sein Handy den Eingang einer Nachricht verkündet. »Lass es gut sein, Ellery. Und geh nach Hause.« Er schaut aufs Display, und alle Farbe weicht aus seinem Gesicht, bevor er abrupt seinen Stuhl zurückschiebt und aufspringt.

»Was ist los?«, fragen Ellery und ich gleichzeitig.

Er greift nach einem Schlüsselbund, der auf der Arbeitstheke liegt. »Geht nach Hause«, wiederholt er, aber diesmal ist es ihm bitterernst. »Und bleibt gefälligst dort.«

30

ELLERY
Montag,
7. Oktober

Ich sitze mit meinem Handy auf Nanas Verandatreppe. Malcolm hat sich vor ein paar Minuten auf den Nachhauseweg gemacht, nachdem er mich von »Officer Rodriguez« zurückbegleitet hat. Echt verrückt, dass ich jetzt plötzlich mit an Sicherheit grenzender Wahrscheinlichkeit einen Halbbruder habe, der bei der Polizei ist und den ich bis vor Kurzem noch in einem ungeklärten Mordfall als Verdächtigen in der engeren Auswahl hatte.

Irgendwas muss passiert sein, sonst hätte Ryan uns eben nicht so hastig verabschiedet, aber ich weiß nicht, was. Ich weiß nur, dass ich es satthabe, zuzuschauen, wie sich eine Lüge über die andere stapelt wie bei einem verdammten Jenga-Turm. Ich öffne das Foto, das ich von dem Bild von Mr Rodriguez in seiner Militäruniform gemacht habe, und betrachte seine Gesichtszüge noch einmal eingehend. Als Ezra vor meinem Zeitprotokoll stand und mich darauf aufmerksam gemacht hat, dass unsere Mutter im August 2001 hier gewesen ist, hatte ich schon Sorge, wir müssten möglicherweise – *möglicherweise* – in Betracht ziehen, dass Vance Puckett unser Vater sein könnte. Aber *damit* hätte ich niemals gerechnet.

Ich kann Sadie jetzt nicht anrufen. Abgesehen davon, dass ich nicht weiß, wem das Handy gehört, von dem aus sie uns immer kontaktiert, ist es in Kalifornien gerade mitten in der Nacht. Stattdessen schicke ich das Foto an ihre Gmail-Adresse und schreibe in den Betreff: *Wir müssen reden*. Vielleicht schaut sie in ihre Mails, wenn sie sich das nächste Mal ein Handy borgt.

Ich werfe einen Blick auf die Uhr. Zwanzig vor sieben. Nana wird erst in knapp einer halben Stunde aufstehen. Ich bin unruhig und habe keine Lust im Haus rumzusitzen, also beschließe ich, einen kleinen Spaziergang zu machen. Jetzt, wo alles immer stärker darauf hindeutet, dass Katrin etwas mit Brookes Verschwinden zu tun hat, habe ich keine Angst mehr, allein durch den Wald zu laufen. Ich folge dem vertrauten Pfad zur Fright Farm und versuche, meinen Kopf freizukriegen und einfach die frische Herbstluft zu genießen.

Als ich in Sichtweite des Parks aus dem Wald trete, bleibe ich einen Moment stehen. Mir ist noch nie aufgefallen, wie anders der weit aufgerissene Schlund des Eingangs aussieht, wenn der Park geschlossen ist. Weniger jahrmarktsmäßig, dafür umso bedrohlicher. Ich atme tief ein und wieder aus, bevor ich die verlassene Straße überquere und darauf zugehe, den Blick auf das Riesenrad gerichtet, das still und starr in den blassblauen Himmel aufragt.

Als ich den Eingang erreicht habe, lege ich die Hand auf die abblätternde Farbe des hölzernen Zombierachens und versuche mir vorzustellen, was in Lacey vorgegangen ist, als sie sich vor fünf Jahren nachts in den Park geschlichen hat. War sie aufgeregt? Durcheinander? Hatte sie Angst? Und wer ist bei ihr gewesen – beziehungsweise mit wem hat sie sich hier getroffen? Jetzt, wo Daisy oder Ryan nicht mehr auf meiner Verdächtigenliste stehen, lande ich wieder bei dem, auf den ich immer wieder zurückkomme – Declan Kelly. Es sei denn, es gäbe jemanden, den ich übersehe.

»Gibt es einen bestimmten Grund dafür, warum du hier bist?«

Die Stimme hinter mir lässt mir das Herz in die Kehle springen. Ich wirble herum und sehe einen älteren Mann in Polizeiuniform vor mir, der eine Hand auf dem Funkgerät an seiner Hüfte hat. Es dauert ein paar Sekunden, bis ich ihn erkenne – Officer McNulty, der Malcolm schon die ganze Woche immer wieder befragt hat. Der Vater von Liz und Kyle. Er und Kyle sehen sich ähnlich, beide sind groß und kräftig, haben helle Haare, ein kantiges Kinn und Augen, die einen Tick zu eng zusammenstehen. »Ich wollte nur, ähm … einen Spaziergang machen.« Plötzlich bin ich so angespannt, dass meine Stimme leicht zittert.

Ich weiß nicht, warum mir ein schon etwas in die Jahre gekommener Police Officer auf einmal solche Angst macht. Vielleicht liegt es an dem kalten Ausdruck in seinen blaugrauen Augen, die mich zu sehr an die seines Arschloch-Sohns erinnern. Kyle hasst Malcolm mit solcher Inbrunst, als wäre er darauf getrimmt worden. Es war pures Glück, dass wir ihm auf dem Homecoming-Ball nicht begegnet sind.

Sein Vater mustert mich jetzt aufmerksam. »Wir raten den Leuten zurzeit dringend davon ab, ihre Kids allein in der Stadt herumlaufen zu lassen.« Er reibt sich übers Kinn und kneift die Augen zusammen. »Weiß deine Großmutter, dass du hier bist?«

»Ja«, lüge ich und wische meine feuchten Handflächen an der Jeans ab. Aus seinem Funkgerät dringt ein statisches Knacken, und ich muss daran denken, wie überstürzt Ryan heute Morgen das Haus verlassen hat, nachdem er die Handynachricht bekommen hat. Ich deute auf das Funkgerät. »Ist, ähm, irgendwas passiert? Was Brooke betrifft, meine ich, oder …«

Ich verstumme, als Officer McNultys Gesichtsausdruck sich verhärtet. »Wie bitte?«, entgegnet er knapp.

»Tut mir leid. Ich mache mir bloß Sorgen.« Nachdem ich fünf Wochen lang in den Genuss von Ryans geradezu übermenschlicher Geduld gekommen bin, habe ich vergessen, dass die meisten Cops es nicht leiden können, von Jugendlichen mit Fragen belästigt zu werden.

»Geh nach Hause und mach dir dort Sorgen«, sagt er in einem Tonfall, der unmissverständlich zu verstehen gibt, dass die Unterhaltung hiermit beendet ist.

Ich murmle eine Abschiedsfloskel und beeile mich, über die Straße und zurück in den Wald zu kommen. Nie habe ich Ryan mehr zu schätzen gewusst – oder *überhaupt* zu schätzen gewusst, wie ich wohl ehrlichweise zugeben muss – als in diesem Moment. Und es tut mir unendlich leid für Malcolm, dass er Tag für Tag von McNulty mit Fragen gequält wird.

Als das von Morgentau benetzte Laub auf dem Waldboden dichter wird, dringt die Feuchtigkeit durch meine Sneakers. Das unangenehme Gefühl verstärkt meinen Unmut über Officer McNulty noch. Kein Wunder, dass so ein Ekel auch Ekel als Kinder hervorgebracht hat, die gegen die Familie des Exfreunds der Tochter noch nach fünf Jahren einen Groll hegen. Okay, ich kenne nicht die ganze Geschichte, vielleicht hat Declan sich Liz gegenüber wie ein Scheißkerl benommen. Aber sie sollte Malcolm aus der Sache rauslassen und Kyle sollte sich einfach komplett um seinen eigenen Kram kümmern. Er gehört eindeutig nicht zu der Sorte Mensch, die weiß, wann man es gut sein lassen sollte. Würde Lacey noch leben, würde er sie wahrscheinlich auch dafür hassen, dass Declan ihretwegen mit seiner Schwester Schluss gemacht hat, und Brooke dafür, dass sie ihm den Laufpass gegeben hat und …

Mir schießt bei diesem Gedanken so schnell das Blut in den Kopf, dass mir schwindelig wird und ich mich an einem Ast festhalten muss. Warum ist mir das nicht schon früher aufgefallen? Der einzige Mensch in Echo Ridge, der wirklich alle hasst, die mit dieser unglücklichen Geschichte in Verbindung stehen, ist Kyle McNulty.

Moment … nein. Kyle war erst zwölf, als Lacey ermordet wurde. Und für den Abend, an dem Brooke verschwand, hat er ein Alibi. Er und seine Schwester waren zu dem Zeitpunkt gar nicht in der Stadt.

Liz … die wegen Lacey von Declan verlassen wurde.

Mein Herz zieht sich zusammen, als ich anfange, die einzelnen Punkte miteinander zu verbinden. Ich war immer davon ausgegangen, dass der Mord an Lacey ein sogenanntes *Verbrechen aus Leidenschaft* war, verübt von jemandem, der vor Eifersucht rasend war. Bisher habe ich nie in Betracht gezogen, dass diese Person Liz McNulty sein könnte. Declan hat mit Liz Schluss gemacht und kurz danach war Lacey tot. Fünf Jahre später macht Brooke mit Kyle Schluss, der mit Katrin befreundet ist, und sie … *Gott.* Was wenn die beiden sich zusammengetan haben, um ein gemeinsames Problem aus der Welt zu schaffen?

Ich kriege kaum mit, dass ich mittlerweile bei Nana angekommen bin, als ich mit zitternden Fingern mein Handy aus der Hosentasche nestle. Ryan hat mir gestern, nachdem ich das Foto seines Vaters entdeckt hatte, seine Handynummer gegeben. Ich muss ihn anrufen. Jetzt sofort. Als ich gerade zu seiner Nummer scrolle, nehme ich aus dem Augenwinkel eine Bewegung wahr. Nana läuft in ihrem karierten Morgenrock und Hausschuhen auf mich zu, die grauen Haare stehen wild in alle Richtungen ab. »Guten Morgen, Nana …«, sage ich, aber weiter komme ich nicht.

»Was in Gottes Namen hast du hier draußen zu suchen?«, ruft sie völlig aufgelöst. »Dein Bett ist unberührt! Dein Bruder hatte keine Ahnung, wo du steckst! Ich dachte, du wärst *verschwunden*!« Als ihr beim letzten Wort die Stimme bricht, versetzt mir das einen schuldbewussten Stich. Ich hatte nicht darüber nachgedacht, dass sie aufwachen und merken könnte, dass ich weg bin – und was das in ihr auslösen würde.

Sie läuft auf mich zu, und dann tut sie etwas, das sie noch nie getan hat – sie schlingt die Arme um mich und drückt mich so fest an sich, dass es fast wehtut.

»Es tut mir leid«, presse ich hervor, weil ich kaum Luft bekomme.

»Was hast du dir bloß dabei gedacht? Wie konntest du nur? Ich war kurz davor, die Polizei zu rufen!«

»Nana, ich … Kannst du vielleicht ein bisschen weniger fest zudrücken?«

Ich taumle ein Stück zurück, als sie mich loslässt. »Tu das *nie* wieder, hast du verstanden! Ich bin vor Sorge ganz krank gewesen. Besonders jetzt, wo …« Sie schluckt.

Die Haare in meinem Nacken richten sich auf. »Was meinst du damit?«

»Komm mit ins Haus, dann erzähle ich dir alles.« Sie dreht sich um und wartet darauf, dass ich ihr folge, aber ich bleibe wie angewurzelt stehen. Zum ersten Mal, seit ich an diesem Morgen draußen bin, ist mir kalt. Meine Hände sind ganz taub. Ich ziehe die Ärmel meines Pullis über die Finger und schlinge die Arme um den Oberkörper.

»Erzähl es mir jetzt gleich. Bitte.«

Nanas Augen sind gerötet. »Es geht das Gerücht, die Polizei hätte eine Leiche im Wald nahe der kanadischen Grenze gefunden. Und dass es sich dabei um Brooke handelt.«

31

MALCOLM
Montag,
7. Oktober

Die Schulleitung hat beschlossen, den Unterricht nicht ausfallen zu lassen.

»Das ist das Vernünftigste so«, wird Mom am Montagmorgen nicht müde zu wiederholen. Sie stellt eine randvoll mit Cheerios gefüllte Schale vor mich auf die Kücheninsel, obwohl ich die sonst nie zum Frühstück esse. »Noch steht nicht fest, ob es überhaupt Brooke ist. Wir müssen positiv denken und weitermachen wie bisher.«

Die Botschaft würde vielleicht besser rüberkommen, wenn sie mir nicht gerade Kaffee über die Cheerios gießen würde, während sie spricht. Sie merkt es nicht, und als sie sich umdreht, schütte ich einfach noch etwas Milch dazu. Schmeckt gar nicht mal so übel. Außerdem habe ich gar nicht erst versucht, noch mal zu schlafen, als ich vor einer Stunde von Officer Rodriguez zurückgekommen bin, und kann das Koffein gut gebrauchen.

»Ich bleibe hier«, verkündet Katrin tonlos.

Mom wirft ihr einen nervösen Blick zu. Katrin lässt sich von ihr nie etwas sagen und Peter ist schon in die Kanzlei gefahren. »Dein Vater würde …«

»… es verstehen«, unterbricht Katrin sie mit derselben tonlosen Stimme. Sie trägt den Kapuzenpulli und die Sportleggins, die sie gestern Nacht auch schon anhatte, und hat die Haare im Nacken zu einem unordentlichen Pferdeschwanz gebunden. Vor ihr steht ein Teller mit Erdbeeren, von denen sie eine in immer kleinere Stückchen schneidet, ohne die Absicht erkennen zu lassen, sie essen zu wollen. »Außerdem fühle ich mich nicht gut. Ich hab mich heute Morgen übergeben.«

»Oh, wenn du dich nicht gut fühlst, dann ist das natürlich etwas anderes.« Meine Mutter wirkt erleichtert, dass Katrin eine Ausrede hat, und scheint etwas von ihrem Selbstvertrauen zurückzugewinnen, als sie sich wieder mir zuwendet. »Aber du musst gehen.«

»Ist okay für mich.« Hauptsache ich muss mich nicht mit Katrin am selben Ort aufhalten. Wenn sie nicht behauptet hätte, sie wäre krank, würde ich es tun. Ich hätte mich heute auf keinen Fall mit ihr in ein Auto gesetzt. Vor allem nicht in *ihr Auto*. Wenn Katrin auch nur die Hälfte von dem getan hat, was wir vermuten, ist die Wahrscheinlichkeit groß, dass sie Mr Bowman überfahren hat und ihn anschließend einfach auf der Straße liegen und sterben ließ. Und das ist bloß der Anfang. Ich festige meinen Griff um den Löffel, während ich beobachte, wie sie sich daranmacht, die nächste Erdbeere zu zerstückeln. Das ist alles, was ich tun kann, um mich davon abzuhalten, auf ihren Teller zu schlagen und die Erdbeeren zu Brei zu zermatschen.

Diese erzwungene Warterei ist ein Albtraum. Besonders, wenn man ahnt, dass das, was herauskommen wird, schrecklich sein wird, ganz egal, wie es aussieht.

Mom stellt die Kaffeekanne zurück und reibt sich die Hände an ihrem Morgenmantel ab. »Dann springe ich mal unter die Dusche … Es sei denn, einer von euch braucht noch irgendwas?«

»Kann ich deinen Wagen haben?«, frage ich.

Sie ist schon auf dem Weg zur Treppe und schaut mit zerstreutem Lächeln über die Schulter. »Natürlich. Klar.« Dann ist sie weg und lässt mich allein mit Katrin in der Küche zurück. Das einzige Geräusch ist das Klirren meines Löffels in der Schale und das laute Ticken der Wanduhr.

Ich halte es noch nicht einmal fünf Minuten aus. »Ich fahre heute früher los«, sage ich, stehe auf und schütte meine halb aufgegessene Cheerios-Milchkaffee-Mischung ins Spülbecken. Als ich mich wieder umdrehe, sieht Katrin mich durchdringend an, und die kalte Leere in ihren Augen lässt mich innerlich zusammenzucken.

»Warum gehst du nicht zu Fuß zur Schule?«, fragt sie. »Du läufst doch so gern.«

Fuck. Sie weiß, dass ich ihr gestern Nacht gefolgt bin. Ich habe auf dem Weg nach Hause nicht genügend Abstand zu ihr gehalten.

»Stimmt. Da bin ich ja auch nicht der Einzige«, gebe ich zurück und will nach Moms Schlüssel greifen, die auf der Kücheninsel liegen, aber bevor ich sie zu fassen kriege, legt Katrin ihre Hand darüber und mustert mich mit demselben kühlen Blick.

»Du hältst dich für klüger, als du es bist.«

»Und du bist nicht krank.« *Zumindest nicht körperlich.* Ich ziehe die Schlüssel unter ihrer Hand hervor, schiebe mich an ihr vorbei und hebe meinen Rucksack vom Boden auf. Weil sie nicht sehen soll, wie sehr sie mich aus der Fassung gebracht hat, wende ich den Blick von ihr ab, auch wenn ich gern ein letztes Mal ihren Gesichtsausdruck sehen würde.

Was weißt du, Katrin? Was hast du getan?

Auf der Fahrt zur Schule bin ich wie benommen und hätte fast die Einfahrt verpasst. Ich bin so früh dran, dass ich auf dem Parkplatz freie Auswahl habe. Nachdem ich den Motor abgestellt habe, suche ich im Radio nach einem Nachrichtensender. Auf NPR geht es um Politik, und die lokalen Sender berichten über den in letzter Minute errungenen Überraschungssieg, den die Patriots gestern erzielt haben. Ich hole mein Handy heraus und rufe die Seite der *Burlington Free Press* auf. Es gibt nur eine kurze Nachricht ganz unten auf der Lokalseite: *Polizei findet menschliche Überreste auf einem verlassenen Grundstück in Huntsburg.*

Menschliche Überreste. Mir dreht sich der Magen um, und einen Moment lang bin ich mir sicher, gleich jedes einzelne kaffeedurchtränkte Cheerio auskotzen zu müssen, von dem ich so blöd war, es heute Morgen zu essen. Aber die Übelkeit ebbt wieder ab und ich stelle den Sitz etwas nach hinten, lehne mich zurück und schließe die Augen. Ich will mich nur ein paar Minuten ausruhen, aber der Schlafmangel macht sich bemerkbar, und als jemand an die Scheibe meines Fensters klopft, merke ich, dass ich wohl eingedöst bin. Blinzelnd schaue ich auf die Uhr – in zwei Minuten beginnt die erste Stunde – und dann nach draußen.

Kyle und Theo stehen vor dem Wagen und sehen nicht so aus, als wollten sie mich nur freundlich darauf hinweisen, dass ich zu spät komme, wenn ich mich nicht beeile. Viv ist auch dabei, hält sich aber im Hintergrund. Sie hat die Arme vor der Brust verschränkt und einen selbstgefällig-erwartungsvollen Ausdruck im Gesicht. Wie ein kleines Mädchen an seinem Geburtstag, das weiß, dass es das Pony bekommen wird, das es sich immer gewünscht hat.

Ich könnte einfach den Motor anlassen und wegfahren, aber ich habe keine Lust, diesen Typen die Genugtuung zu geben, mich davongejagt zu haben. Also steige ich aus.

»Ihr kommt zu spät, wenn …«, ist alles, was ich sagen kann, bevor Kyle mir die Faust in den Magen rammt. Ich krümme mich zusammen, und der Schmerz ist so stark, dass mir einen Moment alles vor Augen verschwimmt. Aber damit gibt er sich nicht zufrieden, sondern verpasst mir noch einen Kinnhaken, der mich gegen den Wagen taumeln lässt. In meinem Mund breitet sich der kupferartige Geschmack von Blut aus. Kyle beugt sich zu mir vor, bis sein Gesicht nur noch wenige Zentimeter von meinem entfernt ist.

»Dafür mach ich dich fertig, Kelly«, zischt er und holt zu einem weiteren Schlag aus.

Ich weiche aus und schaffe es, Kyle einen Hieb ins Gesicht zu versetzen, bevor Theo sich auf mich stürzt und mir die Arme auf den Rücken hebelt. Ich trete ihm auf den Fuß, habe aber keinen stabilen Stand. Theo gibt bloß ein leises Ächzen von sich und festigt seinen Griff. Ein scharfer Schmerz schießt durch meine Rippen, und meine komplette linke Gesichtshälfte fühlt sich an, als würde sie in Flammen stehen. Kyle wischt sich mit einem höhnischen Grinsen über seine aufgeplatzte blutende Lippe. »Das hätte ich schon vor Jahren machen sollen«, sagt er und hebt die Faust zu einem Schlag, der mir mit Sicherheit den Kiefer brechen wird.

Aber er bleibt aus. Eine noch kräftigere Faust schließt sich um seine und reißt ihn zurück. Ein paar Sekunden lang habe ich keine Ahnung, was verdammt noch mal los ist, bis Declan vortritt und sich drohend vor Theo aufbaut.

»Lass ihn los«, knurrt er gefährlich leise. Als Theo sich nicht rührt, packt Declan einen seiner Arme und dreht ihn so abrupt nach hinten, dass Theo vor Schmerz aufstöhnt. Im nächsten Moment weicht er mit erhobenen Händen zurück. Jetzt, wo ich aus seinem Griff befreit bin, sehe ich ein paar Schritte weiter Kyle reglos auf dem Boden liegen.

»Wird er wieder hochkommen?«, frage ich und reibe mir über mein pochendes Kinn.

»Früher oder später«, sagt Declan. Theo macht sich nicht die Mühe, nach Kyle zu schauen, sondern stürzt an ihm vorbei auf den Hintereingang zu. Von Viv fehlt jede Spur. »Zwei gegen einen, diese miesen kleinen Feiglinge.« Declan öffnet die Tür des Volvos. »Los, steig ein. Für heute kannst du die Schule sausen lassen, würde sowieso nichts bringen. Ich fahre.«

Ich lasse mich auf den Beifahrersitz fallen. Mir ist schlecht und um mich herum dreht sich alles. Das letzte Mal bin ich in der Neunten verprügelt worden, was im Vergleich zu der Nummer von eben aber harmlos war. »Was machst du hier?«, frage ich.

Declan steckt den Schlüssel in die Zündung und startet den Motor. »Ich hab auf dich gewartet.«

»Warum?«

Sein Kiefer spannt sich an. »Ich weiß noch, wie es mir am Tag nach … solchen Neuigkeiten in der Schule ergangen ist.«

Ich hole Luft, und der Schmerz der mich durchzuckt, raubt mir den Atem. Würde mich nicht wundern, wenn dieses Arschloch mir eine Rippe gebrochen hätte. »Du hast geahnt, dass so was passieren würde?«

»Bei mir ist es damals so gewesen«, sagt er.

»Das wusste ich nicht.« Ich schätze, ich hatte damals von so gut wie nichts eine Ahnung. Ich war zu sehr damit beschäftigt, so zu tun, als wäre nichts passiert.

Wir fahren einen Moment lang schweigend die Straßen entlang, bis wir uns einem kleinen Eckladen nähern und Declan plötzlich anhält. »Bin gleich wieder da«, sagt er, bevor er aussteigt und in dem Laden verschwindet. Als er ein paar Minuten später wiederkommt, hat er einen Plastikbeutel in der Hand, den er mir in den Schoß wirft, nachdem er wieder eingestiegen ist. »Halt dir den ans Gesicht.«

Tiefkühlerbsen. Ich stöhne fast vor Erleichterung, als die Kälte in meine brennende Haut sickert. »Danke. Dafür und … du weißt schon … dass du mir den Arsch gerettet hast.«

Aus dem Augenwinkel sehe ich, wie er den Kopf schüttelt. »Ich fass es nicht, dass du überhaupt aus dem Wagen ausgestiegen bist. Amateur.«

Ich würde lachen, wenn es nicht so wehtun würde. Während ich still dasitze und mir die Erbsen ans Gesicht halte, verlassen wir Echo Ridge Richtung Solsbury auf demselben Weg, den ich letzte Woche zu seinem Apartment genommen habe. Declan scheint meine Gedanken zu lesen. »Das war ganz schön mies von euch, Daisy zu folgen.« Einen Moment lang sieht er aus, als würde er ernsthaft darüber nachdenken, wieder umzudrehen und mich auf dem Schulparkplatz neben Kyle rauszuschmeißen.

»Ich hab versucht, dich zu fragen, was du auf einmal wieder hier machst«, erinnere ich ihn. »Hat nicht funktioniert.« Er antwortet nicht, gibt nur ein leises Schnauben von sich, was ich als Zustimmung interpretiere. »Seit wann wohnst du dort?«

»Seit letztem Monat«, sagt er. »Für Daisy war es wichtig, in der Nähe ihrer Eltern zu sein. Und in meiner. Tja ... und hier bin ich.«

»Du hättest mir ruhig von ihr erzählen können.«

Declan schnaubt wieder. »Echt jetzt, kleiner Bruder?« Er fährt auf den Parkplatz der Wohnanlage und hält vor Apartment Nummer 9. »Du konntest es damals kaum erwarten, dass ich endlich aus Echo Ridge verschwinde. Ich kann mir nicht vorstellen, dass du begeistert gewesen wärst, zu erfahren, dass ich in den Nachbarort gezogen bin. Geschweige denn, dass ich mit Laceys bester Freundin zusammen bin. Ich meine, Scheiße, was würden die Nilssons wohl dazu sagen?«

»Ich hasse die Nilssons.« Die Worte sind draußen, bevor ich darüber nachdenken kann.

Declan zieht die Brauen hoch und öffnet die Fahrertür. »Ärger im Paradies?«

Ich zögere und überlege, wie ich es ihm erklären kann, als mein Magen sich plötzlich hebt. In letzter Sekunde schaffe ich es auszusteigen, bevor ich mich krümme und mein Frühstück über den Asphalt verteile. Zum Glück geht es schnell, weil meine Rippen sich dabei anfühlen, als würde sie mir jemand aus meinem Körper reißen. Vor Anstrengung und Schmerz schießen mir die Tränen in die Augen und ich stütze mich keuchend am Wagen ab.

»Verzögerte Reaktion«, sagt Declan und nimmt die Erbsenpackung vom Beifahrersitz. »Kann vorkommen.« Er lässt mich allein zur Tür und in sein Apartment humpeln und deutet auf die Couch. »Leg dich hin. Ich hole ein Eis-Pad für deine Hand.«

Declans Apartment ist der Inbegriff einer Junggesellenbude. Die Einrichtung besteht aus nichts als der Couch und zwei Sesseln, einem riesigen Flachbildfernseher und ein paar zu Regalen umfunktionierten Getränkekisten. Aber die Couch ist bequem, und ich lasse mich in die Polster sinken, während Declan in seinem Eisfach herumkramt. Irgendetwas Kantiges drückt sich in meinen Rücken und ich ziehe eine Fernbedienung darunter hervor. Ich richte sie auf den Fernseher und schalte ihn ein. ESPN zeigt irgendein Golfturnier. Stumpfsinnig zappe ich die Sender durch, bis mir das Wort *Huntsburg* in einem Lauftext ins Auge springt und ich innehalte. Ein uniformierter Police Officer steht hinter einem Rednerpult und sagt gerade: »... konnten wir die Leiche eindeutig identifizieren.«

»Declan.« Mein Hals schmerzt, und meine Stimme ist rau, aber als er nicht reagiert, versuche ich es noch einmal und krächze lauter: *»Declan.«*

Er streckt den Kopf aus der Küche. »Was? Ich weiß nicht, wo ...« Er verstummt, als er den Ausdruck auf meinem Gesicht sieht, und tritt genau in dem Moment ins Wohnzimmer, als der Officer im Fernsehen tief Luft holt.

»Dabei handelt es sich um eine junge Frau aus Echo Ridge, die seit letztem Samstag vermisst wird – die siebzehnjährige Brooke Bennett. Das Police Department von Huntsburg möchte Miss Bennetts Familie und ihren Freunden ihr tiefes Mitgefühl aussprechen und der dortigen Polizeibehörde seine uneingeschränkte Unterstützung zusichern. Die Untersuchungen zur Todesursache dauern noch an, weitere Einzelheiten können aus ermittlungstechnischen Gründen derzeit nicht weitergegeben werden.«

32

ELLERY
Montag,
7. Oktober

Ich weiß, was uns jetzt bevorsteht. Ich kenne die Dramaturgie aus unzähligen Büchern und etlichen Fernsehshows. Tief in mir habe ich die ganze Woche über gewusst, dass es wahrscheinlich so enden würde.

Mir ist nur nicht klar gewesen, wie grauenhaft es sich anfühlen würde.

Wenigstens bin ich nicht allein. Es ist Montagnachmittag und ich sitze mit Ezra und Malcolm bei Nana im Wohnzimmer. Es ist sechs Stunden her, seit die Polizei von Huntsburg Brooke gefunden hat. Keiner von uns ist heute in der Schule gewesen, trotzdem war Malcolms Tag ereignisreicher als unserer. Er ist vor einer Stunde ziemlich übel zugerichtet hier aufgetaucht und seitdem bringt ihm Nana alle fünfzehn Minuten ein frisches Kühlpad.

Wir haben uns auf ihren unbequemen Sitzmöbeln verteilt und schauen die Berichterstattung auf Channel 5. Meli Dinglasa steht vor dem Kulturzentrum von Echo Ridge, während der Wind an ihren dunklen Haaren zerrt und die belaubten Äste hinter ihr unter seiner Wucht erzittern.

Seit wir den Sender eingeschaltet haben, hat sie nonstop geredet, allerdings sind nur ein paar Worte davon zu mir durchgedrungen: *Seit über einer Woche tot … von Fremdeinwirkung ausgegangen, aber noch ist nichts bestätigt … wurde heute*

Morgen eine weitere Drohbotschaft in der Nähe der Echo Ridge High gefunden …

»Super Timing, Katrin, echt«, murmelt Ezra.

Malcolm sitzt neben mir auf dem Sofa. Die linke Seite seines Gesichts hat sich dunkel verfärbt und ist geschwollen, die Knöchel seiner rechten Hand sind aufgeschrammt, und jedes Mal, wenn er sich bewegt, zuckt er zusammen. »Diesmal muss jemand dafür zur Rechenschaft gezogen werden«, sagt er mit leiser, wütender Stimme. Seine Hand liegt zwischen uns auf dem Sofa. Ich greife behutsam danach. Seine Haut ist warm, und seine Finger schließen sich, ohne zu zögern, um meine. Ein paar Sekunden lang fühle ich mich besser, bis mir wieder einfällt, dass Brooke tot ist und alles einfach nur entsetzlich ist.

Jedes Mal, wenn ich die Augen schließe, sehe ich sie. Ich sehe, wie sie hinter dem Schießstand auf der Fright Farm steht und versucht, sich gegen Vance zu behaupten. Ich sehe, wie sie in der Schule mit traurigem, besorgtem Gesicht durch die Flure geht. Wie sie an dem Abend, an dem sie später dann verschwand, schwankend mit uns von der Villa des Grauens zum Wagen ging. Ich hätte sie energischer drängen sollen, uns zu erzählen, was los ist. Ich hatte an diesem Abend die Chance, den Lauf der Dinge zu ändern, und habe sie vertan.

Als mein Handy klingelt und die vertraute kalifornische Nummer auf dem Display erscheint, bin ich versucht, nicht dranzugehen. Aber dann denke ich: *Ach, zur Hölle.* Viel schlimmer kann dieser Tag auch nicht mehr werden.

»Hi, Sadie«, sage ich erschöpft.

»Oh Gott, Ellery. Ich habe es gerade aus den Nachrichten erfahren. Das tut mir so unendlich leid für eure Freundin …« Sie zögert, bevor sie weiterredet. »Ich habe auch …« Sie holt tief Luft, ihre Stimme klingt unschlüssig. »Ich habe deine E-Mail bekommen. Zuerst wusste ich nicht, was das für ein Foto sein soll, bis ich es vergrößert habe und … seinen Namen auf der Uniform gesehen habe.«

»Dachtest du im ersten Moment, es wäre Ezra?«, frage ich. »Mir ging es nämlich so.« Es überrascht mich, dass ich trotz des unfassbaren Kummers über Brookes Tod noch in der Lage bin, wütend auf meine Mutter zu sein. »Wie konntest du uns das verschweigen? Wie konntest du uns siebzehn Jahre lang anlügen und in dem Glauben lassen, unser Vater wäre *José, der durchgeknallte Stuntman*?« Es ist mir egal, dass ich laut werde. Schließlich ist es nicht so, als würde irgendjemand hier in diesem Raum nicht wissen, was los ist.

»Es war nicht komplett gelogen«, verteidigt sich Sadie schwach. »Ich war mir nicht *sicher*, Ellery. Diesen Stuntman gab es wirklich. Aber … ich hatte auch etwas mit … Gabriel Rodriguez. Kurze Zeit später.« Ihre Stimme wird leiser. »Es war ein Riesenfehler, mit einem verheirateten Mann zu schlafen. Ich hätte es niemals so weit kommen lassen dürfen.«

»Tja, er auch nicht.« Ich habe kein Mitgefühl für den Mann auf dem Foto übrig. Es fühlt sich nicht so an, als wäre er mein Vater oder sonst in irgendeiner Weise mit mir verbunden. Es wäre *seine* Aufgabe gewesen, sich an sein Ehegelübde zu halten. »Warum hast du es dann gemacht?«

»Ich konnte nicht mehr klar denken. Mein Vater war gestorben, alles um mich herum erinnerte mich an Sarah, und dann habe ich … ich habe mich zu dieser Dummheit hinreißen lassen. Als ich dann merkte, dass ich schwanger bin, passte es rein rechnerisch besser zu der … ähm … anderen Geschichte, und weil ich es so sehr wollte, habe … habe ich es mir so lange eingeredet, bis ich selbst daran geglaubt habe.«

»Wie?« Ich schaue zu Ezra, der auf den Boden starrt, als würde ihn das alles nichts angehen. »Ich meine, wie hast du es geschafft, das zu glauben, wenn Ezra diesem … wie hieß er noch gleich? Gabriel? … doch wie aus dem Gesicht geschnitten ist?«

»Ich wusste nicht mehr, wie er aussieht«, sagt Sadie. Ich stoße ein ungläubiges Prusten aus. »Im Ernst. Ich habe dir ja erzählt, dass ich während der gesamten Trauerfeier einen Drink nach dem anderen gekippt habe.«

»Okay. Aber du hast dich immerhin noch an so viel erinnert, dass du gewusst hast, dass es im Bereich des Möglichen liegen könnte, dass er unser Vater ist, oder? Deswegen hast du diesen Mist erzählt, als ich Ryan Rodriguez das erste Mal erwähnt habe.«

»Ich … ja. Das hat mich ziemlich aus der Fassung gebracht«, gibt sie leise zu.

»Also hast du gelogen, um es zu verschleiern. Du hast diese Geschichte über Ryan Rodriguez' Zusammenbruch auf Laceys Beerdigung erfunden und meinen Verdacht dadurch auf ihn gelenkt.«

»Was?«, sagt Sadie verwirrt. »Warum hätte ich das tun sollen? Von was für einem Verdacht redest du überhaupt?«

»Darum geht es jetzt nicht!«, fauche ich. »Es geht darum, dass es so gewesen *ist*, und deswegen habe ich ihn nicht um Hilfe gebeten, als ich es hätte tun können, und jetzt ist Brooke tot und vielleicht …« Ich verstumme. Mit einem Mal ist meine ganze Wut verpufft, und mir wird schlecht, als ich daran denke, dass ich eine ganze Woche lang niemandem erzählt habe, was wir in der Datenpapiertonne im Büro der Fright Farm gefunden haben. Dass ich Geheimnisse für mich behalten habe, die ich nicht für mich hätte behalten dürfen. Wie die Mutter, so die Tochter. »Vielleicht habe ich alles nur noch schlimmer gemacht.«

»Was meinst du damit? Ellery, ich bin mir sicher, dass du nichts falsch gemacht hast. Du darfst dir nicht die Schuld geben für …«

»Ellery.« Nana steckt den Kopf ins Wohnzimmer. »Ryan ist hier. Er sagt, du hättest ihn angerufen?« Ihr Blick fällt auf das Handy an meinem Ohr. »Mit wem telefonierst du?«

»Bloß mit jemandem aus der Schule«, behaupte ich, und zu Sadie sage ich: »Ich muss Schluss machen.« Aber bevor ich auflegen kann, streckt mir Ezra die Hand hin.

»Gib sie mir.« In seiner Stimme liegt dieselbe Wut wie eben in meiner. Es braucht einiges, um uns beide wütend zu machen, vor allem, wenn es um Sadie geht. Aber diesmal hat sie es geschafft.

Ich reiche ihm das Handy und helfe Malcolm von der Couch, bevor wir in den Flur gehen. Nana kehrt in die Küche zurück. Ryan steht vor der Haustür und sieht unendlich traurig und mitgenommen aus. Ich begreife nicht, wie ich jemals denken konnte, er würde für sein Alter jung aussehen. »Hey«, sagt er. »Ich war gerade auf dem Weg nach Hause, als ich deine Nachricht bekommen habe. Was gibt's so Dringendes?« Als sein Blick auf Malcolms geschwollene Gesichtshälfte fällt, weiten sich seine Augen. »Was ist denn mit dir passiert?«

»Kyle McNulty«, antwortet Malcolm knapp.

»Willst du ihn anzeigen?«, fragt Ryan.

Malcolm zieht eine Grimasse. »Nein.«

»Vielleicht kannst du ihn ja noch davon überzeugen, seine Meinung zu ändern«, sage ich zu Ryan. »Aber warum ich dich angerufen habe ... Mir ist da so eine ... Theorie durch den Kopf gegangen, die Kyle betrifft.« Ich befeuchte meine Lippen und versuche meine Gedanken zu sortieren. »Heute Morgen bin ich Officer McNulty über den Weg gelaufen ...«

Ryan runzelt die Stirn. »Wo bist du Officer McNulty über den Weg gelaufen?«

»Das ist nicht wichtig.« Ich kann jetzt keinen Vortrag darüber gebrauchen, dass ich seine Anweisung missachtet habe und nicht sofort nach Hause bin. Ich muss meine Vermutung loswerden. »Aber danach habe ich über Kyle nachgedacht, und mir ist aufgefallen, dass er zu allem, was hier in den letzten Jahren passiert ist, eine Verbindung hat. Declan hat sich von seiner Schwester Liz getrennt, und das hat damals ganz schön für böses Blut gesorgt, oder?« Ryan nickt vorsichtig, als hätte er keine Ahnung, worauf ich hinauswill, und wäre sich auch nicht sicher, ob er es wissen will. Malcolm sieht genauso aus. Er hört das alles gerade auch zum ersten Mal. Ich wusste nicht, ob ich die Kraft haben würde, mehr als einmal darüber zu sprechen.

»Dann wird Lacey umgebracht und Declan wird praktisch aus der Stadt gejagt«, fahre ich fort. »Und jetzt, fünf Jahre später, macht Brooke mit Kyle Schluss. Woraufhin sie verschwindet. Jetzt zu Katrin. Sie und Kyle sind befreundet, okay? Wir wissen mittlerweile, dass Katrin etwas mit den Drohbotschaften zu tun hat, also ...« Ryan wirkt nicht so beeindruckt, wie ich gehofft hatte. »Kurz gesagt – ich glaube, dass die drei gemeinsam in dieser Sache drinstecken. Liz, Kyle und Katrin.«

»Das ist deine neueste Theorie, ja?« Der ironische Unterton, mit dem Ryan das Wort *neueste* ausspricht, gefällt mir nicht. Malcolm lässt sich bloß gegen die Wand sacken, als wäre er gerade zu erschöpft, um sich damit auseinanderzusetzen.

»Ja«, sage ich fest.

Ryan verschränkt die Arme vor der Brust. »Die Tatsache, dass Liz und Kyle ein Alibi haben, interessiert dich dabei wohl nicht?«

»Sie haben sich gegenseitig ein Alibi verschafft!«, sage ich. Ich bin mir einfach sicher, dass ich mit meinen Überlegungen nicht komplett falschliege.

»Denkst du wirklich, wir hätten sie einfach beim Wort genommen und ihre Alibis nicht überprüft?«

»Na ja. Nein.« Plötzlich bekomme ich doch Zweifel. »Hat jemand anderes sie gesehen?«

Ryan fährt sich durch die Haare. »Ich dürfte dir das eigentlich nicht sagen. Es geht dich nämlich nichts an. Aber vielleicht hörst du dann endlich auf, mir zu erklären, wie ich meinen Job zu machen habe, und fängst an, mir zu vertrauen. Wenigstens einmal.« Er senkt die Stimme. »Die beiden sind auf der Party einer Studentenverbindung gewesen. Es gibt etliche *Zeugen.* Und Bilder und Videos, die mit Datum und Uhrzeit in den sozialen Netzwerken gepostet wurden.«

»Oh«, sage ich kleinlaut und werde rot vor Verlegenheit.

Er stößt ein frustriertes Seufzen aus. »Lässt du es jetzt endlich gut sein? Bitte? Ich bin froh, dass du heute Morgen zu mir gekommen bist, aber wie schon gesagt – so wie die

Dinge gerade stehen, würdest du den Ermittlungen mehr schaden, als etwas Nützliches dazu beizutragen, wenn du weiter wilde Theorien in die Welt setzt. Ach so, und … da ist noch was …« Er schiebt die Hände in die Hosentaschen und sieht Malcolm an. »Ich habe vorhin schon mit deiner Mutter gesprochen, Malcolm, und ihr gesagt, dass es vielleicht keine schlechte Idee wäre, wenn ihr für ein, zwei Tage verreisen würdet. Vielleicht könntet ihr Freunde besuchen.«

Malcolm richtet sich auf. »Was? Warum das denn? Ist irgendetwas mit Katrin? Geht es um das Video oder …«

»Ich spiele auf nichts Bestimmtes an. Aber im Moment sind alle ziemlich angespannt und ich …« Er hält inne, als suchte er nach den richtigen Worten. »Ich will nur vermeiden, dass du aus Versehen etwas zu Katrin sagst, das … vielleicht kontraproduktiv sein könnte.«

»Kontraproduktiv? Inwiefern?«, fragt Malcolm.

»Es ist bloß ein Vorschlag, okay? Sag deiner Mutter, dass sie drüber nachdenken soll, in Ordnung?«

»Muss ich mir Sorgen wegen Katrin machen?«, hakt Malcolm nach. »Dass sie irgendwas vorhat, meine ich?« Als Ryan nicht antwortet, runzelt Malcolm ungehalten die Stirn. »Das ist doch Scheiße, dass sie draußen rumläuft, als wäre nichts passiert. Die Polizei hat Beweise dafür, dass sie irgendetwas mit der ganzen Sache zu tun hat, und trotzdem wird nichts unternommen.«

»Du hast keine Ahnung, was wir unternehmen und was nicht.« Ryans Gesichtsausdruck hat sich nicht verändert, aber seine Stimme ist schneidend. »Ich bitte dich bloß, dich so unauffällig wie möglich zu verhalten, das ist alles. Verstanden?« Wir nicken und er räuspert sich. »Wie, ähm, läuft es sonst so, Ellery? Was deine Mutter angeht … du weißt schon.«

»Grauenhaft«, sage ich. »Aber wen interessiert's, oder?«

Er seufzt, und das klingt genauso erschöpft, wie ich mich fühle. »Stimmt.«

33

MALCOLM
Donnerstag, 10. Oktober

Es war dann doch nicht nötig, Officer Rodriguez' Rat zu befolgen und für ein paar Tage zu verreisen. Katrin hat mehr oder weniger von sich aus das Weite gesucht.

Zwei Tage nachdem Brookes Leiche gefunden worden war, stand plötzlich ihre Tante vor der Tür. Sie wollte Katrin mit nach New York nehmen, aber die Polizei hat sie gebeten, den Bundesstaat nicht zu verlassen, während die Ermittlungen noch laufen. Also haben die beiden stattdessen in einem Fünf-Sterne-Hotel in Topnotch eingecheckt. Was mich jedes Mal, wenn ich daran denke, unglaublich ankotzt. Ich habe mir ja alle möglichen Szenarien ausgemalt, nachdem ich Officer Rodriguez das Video ausgehändigt hatte, aber die Version, dass Katrin erst mal ein paar Tage Wellness-Urlaub macht, war definitiv nicht dabei.

»So viel dazu, dass alle Hauptzeugen in der Nähe bleiben sollen«, schnaubt Declan, als ich es ihm erzähle. »Nach dem Mord an Lacey durfte keiner von uns Echo Ridge verlassen. Aber ich schätze, wenn man Geld hat, geht alles.«

Ich bin bei ihm im Apartment. Er hat mich und Daisy zum Abendessen eingeladen, was aus mehreren Gründen seltsam ist. Erstens habe ich meinen Bruder noch nie an einem Herd stehen sehen. Zweitens stellt er sich als Koch überraschend gut an. Und drittens ist es echt ungewohnt, ihn zusammen mit Daisy zu sehen. Mein Gehirn versucht immer wieder, sie durch Lacey zu ersetzen, was ziemlich zermürbend ist.

Er weiß nichts von der Quittung über die Autoreparatur oder dem Video, das ich von Katrin aufgenommen habe. Ich halte das Versprechen, das ich Officer Rodriguez gegeben habe, und bewahre Stillschweigen. Was mir Declan gegenüber im Übrigen nicht sonderlich schwerfällt. Auch wenn wir uns besser verstehen als sonst, redet er immer noch sehr viel mehr, als dass er zuhört.

»Peter wollte nicht, dass sie wegfährt.« Ich verlagere das Gewicht auf meinem Stuhl und zucke zusammen, als mir ein Schmerz in die Rippen fährt. Sie sind nur geprellt, nicht gebrochen, aber es tut trotzdem höllisch weh. »Katrins Tante hat darauf bestanden.«

»Wobei so ein Tapetenwechsel keine schlechte Idee ist«, sagt Daisy. Sie und Declan spülen Geschirr, während ich am Küchentisch sitze. Die beiden stehen sehr eng nebeneinander, obwohl vor der Spüle mehr als genügend Platz für zwei ist, und berühren sich die ganze Zeit wie zufällig. »Ich kenne das ja aus eigener Erfahrung. Die ersten Tage danach sind so schrecklich – man kann an nichts anderes denken als daran, was man hätte anders machen können. Eine andere Umgebung lenkt wenigstens ein bisschen ab.« Sie wirft sich seufzend das Geschirrtuch über die Schulter und lehnt sich an Declan. »Mir tut sie leid. Das bringt alles so viele schlimme Erinnerungen an Lacey zurück.«

Declan drückt ihr einen Kuss in die Haare, und bevor ich überhaupt weiß, was los ist, fangen sie an zu tuscheln, zu kichern und sich anzufassen und sind nur noch ungefähr zehn Sekunden davon entfernt, vor meinen Augen wild rumzumachen. Mir ist das peinlich – ganz zu schweigen davon, dass ihr Timing, nach der Unterhaltung, die wir gerade geführt haben, echt mies ist. Mir ist schon klar, dass sie ihre Gefühle füreinander jahrelang unterdrücken mussten, aber ich hätte gut noch eine halbe Stunde Eingewöhnungszeit gebrauchen können. Mindestens.

Als es an der Tür klingelt, bin ich dankbar für die Unterbrechung. »Ich geh schon«, sage ich und springe so schnell auf, wie meine angeschlagenen Rippen es erlauben.

Es ist trotzdem zu schnell gewesen. Obwohl die Tür des Apartments nur ein paar Schritte von der Küche entfernt ist, ist mein Gesicht immer noch schmerzverzerrt, als ich sie öffne. Officer Ryan Rodriguez steht vor mir, in voller Polizeimontur. Er blinzelt überrascht. »Oh, hey, Malcolm. Mit dir hab ich hier nicht gerechnet.«

»Ähm. Gleichfalls«, sage ich. »Bist du …« Ich suche vergeblich nach einem Grund, warum er hier sein könnte. »Was gibt's?«

»Ist dein Bruder da?«

»Ja, komm rein«, sage ich und mache eine einladende Geste.

Declan und Daisy haben es geschafft, sich voneinander zu lösen, als wir in die Küche kommen. »Hey, Declan«, grüßt Officer Rodriguez meinen Bruder und verschränkt die Arme vor der Brust, als wären sie ein Schutzschild. Ich kenne diese Körperhaltung; ich nehme sie immer ein, wenn Kyle McNulty in der Nähe ist. Viel weiß ich nicht über Ryan aus der Zeit, als er noch auf die Highschool ging. Er und Declan hatten so gut wie nichts miteinander zu tun. Aber eins weiß ich genau: Wer nicht zu Declans Clique gehörte, der wurde von ihm wie Dreck behandelt. Er hat einen vielleicht nicht unbedingt gegen Schließfächer geschubst, aber er hat so getan, als würde man ihm durch seine bloße Existenz auf die Nerven gehen. Oder überhaupt nicht existieren.

»Oh und … Hey, Daisy.« Officer Rodriguez lächelt höflich.

Shit. Ich schlucke nervös und schaue zu Declan rüber. Mein Bruder erwidert meinen Blick nicht, aber ich sehe, wie sein Kiefer sich anspannt, als er sich halb vor Daisy schiebt.

Wenigstens stecken sie sich nicht mehr gegenseitig die Zunge in den Hals.

»Ryan, hi!«, sagt Daisy mit dieser gezwungenen Fröhlichkeit, die sie, wie mir aufgefallen ist, immer an den Tag legt, wenn sie angespannt ist. Im Gegensatz zu Mia, die einfach noch finsterer dreinschaut. »Schön, dich wiederzusehen.«

Declan kommt gleich zum Punkt. »Was willst du hier?«

Officer Rodriguez räuspert sich. »Ich habe ein paar Fragen an dich.«

Einen Moment lang ist es still. Klar. Diesen Satz hören wir nicht zum ersten Mal.

»Natürlich«, sagt Declan eine Spur zu lässig. Er deutet zum Tisch. »Setz dich.«

Ryan Rodriguez zögert, sein Blick zuckt kurz zu mir. »Ich … Wir können auch einen Moment vor die Tür gehen. Falls du nicht möchtest, dass dein Bruder zuhört oder …« Er wippt auf seinen Fersen auf und ab, und plötzlich weiß ich, was Ellery meinte, als sie von seiner Tollpatschigkeit gesprochen hat. Es ist, als würde er in Declans und Daisys Gegenwart wieder zum siebzehnjährigen Teenager mutieren.

»Nein«, sagt Declan. »Das ist schon in Ordnung.«

Officer Rodriguez nimmt achselzuckend auf dem am nächsten stehenden Stuhl Platz, verschränkt die Hände vor sich auf dem Tisch und wartet, bis Declan sich ihm gegenüber gesetzt hat. Daisy lässt sich neben Declan auf den Stuhl fallen, und weil ich nicht weiß, was ich sonst machen sollte, und mich niemand gebeten hat, den Raum zu verlassen, setze ich mich auf den Stuhl, der noch übrig ist. Nachdem wir alle Platz genommen haben, richtet Officer Rodriguez den Blick auf Declan. »Wo bist du am Samstag vor einer Woche gewesen? Am achtundzwanzigsten September?«

Ich fühle mich fast wieder so wie am Morgen von Brookes Verschwinden, als mir klar wurde, dass ich Officer McNulty erzählen muss, dass ich die letzte Person war, die sie gesehen hat. *Das darf doch alles nicht wahr sein.*

Shit. Shit. Shit.

Als Declan nicht sofort antwortet, präzisiert Officer Rodriguez seine Frage: »An dem Abend, an dem Brooke Bennett verschwunden ist.«

Panik kriecht in mir hoch, als Declan laut wird. »Willst du mich verarschen?«, fragt er, und Daisy legt ihm eine Hand auf den Arm.

Officer Rodriguez' Stimme ist ruhig, aber bestimmt. »Nein. Will ich nicht.«

»Du willst wissen, wo ich an dem Abend war, als ein Mädchen verschwunden ist? Warum?«

»Weigerst du dich, die Frage zu beantworten?«

»*Sollte* ich mich weigern?«

»Er war mit mir zusammen«, sagt Daisy schnell.

Ich mustere sie, versuche in ihrem Gesicht zu lesen, ob sie die Wahrheit sagt. Ihre hübschen weichen Züge wirken plötzlich hart, also lügt sie möglicherweise. Vielleicht hat sie aber auch einfach Angst.

Eine Gefühlsregung huscht über Officer Rodriguez' Gesicht, aber bevor ich sie deuten kann, ist sie schon wieder weg. »Okay. Und darf ich fragen, wo ihr beiden wart?«

»Nein«, sagt Declan im selben Moment, in dem Daisy antwortet: »Hier.«

Ich kann immer noch nicht sagen, ob sie lügt.

So geht es die nächsten Minuten weiter. Daisy lächelt verkrampft, als hätte sie Zahnschmerzen. Declans Hals rötet sich, aber Officer Rodriguez wirkt zunehmend entspannter.

»In Ordnung«, sagt er schließlich. »Anderes Thema. Bist du jemals in Huntsburg gewesen?«

Daisys Augen weiten sich und Declan erstarrt. »Huntsburg«, wiederholt er. Dieses Mal verzichtet er darauf, das Offensichtliche auszusprechen: *Du willst wissen, ob ich jemals in der Stadt gewesen bin, in der Brookes Leiche gefunden wurde?*

»Genau«, sagt Officer Rodriguez. »Huntsburg.«

»Nein«, entgegnet Declan finster.

»Nie?«

»Nie.«

»Okay. Eine letzte Sache noch.« Officer Rodriguez greift in seine Tasche und holt einen kleinen Gegenstand heraus, der im Licht der billigen Deckenlampe funkelt. »Der hier wurde in Huntsburg gefunden, in unmittelbarer Nähe von Brookes Leiche. Kommt er dir irgendwie bekannt vor?«

Mir gefriert das Blut in den Adern, als ich sehe, was es ist.

Ein breiter goldener Siegelring mit einem viereckigen violetten Stein und einer Gravur – ECHO RIDGE HIGH. Auf der einen Seite steht die Zahl 13, auf der anderen die Initialen DK. Declans Schulring, den er allerdings nie getragen hat. Er hat ihn in der Elften Lacey geschenkt, die ihn immer an einer Kette um ihren Hals getragen hat. Ich habe ihn seit Jahren nicht mehr gesehen. Seit ihrem Tod.

Bis jetzt ist mir nie in den Sinn gekommen, mich zu fragen, wo er abgeblieben ist.

Daisy wird blass. Declan schiebt sich im Stuhl vom Tisch zurück, sein Gesicht ist ausdruckslos. »Ich denke, wir sind hier fertig«, sagt er.

••••

Die Sache mit dem Ring reicht wohl nicht, um ihn festzunehmen, denn Officer Rodriguez verabschiedet sich, als Declan sich weigert, weitere Fragen zu beantworten. Nachdem er gegangen ist, sitzen Declan, Daisy und ich schweigend in der Küche. Es sind die längsten Minuten meines Lebens. Meine Gedanken überschlagen sich, und ich bringe es nicht über mich, einen der beiden anzuschauen.

Als Declan schließlich anfängt zu reden, klingt seine Stimme seltsam aufgesetzt. »Das letzte Mal habe ich diesen Ring kurz vor Laceys Tod gesehen. Wir haben uns gestritten. Das ging schon die ganze Woche so. Ich wollte die ganze Sache einfach nur noch beenden, aber … ich war zu feige, es klar und deutlich auszusprechen. Irgendwann habe ich sie gebeten, mir den Ring zurückzugeben. Sie war nicht dazu bereit. Das war das letzte Mal, dass ich ihn gesehen habe. Genau wie sie.« Seine Hände sind zu Fäusten geballt. »Ich habe keine Ahnung, wie der Scheißring nach Huntsburg gekommen ist.«

Daisy ist in ihrem Stuhl näher an seinen gerückt. Ihre Hand liegt wieder auf seinem Arm. »Ich weiß«, murmelt sie.

Verflucht, ich kann immer noch nicht sagen, ob sie lügt. Ich weiß überhaupt nicht mehr, wer hier die Wahrheit sagt und wer nicht.

Declan hat noch nie etwas von diesem Ring erzählt. Vielleicht hatte er ihn bis eben auch vergessen. Vielleicht wollte er niemanden daran erinnern, wie heftig er und Lacey gestritten hatten, bevor sie ermordet wurde.

Oder es ist alles doch ganz anders gewesen.

Seit Wochen verfolgt mich der Gedanke, wie wenig ich meinen Bruder kenne. Als ich noch klein war, ist er so was wie ein Superheld für mich gewesen. Später hatte er eher was von einem typischen Schulhofschläger. Und nach Laceys Tod hat er sich in einen Geist verwandelt. Er ist sofort da gewesen, um mir zu helfen, als Brookes Leiche gefunden wurde, das schon, aber in den Wochen davor ist er bloß in der Gegend herumgeschlichen und hat mich in einer Tour angelogen.

Und jetzt schaffe ich es nicht, den Teil meines Gehirns zum Schweigen zu bringen, der immer wieder fragt: *Was, wenn …?*

»Fick dich, Mal.« Declans Stimme lässt mich zusammenzucken. Sein Hals ist immer noch feuerrot, und er sieht aus, als würde er vor Wut gleich platzen. »Denkst du, ich weiß nicht, was dir gerade durch den Kopf geht? Es steht dir übers ganze Gesicht geschrieben. Du denkst, dass ich es war. Das hast du immer gedacht. Ist doch so, oder?« Ich öffne den Mund, um zu protestieren, kriege aber keinen Ton heraus. Sein Gesicht wird noch düsterer. »Verschwinde. Geh mir aus den Augen.«

Und das tue ich. Weil ich seine Frage zwar nicht mit *Ja*, aber eben auch nicht mit einem klaren *Nein* beantworten kann.

34

ELLERY
Donnerstag, 10. Oktober

»Aber das ergibt doch irgendwie alles keinen Sinn.«

Ich bin bei Malcolm zu Hause. Wie am Abend des Homecoming-Balls sitzen wir auf der Couch im Wohnzimmer, im Hintergrund läuft wieder *Defender*, obwohl keiner von uns auf den Bildschirm schaut. Vor einer halben Stunde kam eine Nachricht von ihm: *Brauche deinen True-Crime-Sachverstand,* worauf ich mich sofort auf den Weg gemacht habe.

Ich weiß nicht, warum er mir in dieser Hinsicht überhaupt noch etwas zutraut, nachdem meine Kyle/Liz-Theorie so spektakulär in sich zusammengekracht ist. Aber hier bin ich. Wobei ich ehrlich gesagt nicht weiß, ob ich ihm wirklich eine Hilfe bin. Ich habe für mich zwar nie ganz ausgeschlossen, dass Declan Laceys Mörder sein könnte, aber auf die Idee, dass er Brooke umgebracht haben könnte, bin ich nie auch nur eine Sekunde gekommen.

»Welche Verbindung gibt es denn zwischen Declan und Brooke?«, frage ich.

Malcolms Augen blitzen auf. »Keine, von der ich etwas wüsste. Außer dass er an dem Abend, an dem sie verschwand, in der Stadt war. Hätte die Polizei mein Handy gecheckt, hätten sie diese Nachricht hier gefunden.« Er holt sein Telefon heraus und wischt einen Moment lang darauf herum, bevor er es mir reicht. *Bin für ein paar Stunden in der Stadt. Aber bleib locker, okay?*

Ich lese die Nachricht zweimal. Als ich Malcolm danach wieder anschaue, liegt ein unglücklicher Ausdruck auf seinem Gesicht. »Ich dachte, dass …«, er zögert und schluckt. »Ich wollte Declan nicht in eine blöde Situation bringen, indem ich der Polizei davon … erzähle. Ich dachte, es wäre bloß beschissenes Timing gewesen. Aber was, wenn … Gott, Ellery.« Er lässt sich in die Couch zurückfallen und reibt sich so heftig über sein verletztes Gesicht, dass es wehtun muss. »Was, wenn doch mehr dahintersteckt?«

Ich lese die Nachricht noch einmal durch und frage mich, warum sie mir nicht wirklich suspekt vorkommt. Schließlich hat Declan wochenlang meine Verdächtigenliste angeführt, und hier ist der Beleg, dass er zum Zeitpunkt des Verbrechens in der Stadt gewesen ist. Die Sache ist nur die, dass es nicht das Verbrechen ist, für das er ein Motiv gehabt hätte. »Okay, aber … da ist Declan gerade hergezogen oder hat sogar schon in Solsbury gewohnt, oder? Er hatte also einen absolut nachvollziehbaren Grund, hier zu sein.« Ich gebe Malcolm das Handy zurück. »Und warum hätte er dir diese Nachricht schicken sollen, wenn er vorhatte, ein Verbrechen zu begehen? Da hätte er sich bestimmt bedeckter gehalten.«

»Sich bedeckt zu halten, ist noch nie Declans Stärke gewesen. Aber du hast schon recht.« Malcolms Züge hellen sich etwas auf. Er wiegt das Handy hin und her, als wollte er sein Gewicht abschätzen. »Ich sollte mit meiner Mutter reden, aber sie ist mit einer Freundin zum Essen verabredet. Seit sie mit Peter verheiratet ist, trifft sie ihre alten Freunde kaum noch. Ich habe das Gefühl, ich sollte ihr ein paar Stunden Frieden gönnen, bevor schon wieder alles den Bach runtergeht.«

Ich muss daran denken, wie ich in der ersten Mittagspause an der Echo Ridge High an Katrins Tisch saß. Damals hat Brooke gesagt, sie würde Malcolm süß finden, aber man könnte ihn nicht mit Declan vergleichen. »Meinst du …? Könnte es sein, dass Declan und Brooke heimlich was miteinander hatten?«

»Während er *gleichzeitig* heimlich mit Daisy zusammen gewesen ist?«

»Ich versuche ja nur rauszufinden, wie der Ring an den Tatort gekommen sein könnte. Hätte er ihn Brooke geschenkt?«

Malcolms Stimme klingt rau. »Vielleicht? Obwohl man eigentlich denken sollte, dass ihn irgendjemand gesehen hätte, wenn er sich heimlich mit einem Mädchen von der Highschool getroffen hätte … aber was weiß ich schon?« Er fährt sich durch die Haare. »Ich hätte nicht einfach gehen sollen, als Declan so sauer reagiert hat. Er und ich … ich weiß nicht. Wir hatten immer schon eine komplizierte Beziehung und standen uns nie sehr nah. Manchmal hab ich ihn fast gehasst. Aber er ist kein … Serienmörder.« Er verschluckt sich beinahe an dem Wort.

»Meinst du, Daisy weiß mehr, als sie zugibt?«

»Was glaubst *du*?«, entgegnet Malcolm.

Ich habe Daisy so lange als potenzielle Komplizin in Betracht gezogen, bis sie Mia den Kerzenständer an den Kopf geworfen und sich danach alles von der Seele geredet hat. Sie wirkte in dem Moment so aufrichtig zerknirscht und untröstlich, dass ich mir nicht mehr vorstellen konnte, dass sie irgendwas damit zu tun gehabt haben könnte. »Nein«, sage ich nachdenklich. »Außerdem … Warum hätte sie sich dann die Mühe machen sollen, zu recherchieren, wo Laceys Armreif herkam? Der Fall war zu dem Zeitpunkt schon längst ein *Cold Case*. Eiskalt sogar. Wäre sie darin verwickelt gewesen, hätte sie die Polizei garantiert nicht noch mal mit der Nase darauf gestoßen. Mir fällt gerade ein, dass Declan ihr ja sogar geholfen hat und mit ihr zur Goldschmiedin gefahren ist, oder? Andererseits war er ja wohl auch nicht derjenige, der ihn Lacey geschenkt hat. Jedenfalls laut Daisy. Deswegen war das für ihn vielleicht auch keine große Sache.«

Malcolm reibt sich seufzend die Schläfe. Er klingt unendlich erschöpft. »Ich möchte ihm ja so gern glauben. Das möchte ich wirklich.«

Es überrascht mich ein bisschen, dass es mir genauso geht. »Du weißt, dass ich in Bezug auf deinen Bruder immer viele Fragen hatte.« Ich stütze nachdenklich das Kinn in die Hand. »Aber dass ausgerechnet sein Ring an einem Tatort gefunden wird, kommt mir irgendwie ein bisschen zu einfach vor, oder? Und nichts davon passt zu Katrins anonymen Botschaften oder zu unserer Vermutung, was mit ihrem Wagen passiert sein könnte und welche Rolle Brooke in der Geschichte spielte.«

»Zu viele Puzzleteile«, sagt Malcolm düster.

Wir verfallen in Schweigen und schauen ein paar Minuten *Defender*, als ein leises Klopfen am Türrahmen uns zusammenfahren lässt. Es ist Peter Nilsson, der ein Poloshirt und Khakis trägt. Er sieht gut aus, lässig elegant. »Alles okay bei euch beiden? Braucht ihr irgendwas?« Er hat einen schweren Kristalltumbler in der Hand, der mit Eis und einem bernsteinfarbenen Drink gefüllt ist.

Malcolm antwortet nicht, also tue ich es. »Nein, vielen Dank. Wir haben alles, was wir brauchen.« Da Mr Nilsson das nicht als Stichwort nimmt, sich wieder zurückzuziehen, habe ich das Gefühl, noch ein bisschen höfliche Konversation betreiben zu müssen. Abgesehen davon bin ich auch neugierig. »Haben Sie schon was von Katrin gehört?«

»Ach, na ja.« Mr Nilsson lehnt sich seufzend an den Türrahmen. »Sie ist natürlich am Boden zerstört. Es kann ihr nur guttun, ein paar Tage mit ihrer Tante zu verbringen.«

»Ist sie eigentlich Ihre Schwester oder die von Katrins Mutter?«, frage ich.

»Meine«, antwortet Peter. »Eleanor lebt mit ihrem Mann in Brooklyn. Katrin sieht sie nicht so oft, wie wir es uns wünschen würden, aber letzten Monat war sie bei ihr zu Besuch, und das scheint sehr nett gewesen zu sein.«

Malcolm setzt sich auf. »Was, echt? In New York?«

»Ja. Katrin war bei ihr und ist ausgiebig shoppen gewesen.« Er runzelt leicht die Stirn. »Das habe ich jedenfalls aus den vielen Einkaufstaschen geschlossen, die sie mit nach Hause gebracht hat.«

»Daran kann ich mich gar nicht erinnern«, sagt Malcolm.

»Du warst damals ja auch gerade mit deiner Mutter in New Hampshire unterwegs«, sagt Peter. »Der Besuch hatte sich ziemlich spontan ergeben. Eleanors Mann musste geschäftlich verreisen, also hat sie Katrin für ein paar Tage zu sich geholt. Wobei sie fast ihren Flug verpasst hätte. Das war an dem Abend, als hier dieser Hagelsturm gewütet hat, weißt du noch? Die Maschine stand stundenlang auf dem Rollfeld und konnte nicht starten.« Er schüttelt lächelnd den Kopf und nippt an seinem Drink. »Katrin hat mich aus dem Flieger mit Nachrichten bombardiert, weil sie sich so aufgeregt hat. Geduld gehört definitiv nicht zu ihren Stärken.«

Malcolm und ich sitzen so dicht nebeneinander, dass unsere Arme sich berühren. Ich spüre, wie seine Muskeln sich im selben Moment anspannen wie meine. Mein ganzer Körper erstarrt, und mein Puls beginnt zu rasen, trotzdem gelingt es mir, meine Stimme unbeschwert klingen zu lassen. »Das ist aber auch frustrierend. Schön, dass sie am Ende doch noch gut in New York angekommen ist.«

Mr Nilssons Blick wandert zum Fernseher. »Was schaut ihr da? *The Defender?* Ist das nicht der Film, in dem deine Mutter mitgespielt hat?«

»Ja. Aber sie sagt darin nur einen einzigen Satz.« Ich weiß nicht, wie ich es hinkriege, mich weiter so normal mit ihm zu unterhalten, während gleichzeitig eine Million Gedanken durch meinen Kopf schwirren. »›Das ergibt keinen Sinn.‹«

»Wenigstens ist es ein Satz, an den man sich erinnert. Okay, dann werde ich euch mal nicht länger bei eurem Kinoabend stören. Sicher, dass ihr alles habt?«

Malcolm nickt wortlos und Mr Nilsson dreht sich um und verschwindet in der dunklen Eingangsdiele. Einen Moment lang sitzen wir still da, mein Herz hämmert so laut in meiner Brust, dass ich es hören kann. Ich bin mir sicher, dass es Malcolm genauso geht. »Fuck«, sagt er schließlich leise.

»Katrin war am Labor-Day-Wochenende gar nicht in der Stadt«, flüstere ich. »Genau wie du und deine Mutter. Bleibt nur noch eine Person aus eurem Haushalt, die an diesem Abend mit Katrins Wagen unterwegs gewesen sein kann.«

»Fuck«, sagt Malcolm noch einmal. »Aber er … er ist doch auch nicht hier gewesen. Er war in Burlington.«

»Bist du sicher?«

Malcolm steht auf und winkt mir, ihm zu folgen. Er führt mich die Treppe hoch in sein Zimmer, schließt die Tür hinter uns und zieht sein Handy aus der Hosentasche. »Er hat gesagt, er hätte mit Ben Coates zu Abend gegessen, dem ehemaligen Bürgermeister von Echo Ridge. Ich kenne ihn ganz gut, weil er auch Leiter meiner Pfadfindergruppe gewesen ist. Moment. Ich muss hier noch irgendwo seine Nummer haben.« Er scrollt durch seine Kontakte und tippt einen Moment später aufs Display. Ich stehe so dicht neben ihm, dass ich den Klingelton hören kann und dann eine Männerstimme, die sich meldet. »Hallo, Mr Coates. Hier ist Malcolm Kelly.« Er lacht verlegen. »Sorry, dass ich einfach so bei Ihnen anrufe, aber ich würde Sie gern was fragen.«

Ich verstehe nicht, was Mr Coates antwortet, aber sein Tonfall klingt freundlich. »Ja, genau. Weshalb ich anrufe …« Malcolm schluckt schwer. »Ich habe mich gerade mit meinem Bruder unterhalten, Declan, wissen Sie noch? Natürlich erinnern Sie sich an ihn. Er studiert im Hauptfach Politikwissenschaften und würde gern ein Praktikum oder so was machen. Wahrscheinlich würde er nicht wollen, dass ich mich deswegen einfach so über seinen Kopf hinweg bei Ihnen melde, aber Peter hat erzählt, dass er sich letzten Monat mit Ihnen zum Abendessen getroffen hat und dass Sie vielleicht bald eine freie Stelle in Ihrer neuen PR-Agentur haben.« Er hält inne und lauscht Mr Coates' Antwort, seine Wangen sind vor Aufregung gerötet. »Nein? Ich meinte, das Labor-Day-Wochenende.« Wieder eine Pause. »Ach so, dann habe ich da wohl irgendwas missverstanden, sorry. Ich … na ja, ich wollte bloß meinem Bruder ein bisschen unter die Arme greifen.«

Mr Coates spricht weiter, und Malcolm nickt immer wieder mechanisch, als könnte Mr Coates ihn sehen. »Ja, okay. Vielen Dank. Ich werde ihm sagen, dass er sich bei Ihnen melden soll. Das ist wirklich … Das wird ihm bestimmt weiterhelfen. Vielen Dank noch mal.« Er lässt das Handy sinken und sieht mich an. »Konntest du mithören?«

»Nicht alles, aber es hat gereicht.«

»Peter hat sich nicht mit ihm getroffen«, sagt Malcolm. »Er hat gelogen.«

Eine ganze Weile lang sagt keiner von uns etwas. Ich greife nach meinem Anhänger, und meine Hand zittert so heftig, dass meine Finger gegen meine Brust klopfen.

»Okay, spielen wir das Ganze mal durch«, sage ich und muss mich anstrengen, meine Stimme ruhig und fest klingen zu lassen. »Das hört sich an, als wäre dein Stiefvater hier gewesen und hätte an dem Abend, an dem es so heftig gehagelt hat, Katrins Auto gefahren. Aber wenn Katrin nicht im Wagen saß, als er gegen etwas – oder *jemanden* – prallte, was hat Brooke dann damit zu tun? Warum hätte sie sich bereit erklären sollen, den Wagen heimlich reparieren zu lassen, wenn sie … *Oh.*« Ich packe Malcolm am Arm. Die Puzzleteile fallen an ihren Platz, und diesmal ergeben sie ein Bild, das ich mir tatsächlich vorstellen kann. »Oh mein Gott, Mal. Katrin hat doch gesagt, dass Brooke bei ihr übernachtet hat und nicht mehr im Zimmer war, als sie irgendwann aufwachte, erinnerst du dich? Sie dachte, Brooke hätte sich zu dir geschlichen, weil ihr heimlich etwas miteinander hättet. Was ist, wenn – wenn sie mit *ihm* zusammen war?«

»Das ist unmöglich«, sagt Malcolm, klingt aber nicht so, als würde er es wirklich für unmöglich halten. Seine Augen sind glasig.

»Aber überleg doch mal. Falls Brooke und dein Stiefvater eine Affäre hatten, was durchaus ... Nein, ich will es mir gar nicht vorstellen, aber das ist im Moment wohl unser kleinstes Problem ... dann haben wir die ganze Sache bis jetzt aus einem völlig falschen Blickwinkel betrachtet. Es geht nicht nur darum, einen Unfall mit Fahrerflucht zu vertuschen, es muss noch viel mehr vertuscht werden.« Ich greife nach meinem Handy. »Wir müssen mit Ryan darüber reden. Er wird wissen, was zu tun ist.«

Ich will ihm gerade eine Nachricht schicken, als die Tür auffliegt und ich das surreale Gefühl habe, als würde ich mir eine Version meines Lebens in einem Paralleluniversum anschauen. Mr Nilsson steht in der Tür und zielt mit einer Pistole auf uns. »Du musst dringend an deinem Pokerface arbeiten, Malcolm«, sagt er ruhig. Seine hellen Haare glitzern in dem dämmrigen Licht silbrig, und sein Lächeln ist so unverkrampft und normal, dass ich es fast erwidere. »Hat dir das schon mal jemand gesagt?«

35

MALCOLM
Donnerstag, 10. Oktober

Wochenlang habe ich mich gefragt, was zur Hölle in dieser Stadt vor sich geht, und mir ist kein einziges Mal in den Sinn gekommen, dass der Mann, dem ich am wenigsten von allen vertraue, darin verwickelt sein könnte.

Ich bin ein Idiot. Und Ellery ist eine absolute Niete, wenn es darum geht, wahre Verbrechen aufzuklären. Aber das ist jetzt alles egal.

»Ich muss euch bitten, mir eure Handys zu geben«, sagt Peter. Er trägt immer noch sein Poloshirt und seine Khakis, hat sich mittlerweile aber zusätzlich auch noch Handschuhe übergestreift. Was fast noch verstörender ist als der Anblick der Waffe selbst. »Ich meine es ernst. Legt sie auf den Nachttisch neben dem Bett. Du zuerst, Ellery.« Wir gehorchen beide und Peter deutet mit der Waffe in den Flur. »Danke. Okay, dann wollen wir mal.«

»Wohin?«, frage ich und schaue kurz zu Ellery rüber. Sie rührt sich nicht von der Stelle und hat den Blick auf Peters rechte Hand geheftet.

Seine Nasenflügel blähen sich. »Das ist jetzt wirklich kein geeigneter Moment, um Fragen zu stellen, Malcolm.«

Gott. Das ist nicht gut. Überhaupt nicht gut. Ich fange zwar gerade erst an zu begreifen, wie tief in der Scheiße wir stecken, aber so viel ist klar: Peter würde diese Nummer hier nicht abziehen, wenn er vorhätte, uns am Leben zu lassen. »Moment«, sage ich. »Du kannst nicht … Es ist zu spät. Wir haben die Werkstattquittung gefunden und sie der Polizei übergeben. Sie wissen, dass an der Geschichte irgendwas faul ist. Es ist nur noch eine Frage der Zeit, bis sie herausfinden, dass du hinter alldem steckst.«

Für einen Sekundenbruchteil flackert so etwas wie Zweifel in Peters Gesicht auf, dann entspannt es sich wieder. »Nichts auf dieser Quittung deutet auf mich hin.«

»Du bist der Einzige, der an diesem Abend hier war und den Wagen benutzen konnte«, sage ich.

Peter zuckt unbekümmert mit den Schultern. »Brooke hat sich den Wagen geliehen und hatte einen Unfall. So einfach ist das.«

»Ich hab gerade mit Mr Coates telefoniert und ihn nach eurem Treffen am Labor-Day-Wochenende gefragt«, sage ich schnell. »Er wusste nichts von einem Treffen. Er wird der Polizei gegenüber bestätigen können, dass du gelogen hast.«

»Ich stand draußen und habe jedes Wort mitgehört, Malcolm. Du hast ihm gesagt, dass du da wohl etwas falsch verstanden haben musst.«

»Mom war dabei, als wir uns darüber unterhalten haben.« Ich hasse mich selbst für den verzweifelten Unterton, der sich in meine Stimme geschlichen hat. »Sie wird sich daran erinnern. Sie wird wissen, dass irgendwas nicht stimmt.«

»Deine Mutter wird sich daran erinnern, was ich ihr sage. Sie ist eine bemerkenswert fügsame Frau. Das ist ihr größter Vorzug.«

Ich würde ihn in diesem Moment am liebsten umbringen, und ich glaube, das sieht Peter mir an. Er tritt einen Schritt zurück und hebt die Waffe, sodass sie direkt auf meine Brust gerichtet ist. Es fällt mir extrem schwer, einen neutralen Gesichtsausdruck zu wahren, während ich im Kopf verzweifelt nach Argumenten suche, warum Peter keine Chance hat, mit weiteren Morden davonzukommen. »Officer McNulty war hier, als Katrin erzählt hat, Brooke hätte sich aus ihrem Zimmer geschlichen, als sie bei ihr übernachtet hat, um sich mit jemand anderem hier im Haus zu treffen. Wenn sie nicht bei mir war, bleibst nur noch du übrig.«

»Warum sollte irgendjemand diesen Schluss ziehen, wenn du nicht mehr da bist?«, hält Peter dagegen.

Shit. Ich wünschte, Ellery würde endlich aus ihrer Versteinerung aufwachen. Ich könnte ein zweites funktionierendes Gehirn gerade sehr gut gebrauchen. »Die Leute werden einen weiteren Mord nicht einfach so hinnehmen. *Zwei* weitere Morde. Vor allem nicht, wenn dein Stiefsohn eines der Opfer ist. Zuerst stirbt die beste Freundin deiner Tochter und jetzt ich? Das wird auf dich zurückfallen, Peter, und dann wird alles nur noch schlimmer für dich.«

»Stimmt«, sagt Peter lächelnd. Er wirkt vollkommen entspannt, als würden wir uns über Baseball oder eine neue Netflix-Serie unterhalten. Nicht, dass wir solche Gespräche jemals geführt hätten. »Das ist gerade der denkbar schlechteste Zeitpunkt dafür, irgendetwas zu machen, was auch nur im Entferntesten mit Mord zu tun hat. Ich muss trotzdem darauf bestehen, dass ihr mitkommt. Also ab nach unten. Du zuerst, Ellery.«

Hoffnung durchzuckt mich, auch wenn der kalte Ausdruck in seinen Augen nicht gerade ermutigend ist. Ich spiele mit dem Gedanken, mich auf ihn zu stürzen, aber da steuert Ellery bereits auf den Flur zu. Er hat die Waffe auf ihren Rücken gerichtet, und mir bleibt nichts anderes übrig, als ihr zu folgen.

»In den Keller«, sagt Peter.

Er hält einen kleinen Abstand zu uns, als wir die Stufen in das geräumige Untergeschoss hinuntersteigen. Peter dirigiert uns durch die Waschküche und den kleinen Trainingsraum, den meine Mutter regelmäßig nutzt. Die vergangene Woche zieht gedanklich an mir vorbei und führt mir schmerzhaft vor Augen, was uns alles entgangen ist. Es gibt so vieles, was wir übersehen haben, dass mir fast der Kopf platzt und ich kaum mitbekomme, wohin er uns führt – bis mir plötzlich das Ungeheuerlichste von allem klar wird und ich erstarre.

»Ich habe nicht gesagt, dass ihr stehen bleiben sollt, Malcolm«, fährt Peter mich an. Ellery, die neben mir hergegangen ist, zögert. Als ich mich langsam umdrehe, folgt sie meinem Beispiel.

Kalter Schweiß bedeckt mein Gesicht. »Declans Schulring«, sage ich. »Den hast *du* gehabt. *Du* hast ihn in Huntsburg neben Brookes Leiche gelegt.«

»Und?«, fragt Peter.

»Lacey hat Declan den Ring nie zurückgegeben. Sie hat ihn bis zu ihrem Tod getragen. Du hast ihn ihr abgenommen. Weil du …« Ich zögere und warte auf irgendein Zeichen der Betroffenheit, als er meine Worte hört. Aber in seinem Gesicht steht nichts als höfliche Aufmerksamkeit. »Du hast auch Lacey umgebracht.«

Ellery zieht entsetzt die Luft ein, aber Peter zuckt bloß

mit den Achseln. »Dein Bruder ist der perfekte Sündenbock, Malcolm. Ist er schon immer gewesen.«

»Haben Sie …« Ellerys Blick ist auf Peters Gesicht geheftet. Sie zupft so heftig an dem silbernen Anhänger ihrer Kette herum, dass ich damit rechne, dass sie jeden Moment reißt. »Haben Sie auch meiner Tante etwas angetan?«

Peters Gesichtsausdruck bleibt entspannt. Er beugt sich zu ihr und flüstert ihr etwas ins Ohr, so leise, dass ich es nicht hören kann. Als sie den Kopf hebt, um ihn anzuschauen, fallen ihr ihre Haare ins Gesicht, und alles, was ich sehe, sind ihre Locken. Danach festigt Peter wieder den Griff um die Waffe und richtet sie direkt auf ihr Herz.

»Das ist also deine Masche, Peter?« Ich versuche so verzweifelt, seine Aufmerksamkeit von Ellery abzulenken, dass meine Stimme von den Kellerwänden widerhallt. »Mädchen zu verführen, die im Alter deiner Tochter sind, und sie zu töten, sobald Gefahr besteht, dass sie dich auffliegen lassen? Was hat Lacey gemacht? Hatte sie vor, zu reden?« Plötzlich kommt mir ein Gedanke. »Ist sie vielleicht schwanger gewesen?«

Peter schnaubt. »Das hier ist keine Soap-Opera, Malcolm. Was zwischen mir und Lacey passiert ist, geht dich nichts an. Sie hat den Bogen überspannt. Belassen wir es dabei.« Die Waffe schwenkt in meine Richtung. »Tretet bitte zwei Schritte zurück.«

Ich gehorche mechanisch. Meine Gedanken rasen so wild durcheinander, dass ich kaum bemerke, dass wir uns plötzlich in einem weiteren Raum befinden. Er liegt in der hintersten Ecke des Kellers und es stehen lauter verschlossene Kartons darin.

»Das ist der einzige Raum im Haus, der sich von außen

abschließen lässt«, sagt Peter, eine Hand an der Tür. »Sehr praktisch.« Er wirft sie zu, bevor ich reagieren kann, und der Raum ist in Dunkelheit getaucht.

Ich hechte zur Tür, drehe zuerst hektisch am Knauf und fange dann an, hart gegen die Tür zu hämmern. Den scharfen Schmerz, der durch meine Rippen zuckt, beachte ich gar nicht. »Du kannst uns nicht einfach hier einsperren«, brülle ich gegen das massive Holz an. »Ellerys Großmutter weiß, dass ihre Enkelin hier ist. Sie hat sie hergefahren!«

»Ist mir bewusst«, hören wir Peters Stimme. Von draußen dringt ein Geräusch zu uns herein, das klingt, als würde ein schwerer Gegenstand über den Boden geschleift. Ich gebe es auf, gegen die Tür zu hämmern, und lausche. »Kennst du dich mit der Funktionsweise eines tragbaren Generators aus, Malcolm?« Als ich nicht antworte, fährt er fort: »Wegen der hohen Konzentration an Kohlenmonoxid, die er ausstößt, sollte man ihn unter keinen Umständen im Haus benutzen – falls man nicht seinen sicheren Tod riskieren will. Ich weiß nicht genau, wie es passieren konnte, dass er sich eingeschaltet hat, aber … vielleicht ist einer von euch, du oder Ellery aus Versehen dagegengestoßen, als ihr hier unten wart, um Gott weiß was zu treiben. Wir werden es womöglich nie erfahren.«

Panik steigt in mir auf und ich rüttle wieder hektisch am Türknauf. »Du hast uns hier unten eingesperrt, Peter! Die Polizei wird rausfinden, dass du dahintersteckst!«

»Ich werde nachher wiederkommen und die Tür wieder aufschließen«, sagt Peter freundlich. »Ich fürchte nur, ich werde nicht lange bei euch bleiben können. Schließlich möchte ich nicht, dass mich dasselbe Schicksal ereilt wie euch. Außerdem muss ich dringend noch zum Supermarkt.

Wir haben kein Popcorn mehr.« Auf der anderen Seite der Tür setzt ein lautes Brummen ein und Peter hebt die Stimme. »Ich würde ja sagen, dass es schön war, dich kennengelernt zu haben, Malcolm, aber um ehrlich zu sein, bist du mir von Anfang an schwer auf die Nerven gegangen. Ich kann also behaupten, dass die Angelegenheit für mich im Großen und Ganzen ein ganz schönes Ende nimmt. Macht es gut, ihr beiden.«

Ich bleibe an der Tür stehen und höre fassungslos, wie seine Schritte sich eilig entfernen. In meinem Kopf dreht sich alles, mein Herzschlag dröhnt in meinen Ohren. Wie konnte ich es so weit kommen lassen? Ich bin so ein Loser. Declan wäre Peter niemals einfach wie ein Lemming in den Keller gefolgt. Er hätte sich in einem günstigen Moment auf ihn gestürzt oder …

Licht flammt hinter mir auf. Als ich mich umdrehe, sehe ich Ellery an der rückwärtigen Wand stehen. Ihre Hand liegt auf einem Lichtschalter, und sie blinzelt, als wäre sie gerade aufgewacht. Sie läuft zu einem der Kartons, kniet sich davor und reißt ein breites Stück Klebeband von der Oberseite ab, bevor sie ihn packt, umdreht und den Inhalt auf den Boden leert. »Wir müssen irgendwas finden, womit ich versuchen kann, das Schloss zu knacken.«

Erleichterung durchflutet mich. »Gute Idee!« Ich helfe ihr hektisch, die Kartons zu durchsuchen. Nichts. Nur Bücher, Stofftiere und Rollen von Geschenkpapier. »Es tut mir so leid, Ellery«, sage ich, während wir keuchend weiter Kartons aufreißen. »Es tut mir so leid, dass ich dich gefragt habe, ob du zu mir kommst, und dass ich zugelassen habe, dass er uns hier einsperrt. Ich … ich habe einfach nicht schnell genug geschaltet.«

»Nicht reden«, zischt sie. »Spar deine Luft zum Atmen.«

»Okay. Okay.« In meinem Kopf hämmert es, und mein Magen krampft sich zusammen, aber ich weiß nicht, ob Todesangst oder todbringendes Gas dafür verantwortlich ist. Wie lange ist Peter schon fort? Wie viel Zeit bleibt uns noch?

»Na bitte!«, ruft Ellery triumphierend, als sie einen Karton mit Weihnachtsschmuck auspackt. »Haken.« Sie reißt ein paar von den Kugeln ab und geht damit zur Tür. »Ich muss den Draht nur geradebiegen und …« Sie stößt einen frustrierten Seufzer aus. »Scheiße. Der ist nicht dick genug und verbiegt sich sofort. Wir brauchen was anderes. Hast du irgendwo was mit Büroklammern gesehen? Unterlagen oder so was?«

»Bis jetzt noch nicht.« Ich reiße weiter Kartons auf und durchwühle ihren Inhalt, aber das Hämmern in meinem Kopf hat sich mittlerweile verschlimmert, und mir ist so schwindelig, dass meine Sicht anfängt zu verschwimmen. Ich richte mich schwerfällig auf und schaue mich in dem Raum um. Nirgends ein Fenster, das man einschlagen könnte, nichts, das schwer genug wäre, um es als Rammbock zu benutzen und die Tür aufzustoßen. Ich kippe Kartons aus und verteile ihren Inhalt über den Boden. Zumindest können wir hier drin ein kleines Chaos anrichten, denke ich benommen. Dann fragen die Leute sich vielleicht, was zur Hölle in diesem Raum passiert ist.

Meine Bewegungen sind unkoordiniert und werden von Sekunde zu Sekunde schleppender. Am liebsten würde ich mich einfach hinlegen und einschlafen.

Ich kann nicht glauben, dass ich schon so weit bin, so etwas zu denken.

Ich kann nicht glauben, dass wir endlich wissen, was mit Lacey und Brooke passiert ist und dass es jetzt zu spät sein soll, dafür zu sorgen, dass ihre Eltern es erfahren und der Täter zur Rechenschaft gezogen wird.

Ich kann nicht glauben, dass ich nie mehr eine Chance bekommen soll, mich bei meinem Bruder zu entschuldigen.

Meine Augen tränen so stark, dass ich den kleinen metallisch glänzenden Gegenstand auf dem Boden fast übersehe. Eine Büroklammer! Ich stürze mich mit einem erstickten Triumphschrei darauf, schaffe es aber nicht, danach zu greifen. Meine Finger sind wie aus Gummi, als würde ich riesige Micky-Mouse-Handschuhe tragen. Als ich es endlich geschafft habe, drehe ich mich zu Ellery um.

Sie liegt zusammengesackt und regungslos am Boden.

»Ellery!« Ich hieve sie an den Schultern in eine sitzende Position und lege beide Hände um ihr Gesicht. Gott sei Dank – sie atmet noch! Ihre Haare fallen ihr übers Gesicht, als ich sie fest schüttle. »Komm schon, Ellery. Wach auf! Bitte.« Als sie nicht reagiert, lege ich sie behutsam auf den Boden.

Ich kann das auch ohne sie. Ich muss die Büroklammer nur auseinanderbiegen und mich an die Arbeit machen. Was sehr viel einfacher wäre, wenn meine Hände sich nicht in dicke Gummipranken verwandelt hätten.

Wenn mein Gehirn sich nicht anfühlen würde, als würde es jeden Moment explodieren.

Wenn ich … aufhören könnte, mich zu übergeben.

Wenn ich etwas sehen könnte.

Wenn.

36

ELLERY
Freitag,
11. Oktober

Ich versuche, die Augen zu öffnen, aber das Licht ist viel zu grell. Bis auf ein leises, regelmäßiges Piepsen ist es still um mich, und in der Luft liegt ein Geruch, der mich an Chlorbleiche erinnert. Ich will meinen unerträglich schmerzenden Kopf betasten, kann aber den Arm nicht richtig bewegen. Irgendetwas ist daran befestigt.

»Kannst du mich hören?«, fragt eine leise Stimme. Eine kühle, trockene Hand legt sich an meine Wange. »Ellery? Kannst du mich hören?«

Ich versuche »Ja« zu sagen, bringe aber nur ein Stöhnen zustande. Mein Hals tut fast genauso weh wie mein Kopf.

»Entschuldige. Du musst nicht sprechen.« Ich spüre Finger, die sich zwischen meine schieben. »Drück einfach meine Hand, wenn du mich verstehen kannst.« Das tue ich, wenn auch schwach. Etwas Feuchtes fällt auf meinen Arm. »Gott sei Dank! Du bist über den Berg. Alles wird wieder gut. Du wurdest einer hyperbaren Sauerstofftherapie unterzogen und … Ach, die Einzelheiten sind jetzt eigentlich auch egal, aber die Ärzte sind zufrieden. Du siehst auch schon viel besser aus. Meine arme Kleine.«

Ich öffne die Augen einen Spalt und erkenne verschwommen die Umrisse eines Zimmers. Wände und eine Decke, die sich zu klaren weißen Flächen vereinigen und in bläulich schimmerndes Neonlicht getaucht sind. Vor mir ein gebeugter grauhaariger Kopf, bebende Schultern. »Wie …?«, krächze ich, es klingt noch nicht einmal wie ein Wort. Meine Kehle ist so trocken und rau wie Schmirgelpapier. Ich versuche zu schlucken, was ohne Speichel unmöglich ist. »Wie?«, krächze ich erneut. Obwohl es sogar für meine eigenen Ohren unverständlich ist, scheint meine Großmutter mich zu verstehen.

»Dein Bruder hat dir das Leben gerettet«, sagt sie.

Ich komme mir vor wie Sadies Roboterfigur. *Das ergibt keinen Sinn.* Wie ist Ezra in den Keller von den Nilssons gekommen? Aber bevor ich die Frage stellen kann, wird es um mich herum wieder dunkel.

••••

Als ich das nächste Mal aufwache, strömt fahles Sonnenlicht in den Raum. Ich versuche, mich aufzusetzen, werde aber von einer Gestalt in einem mit Segelbooten bedruckten Schwesternkittel sanft ins Kissen zurückgedrückt. »Noch nicht«, sagt eine vertraute Stimme.

Ich blinzle ein paarmal, dann sehe ich Melanie Kilduffs Gesicht vor mir. Mein Hals brennt wie Feuer, als ich zu sprechen versuche. »Ich habe Durst«, krächze ich.

»Das glaube ich dir«, sagt sie mitfühlend. »Aber nur ein paar kleine Schlucke, okay?« Sie hebt meinen Kopf an und hält mir einen Plastikbecher an die Lippen. Ich trinke gierig, bis sie ihn wieder absetzt. »Jetzt schauen wir erst mal, wie dir das bekommt.«

Ich will gerade protestieren, da fängt mein Magen an zu rebellieren. Wenigstens fällt das Sprechen jetzt ein bisschen leichter. »Malcolm?«, flüstere ich.

Sie legt mir beruhigend eine Hand auf den Arm. »Der liegt am anderen Ende des Flurs. Er wird wieder auf die Beine kommen. Und deine Mutter ist auf dem Weg hierher.«

»Sadie? Aber ihre Therapie ist doch noch gar nicht zu Ende.«

»Ach, Liebes. Das spielt im Moment keine Rolle.«

Alles in mir fühlt sich so staubtrocken an, dass ich darüber staune, wie es sein kann, dass mir plötzlich Tränen über die Wangen laufen. Melanie setzt sich auf die Bettkante und nimmt mich behutsam in den Arm. Ich kralle schluchzend die Finger in ihren Kittel und schmiege mich an sie, lasse mich festhalten. »Es tut mir leid«, sage ich mit rauer Stimme. »Das alles tut mir so leid. Ist Mr Nilsson …« Mein Magen hebt sich und ich muss würgen.

Melanie hilft mir in eine etwas aufrechtere Position. »Wenn du dich übergeben musst, lass es einfach raus«, sagt sie tröstend. Aber dann geht es plötzlich wieder und ich sinke erschöpft und mit kaltem Schweiß bedeckt ins Kissen zurück. Eine ganze Weile sage ich nichts, konzentriere mich nur darauf, meine Atmung wieder in den Griff zu kriegen.

Als ich wieder ruhiger bin, versuche ich es noch mal. »Wo ist er?«

Ihre Stimme klingt so hart wie Stahl. »Peter ist, wo er hingehört. Im Gefängnis.«

Die Erleichterung ist so groß, dass es mir noch nicht einmal etwas ausmacht, erneut in dunkles Nichts zu gleiten.

••••

Als Ryan mich besuchen kommt, habe ich das Gefühl, schon fast wieder ich selbst zu sein. Zumindest bin ich seit über einer halben Stunde wach und habe es geschafft, einen ganzen Becher Wasser bei mir zu behalten.

»Du hast Ezra ganz knapp verpasst«, sage ich. »Nana hat ihn praktisch gezwungen, zu gehen. Er war anscheinend sieben Stunden am Stück hier.«

Ryan setzt sich auf den Stuhl neben meinem Bett. »Das glaube ich dir sofort«, sagt er. Er trägt keine Uniform, sondern eine verwaschene Jeans und ein ausgeleiertes Sweatshirt der Echo Ridge High. Er sieht mich mit einem nervösen, schiefen Lächeln an, das mich an Ezra erinnert, und seltsamerweise wünsche ich mir einen kurzen Moment lang, er würde mich genauso in den Arm nehmen, wie Melanie es getan hat.

Dein Bruder hat dir das Leben gerettet, hat Nana gesagt.

Das stimmte. Ich wusste in dem Moment nur nicht, welcher.

»Danke«, sage ich. »Nana hat mir erzählt, dass du bei den Nilssons vorbeigefahren bist, um nach uns zu schauen. Aber keiner hat mir erklärt, warum.« Ich lasse den Blick suchend über sein offenes, freundliches Gesicht wandern und frage mich, wie ich jemals glauben konnte, er hätte irgendein dunkles Geheimnis. Jetzt ist es amtlich: Mein kriminalistischer Sinn ist nicht existent. Was mir Malcolm mit Sicherheit sofort unter die Nase reiben wird, sobald ich zu ihm darf.

»Du bist immer noch sehr erschöpft, ich will dich nicht noch mehr anstrengen«, beginnt er zögernd.

»Nein, bitte«, unterbreche ich ihn. »Das tust du nicht, versprochen. Ich muss wissen, was passiert ist.«

»Tja, also ...« Er stützt die Ellbogen auf die Knie. »Ich kann nicht in jedes Detail gehen, aber ich erzähle dir so viel, wie ich darf. Schwer zu sagen, was der Auslöser war, aber ich glaube, es war der Armreif, den Daisy mir gegeben hat. Sie sagt, sie hätte dir auch davon erzählt.«

»Der Armreif? Wirklich?« Ich setze mich so hastig auf, dass ein scharfer Schmerz durch meinen Kopf schießt und ich zusammenzucke. Als Ryan mir einen besorgten Blick zuwirft, lasse ich mich gespielt lässig ins Kissen zurücksinken. »Ich meine, okay. Klar. Und wie das?«

Er mustert mich einen Moment lang schweigend, und ich presse die Lippen zusammen, weil mir ein bisschen schwindlig ist und ich kurz Angst habe, mich übergeben zu müssen. »Am Anfang habe ich mir noch nicht viel dabei gedacht«, erzählt er schließlich weiter. »Ich bin zu der Goldschmiedin gefahren, aber sie konnte mir keinerlei Belege über den Geschäftsvorgang vorlegen. Sie hat während des fraglichen Zeitraums mehrere dieser Armreifen verkauft, ist nur offenbar leider eine ziemlich lausige Buchhalterin. Ich hielt es für eine Sackgasse. Trotzdem habe ich sie gebeten, sich bei mir zu melden, falls sie so ein ähnliches Schmuckstück noch mal verkaufen würde. Letzten Monat hat sie mich tatsächlich angerufen. Ein Mann hatte genau denselben Armreif gekauft und bar bezahlt. Ihre Beschreibung von ihm hat ziemlich eindeutig auf Peter Nilsson gepasst. Nicht dass mir das in dem Moment schon so klar gewesen wäre. Ich habe erst angefangen, einen Zusammenhang herzustellen, als ihr mit dieser Werkstattquittung zu mir gekommen seid. Daraufhin habe ich sämtliche Mitglieder der Familie Nilsson befragt und anschließend Brookes Eltern gebeten, mich einen Blick in ihre Schmuckschatulle werfen zu lassen.«

Ich muss mir in Erinnerung rufen, wie man atmet. »Und?«

»Sie hatte tatsächlich einen Armreif, der exakt so aussah wie der von Lacey. Ihre Mutter wusste nicht, seit wann sie ihn hatte oder von wem. Aber da hatten wir natürlich schon unsere eigenen Theorien.«

»Natürlich«, sage ich. Als ob mir das auch nur ein einziges Mal selbst in den Sinn gekommen wäre.

»Wir haben dann bei Brooke zu Hause nach weiteren Hinweisen gesucht. Seit sie vermisst wurde, fehlte auch von ihrem Handy jede Spur, aber wir haben ihren Laptop überprüft und darauf ein Tagebuch entdeckt. Es war zwischen Dateien für die Schule versteckt und passwortgeschützt. Es hat eine Weile gedauert, bis wir es geknackt hatten, aber als es so weit war, hatten wir praktisch die ganze Geschichte. Zumindest aus Sicht von Brooke. Wir erfuhren, dass sie eine Affäre mit Peter hatte, dass an einem Abend, an dem sie mit ihm zusammen war, etwas Schreckliches passiert ist und dass sie darüber nicht länger schweigen wollte. Dank der Quittung, die ihr uns ausgehändigt habt, konnten wir die einzelnen Mosaiksteine ziemlich schnell zusammensetzen. Aber es sind trotzdem erst mal nichts weiter als Indizien gewesen. Und dann hat die Polizei von Huntsburg kurz darauf Declans Ring am Fundort ihrer Leiche gefunden.«

Er verzieht das Gesicht. »Ich habe mich bei Declans Befragung nicht gerade mit Ruhm bekleckert. Obwohl auf der Hand lag, dass es sein Ring war, habe ich versucht, seine Täterschaft auszuschließen, weil ich mir ziemlich sicher war, dass ihm jemand etwas anhängen wollte. Aber … Keine Ahnung. Zwischen Declan und mir ist es schon immer schwierig gewesen. Ich hab ihn zu sehr in die Ecke gedrängt und bei Malcolm Zweifel an seinem Bruder gesät, die er nicht hätte haben müssen. Das ist nicht gut gelaufen, ich hätte das anders machen müssen.«

Die Maschine neben mir piepst leise. »Okay«, sage ich. »Aber … wie hast du uns gefunden? *Warum* bist du überhaupt zu den Nilssons gefahren?«

»Wegen deiner Nachricht«, sagt Ryan. Als ich ihn verständnislos anschaue, zieht er die Brauen hoch. »Dann ist dir das gar nicht klar gewesen? Es ist dir gelungen, einen Buchstaben abzuschicken, bevor dir Peter das Handy abgenommen hat. Ein »P«, mehr nicht. Ich habe dir mehrmals zurückgeschrieben und angefangen, mir Sorgen zu machen, als du nicht geantwortet hast. Also bin ich zu deiner Großmutter rüber, und als sie mir gesagt hast, du wärst bei Malcolm zu Hause, hat mich fast der Schlag getroffen. Ich hatte alles versucht, um Mrs Nilsson dazu zu bringen, mit Malcolm woanders unterzukommen, während wir unsere Ermittlungen vorangetrieben haben, aber sie hat nicht auf mich hören wollen. Und dann muss ich erfahren, dass ausgerechnet *du* den Abend bei den Nilssons verbringst? Mittlerweile weiß ich, wie du tickst – du stellst ständig irgendwelche Fragen, auf die niemand antworten will. Ich hab mich sofort auf den Weg gemacht und mir unterwegs überlegt, was ich sagen könnte, warum ich dich abholen und nach Hause zu deiner Großmutter bringen muss. Tja, und dann …« Er verstummt und schluckt schwer. »Dann habe ich euch gefunden.«

»Wo ist Peter gewesen?«

Ryans Gesicht verdüstert sich. »Wollte gerade das Haus verlassen, als ich rein bin. Vermutlich ist er vorher im Keller gewesen und hat euch aus dem Raum gezogen, damit niemand erkennen konnte, dass ihr darin eingesperrt gewesen wart. Er hat kein Wort gesagt, als er mich sah, ist einfach in seinen Wagen gestiegen und davongefahren. Ich habe keine Zeit verloren und fing sofort an, das Haus zu durchsuchen. Als ich in die Küche kam, habe ich Gott sei Dank das Brummen des Generators gehört, sonst wäre es für euch wahrscheinlich zu spät gewesen.« Seine Lippen pressen sich zu einer grimmigen Linie zusammen. »Peter hatte es schon fast über die kanadische Grenze geschafft, als er gestellt wurde. Ich darf dir nicht sagen, was wir in seinem Wagen gefunden haben, aber es hat gereicht, um ihn mit dem Mord an Brooke in Verbindung zu bringen.«

»Dann ist das einfach … seine Masche gewesen? Junge Mädchen zu verführen und sie zu töten, sobald sie ihm lästig wurden oder drohten, ihm in die Quere zu kommen?« Malcolm hat so etwas Ähnliches im Keller gesagt, während ich neben ihm stand – wie versteinert und nutzlos, als hätte ich nicht fast mein halbes Leben damit verbracht, mich auf den Moment vorzubereiten, in dem ich in den Keller eines Mörders gelockt werden würde.

»Sieht ganz danach aus. Allerdings hat er bis jetzt nichts zugegeben, und was Lacey betrifft, fehlen uns stichhaltige Beweise. Zumindest jetzt noch. Wir wissen nicht, was bei ihr der Auslöser war. Peter wird zurzeit von Profilern analysiert, die vermuten, dass sie ihre Affäre öffentlich machen wollte. Dass sie gedroht hat, es seiner Frau zu erzählen.«

»Seiner zweiten Frau?«

»Ja. Du kennst sie nicht, aber sie hatte ihren Mann und ihren Sohn bei einem Autounfall verloren, bevor sie Peter heiratete. Ich finde, das macht ihn so besonders verabscheuungswürdig – dass er sich verwundbaren Frauen gegenüber wie ein Held aufführt, während er sich hinter ihrem Rücken an junge Mädchen heranmacht.« Ryan verzieht angewidert das Gesicht. »Das ist meiner Meinung nach die Erklärung, warum er die Mutter von Declan geheiratet hat, der mit Lacey zusammen gewesen ist. Als hätte er auch nach ihrem Tod irgendwie mit Lacey in Verbindung bleiben wollen oder so was.«

Schaudernd denke ich an Peter und Malcolms Mutter in der Küche zurück, als ich das erste Mal bei ihnen zu Hause gewesen bin. Er war so charmant, aber auch – was mir erst in der Rückschau klar wird – extrem dominant. Hat seine Frau geschickt davon abgehalten, sich mit uns zu unterhalten, sie aus dem Zimmer hinauskomplimentiert, und das alles mit einem aalglatten Lächeln. Er hat mich genauso hinters Licht geführt wie alle anderen. »Was für ein krankes Arschloch. Noch mieser wäre nur gewesen, wenn er versucht hätte, sich an Melanie ranzumachen.«

»Stimmt«, sagt Ryan. »Aber darauf hätte Melanie sich niemals eingelassen. Sie ist tough. Alicia … eher nicht.«

Mir zieht es das Herz zusammen, als ich an Malcolm denke und daran, was das für seine Familie bedeutet. Wenigstens ist Declan jetzt endgültig von jedem Verdacht befreit, und vielleicht geht man nicht ganz so hart mit ihm und Daisy ins Gericht, wenn den Leuten erst einmal klar ist, dass Lacey unter Peters Einfluss gestanden hat. Aber was seine Mom angeht … Ich kann mir noch nicht einmal ansatzweise vorstellen, wie sie sich fühlen muss und wie sie damit fertigwerden wird, jemandem wie diesen Peter Nilsson geheiratet zu haben.

Ryan rutscht auf seinem Stuhl ein Stück nach vorn,

stützt wieder die Ellbogen auf die Knie und verschränkt die Finger. »Da gibt es noch etwas, über das ich gern mit dir sprechen würde. Als ich mit Malcolm geredet habe, hat er erzählt, du hättest Peter gefragt, ob er Sarah irgendetwas angetan hat, worauf Peter dir etwas ins Ohr geflüstert hätte. Was hat er gesagt?«

Meine Finger tasten nach dem Rand meiner Decke und zupfen an einem losen Faden. »Das habe ich leider nicht verstanden. Er hat zu leise geredet.«

Ein enttäuschter Ausdruck huscht über sein Gesicht. »Oh, okay. Zurzeit verweigert er noch die Aussage, auch in Bezug auf Sarah, aber keine Sorge. Wir bleiben dran.«

»Was ist mit Katrin?«, frage ich. »Warum hat sie diese Drohbotschaften geschrieben? Wollte sie damit von ihrem Vater ablenken?«

»Nein. Das ist eine andere lange Geschichte«, sagt Ryan. Als ich die Brauen hochziehe, schiebt er hinterher: »Katrin hatte mit den Drohungen zunächst gar nichts zu tun. Vivian Cantrell hat damit angefangen.«

»*Viv*? Warum das? Was hat sie mit Peter zu tun? Hatte er mit ihr etwa auch eine Affäre?« Bei dem Gedanken wird mir wieder übel.

Ryan stößt ein humorloses Lachen aus. »Nein. Da gibt es nicht den geringsten Zusammenhang. Sie will nächsten Herbst Journalismus studieren, und eine prominente Absolventin der Echo Ridge High hat ihr anscheinend gesagt, ihr Bewerbungsprofil würde nicht genügend hergeben, um aus der Masse herauszustechen. Also hat sie beschlossen, einfach eine Story zu erfinden, über die sie berichten kann.«

Ich sehe Ryan fassungslos an und bin nicht sicher, ob ich

ihn richtig verstanden habe. Es fällt mir fast leichter, hinter Mr Nilssons kranke Psyche zu steigen, als Vivs eiskalte Berechnung nachzuvollziehen. »Was? Nein. Das ist nicht dein Ernst, oder? Viv war dafür verantwortlich, hat eine ganze Stadt in Panik versetzt, schreckliche Erinnerungen hochgeholt und Laceys Eltern von Neuem traumatisiert – und das nur, weil sie eine Story gebraucht hat, über die sie *schreiben* konnte?«

»Tja, genau so war es«, sagt Ryan finster. »Was auch der einzige Grund ist, warum du in die ganze Sache mit hineingezogen worden bist. Viv hat die Wahlen für den Homecoming Court manipuliert. Sie hielt es für schlagzeilenträchtiger, wenn sie die Nichte der vor Jahren nach dem Ball mysteriös verschwundenen Sarah Corcoran damit in Zusammenhang bringen konnte.«

»*Schlagzeilenträchtiger*?« Das Wort hinterlässt einen bitteren Nachgeschmack in meinem Mund. »Wow. Wie abgezockt kann man sein?«

Ryan sieht aus, als würde er mir voll und ganz zustimmen, sagt aber nur: »Wir konnten die Aktion auf der Pep-Rally im Zelt der Fright Farm zu ihr zurückverfolgen und waren kurz davor, mit ihren Eltern zu sprechen, aber dann ist Brooke verschwunden, und wir konnten der Sache nicht mehr so viel Aufmerksamkeit schenken, wie wir es gern getan hätten. Allerdings haben wir sie wissen lassen, dass sie aufgeflogen ist. Sie wurde total panisch und hat tausend Eide geschworen, sofort damit aufzuhören. Umso überraschter war ich, als Malcolm mir dieses Video gezeigt hat.«

»Aber warum hätte Katrin damit weitermachen sollen?«

Ryan zögert. »Das kann ich dir nicht sagen, tut mir leid. Wir verhandeln gerade noch mit Katrins Anwalt darüber, inwieweit wir sie befragen dürfen, um die Ermittlungen voranzutreiben. Ihr Motiv spielt dabei eine zentrale Rolle, aber darüber darf ich – wie gesagt – nicht sprechen.«

»Hat sie gewusst, was ihr Vater getan hat?«, lasse ich nicht locker. Ryan verschränkt schweigend die Arme vor der Brust. »Blinzle einmal für Ja.«

Er schnaubt, aber es klingt eher gutmütig als genervt. Bilde ich mir zumindest ein. »Anderes Thema.«

Ich knete die Decke zwischen den Händen. »Du warst also längst dabei, den Fall aufzuklären, und ich habe dir bloß immer wieder dazwischengefunkt. Ist das so ungefähr das Fazit, das man daraus ziehen kann?«

»Nicht ganz. Die Quittung, die du uns verschafft hast, hat uns wirklich extrem weitergebracht, vor allem auch, dass ihr uns beschreiben konntet, wie verzweifelt Brooke danach gesucht hat. Zusammen mit dem Armreif und ihren Tagebucheinträgen hat das ein eindeutiges Gesamtbild ergeben, sodass wir wussten, mit wem wir es zu tun haben.« Er sieht mich mit einem kleinen Lächeln an. »Und dadurch, dass ihr beinahe ums Leben gekommen wärt, konnten wir Gefahr in Verzug anmelden und Peters Wagen zur Fahndung ausschreiben, deswegen … Vielen Dank, Ellery.«

»Jederzeit wieder«, antworte ich ironisch. Meine Augenlider werden schwer, und ich muss ein paarmal blinzeln, damit sie mir nicht zufallen. Ryan bemerkt es und steht auf.

»Ich sollte gehen, damit du dich ein bisschen ausruhen kannst.«

»Besuchst du mich wieder?«

Der hoffnungsvolle Unterton in meiner Stimme scheint ihn zu freuen. »Natürlich. Wenn du das möchtest.«

»Ja.« Ich lasse die Augen einen Moment zu und zwinge mich, sie wieder zu öffnen, als ich höre, dass er zur Tür geht. »Und noch mal danke. Für alles.«

»Keine Ursache.« Er schiebt unbeholfen die Hände in die Hosentaschen. Einen Moment lang erinnert er mich wieder an den Ryan Rodriguez von unserem ersten Tag in Echo Ridge – den schreckhaften, unfähigen Nachwuchs-Cop, in dem ich den erstklassigen Ermittler, als der er sich entpuppt hat, noch nicht erkennen konnte. »Hey, ähm, das ist jetzt vielleicht nicht der richtige Zeitpunkt oder der richtige Ort«, sagt er zögernd, »aber … wenn es dir wieder besser geht … Meine Schwester veranstaltet in ein paar Wochen eine kleine Gartenparty. Das macht sie jeden Herbst. Sie würde dich und Ezra gern kennenlernen. Wenn ihr Lust habt … Wir würden uns alle freuen.«

»Im Ernst?«, frage ich überrascht. Fast hätte ich vergessen, dass Ryan Geschwister hat.

»Ja, aber ganz ohne Druck. Denkt in Ruhe darüber nach.« Er lächelt herzlich und hebt zum Abschied die Hand, bevor er sich umdreht und endgültig geht.

Ich sinke in mein Kissen zurück und bin plötzlich gar nicht mehr müde. An Ryan habe ich mich mittlerweile fast gewöhnt, aber ich bin mir nicht sicher, wie es mir damit geht, noch mehr fremde Leute kennenzulernen, mit denen ich verwandt bin. Aus einer drei- beziehungsweise mit Nana vierköpfigen Familie zu stammen und plötzlich Zuwachs von Halbgeschwistern, deren Ehepartnern und Kindern zu bekommen, ist doch ein bisschen viel auf einmal.

Aber irgendwie gefällt mir die Vorstellung, eine oder zumindest eine *halbe* Schwester zu haben. Vielleicht ist das gar nicht so übel.

Die Tür geht auf, etwas raschelt, und auf einmal habe ich den Duft von Jasmin in der Nase. Ich drehe den Kopf, in der Tür steht jemand mit einem wilden Schopf dunkler Locken.

»*Ellery!*« Sadie ist außer Atem und in ihren blauen Augen stehen Tränen. Bevor mir wieder einfällt, dass ich ja eigentlich wütend auf sie bin, habe ich ihre Umarmung schon erwidert und drücke sie so fest an mich, wie ich es in meinem geschwächten Zustand kann.

37

MALCOLM
Samstag,
26. Oktober

»Dieses Kind mag mich nicht«, brummt Declan.

Ich glaube, damit hat er nicht ganz unrecht. Das sechs Monate alte Baby, das er auf den Knien hält, sitzt mit dunkelrotem Gesicht steif wie ein Brett da und schreit, was seine Lungen hergeben. Jeder auf der kleinen Gartenparty hat Mitleid mit dem Kleinen, bis auf Daisy. Sie strahlt, als hätte sie noch nie etwas Zauberhafteres gesehen.

»Ich kann praktisch dabei zuschauen, wie ihre Eierstöcke explodieren«, murmelt Mia neben mir.

»Du hältst ihn nicht richtig.« Ezra nimmt das Baby mit geübtem Griff auf den Arm, als hätte er nie etwas anderes getan. »So macht man das. Babys spüren, wenn man nervös ist.« Der Kleine hört sofort auf zu schreien und schenkt ihm ein breites, zahnloses Grinsen. Ezra kitzelt ihn am Bauch, bevor er ihn Declan wieder hinhält. »Versuch's noch mal.«

»Nein danke.« Declan steht auf. »Ich brauche einen Drink.«

Eine hübsche dunkelhaarige Frau kommt die Verandastufen hoch und drückt im Vorbeigehen Ezras Arm. »Du machst das wirklich toll mit ihm!« Sie ist die Mutter des Kleinen, die Schwester von Ryan Rodriguez. Zwei Wochen nach Peter Nilssons Mordversuch hängen wir bei ihr zu Hause ab, als wäre alles wieder ganz normal.

Ich weiß nicht. Vielleicht ist es das ja. Oder uns wird allmählich endlich klar, dass bei uns jahrelang nichts normal gewesen ist und dass wir den Begriff »normal« neu definieren müssen.

Als Declan zu einer auf dem Rasen stehenden kleinen Kühlbox geht, stupst Mia mich am Arm an. »Jetzt oder nie«, sagt sie.

Ich starre finster auf den Rücken meines Bruders. »Warum soll ich den ersten Schritt machen? Er ist derjenige, der mir den Ölzweig reichen sollte.«

Mia rückt ihre Schmetterlings-Sonnenbrille zurecht. »Du hast ihm einen Mord zugetraut.«

»Tja. Ellery hatte mich eine Zeit lang auch im Verdacht und ich bin drüber hinwegkommen.«

»Ellery hat dich zu dem Zeitpunkt kaum gekannt. Sie ist nicht dein *Bruder.*«

»Er hat mich noch nicht mal im Krankenhaus besucht!«

Sie betont jedes einzelne Wort, als sie antwortet. »Du. Hast. Ihm. Einen. *Mord.* Zugetraut.«

»Ich wäre fast *ermordet* worden.«

»Du kannst noch den ganzen Tag so weitermachen oder Größe zeigen und nachgeben.« Mia hält kurz inne und boxt mich dann noch mal in den Arm. »Na los. Immerhin ist er heute hergekommen.«

»Schön, von mir aus«, brumme ich und trotte auf Declan zu.

Ich war mir nicht sicher, ob er kommen würde. Seit meiner Entlassung aus dem Krankenhaus, haben wir uns erst zwei-, dreimal gesprochen, hauptsächlich um Dinge zu regeln, die mit Mom zu tun haben. Es ist eine Katastrophe; sämtliche Vermögenswerte von Peter wurden eingefroren, und ihr ist nichts geblieben als ein Bankkonto, das auf ihren Namen läuft und die Fixkosten höchstens noch zwei Monate decken wird. Wir ziehen bald nach Solsbury, und obwohl ich Peters Haus gar nicht schnell genug verlassen kann, habe ich keine Ahnung, wie es danach weitergehen soll. Mom hat seit über einem Jahr nicht mehr gearbeitet und mein Dad zieht mal wieder den Kopf ein und ist schwerer zu erreichen denn je.

Ein Boulevardmagazin hat uns ein halbwegs lukratives Angebot gemacht, die Geschichte aus unserer Perspektive zu erzählen, aber so verzweifelt, dass wir das tun würden, sind wir nicht. Noch nicht.

Declan zieht eine vor Kälte beschlagene braune Flasche aus der blauen Kühlbox. Er öffnet sie und nimmt einen tiefen Schluck, bis er mich sieht und die Flasche wieder absetzt. »Was gibt's, kleiner Bruder?«

»Krieg ich auch eins?«

Er schnaubt. »Du trinkst doch gar nicht.«

»Ich glaube, jetzt könnte ich einen Schluck vertragen.«

Declan macht die Kühlbox wieder auf, holt ein zweites Bier heraus und reicht es mir, verzieht dabei aber keine Miene. Ich öffne es möglichst cool, als würde ich ständig Bier trinken. Nachdem ich einen vorsichtigen Schluck genommen habe, warte ich darauf, dass der bittere Geschmack in meinem Mund explodiert, aber zu meiner Überraschung schmeckt es gar nicht so schlecht. Ziemlich mild und fast ein bisschen nach Honig. Ich bin nervös und habe Durst, und als Declan meinen Arm festhält, habe ich die Flasche schon zu einem Viertel geleert.

»Hey, hey. Nicht so schnell.«

Ich sehe ihn an und zwinge die Worte heraus, die ich zwei Wochen lang in meinem Kopf eingeübt habe. »Es tut mir leid.«

Sekunden vergehen, die sich wie Minuten anfühlen. Ich bin auf praktisch jede Reaktion gefasst; dass er mich anschreit, dass er wortlos davongeht, sogar, dass er mir eine verpasst. Die blauen Flecken, die ich von Kyles Attacke davongetragen habe, sind fast weg, gerade rechtzeitig, um Platz für neue zu machen.

Aber Declan tut nichts davon. Er trinkt einen Schluck und stößt seine Flasche dann gegen meine. »Mir auch«, sagt er.

Mir fällt fast das Bier aus der Hand. »Was?«

»Du hast richtig gehört.«

»Dann bist du nicht …« Ich verstumme. *Dann bist du nicht sauer auf mich,* scheint immer noch im Bereich des Unmöglichen zu liegen.

Declan blickt zur Veranda zurück und blinzelt gegen die Sonne an. Es ist einer dieser schönen späten Oktobertage, die wir manchmal in Vermont haben – über zwanzig Grad, ein wolkenloser blauer Himmel, die Bäume um uns herum ein Farbenmeer aus sämtlichen Gelb- und Rottönen. Mittlerweile hat Daisy das Baby auf dem Arm und ist ganz in ein Gespräch mit Ryans Schwester vertieft. Mia und Ezra sitzen nebeneinander auf dem Holzgeländer, lassen die Beine baumeln und haben die Köpfe zusammengesteckt. Die Fliegengittertür schwingt auf und ein Mädchen mit schulterlangen dunklen Locken tritt auf die Veranda.

Ich habe die ganze Zeit darauf gewartet, sie zu sehen und mit ihr zu sprechen, aber ich schätze, ich kann auch noch ein kleines bisschen länger warten.

»Ich bin ein beschissener Bruder gewesen, Mal«, sagt Declan. »Jahrelang. Ich … Ich will dir nichts vormachen. Du bist mir ziemlich egal gewesen, als wir noch Kinder waren. Ich bin einfach zu sehr mit meinem eigenen Kram beschäftigt gewesen. Und du warst … ich weiß auch nicht … so anders als ich, dass ich mich nicht wirklich für dich interessiert hab.« Ein Muskel in seinem Kiefer zuckt, sein Blick ist immer noch auf die Veranda geheftet. »Dann ist alles den Bach runtergegangen und ich bin abgehauen. Wieder ohne mir Gedanken darüber zu machen, was aus dir wird. Und dabei ist es jahrelang geblieben. Deswegen weiß ich nicht, warum ich überhaupt von dir erwartet habe, dass du auf meiner Seite bist, als die meinen Schulring am Tatort gefunden haben.«

Meine Kehle ist unangenehm trocken, aber ich weiß nicht, ob es so gut ist, wenn ich noch mehr von dem Bier trinke. »Ich hätte wissen müssen, dass du nichts damit zu tun hast.«

Declan zuckt mit den Achseln. »Warum? Wir kannten uns kaum. Außerdem bin ich von uns beiden der Erwachsene, jedenfalls bekomme ich das ständig zu hören. Das geht also auf meine Kappe.« Er öffnet erneut die Kühlbox, holt ein Ginger Ale heraus und hält es mir hin. Als ich zögere, nimmt er mir das Bier aus der Hand und stellt es auf einen in der Nähe stehenden Tisch. »Komm schon, Mal. Das bist nicht du.«

Ich nehme das Ginger Ale. »Ich weiß nicht, wie es jetzt mit Mom weitergehen soll.«

»Ich auch nicht. Ist eine ziemlich beschissene Situation. Aber wir werden schon irgendeine Lösung finden. Ihr zieht erst mal in die Nähe von Daisy und mir. Solsbury ist ganz cool.« Er grinst und nimmt einen Schluck Bier. »Die Stammgäste im Bukowski's sind gar nicht so übel, wenn man sie mal kennengelernt hat.«

Die Anspannung in meiner Brust löst sich. »Gut zu wissen.«

Eine Wolke schiebt sich vor die Sonne und wirft für einen kurzen Moment einen Schatten auf Declans Gesicht. »Hast du schon mit Katrin gesprochen?«, fragt er.

Ich schüttle den Kopf. Am Ende hat sie uneingeschränkt mit der Staatsanwaltschaft kooperiert und das entscheidende Beweisstück ausgehändigt: Brookes Handy-Hülle. Katrin hat sie an dem Tag gefunden, an dem Peter den Suchtrupp organisiert hat und sie in seinem Arbeitszimmer nach einem Ladekabel suchte. Anscheinend hat Peter Brookes Handy verschwinden lassen, die Hülle aber behalten – als wäre es so eine Art kranke Trophäe für ihn gewesen. Genau wie der Ring.

Es ist keine x-beliebige gekaufte Hülle gewesen. Brooke hatte sie selbst gemacht, indem sie getrocknete Blumen auf ein durchsichtiges Case geklebt und mit Nagellack versiegelt hat. Sie war ein Unikat, und als Katrin sie in einer Schublade entdeckte, war ihr sofort klar, dass ihr Vater irgendetwas mit Brookes Verschwinden zu tun haben muss. Aber statt zur Polizei zu gehen, hat sie beschlossen, selbst eine anonyme Drohung zu hinterlassen, um die Aufmerksamkeit von ihm abzulenken.

Katrins Anwalt hat in einer ersten Anhörung sein Bestes gegeben, ein Mitgefühl weckendes Bild von ihr zu zeichnen. Peter hätte Katrin über viele Jahre hinweg systematisch von ihrer Mutter entfremdet, um sie ungestört kontrollieren und manipulieren zu können, mit der Folge, dass sie schließlich völlig abhängig von ihm gewesen sei und nicht mehr in der Lage, Recht von Unrecht zu unterscheiden. In gewisser Weise sei sie ebenfalls ein Opfer. Anders als Lacey und Brooke – aber nichtsdestotrotz ein Opfer.

Vielleicht war sie das tatsächlich. Ist es noch. Keine Ahnung. Auf die Nachricht, die sie mir geschickt hat, seit sie in die Obhut ihrer Tante entlassen wurde, habe ich nicht geantwortet. Katrin darf das Land nicht verlassen, und ihre Mutter scheint keine Notwendigkeit zu sehen, zurückzukommen und sich um ihre Tochter zu kümmern.

Er ist alles, was ich habe.

Das sehe ich anders. Sie hatte zumindest noch mich und meine Mutter, außerdem ihre Tante und sogar Theo und Viv. Aber das ist nicht der Grund, warum ich ihr nicht geantwortet habe. Ich kann einfach nicht an meine Stiefschwester denken, ohne mich gleichzeitig daran zu erinnern, wie Brooke mir das letzte Mal, als ich sie sah, noch einen Blick über die Schulter zugeworfen hat, bevor sie ins Haus gegangen ist. Nach Auskunft der Polizei ist sie zehn Minuten später wieder nach draußen geschlüpft, um sich mit Peter zu treffen.

Ich glaube nicht, dass ich jemals darüber hinwegkommen werde, dass Katrin, als sie herausgefunden hat, dass Peter etwas mit dem Verschwinden ihrer besten Freundin zu tun hatte, trotzdem zu ihm hielt. Vielleicht kann ich irgendwann, wenn ich das alles ein bisschen verdaut habe, versuchen zu verstehen, was es mit einem macht, wenn man mit einem solchen Abschaum von Vater aufwächst. Aber dafür ist es jetzt – zwei Wochen, nachdem er versucht hat, mich zu umzubringen – einfach noch zu früh.

»Ist wahrscheinlich besser so. Diese Familie ist bis ins

Mark verkommen.« Declan nimmt wieder einen tiefen Schluck von seinem Bier. »Jedenfalls sollten du und Mom diese Woche zum Abendessen zu uns kommen. Daisy und ich haben einen Grill gekauft.«

Ich lache. »Krass. Du hast einen *Grill* gekauft, hältst *Babys* auf dem Arm … Bist du etwa dabei, dich in einen braven Familienvater zu verwandeln, der darüber redet, dass er dringend mal wieder seinen Rasen mähen muss?«

Declan verengt die Augen, und einen Moment lang befürchte ich, zu weit gegangen zu sein. Dann grinst er. »Gibt schlimmere Schicksale, kleiner Bruder. Viel schlimmere.« Er dreht sich wieder zur Veranda und schirmt die Augen vor der Sonne ab. Ellery unterhält sich mit Ryans Schwester, und ich sehe an der Art, wie sie die Hände vor sich verschränkt hält, wie angespannt sie ist. »Was stehst du hier noch rum und quatschst mich voll? Geh rüber und schnapp dir dein Mädchen.«

»Sie ist nicht mein …«, protestiere ich, aber Declan gibt mir einen Schubs. Nicht ganz so grob wie früher.

»Sei nicht so ein Weichei, Mal.« Er nimmt mir das Ginger Ale aus der Hand. Aber er sagt es mit einem Lächeln.

Ich schlendere zur Veranda zurück und bin ungefähr auf halbem Weg, als Ellery mich entdeckt und mir zuwinkt. Sie sagt etwas zu ihrer Halbschwester und läuft dann so eilig die Stufen herunter, dass mein Puls sich beschleunigt. Seit unserer Entlassung aus dem Krankenhaus habe ich sie erst ein paarmal getroffen und immer sind entweder Ezra, Mia oder ihre Großmutter dabei gewesen. Ich habe sogar Sadie kurz gesehen, bevor sie in ihre Entzugsklinik zurückgekehrt ist. Hier sind Ellery und ich zwar auch nicht unter uns, aber in dem Moment, in dem wir uns in der Mitte treffen, tritt alles andere in den Hintergrund, und es fühlt sich ein paar Sekunden lang so an, als wären wir es.

»Hey.« Sie bleibt einen Schritt vor mir stehen. »Ich hatte gehofft, dass du kommst.« Ihr Blick wandert kurz über meine Schulter zu Declan. »Wie ist es mit ihm gelaufen?«

»Besser als gedacht. Wie läuft es mit deinen neuen Halbgeschwistern?«

»Besser als gedacht.« Sie lacht. »Die beiden sind echt nett. Auch wenn ich bei ihnen noch nicht so entspannt bin wie mit Ryan. Ezra fällt es viel leichter als mir, mit der neuen Situation klarzukommen. Wie immer.« Sie streicht sich eine abtrünnige Locke hinters Ohr. »Wie geht es dir?«

»Du meinst, abgesehen von den Kopfschmerzen? Ganz okay. Ich habe keine *dauerhaften Schäden* davongetragen. Sagen zumindest die Ärzte.«

»Wie bei mir.« Sie zögert. »Schätze, die Albträume werden auch irgendwann aufhören.«

»Hoffentlich.« Ich hole tief Luft. »Was ich dir noch sagen wollte … Es tut mir unglaublich leid, dass ihr nichts über deine Tante erfahren habt und immer noch nicht wirklich damit abschließen könnt. Ich weiß, wie wichtig das für dich und deine Familie gewesen wäre. Keine Ahnung, ob es ein Trost ist, aber … auch wenn du es ihn nicht direkt sagen gehört hast, bin ich mir ziemlich sicher, dass wir die Antwort kennen, oder?«

»Wahrscheinlich, ja. Ich wünschte nur …« Als ihr Tränen in die Augen treten, denke ich nicht lange nach, sondern ziehe sie an mich. Sie legt ihren Kopf an meine Brust und ich vergrabe mein Gesicht in ihren Haaren. Ein paar Sekunden lang fühle ich etwas, das ich nicht mehr empfunden habe, seit ich klein war – bevor meine Eltern anfingen, sich ständig zu streiten, und mein Bruder mich entweder ignoriert oder fertiggemacht hat. *Hoffnung.*

»Es wird alles gut werden«, murmle ich in ihre Haare.

»Aber wie?« Ihre Stimme klingt dumpf an meinem Shirt. »Wie sollen wir es schaffen, über so etwas hinwegzukommen?«

Ich schaue zur Veranda, wo Declan sich mittlerweile wieder zu Daisy gesellt hat. Die beiden unterhalten sich angeregt mit Ryan und Mrs Corcoran. Ezra hat seinen Platz auf dem Verandageländer verlassen und hält wieder das Baby im Arm, während Mia dem Kleinen Grimassen schneidet. Die Kilduffs sind mittlerweile auch dazugestoßen, und ich bin mir fast sicher, dass meine Mutter eines Tages so weit sein und den Schritt wagen wird, sich wieder unter Leute zu begeben. Dass sie sich selbst verzeihen wird, den Lügen eines Monsters geglaubt zu haben. Wir alle müssen einen Weg finden, unseren Frieden damit zu schließen. »Tja, wie? Wahrscheinlich, indem wir einfach unser Leben leben, einen Tag nach dem anderen«, beantworte ich Ellerys Frage.

Sie löst sich mit einem kleinen Lächeln von mir und wischt sich mit dem Handrücken über die Wangen. In den Spitzen ihrer dunklen Wimpern glitzern Tränen. »Echt jetzt? Das ist alles, was du anzubieten hast?«

»Nein. Ich hab mir noch ein Ass im Ärmel aufgehoben.« Sie zieht die Brauen hoch, und ich mache eine kleine Kunstpause, bevor ich sage: »Was hältst du davon, mit mir in ein Clown-Museum zu gehen?«

Sie lacht. »Was, jetzt sofort?«

»Kannst du dir einen besseren Zeitpunkt vorstellen?«

»*Nach* der Party?«, schlägt Ellery vor.

»Die alte Frau wohnt gleich die Straße runter. In einer halben Stunde könnten wir wieder hier sein. Maximal einer Dreiviertelstunde. Es gibt Gratis-Popcorn und Hunde. Und natürlich jede Menge Clowns.«

»Klingt verlockend.«

»Dann los.« Ich verschränke meine Finger mit ihren und ziehe sie Richtung Einfahrt. »Zum Glück können wir zu Fuß gehen. Ich hatte nämlich schon ein halbes Bier.«

»Hey, du bist ja der totale Rebell.« Sie lächelt mich an. »Aber ich schätze das gehört zum *Leben leben* dazu, was?«

Ich drücke ihre Hand und beuge mich zu ihr. »Ich arbeite dran.«

38

ELLERY
Samstag,
26. Oktober

Malcolms Hand fühlt sich warm und fest in meiner an. Laub wirbelt wie überdimensioniertes Konfetti um uns herum und der Himmel ist strahlend blau. Es ist einer dieser wunderschönen Tage, die einem den Glauben daran geben, dass vielleicht doch alles gut wird.

Trotz der traumatischen Erlebnisse der letzten beiden Wochen sind auch ein paar gute Dinge passiert. In den Tagen, die Sadie hier gewesen ist, haben sie und Nana geredet – *wirklich* geredet. Es fällt ihnen immer noch schwer, sich aufeinander einzulassen und Verständnis füreinander zu entwickeln, aber ich habe zum ersten Mal das Gefühl, als würden sie es beide ernsthaft versuchen wollen. Seit Sadie in die Klinik zurückgekehrt ist, hat sie kein einziges Mal außerhalb der erlaubten Zeit angerufen.

Es sind seitdem zwar erst acht Tage vergangen, aber trotzdem. Ein Tag nach dem anderen.

Nana und Sadie sind sich einig, dass Ezra und ich in Echo Ridge bleiben und hier unseren Abschluss machen sollten, auch wenn Sadie im Januar entlassen wird. Mir ist das recht. Ich habe angefangen, mein Zimmer ein bisschen gemütlicher einzurichten. Letztes Wochenende habe ich mir auf einem Künstlermarkt ein paar gerahmte Bilder gekauft und Fotos von Ezra und mir mit Mia und Malcolm aufgehängt. Ich habe viel vor in nächster Zeit: den Uni-Einstufungstest machen, mir Colleges anschauen, meine Halbgeschwister besser kennenlernen und hoffentlich ganz viel mit Malcolm unternehmen und erleben.

Vorhin hätte ich es ihm fast gesagt. Es lag mir auf der Zunge.

Aber wenn ich es mal ausgesprochen habe, kann ich es nicht mehr zurücknehmen. Und obwohl ich fast sechs Wochen versucht habe, die Lügen in Echo Ridge aufzudecken, frage ich mich seit dem Tag im Keller von Peter Nilsson, ob es nicht auch Geheimnisse gibt, über die besser nicht gesprochen werden sollte.

Sadie ist beinahe an ihren Schuldgefühlen zugrunde gegangen, weil sie denkt, sie hätte ihre Zwillingsschwester an dem Abend, an dem sie verschwand, im Stich gelassen. Sie würde nicht damit fertigwerden. Für mich ist es schon hart genug, meinen Bruder auf einer Party unbeschwert lachen zu sehen, ohne von Reue und Schuld niedergedrückt zu werden, weil ich die Wahrheit kenne.

Wir dürften eigentlich gar nicht auf der Welt sein.

Ich festige den Griff um Malcolms Hand, um den kalten Schauer zu verscheuchen, der mir jedes Mal über den Rücken läuft, wenn ich an Peter Nilssons zischende Stimme in meinem Ohr denke, so leise, dass ich ihn fast nicht verstanden hätte. Ich wünschte, es wäre so. Dann müsste ich nicht den Rest meines Lebens damit verbringen, zu hoffen, dass er die Worte, von denen er dachte, ich würde sie mit ins Grab nehmen, niemals wiederholen wird.

Ich habe sie mit deiner Mutter verwechselt.

Danksagung

Wenn es eine Frage des Vertrauens ist, den Mut aufzubringen, ein erstes Buch zu schreiben – Vertrauen darauf, dass es außer Freunden und der eigenen Familie irgendwann vielleicht jemanden geben wird, der Lust haben wird, es zu lesen –, dann ist es eine Frage des Willens, ein zweites Buch zu schreiben. Um diese Willenskraft aufzubringen, braucht es Unterstützung. Ich habe mit dem Team, mit dem ich an meinem Debutroman *One of Us Is Lying* zusammenarbeiten durfte, in der Literatur-Lotterie gewonnen. Ihrem Talent und ihrer Hingabe ist es zu verdanken, dass es *Two Can Keep a Secret* gibt.

Ich werde niemals die Worte finden, um meiner Agentin Rosemary Stimola genügend danken zu können. Du hast es mir nicht nur ermöglicht, dass ich von dem, was ich am liebsten tue, leben kann, sondern kämpfst unermüdlich für mich, stehst mir mit klugem Rat bei und bist in stürmischen Zeiten meine Zuflucht. Mein tief empfundener Dank gilt auch dir, Allison Remcheck. Für deine unerschrockene Ehrlichkeit, deinen Glauben an mich und die Tatsache, dass du fast genauso oft wie ich mitten in der Nacht aufgewacht bist und dir über die Protagonisten dieses Buchs Gedanken gemacht hast.

Meine Ausnahmelektorin Krista Marino: Ich bewundere

deine verblüffende Gabe, einem Buch direkt ins Herz zu schauen und genau zu wissen, was es noch braucht. Du hast jeden einzelnen Schritt des Entstehungsprozesses dieses Buchs zu einem Vergnügen gemacht. Dank deines Einblicks ist diese Geschichte schließlich zu der geworden, die ich von Anfang an erzählen wollte.

Meine Verlegerin Beverly Horowitz und Barbara Marcus und Judith Haut: Danke, dass ihr mich so herzlich bei Delacorte Press aufgenommen habt und während der Entstehung meiner beiden Bücher geleitet und unterstützt habt. Danke Monica Jean für deine Kompetenz und unendliche Geduld, Alison Impey für das großartige Cover-Design der amerikanischen Ausgabe, Heather Hughes und Colleen Fellingham für eure Adleraugen. Danke Aisha Cloud für die herausragende PR-Arbeit (und dafür, dass du zu jeder Uhrzeit auf meine Mails und Nachrichten reagiert hast). Dadurch, dass ich selbst lange im Marketingbereich gearbeitet habe, weiß ich zu schätzen, was das wunderbare Sales- und Marketing-Team bei Random House Children's Books geleistet hat. Danke Felicia Frazier, John Adamo, Jules Kelly, Kelly McGauley, Kate Keating, Elizabeth Ward und Cayla Rasi.

Ich danke Penguin Random House UK – der Geschäftsführerin Francesca Dow, der Verlagsleiterin Amanda Punter, der Redaktionsleiterin Holly Harris – und dem Marketing-, Publicity- und Sales-Team von Gemma Rostill, Harriet Venn und Kat Baker für die akribische Sorgfalt, die sie meinen Büchern in Großbritannien angedeihen lassen. Danke auch an Clementine Gaisman und Alice Natali von meiner Agentur ILA, die den Figuren meiner Bücher geholfen haben, rund um den Globus zu reisen.

Ohne meine Mitstreiterinnen aus der schreibenden Zunft Erin Hahn und Meredith Ireland hätte ich die Zeit, während der ich an meinem Debüt und am zweiten Buch geschrieben habe, nicht durchgestanden. Danke für eure Freundschaft, danke dafür, dass ihr die Hochs mit mir gefeiert und bei allen Tiefs mit mir mitgefühlt habt, und dafür, dass ihr die zahllosen Fassungen dieses Buchs gelesen habt, bis ich endlich den richtigen Weg gefunden hatte. Kit Frick – danke für deine wertvollen Einblicke und Kommentare während einer kritischen Phase der Entstehung dieses Buchs.

Ich fühle mich sehr mit der *Boston Kidlit Group* verbunden und bin dankbar, dass ich durch unsere Gemeinschaft so viele Kolleginnen und Kollegen kennenlernen durfte, die mich inspirieren, motivieren und dafür sorgen, dass wir in unserem oft doch sehr einsamen Beruf Spaß haben und uns untereinander austauschen. Danke Kathleen Glasgow, Kristen Orlando, Tiffany D. Jackson, Caleb Roehrig, Sandhya Menon, Phil Stamper und Kara Thomas.

Meiner Familie (Medailleus und McManus) danke ich aus tiefstem Herzen dafür, dass ihr mich trotz der überraschenden Wendung, die mein Leben genommen hat, immer unterstützt habt und allen, die ihr kennt, sagt, sie sollen meine Bücher kaufen. Einen besonderen Dank schulde ich Mom und Dad, die immer aushelfen, wenn ich beruflich unterwegs bin, Lynn, die mein Fels in der Brandung ist, und Jack, der mich dazu beflügelt, groß zu träumen.

Und schließlich meinen Lesern – danke, dass ihr Geschichten liebt und euch entschieden habt, Zeit mit meinen zu verbringen.

Autorin

Karen M. McManus' Debütroman »One of Us Is Lying« stürmte auf Anhieb die Bestsellerlisten, so wie auch »Two Can Keep a Secret« und »One of Us Is Next«. Ihre Romane wurden in über 40 Länder verkauft und sind internationale Bestseller; »One of Us Is Lying« wurde für den Deutschen Jugendliteraturpreis 2019 nominiert. Karen M. McManus wohnt in Massachusetts und hat ihren Master-Abschluss in Journalismus an der Northwestern University gemacht.

Von der Autorin sind ebenfalls bei cbj erschienen:

One of Us Is Lying (31165)
One of Us Is Next (31457)
One of Us Is Back (16661)
The Cousins (31515)
You Will Be the Death of Me (31561)
Nothing More to Tell (31620)
Such Charming Liars (16662)

Übersetzerin

Anja Galić lebt und arbeitet in der Kölner Südstadt, wohin es sie des Studiums wegen verschlug, und hat badische Wurzeln. Dass man beim Übersetzen Dinge recherchiert und erfährt, denen man sonst nie begegnet wäre, findet sie bei jedem Buch aufs Neue spannend.

Mehr zu unseren Büchern auch auf Instagram

Karen M. McManus

Such Charming Liars

432 Seiten, ISBN 978-3-570-16662-8

Kats Mom ist Juwelendiebin, ein Profi, wenn es darum geht, die Reichen und Schönen auszunehmen. Sie plant einen allerletzten genialen Coup auf dem glamourösen Anwesen der Milliardärsfamilie Sutherland. Danach ist endgültig Schluss, Kat soll niemals ins Geschäft einsteigen. Doch Kat gelingt es, sich mit einzuschmuggeln. Und unvermutet begegnen die beiden dort der Konkurrenz: Ausgerechnet Kats Ex-Stiefvater und dessen Sohn Liam haben dieselbe Familie ins Visier genommen. Als auf der Party ein Mord geschieht, geraten Liam und Kat in tödliche Gefahr und können plötzlich niemandem mehr trauen. Vielleicht nicht einmal einander. Denn eines beherrschen alle hier perfekt, nämlich das Lügen.